JN036548

動物城2333

荷午／王小和 著

阿部禾律 下訳
島田荘司 訳

KODANSHA

contents

下訳　阿部禾律

装幀　坂野公一（welle design）

装画　市川友章

動物城2333

プロローグ

山査子飴《さんざしあめ》を差し出されて、拒《こば》める人がいるだろうか？

さまざまな果物、苺《いちご》や葡萄《ぶどう》、バナナ、それに絶対に欠かせない山査子、甘い蜜《みつ》をからめてさらに砕《くだ》いたナッツや、胡麻《ごま》のトッピングを加えることもある。ひと口齧《かじ》った途端に甘酸っぱさが口の中に広がり、食欲が湧《わ》いてくる。老ネズミにとって、山査子飴の美味《おい》しさは世界一だ。


今日は老ネズミが街に出る滅多《めった》にない日。彼はずっと田舎《いなか》住まいの野ネズミとして暮らし、歳《とし》を重ねてきた。今回息子の孫と一緒に来たのは、街の集会に参加して社会勉強をさせるため、そして、ついでに自家製の果物飴を売るためだ。

「街中に入ったらわしから離れるな。いろんな動物がいるからな。誘拐されないように！」

と老ネズミは注意する。

ひ孫ネズミは解《わか》ったような解らないような顔でうなずいて、また指を噛《か》みはじめる。

指を噛みながら、ひ孫ネズミは、ふと思いついたように尋《たず》ねた。

「おじいちゃん、動物城にアイスクリームある？」

「あるさ。いい子にしてたら買ってやる」

老ネズミは微笑《ほほえ》みながら言った。

「約束したことは全部憶《おぼ》えているかい？」

「憶えてるよ」

ひ孫ネズミはしっかりとうなずいた。

「知らない動物と話さない。知らない動物からもらったものは食べない。それと……、ええと……」

「わしから離れるな」

と再び念を押した。

アイスクリームを思い出して、ひ孫ネズミはすぐさま言った。

「約束するよ！」

それで老ネズミは、やっと安心した。


彼らが乗っているのは馬車だ。車を引いているのはアラビアン馬のバセム夫婦で、老ネズミの隣人だ。今回もバセム夫婦が街に荷物を届けるというから、老ネズミは頼んで、ひ孫ネズミと一緒に乗せてもらったのだ。老ネズミはお礼に、五本の山査子飴を彼らにあげた。

街が近づいてくると、ひ孫ネズミは畑のそばに立つ巨大な看板を指差して、

「動物……、都市、ようこそ、人」

と懸命に読んだ。

「動物歓迎だよ」

老ネズミはそう説明してから、不満げに言った。

「動物の街は人間を歓迎しないのさ！　ここは動物の街だから、人間はここに来ない」

と言った。

「じゃあ、ぼくたちは人間の街に行けるの？」

ひ孫ネズミは天真爛漫《てんしんらんまん》に老ネズミを見つめる。

「もちろん駄目だ」

老ネズミは目を丸くして答えた。

「人間はネズミが一番嫌いだ！　取って食われちまうぞ！」

と言いながら爪《つめ》と牙《きば》を剥《む》き出《だ》して見せ、ひ孫ネズミを縮みあがらせた。

「老ネズミ、怖がらせるなよ、人間はネズミなんて食わないさ」

バセム氏が笑いながら言った。

「でも、本当に人間はネズミが嫌いよ」

バセム夫人が言った。

おしゃべりしているうちに彼らは市場に到着した。馬車からおりた途端、ひ孫ネズミの目が輝いた。これが市場？　なんて素晴らしいんだろう！

ボールを鼻先に載せて飛び跳ねるアザラシ、カラフルな風船を売るコアラ、うずたかく積み上がったラマのぬいぐるみ、動物のかたちをした飴を売るハリネズミ――。

老ネズミが場所を見つけて屋台を組み立てはじめると、すぐにたくさんの動物の子供たちが集まってきた。

「ママ、飴食べたい」

それを聞いた老ネズミの皺《しわ》だらけの顔が、笑顔で一層くしゃくしゃになった。彼は熟練した様子で飴を紙に包んで、子供たちに手渡した。

「ブレーメン、見ろよ、山査子飴だ！」

老ネズミが反応するより早く、大小の影がもう目の前に立っていた。

「店長さん、飴を二串《くし》ください。ひとつは山査子と苺の飴、もうひとつは山査子だけの」

老ネズミがそう言ったお客さんを見ると、カエルとロバだということに気がついた。しかも子供じゃない。

「ブレーメン、飴っていうのは飴本来の味を味わうものさ、君ってセンスないよな」

カエルはブレーメンと呼ばれたロバに向かって白い目で見下し、老ネズミから山査子飴を受け取った。

「いやいやアグア、君の方こそ早く気づくべきだよ。ニュータイプの飴こそが飴の真髄。苺のジューシーさと山査子の甘酸っぱさのハーモニーさ」

ブレーメンは苺飴を受け取ってからも、隣りにいるカエルと山査子飴の存在意義について討論を続けた。

「あーっ！」

叫び声が空に響き渡り、そばのみなを驚かせた。

市場にいる動物たちが声のした方向を見ると、叫んでいたのは犬だった。

片手で小動物の首根っこを摑《つか》みながら、「盗んだぞ、こいつ！」と大声で叫んでいた。

老ネズミが目を細めてよく見てみると、犬に摑まれているのはなんと自分のひ孫ネズミだった。

彼は急いで近づいて、犬の手に嚙みついた。犬は驚いて手を放し、ひ孫ネズミは地面に尻《しり》もちをついた。老ネズミは怒りながら怒鳴《どな》った。

「おい犬、なんで子供をいじめるんだ」

野次馬たちがどんどん集まってきた。

犬は怒り心頭で叫ぶ。

「オレは犬じゃない！　キツネだ！　名前は陣雨《じんう》だ！　子供をいじめてるだと？　こいつがオレの財産を盗んだんだ！」

「でたらめ言いやがって。子供じゃないか、盗むわけがないだろ？　それになんだおまえのその目つきは」

老ネズミは憤慨《ふんがい》していた。

陣雨は、細い目で老ネズミを軽蔑《けいべつ》して見ていた。

「もとからこんな顔なんだよ！」

陣雨は、老ネズミから容姿について言われたことで、いっそう腹を立てた。小さな頃からこの細い目のせいでずっと馬鹿《ばか》にされ続け、クラスメイトからは、二本の縫い目がある子牛と呼ばれた。眼《がん》を飛ばしていると、勘違いされて暴行を受けたことさえあった。

「おまえとこいつは仲間だろう！　子供だからって関係ない。オレの車をずっと見てただろ。オレがちょっと目を離したすきに金が全部なくなった！　言っとくけどな、金が見つからなきゃ、おまえたちはここから出られないからな！」

陣雨は怒り狂って叫んだ。

「ふん！　思っていた通りだな、キツネか！」

老ネズミも怒った。

「キツネだからどうした？　キツネの方がネズミより強いぞ！　ネズミは生まれつきの泥棒さ」

「差別だ！」

両者の罵《のの》り合いはおさまらず、ますます緊張が高まってきた。周りの野次馬たちも、老ネズミとひ孫ネズミを非難しはじめた。

「見た目からしてよくない」

「田舎から来たような格好しているな」

「やっぱり田舎者って下品で……」

老ネズミは焦り、ひ孫ネズミはわーんと泣き出し、叫んだ。

「ぼく、何も盗んでないよ。アイスクリームが食べたかっただけなのに」

「ほらな、認めただろ」

陣雨は得意げに言いながら、右手と左手に一匹ずつネズミを掴んで治安管理センターへと向かった。

「ちょっと待ってください!」

アイスクリーム・トラックの方角から声がした。

「なんで待たなきゃいけないんだ?」

陣雨がアイスクリーム・トラックの方を見ると、山査子飴を持ったブレーメンが、じっくりとトラックを観察していた。

「彼がやったという確固たる証拠がないからです」

ブレーメンが言った。

「でも、彼がやっていないという証拠もないだろ! おまえもこいつらの仲間か?」

陣雨は不満げにブレーメンを見て、

「じゃ、一緒に治安管理センターに行こう!」

と言った。

「私はブレーメンと申します。探偵をしています」

ブレーメンは、陣雨に対して友好的だった。

「なにが探偵だ、聞いたことないな。名探偵ポチなら知ってるけどな。おまえどっから来た?」

陣雨は白い目を向けたが、別にそうしなくても彼の目は白かった。

「ブレーメンは本物の探偵です。私は彼の助手のアグアです!」

アグアが飛び出してきて言った。ブレーメンは老ネズミに向かって、

「お孫さんの無実の罪を晴らしてあげましょう」

と言った。

孤立無援な老ネズミは、藁《わら》にもすがる思いでいたから、感謝の気持ちを込めて言う。

「この子は本当にものを盗んだりしません。信じてください。それと……」

彼は付け足した。

「孫じゃなくて、息子の孫なんですよ……」

「ああそうですか」

探偵は老ネズミに向かってうなずいた。そして陣雨に向かって、

「何を失《な》くしたのですか？」

と尋ねた。

「カネだ！　たくさんのカネだ。今日は市場の三日目で、この二日間で稼いだカネは全部、抽斗《ひきだし》の中の袋に入れてあったんだ」

陣雨は涙を浮かべていた。家に帰って妻にどう説明したらいいか、耳を摑まれて怒鳴られるに違いない。

ブレーメンは慎重に手袋をはめて、アイスクリーム屋のトラックを注意深く調べていった。トラックは緑色で、下に大きな車輪がふたつと小さな車輪がひとつ、車の上には雨避《あまよ》けのビニール屋根が付いている。車体の片方の外側にはガラスのカバーがあって、その中に六つの金属製のアイスクリーム桶《おけ》が入っている。もう片方は、立って雨宿りできるように小屋根が付いている。

「おカネをどこに置いていたのですか？　アイスクリーム・トラックの中の抽斗ですか？」

ブレーメンが尋ねる。

「そうだ。オレはいつも車の中にいる。お客さんは車の外で買うから、車の中に金を入れておけば便利で安全だろ」

　陣雨は言った。

「この車はとても清潔ですね」

「そうさ、毎日洗車して掃除してるからな」

「あなた以外に、ほかの動物がこの車を使ったことがありますか」

「ないよ。オレはほかの動物を、中に入れたりはしない」

「それならよかったです。みなさん見てください。これがひ孫ネズミが犯人ではない証拠です」

　陣雨がブレーメンが示した場所に近づき、ステンレス製の抽斗を見た。ほかの動物たちも見た。

「何かあるのか？」

　陣雨には何も見えなかったので、困惑して訊《き》いた。

「指紋です。よく見てください！」

　アグアは抽斗を指差して、陣雨に説明した。

　陣雨が目を見開くと、ようやくはっきりと見えた。ステンレス製の抽斗には、確かに奇妙な痕跡《こんせき》がいくつか遺《のこ》っていた。梨《なし》みたいなかたちの中にかすかな線があって、それは間違いなく指紋だった。

「こんなものが？」

「ああとっても役に立つんです。いつもあなたは抽斗のそばに立っているんですよね？　あなたには指紋がないので、指紋を遺すことは不可能です。ということは、この指紋を遺したのは抽斗を開けたほかの動物です。あなた以外にも、ほかの動物が抽斗を開けたのです。ひ孫ネズミでしょうか？　いいえ違います。ほら、ネズミにも指紋がありません」

　ブレーメンは小ネズミの手のひらを摑んで、みなに見せながら言った。

「それはどういうことだ。動物には指紋がない？　だったら人間か？」

「霊長類にも指紋があります」

ブレーメンが言うと、陣雨は考え込んでしまった。

「霊長類なんて！　ここに近づいた記憶はないぞ。サルやチンパンジーなんて、今日はちっとも見かけなかった……」

陣雨は首をかしげて言った。

「あの小ネズミを入れて、動物は全部で四匹しかそばに来ていない。キリン、ヤギ、アヒルがアイスクリームを買いにきた」

「今日は、セーター売りのサルの老何《ろうか》さんも来ていなかった」

噂《うわさ》好きのラマがやってきて言う。

「最近、サルがどんどん少なくなってきているような気がするな」

ブレーメンが周りを見渡すと、市場にいるほとんどの動物たちがここに集まってきていた。

確かに霊長類の動物はいない。が、ブレーメンは周囲を見廻《みまわ》し、すぐにある動物の姿を見つけた。

「誰がおカネを盗んだのか解りました」

彼は笑いながら言った。

「誰だ？」

老ネズミと陣雨は、口を揃《そろ》えて訊いた。

「サルと人間だけが指紋を持つ？　いやいや、もう一種類の動物にも指紋があるのです」

ブレーメンは一歩進み出て、店じまいを始めているコアラの手を停《と》めさせた。

「そうですよね？　コアラさん？」

風船売りのコアラは、驚いて言った。

「あんた、何を言っているんだ？　意味が解らない」

コアラは、緊張した面持ちで風船を握りしめている。

「あなたの手を見せてもらえますか？」

ブレーメンは言った。

「な、なんでだ？　駄目だ。俺は人に手を見られるのが嫌いなんだ。なんで手を見たいんだ？　あんた変態か！」

その時、老ネズミがさっと駆け寄って、コアラの手を摑んだ。

コアラの手を広げてみると、確かに人間と似たような指紋が、指にはっきりと見えた。木登りが好きなコアラにも、霊長類に似た指紋がある。

「おまえだったのか！」

陣雨は怒って言った。

「今日はやたらとオレの周りをうろついて、何を企《たくら》んでいるのかと思ったら、泥棒するつもりだったのか！」


これで、この件は無事に解決した。陣雨はコアラを治安管理センターに連れていき、小ネズミにはお詫《わ》びに、特別大きなアイスクリームをプレゼントした。七つの味がする七色のアイスクリーム。小ネズミは大喜びして、そのアイスクリームを虹色《にじいろ》アイスと名づけた。

ブレーメンとアグアが帰る支度《したく》をしていたら、突然うしろから呼び停められた。

「探偵さん！　ちょっと待ってください！」

振り向くと、そこには老ネズミがいた。

老ネズミは息を切らして駆け寄ってきて、持ってきた山査子飴を、アグアとブレーメンに渡して、感謝の言葉を述べた。

「どうもありがとうございました。あなたたちのおかげです。あなたたちがいなければどうなっていたことか」

アグアは山査子飴を受け取り、小ネズミに向かってはいたずらっぽくウインクした。ブレーメンは老ネズミに挨拶《あいさつ》し、小ネズミには手を振った。

老ネズミとひ孫ネズミは市場を出た。ひ孫ネズミは老ネズミに言った。

「ぼく、大きくなったら街で暮らしたいな」

「アイスクリームがあるからかい？」

と老ネズミが訊くと、

「違うよ、名探偵になりたいんだ」

と目をキラキラさせて答えた。

第一章　大事件

世界は長く人間に支配されていたが、ある日動物たちは、人間と充分に伍《ご》していけるだけの知能を得て、独立した。

動物王国は王をいただいて独立し、その首都がこの物語の舞台となる「動物城」である。進化した動物たちは、議会を作り、大臣たち政治家を輩出し、街には郵便局や清掃局を配置した。郵便局はカンガルーがポストから手紙を集めて廻り、タカやトンビやスズメが空を飛んで手紙を運ぶ。清掃局員は犬とアライグマで、犬は毎日道のゴミをくわえては焼却場に運び、アライグマは町のさまざまな設備に水をかけてせっせと清掃したり、公共物を近くの海岸に運んで丸洗いしている。

海岸は、海水浴が好きな動物たちでにぎわっていて、多くが水泳をする横で、霊長類たちはボート遊びをしている。動物王国は、平和なのだ。

しかしかつての支配者である人間たちは、動物たちの進化を受け入れることができず、彼らは冷静さを失い、戦争を起こした。戦闘は長く続いて今は西暦二三三三年、戦火は一応おさまったものの、動物と人間との間は冷戦状態にある。

暖かく湿った夜、まん丸い月が動物城の上空に昇っている。

太陽が沈むとともに、昼間の喧騒《けんそう》は暗闇《くらやみ》に呑《の》み込《こ》まれた。すると日中の激しい日射《ひざ》しを避けていた住民たちが、ぞろぞろと街に出てくる。

夜行性の彼らのおかげで、この街は昼夜を通して活気を保《たも》っている。鉄筋コンクリートの巨大な建物以外に、レンガや木造の優雅でレトロな一軒家も、この街の重要な一部分だ。特に鈴鐺区《りんとうく》では、このような小さな建物もそれぞれが独立して、庭に囲まれている。鈴鐺区の住民たちは、昼間は活気に充《み》ち、夜は静かに家ですごす、おとなしい動物たちだ。

一本の大木が、鈴鐺区の小さな二階建ての家の前に立っていた。それは少し古い家で、赤いドアとクリーム色の壁、庭からは梧桐《ごとう》の葉が顔を出している。

敷地に入ると、この庭のほとんどがこの威圧的な梧桐に占領されていることに気がつく。伸び放題で一度も手入れされていないかのようだ。それでいて不思議な美しさを放っている。

庭の片すみには、一台の自転車が斜めに置いてある。錆《さ》びついた様子から、長期間使用されていないことが解る。

自転車は自由牌《シユウパイ》というブランドものだった。この国が正式に独立したあとに作られたブランドで、老若男女を問わず大人気だった。

しかし今となってはこのブランド自転車も年季もので、この建物と同じように、もう流行《はや》っていない。今時の子供たちは、太陽光発電の電動自転車に乗っている。

この家の玄関前には五段の階段がある。広くはないが、手すりには細かな彫刻が施され、階段の一番上には頑丈な鉄の扉がある。鉄の扉の外側には錆びた銅のプレートがはめ込まれていて、「ブレーメン探偵事務所」と刻まれている。

銅のプレートの下には電源が入った白いボタンがあって、押すと鉄扉の向こうの世界の眠りを覚ますことができる。

鉄扉の向こう側は細長い廊下だ。廊下にはたくさんの個人コレクションが積み上がっている。それらはディスクやレコード、おもちゃ類で、これらを避けて二階へ進んでいくと、さほど広くないリヴィングにたどり着く。リヴィングはまるで小さな図書館のようだが、北米に暮らす野牛の群れがたった今通りすぎたばかりのように散らかっていた。

よく見ると、本のほとんどは推理小説で、さまざまな国や派閥、黄金時代から新本格、古典から最新のベストセラーまである。推理小説を読むことは、知的動物にとって最上の娯楽だ。

リヴィングでは、漆黒の椅子《いす》の上に置かれた新聞が一ページずつめくられていた。風もないのに自動的にページがめくられる新聞は、遠くから見ているとまるでそこに幽霊がいるみたいだ。

新聞には太いゴシック体活字で大きく、「人間大使の訪問、和平交渉は成功するか⁉」と印刷され、この見出しの太文字だけで、一面の半分以上が埋まっていた。右端《みぎはし》に小さく、人間の女性大使の美しい顔写真があった。

新聞紙がまだめくられている最中に、突然ソファからゲーム機が飛んできた。すると新聞紙のうしろからものすごいスピードで何かが飛び出してきてゲーム機を摑み、椅子の上の新聞紙の、さらにうしろに引っ張っていった。

「ブレーメン、何度言ったら解るんだ、ゲーム機を投げるなよ！」

新聞紙が下に置かれ、てかてかした緑色のカエルが、椅子の上に現れた。大きな目で、ソファからゴミを投げつける憎い輩《やから》を睨《にら》みつけている。眼鏡《めがね》をかけたロバが、ソファから身を起こした。

頑固なロバは、不満げに言った。

「ぼくのせいじゃない。このステージは本当に面倒くさいんだよ、君だっていらいらするさ」

カエルは溜《た》め息《いき》を吐《つ》いて、器用な指でゲーム機を操りはじめた。ブレーメンと呼ばれたロバは、近づいてきて、自分の策略が成功したと言いたげに、ほくそ笑みながら見ている。

しばらくすると、カエルは両手でゲーム機をブレーメンに押し返して言う。

「ほら、クリアしたよ」

「アグア、君はなんてゲームが上手なんだ！」

ブレーメンはゲーム機を持って、嬉《うれ》しそうにまたソファのすみにすわった。

「ぼくの手はひづめだからさ、君みたいに器用に操作ができないんだ」

「おい君、毎日ゲームばっかりしてるけど、ぼくたちいつから仕事していないと思う！　隣りの猫の老王《ろうおう》の子供が、本当に自分の子なのかどうか調べるのを手伝ってから、もう一ヵ月近くも仕事してないんだぞ！　これ以上この状態が続くなら、ぼくは辞めるよ！」

アグアは辞職を盾にボスを脅した。

「ぼくは、君のゲームの手伝いをするために雇われてるんじゃないんだからな！」

しかしブレーメンはまったく気にする素振りもなく、膝《ひざ》を抱《かか》えてゲームを続けた。

「この間老ネズミを助けただろ、小ネズミの冤罪《えんざい》を晴らしたじゃないか」

ブレーメンは言う。

「ああ、飴を三本もらったな」

「報酬だ。山査子飴を三串も食べたんだぞ」

「飴で生活はできない」

「不平不満ばかり言うなって、幸運は、準備ができているところに舞い込むもんさ」

「またそれか」

アグアは白目をむいて言った。

「君がなんの準備をしているんだか、ぼくには全然見えないんだけどな。たとえ……」

アグアが長々と話しはじめようとした時、玄関ドアのチャイムが鳴った。

「開けて！」

「自分で開けろよ」

「きっと君の宅配便だろうよ」

互いにそう言っている間、チャイムは鳴り続ける。

「君には呆《あき》れたな。君とぼく、どっちがここのボスなんだ？」

ついにアグアが我慢できなくなり、椅子から飛びおりて、リヴィングのドアのところまでひとっ跳びで行った。

ブレーメンは引き続きゆったりとソファにすわり、「下におりていかなくていい役」を勝ち取ったことに満足していた。

どすん！　どすん！　どすん！

アグアが下におりてまもなく、重い足音が聞こえてきた。

「ブ、ブレーメン、あの、あの……、お客さんが来たよ」

ブレーメンは顔を上げてアグアを見た。彼は青ざめて震えながら丸く縮こまって、中国人が清明節の時に食べる青団《せいだん》みたいになっていた。

「どうしてそんなに驚いているんだい？　何かが……」

ブレーメンがまだ言い終わらないうち、ドラのような大声が鳴り響き、錆びた銅のプレートが、ブレーメンの目の前に落ちた。それは「ブレーメン探偵事務所」と書かれた玄関の看板だった。

「あんたがブレーメンさん？」

訪ねてきたドラ声の動物が言った。

声がやけに大きかったから、部屋全体が揺れたように感じた。壁ぎわに積んでいた本の山が振動で崩れ、エラリー・クイーン、アール・スタンレー・ガードナー、そして島田荘司《しまだそうじ》が床に散らばった。

アグアはおびえてすみで縮こまっている。

アグアの背後には、威風堂々とした男が立っていた。帽子をかぶってうつむき、深い緑色のコートを着て、厚い革手袋をはめていた。

ブレーメンは負けじと立ち上がって、

「はい、私がブレーメンです。閣下は……？」

と尋ねた。

「それならここに来たのは正解であった」

と彼は、帽子を取って顔を上げた。緑色の長い顔、黄褐色の目がふたつ、ブレーメンをじっと見つめている。目は小さいが、威厳《いげん》に充ちていた。目の下には長い口、鋭い歯がずらりと二列並んでいることからも、いかついキャラクターであることが解る。

「グアッ！　あなたはもしかして、ワニ将軍、ネロさんですか⁉」

アグアは叫ぶように訊いた。

「ああ、そうである」

ネロはコートを脱ぎ、鍛《きた》えられた体を露《あら》わにした。彼は部屋全体を見渡してから、コートをアグアの椅子の背にかけた。そして、

「コートをここに掛けておいてもいいかな？　カエルちゃん」

と訊いた。

「も、もちろんです！　まさか！　本当に将軍さまなんですね！　ああ夢みたい。私はあなたのファンです！　マシュマロ戦争では、三倍の数の敵に勝ちましたよね！　それにあの戦い、何でしたっけ……、そう、おにぎり戦争！　あなたは黄龍を直撃して、敵の首領を生け捕りにしました！　将軍さま、あなたは本当にすごい人です！　私のヒーローです！　サインしてください！」

アグアは一瞬で態度を変え、興奮しながら持っている本の、ネロがサインできる場所を探しはじめ

た。

「サインについてはあとで話そうか」

ネロは威厳に充ちて言い、ブレーメンを上から下まで見た。

「巷《ちまた》の話では、あなたは街で一番の探偵だと聞いたが、まったくそんなふうに見えないね。まだ若いじゃないか」

確かにブレーメンはまだとても若い、数ヵ月前に十八歳の誕生日を迎えたばかりだ。大学に進学する年齢だが、非常識にも彼は探偵を始めた。おそらく、推理小説を読みすぎて頭がおかしくなったのだろう。

さいわい、ブレーメンの家族は頭が固くなかったので、彼に対する要求はただひとつだけだった。なるなら街で最も優れた探偵になって、先祖に恥をかかせないこと——。

しかしブレーメンの先祖は探偵ではない。動物城では誰もが知る事実だが、ブレーメンの先祖は高名な音楽家だった。

「ネロ将軍……」

ブレーメンは立ち上がりながら言う。

「私のことを紹介してくれたのは、きっとニャオニャオ署長ですよね？」

ニャオニャオ署長はヤマネコで、ブレーメンとは一度だけ会ったことがある。一度しか会っていないにもかかわらず、署長はブレーメンを非常に尊敬し、探偵として採用したいと持ちかけられた。しかし自由奔放な性格ゆえ、ブレーメンはニャオニャオ署長の誘いを断った。

「何故《なぜ》知っている？」

「私は政府とはほとんどつながりがありません。唯一のつながりは、ニャオニャオ署長と一緒に解決した誘拐事件です。誘拐のターゲットは外交部の高官の息子でした」

「うん」

ネロ将軍はうなずいた。

「その通りだ。確かにニャオニャオ署長が君を推薦してくれた。実際、彼がその誘拐事件について話してくれたからこそ、私はここに来たのだ。署長は、あなたがいたおかげで高官の息子を無事に救出できたと言っていた。そして特に強調していたことは、あなたは非常に口が固い動物で、絶対に噂を広めないと……」

「おほめの言葉をありがとうございます」

ブレーメンの顔が、少し赤くなった。

「しかし今日私が依頼する案件は、君がこれまで扱ってきたどのケースよりも困難であろう。実に厄介で、極限的に重大な案件だ、なんとも困ったことが生じてしまって、今頭を抱えておるのだ。絶対に秘密を守ってもらいたい。どんな動物にも、どんなメディアにも、このことは話さないでもらいたい」

ブレーメンはネロ将軍の隣りに立った。彼は背は低くなかったが、ネロ将軍の巨大な体格と較《くら》べると、まるでフィギュアみたいに見えた。

「ご安心ください。私と相棒は、絶対に外部に秘密を漏らしたりはしません」

「解った。相棒はどこにいる？　早く呼んできてくれ」

「相棒はここにおりますよ」

とブレーメンは言った。

「ここに？」

ネロ将軍はいぶかしげに訊いた。

「もしかして、あのカエルのことを言っているのか？　あれはただのカエルだろ。あれは、私はてっきり君の……」

「使用人だと思われましたか？」

ブレーメンは首を横に振った。

「いえいえ、まったく違います。アグアは私の一番の友人で、よき相棒です。彼がカエルだからといって……、えー、あなたを怒らせるかも知れませんが、あなたも哺乳類《ほにゅうるい》ではありませんよね！」

「私はワニだ！」

この世界はもともと人間が支配していたが、ある日、動物は急激に進化して、映画「猿の惑星」のように、最初は研究室の猫や犬、ウサギが知性を得た。その後、ほかの哺乳類も知性を得ていって、鳥類、爬虫類《はちゅうるい》、両生類も追って大進化を果たした。

彼らは直立歩行や、道具が使用できるよう四肢を進化させ、声帯を持ち、言語を使用しはじめて、自己意識も持つようになった。そして、世界は新たな局面を迎えた。

動物たちは、最初は底辺的な手間仕事を担当した。生産、輸送、清掃、警備、いうなれば機械と同じで、しかも機械よりもコストパフォーマンスが高い。しかし、彼らは長く抑圧された底辺の人間たちのように、奴隷制と束縛から逃れようと努力をし、知識を身につけ、独自の科学技術を発展させ、独自の文明を創造して、最終的には自分たちの国家を形成した。

動物城は動物王国の首都だ。最初、人間たちは動物王国を何とも思っていなかった。人間たちにとって動物王国は、ただの大型動物園にすぎなかったからだ。

しかしほとんどの動物たちにとって、人間は利己的で残酷な存在だ。自己の欲望のために環境を破壊し、動物を虐待する。綺麗《きれい》なストールを手に入れるためだけに可愛《かわい》いキツネを殺して皮を剝《は》ぎ取り、新鮮な味を楽しむために、ハリネズミを料理に使うこともある。

そのため、動物たちは団結して対抗し、非凡な結束力を発揮した。肉食動物も草食動物も、哺乳類も爬虫類も、一致団結して文明を発展させ、人間への追い上げを図った。

数十年の地道な努力を経《へ》て、科学技術、軍事などの面で、動物たちは人間に匹敵する水準に達した。しかし当然ながら人間は、この世界を動物たちと共有するという発想は受け入れない。だから、当然のように戦争が勃発《ぼっぱつ》した。

動物のパワーとスピードは人間を上廻《うわまわ》るが、人間は豊富な戦争経験を持っている。だからお互い、相手を簡単には制圧できなかった。

戦争は、百二十年の長きにわたって続いた。現在戦いは膠着《こうちゃく》し、冷戦という状況だ。

アグアが言った通り、ネロ将軍は二十年前のマシュマロ戦争——これは動物たちがつけた名前だが——、で頭角を現した優れた軍事戦略家で、その後チーズケーキ戦争、缶詰戦争、おにぎり戦争などの歴史的な戦いによって国内での威信を確立し、今や王老鉄《おうろうてつ》将軍にも劣《おと》らない著名な大物だ。

ネロ将軍はワニであるにもかかわらず、哺乳類に匹敵する地位を確立した。これは本当にすごいことだった。特に爬虫類や両生類は、ネロ将軍のことをスーパーヒーローとして崇拝している。

その時、手に「大叫楽隊」のアルバムを持って、アグアがぴょんぴょん跳んできた。

「ネロ将軍、サイン色紙が見つからないので、私の大好きなレコードにサインしていただけませんか？」

アグアはレコードを頭の上に掲げて、ネロ将軍の前に差し出した。

ネロ将軍は、映画やテレビのスターではない。突然熱狂的なファンに直面して少しばかり不快になり、ぎこちない手つきでレコードにサインした。いつも重要な書類にサインする時は、こんな不馴《ふな》れな感じはないのだが。

アグアは大スターのサインを手に興奮し、飛び跳ねて去っていった。

ネロ将軍はブレーメンの方に向き直って、

「さあ君、本題に入ろうか」

と言った。

ブレーメンはうなずきながら、どうぞと椅子を示した。

「いや、立ったままで」

ネロ将軍はブレーメンが示した小さな椅子を見て、到底自分の大きなお尻《しり》が入りそうもないと推察して言った。

察してブレーメンは、自分のソファ席をネロ将軍に譲った。

すわるとネロ将軍は、ポケットからロリポップキャンディを取り出し、口に入れるのだった。すると糖分の刺激で、将軍の大脳が活発に働き出す。

「わが国への人間大使の来訪について、君たちも何か耳にしておるでしょうな？」

表情を厳しくして、ネロ将軍が訊いた。

「動物城で一番の大ニュースですからね、今これを知らない動物なんておりません」

ブレーメンは、さっきアグアが読んでいた新聞を手に取って、一面を示した。

「一面のヘッドニュースはこの件ですよ」

キャンディがなくなり、ネロ将軍は、満足げに唇《くちびる》を舐《な》め廻してから言った。

「人間と動物の戦争はもう長いこと続いておる。私たちが進化し、高度な知性を持ち合わせてから、戦火は留《とど》まることがない。憎き人間たちは、かつて彼らがこき使っていた動物たちが、自分らと同じように高層ビルを建て、都市国家を形成することができるのを目の当たりにして、到底我慢がならず、われわれを消滅させようともくろんでおる。さいわい私らは王のもとで一致団結し、科学技術も急速に発展させたために、彼らに対抗することができた。今では両者とも非常に先進的な武器を持ち、ちょっとしたミスのひとつで世界が崩壊することになるから、ここ十年ばかりは、微妙な冷戦状態の平和を維持できておる」

「ネロ将軍、私はまだ若いですが、そのあたりのことは、学校の歴史の教科書でひと通り学びました」

ブレーメンは言った。

「そうか。歳をとったせいか、少々くどかったかな」

ネロ将軍が自分の歯を触りながら言ったので、ブレーメンはぞっとした。

「つい最近、人間たちは大使を派遣するから、和平交渉をしようと言ってきたのだ。これは前代未聞の大事件だ！　考えてもみてくれたまえ、私たちは長い間ずっと戦争を続けてきたのに、何故急に今、和平交渉をしようと言い出すのか？　陰謀だと言う者もいる。人間は、陰険で狡猾《こうかつ》だからね、軽々に信用することはできん。しかし一方で、人間たちが考えを改め、動物たちの地位を認めようとしているからだと言う者もおる。君はどう考えますかな？」

将軍が訊いてくるので、ブレーメンは笑顔でこう言った。

「ネロ将軍、和平交渉はよいことですよ。私の知る限り、あなたは常に平和を主張し、動物と人間とは共存共栄できる、という思想をお持ちとうかがっています」

「ああ、そんなに単純ではないよ」

ネロ将軍は溜め息を吐いた。

「戦争派と和平派は、これは永遠に相容《あいい》れないライバルだ。今回は特に厳しい。私たち和平派は常に穏健で、弱い立場にあったが、人間が和平を望むようになった今は、あきらかに和平派にとって有利な状況であり、戦争派の連中は腰が落ち着かなくなってきている。

恥を忍んで言うがね、口論の際、王老鉄将軍の髭《ひげ》が私の顔に刺さりそうになって、かっとなった私は、あやうく彼に噛みつくところであった。さいわい噛みつかなかったがね、もしも噛みついていたら、新聞の見出しは訪問大使の写真ではなく、私が王老鉄将軍の頭をくわえている写真になっておったろう」

ブレーメンは、ネロ将軍と王老鉄将軍との戦いなら、勝敗の予測がつかない接戦になるだろうと思った。

「人類から派遣された大使は、二日前に到着した。アリスという名の女性だった。彼女は少し高慢で、気むずかしそうな印象であった。周囲の者を寄せつけないふうな態度で、私はよい印象は持たなかった。私たちは彼女に最高級のホテル……、芝華士《しかし》ホテルに宿泊してもらい、会談もそこで行うつもりで、同席する大臣たちにも、そのホテルに部屋を用意した。

大使との交渉は困難で、いや実のところは、こちら側内部の戦争派と和平派の同席がむずかしく、空気が厳しいのだ。戦争派がかたくなに譲らないのは、人類大使の提案の中に、人間と動物の両者が、互いの最新の超兵器を、共同で破壊するという条項があるからだ」

「もし私たちが兵器を破壊したのに、人間側が約束通り兵器を破壊しなかったりすると、問題が生じますね」

ブレーメンが言った。

「戦争派もそれを言うのだ」

ネロ将軍は嫌そうに言った。

「どうやら君も戦争派のようだね」

「いえ、私は特定の政策を支持してはおりません。ただ戦争派の思索を整理しているだけです」

ブレーメンは答えた。

「確かに、私たちの国のほとんどの動物たちも、戦争派の考えを支持するであろう。私らが大使とどれだけ議論をしても、結局はわが内部の矛盾であって、署名するかしないかの違いにすぎない、そうではないかね？」

「ネロ将軍、条約を締結するかしないかは、私に会いにこられた理由ではありませんね？」

ブレーメンは唇に触りながら言った。

「ああ……、そうだよ」

ネロ将軍は溜め息を吐き、眉《まゆ》をひそめ、とても不安そうな表情を浮かべた。

「このような展開になることは、まったくの想定外だったのだ」

ネロ将軍は厳粛な顔つきのまま、少しも怒ることなく、威厳を保っていたから、ブレーメンはそれ以上の追及はできなかった。

その時、アグアが一冊の本を抱え、ぴょんぴょんと跳ねてやってきた。

「ネロ将軍、またお邪魔しますが」

アグアは、手に持った本を頭上に掲げて言った。

「この本にサインしていただけませんか？　これは私の彼女が一番好きな本なんです！」

快活な小さいカエルを見てネロ将軍の表情がほぐれ、部屋の中の重苦しい雰囲気が多少和らいだ。

「表紙でいいかね？」

ネロ将軍は、本を受け取りながら訊いた。

それはジョン・ディクスン・カーの、『爬虫類館の殺人』という本だった。

「いいえ、見返しページにお願いします。『最愛の金美《かなみ》へ、永遠に愛してる！』と書いてください」

と手をたたきながら言った。

「それは私が書くことではなかろう」

ネロ将軍は言った。

「いいえ、金美も将軍の大ファンで……」

無意味な議論をしたくなかったので、ネロ将軍は急いでサインした。前の時よりも手馴《てな》れた。今後ファンからサインを求められても、もうあまり戸惑わないであろう。

小さなカエルは、また飛び跳ねながら去っていった。それを見送ってからネロ将軍は、ブレーメンに向かって言う。

「探偵には、職業倫理というものがあるはずでしたな？　もう一度私に、絶対に秘密を守ると約束してくれませんか？」

「秘密を守ることをお約束します」

ブレーメンは、断固とした目で答えた。

「よし。私はニャオニャオ署長を信頼しているし、もちろん君のことも信頼している」

ネロ将軍は深呼吸をひとつして、ゆっくりと言葉を口にした。

「大使が、亡くなったのだ」

「なんですって⁉」

まだ遠くまで行っていなかったアグアは、さっきまで宝物のように大切にしていたサイン本を、ショックで床に落としてしまった。

ブレーメンも表情が険《けわ》しくなった。

「偶然なのでしょうか、それとも……？」

「表面的には偶然に見えるとも。しかし事実偶然ならば、私はここに来たりはしない。この事件は非常に奇妙で、しかも大使の死の状況も……、ああ、悲惨と言っても過言ではないのだ。具体的なことは、このあと現場に行けば君にも解るだろうが」

ネロ将軍は、探偵の前で溜め息を吐いた。

「今確実に言えることは、これは決して単純な事件ではないということだ。私は悪い予感が去らない。おそらく、これは殺人事件だ！　この件に関するすべては、現在絶対的な国家機密として扱われており、一般に知られないように軍が直接管理している。しかし軍は、戦争や軍事的な行動なら問題はないが、殺人事件の捜査となれば別物でね。そこでだ、私とニャオニャオ署長は親友なのでね、彼が君を紹介してくれたのです。大まかに言うと、こんな経緯です」

　ネロ将軍は、そこで言葉を切った。アグアは床にうずくまり、じっと聞いている。

「確かに戦争を始める前に、使者を葬るという事件はよくある。しかし人間の大使が、平和を求めて動物王国にやってきたのに殺されてしまったという場合、大使の死は、両国の平和に何の益ももたらさん。たとえそれが人間を憎む極端な思想の持ち主、個人による行為であったとしても、それを人間側に説明するのはむずかしい。

　大使を殺したのが雇われた殺し屋だったとしたら？　誰が雇ったにしても最悪だ。こんなことが人間側に知れたら、宣戦布告をしたも同然になってしまう」

　将軍は、深い憂慮の溜め息を吐いた。

「このままでは戦争を避けられない。わが王国も、存続の危機だ。国王も、憂慮を表明しておられる」

　聞いてブレーメンは言う。

「十年前のおにぎり戦争は、人間と動物とが直接戦火を交えた最後の戦争でした。双方ともに大きな損失をこうむって、無数の命が戦場で消えました。長い消耗戦の末、双方が一時的な休戦を選び、なんとか停戦を実現しました」

「そうだ」

　将軍は言う。

「しかし実際には双方休むことなく、休戦の期間に人間と動物は、一撃必殺の超兵器の開発に血道をあげました。人間も動物も、開発したその超兵器で、世界を消滅させることができるようになったのです。だから、今また戦火を交えたら大変です。もう昔とは違う、世界が消え去ってしまう」

「その通りだ探偵くん。だから私は、ことを明瞭にすべきだと思っておる。人間側には、大使が亡くなったことを、はっきりと伝えるべきだと思うのだ」

将軍は言った。

「しばらく隠したのちに露見したら最悪だからね、これ以上ないほどに印象が悪くなる」

「大使はいつ亡くなったのですか?」

考え込みながら、ブレーメンは尋ねた。

「つい二時間前だ。つまり午後七時にホテルで火災が発生し、大使の部屋が火事になったのだ。遺体は、焼け跡で発見された。具体的な死亡時刻は、法医の検証報告を待たなければならんがね」

将軍は答えた。

「まだたったの二時間しか経《た》っていないのに、もう私たちを訪ねてこられたんですか?」

聞いていたアグアは、驚いて口をあんぐりと開けた。

「それだけ緊急の事態ということだ。非常に緊急だ。今世界は、破滅への崖《がけ》っぷちに立っている。人間世界からの大使が亡くなり、関係者は政治家ばかり。少しのミスも許されない。私とニャオニャオ署長とで何度も話し合った末に、君に相談することにしたのです。どうか失望させないで欲しい」

ネロ将軍は、ほとほとまいったというように、両手を広げて見せた。

「実はね、こんなに大きなリスクを冒してまで君に相談しに来た理由がもうひとつあるんだ」

「何でしょう?」

ブレーメンは尋ねた。

「戦争派の方は、私たちに相談せずにもう探偵を雇ってしまったのだ。王老鉄ってやつはいったい何を考えているのだろう。私とニャオニャオ署長は、断じてやつらに先を越されたくないのだ。だから、君に依頼することにした」

「もしかして犯人が戦争派だった場合、王老鉄さんがかばうのではないかと、それを心配されているんですか？」

ネロ将軍は補足した。

ブレーメンが尋ねた。

「それもひとつだ。そんなことをするやつだからな王は。彼にとって人間が一人死ぬことくらい、たいしたことではないのだ。もし私やほかの動物たちがいなければ、今頃彼は人間にメールを送って大使が亡くなったことを知らせ、背後に向かっては戦闘開始を叫んでおるだろうな！」

ブレーメンとアグアは、互いに顔を見合わせた。

「さっき火事が起きたとおっしゃっていましたよね？」

ブレーメンは突然話題を戻し、興味深そうに目を細めた。

「大使の遺体は、今ホテルにあるんですか？」

「正確に言えば、そうではない」

ネロ将軍は言う。彼の答えがまた、極めて異例だった。

第二章　現場

その時、ブレーメンがまだネロ将軍の意図を理解していなくとも、すぐに将軍のおかしな表情の理由が解ることになった。

ネロ将軍の運転手はヤンリデという名のワニで、ネロ将軍より遥《はる》かに小柄《こがら》だったが、緑色のナス形の顔は、将軍よりもむしろ狂暴そうだ。アグアは彼を見て、無意識に目を覆《おお》った。

ヤンリデはブレーメン、アグア、そして将軍を乗せ、ホテルに向かって発進した。車は鈴鐺区を走り抜ける。鈴鐺区の主な住民は草食動物で、奇蹄目《きていもく》と偶蹄目《ぐうていもく》の動物が八割を占める。ここの住民は日没とともに休み、日の出とともに働きはじめる。夜になると街にはほとんど人けがなくなり、静まり返る。

静けさは伝染する。車内のネロ将軍はひと声も発せず、ブレーメンとアグアも賢明にも沈黙を続け、ヤンリデも運転に集中していた。

鈴鐺区の西側は泰坦区《たいたんく》だ。泰坦区と鈴鐺区の境界には、ふたつの区域を分けるようにトナカイのかたちをした巨大な城門が建っている。このトナカイの城門は、八十年前に七十五匹の負傷兵を戦場から救助した医療兵を顕彰して建てられた。

ふたつの区域を結ぶ主要な道路は、トナカイの四本の足の間にある。車はトナカイのお腹《なか》の下を疾走し、泰坦区に着いた。

泰坦区は大型動物たちが住む場所だ。そのため建物は、ほかの地域よりも大きくて高く、道路の幅も鈴鐺区の二倍ある。

泰坦歌劇場は、この街で最も壮大な建物だ。歌劇場の前の噴水は、住民の憩いの場として人気があり、通常この時間帯は大混雑している。どんな種類の動物も、みなここが大好きで集まってくる。

ところが何故か今日の劇場前は人けがまばらで、いつもの歌声や笑い声がない。雨にも風にも負けず、いつも日が沈んだらやってくるゲロゲロ合唱団の声も聞こえない。どうやら今宵《こよい》は、尋常じゃない夜になる運命のようだ。

泰坦区を通りすぎ、役人や富裕層が住む川沿いの地区に到着した。中心部には利維坦山《りいたんざん》があり、その麓《ふもと》を蛇行《だこう》しながら登っていくと、車窓から凝《こ》った建物や、まちまちなスタイルの豪壮な別荘が見えてくる。多くの政治家やスターたち、富豪の商人がそこに住んでいる。ワニ将軍の公邸も山の麓にある。

そして頂上には、目的地、芝華士ホテルがある。芝華士ホテルはとても高級なホテルだが、梅林ホテルや王致ホテルとは違って、外見だけではそれが解らない。梅林ホテルの外観はイギリスのバッキンガム宮殿を、王致ホテルは中国の避暑山荘を模《も》している。どちらも内外を飾り立て、金色に輝き、美術館のように豪華だ。

一方、芝華士ホテルは山林に隠れた修道院のような存在で、外見は控《ひか》え目《め》だが、より重要な――政府関係の会議の責任を担っている。梅林のような豪華なホテルでは、おカネさえ払えば細やかで高級なサーヴィスを受けられるが、芝華士ホテルは異なる。いくら払っても、関係者の許可がなければ入ることすら許されない。

車はゆっくりとホテルの玄関に停まり、ヤンリデは運転席を出て、ネロ将軍とブレーメンのためにドアを開けた。

ブレーメンとアグアにとって、テレビや新聞でしか見たことのない芝華士ホテルは、伝説の中の城のように魅力的な場所だった。これから中に入ると思うと、アグアの緑色の顔は興奮で再び赤くなった。

「あのスーツを着てくればよかったな、水玉のタイを合わせたあのスーツのことだよ。金美はそれを着たぼくのことを、一番イケてるって言ったんだ」

アグアは小声でブレーメンに言った。

「ホテルで一緒に写真を撮りたいな、友人たちがさぞ羨《うらや》ましがるだろうな！」

「遊びに来たわけじゃないんだぞ、カエルちゃん」

アグアの声は小さかったのだが、将軍ネロは厳しく言った。

アグアは恥ずかしそうにうなずいた。彼は自分のヒーローである将軍ネロの前では、普段の自分より立派に見られたいと思っていたのだ。しかし、実のところ変わり映えはしていなかった。

ホテルの入り口は、軍服を着たハリネズミたちでガードされていた。彼らは周りを警戒しながら、いつでも背後の鋭い棘《とげ》を発射できる状態のようだった。

「彼らは特殊部隊なの⁉」

アグアはそっとブレーメンに尋ねた。

「そう。特殊部隊はぼくもはじめて見たけど、おそらく大使の死後に来たんだろう」

とブレーメンは推測を言った。

「大使の訪問に、特殊部隊は出動しなくてもいいの？」

アグアは尋ねた。

「特殊部隊は、取り立てて深刻な事件が発生した場合にのみ出動する。通常の外交活動に出動する習慣はない。ただし、軍部は今頃後悔しているだろうな。最初から防衛出動の基準を順守していれば、大使は亡くならずにすんだかも知れない」

ブレーメンはそばにいるネロ将軍の感情をまったく気にもせず、直言した。

「少しは私の面子《メンツ》も保ってもらえないかね」

ネロ将軍は不機嫌そうに言った。

ブレーメンは、ネロ将軍の怒りを感じた。ネロ将軍は、最初に防衛を強化することを提案したが、ほかの同僚には大げさに思われて、却下されていたのかも知れない。

彼らはハリネズミ特殊部隊の前を通り抜け、ホテルの中庭を横切り、メインビルに向かって歩いていった。

「前にも言ったがね、最近の情勢は不安定で、戦争派、過激派、狂った政治家がますます増えている。誰も私の話に耳を傾けない」

とネロ将軍は不満を漏らした。

「以前のローズ党、神龍教、羽毛《うもう》神社みたいなトラブルメーカーどもだ。君は最近、オレオ党という組織の名を聞かないか？」

「聞いたことがあります」

アグアが割り込む。

「金美の友達が加入しました」

「このオレオ党が奇妙なんだ。議会での議席獲得に熱心でもなく、ほかの政党を攻撃するでもない、かといってどの組織とも共闘しない。彼らの目的がまったくわからない」

ネロ将軍が言った。

「ではこのオレオ党は、どのような危険性があるのでしょうか？　名前の響きは、ただのお遊び的組織に聞こえますが」

ブレーメンが言った。オレオとは、確かお菓子の名前だったはずだ。

「そうだ、まったく無害に聞こえるだろう。しかし、何も知らないからこそ……、彼らの首領が誰なのかも解らん、だから神秘的に感じられるのだ。この奇妙な組織がどこから現れたのかにも、注意を払う必要があろう。ほかの過激派が会議を妨害する可能性もある。だがそんなことを言っているうちに、思いもよらず大問題が起きてしまった」

ネロの顔色が厳しくなった。

「行きましょう、一緒に中に入りましょう」

芝華士ホテルの内部は平凡で、装飾は非常にシンプルだった。ロビーには装飾品があり、廊下にアート作品が飾られているような超豪華なホテルとは違っている。このシンプルさの背後に、政府の予算不足が見てとれた。

ブレーメンたちがホテルのロビーに足を踏み入れると、馴染《なじ》みのある姿が現れた。

「ニャオニャオ署長、お久しぶりですね！」

ブレーメンは、警察の制服を着たヤマネコに挨拶した。ニャオニャオ署長は、動物城警察署の総局長だ。

動物城には十二の行政区があり、合計四十六の警察署がある。ニャオニャオ署長は、最初は十九分署の普通の警官だったが、強盗団のアライグマ一味を確保する際、負傷しながらも奮闘して、六匹の狂暴な子アライグマをすべて逮捕した。その功績により副局長に昇進し、その後は優秀な警官たちとともに反政府組織「羽毛神社」の重大な反乱計画を解決し、国会から表彰されて、総局長に昇進したのだった。

ニャオニャオ署長は、勲功に輝く戦績を持ち、頼りがいがあるかに見えるが、実は迷いやすい性格で、事態が緊迫すると、思いつき優先で行き当たりばったりに行動し、いらいらすると近くのものや動物を爪で引っ掻《ひか》きまくる。だから彼の助手は次々と替わる。現在の助手は、ニャオニャオ署長の荒業に堪える硬い鱗《うろこ》を持つ、アルマジロのアケンだ。

「おいブレーメン、やっと来たかね。古い友人ネロ将軍が、私を信じてした選択を嬉しく思うぞ」

ニャオニャオ署長は、ブレーメンに手を差し出した。

ブレーメンも、再会した戦友に対するように、ニャオニャオ署長と力のこもった握手をした。

「君の言った通りだといいがな」

とネロ将軍は、やや皮肉めかした言い方をした。

「それはこの若者の腕次第さ。どうだい？　がっかりさせないでくれるよな？」

ニャオニャオ署長は、期待に充ちた目でブレーメンを見つめるのだった。

「ご安心ください署長。ブレーメンなら、どんな難事件でもすみやかに解決いたします！」

アグアは、あたりを飛び跳ねながら大声で叫んだ。

「アグア、久しぶりだね！　元気そうでなにより。以前に会ったおりより、顔色がよい緑色だ！」

とニャオニャオ署長は丁寧に言った。

その時ちょうど、動物たちが群れをなして階下におりてくるのに出くわした。

トラがアライグマに、何ごとか耳打ちをしていた。アライグマはネクタイを締め、髪型をびしっと決めた正装で、なかなか颯爽《さっそう》としている。それがまさに動物城で今人気沸騰の、名探偵ポチなのであった。

「おい、ネロじゃないか！」

威風堂々としたトラが、彼らの前に立って言った。トラはいささか歳をとっていたが、高圧的な威厳は健在だった。

ネロ将軍は軽く頭を下げ、少し不満そうな様子だった。

「これが君が探し出してきた探偵か？　見たところ、ただのロバだが？」

王老鉄は、ブレーメンを上から下まで眺《なが》めおろし、品定めした。

「君たちも、ご苦労なことだなぁ、この国で一番優れた探偵は、この通り、すでに私が呼んでおるのに。君たちはどこかで、ただ結果を待っていてくれればよかったんだよ」

「ブレーメン君は私の捜査顧問で、以前にも困難な事件を解決してくれたのだ！」

　ニャオニャオ署長は不服そうに言い、胸を張った。

「それはなにかね、ことわざに言うところの、目の見えない猫が死んだネズミにぶつかったというあれじゃないか？　つまりはまぐれということさ。ああ、すまんすまん、君は猫だったね」

　と王老鉄は言い、聞いたニャオニャオ署長が、ひげが反《そ》り返《かえ》るほど怒ったのが、誰の目にも解った。

　その時、名探偵ポチも、ブレーメンに挨拶をした。

「またお会いしましたね、ブレーメン君」

　ブレーメンも、ポチに向かって頭を下げて挨拶した。

「こんにちは、ポチさん」

「しかしあんた、こう言ってはなんだけど、相変わらずだらしがない格好してますな」

　ポチは見下す顔でブレーメンを見た。

　こんなに重大な、国家的な大事件に関《かか》わるというのに、ジャージ姿とはまた、ＴＰＯをわきまえない男だ――。ポチは、ブレーメンの無頓着《むとんちゃく》な様子に軽蔑を抱きながら、内心でそう思っていた。

　ブレーメンには、服装にこだわりというものがない。なに、問題は頭だ、ブレーメンは思っていた。プレスのきいたズボンが、犯人の名を教えてくれはしない。

「あなたは素晴らしく凝っていますね！」

　ブレーメンは感心して言った。ポチは仕立てのよいスーツを着て、アグアが憧《あこが》れてやまないドット柄《がら》のネクタイを締めている。事態を知らない者が見たら、きっと彼も大臣で、重大な会議にでもやってきたと思うだろう。

ブレーメンは、ニャオニャオ署長に向かって言う。

「署長、世間話はあとで。まずは事件の状況を把握させてください」

「いいとも。では現場へ！」

ニャオニャオ署長も早く王老鉄から離れたかったとみえ、急いで歩き出す。

ほどなくして彼らのうしろから、王老鉄のあざ笑う声が追ってきた。

「ネロも歳をとったものだ、昔強かったのは、若かったからか。歳をとれば、動物は無意味な行動が増える」

しかしネロ将軍は、ひと声も発しなかった。

芝華士ホテルの一階は、ロビーとレストランと会議室で占められている。ブレーメン一行がレストランを通りすぎると、ウェイターたちがテーブルを片づけているのが見えた。テーブルにはまだ、料理がたくさん残っている。

「ネロ将軍が最初に人間大使の死体を発見したのは、火災報知器が鳴ったからだったと言っていましたね？　しかしここは、まったく火災の影響がないように見えますね」

ブレーメンは尋ねた。

レストランは清潔で、よく片づいている。

「火災が発生しましたが、被害を受けたのは三階のみでね、それも大使の部屋だけです。近隣の部屋もわずかに被害を受けたが、駆けつけたスタッフによって、すぐに鎮火しましたから」

とニャオニャオ署長は答えた。

「その通り」

とネロ将軍はうなずいた。

「現場は、まだそのままにしてある。君に見せるためにね」

「おお、それは助かります」

ブレーメンは言った。

「ここに滞在しているほかの政治家たちには影響がなかったが、さぞ驚いたことだろうな。今はホテルに足止めされているが、サーヴィスは通常通りだ。だから夕食などもいつも通り。レストランとキッチンは稼働しておる」

「君たちは、もう夕食は食べたのかね？」

とニャオニャオ署長が尋ねた。

「食べましたよ」

アグアが言う。

「ネロ将軍がいらっしゃる前に、私がブレーメンのために美味しい干し草、トウモロコシ、葡萄の種で作った豪華なサラダを用意しまして、これは私の得意料理で、ドレッシングにもちょっとした工夫がありましてね……」

「アグア、少し黙ってて！」

このような場でアグアが、家にいる時のようにあれこれとおしゃべりするのは適切ではないと、ブレーメンは感じていた。

「もう食事をすませたのなら、お腹は空《す》いていないはずだ、これより現場で、念入りな調査もできるな。あとでみなに夜食を用意してもらえるよう、キッチンに頼んでおこう」

ニャオニャオ署長は言って、

「私もまた、さっき食事をすませたばかりだからな。だが夜食までには腹が空こう」

言いながらヤマネコの署長は、歯の間に挟まった魚を、爪の先でほじくり出していた。

〝夜食のことなんていい！〟

ブレーメンは内心で思っていた。この建物のどこかで、非常に特殊な死体が自分を待っていることを思い、いらいらしていた。

「腹なんか、いくら減っていても大丈夫、調査はきちんとやります！」

ブレーメンは言った。

一行はエレベーターに乗り込み、ニャオニャオ署長が三階のボタンを押してから説明する。

「ホテルの一階には、ロビー、レストラン、大会議室があります。二階にも小さな会議室があって、私たちと人間大使の会談が行われていました。三階から五階は客室です。今回の大使のご来訪は国家的重大行事なので、会議に参加する要人のみが、三階から五階に泊まることができるようにしていました」

「普段から芝華士ホテルは、そう簡単に泊まれる場所ではない」

とネロ将軍が言った。

「このホテルは、庶民にはちと高いからな」

チンという音が鳴って、エレベーターは三階に到着した。

するとエレベーターのドアがまだ開かないうちから、外に広がっている火災現場の焦《こ》げた臭《にお》いが、ドアの隙間《すきま》から侵入してくるのをみなが感じた。

その臭いが強烈なので、アグアは「ハックション！　ハックション!!」と連続でくしゃみをした。

ホテルの廊下は真っ暗だった。しかし、エレベーターのドアが開くと、廊下が一気に明るくなった。

「ここの照明は、重力センサー・スウィッチになっている」

ニャオニャオ署長が説明する。

「動物が足を踏み入れるまで、廊下の照明は点灯しない。動物の重さを感じると、照明が点灯するのだ」

芝華士ホテルの外観は地味で、内装も平凡だが、見えない場所に高度な技術が導入されている。

動物の性格や、習性は異なる。夜行性の者もいれば、日光を好む者もいる。一定の温度を必要とする者もいるし、湿気《しっけ》を嫌う者もいる。そのため、芝華士ホテルは各部屋ごとに異なる設備がそなえられている。

一行はニャオニャオ署長にしたがって、大使の部屋に向かって歩いた。

「人間大使以外に、この階の宿泊客はいますか？」

とブレーメンは尋ねた。

「いるよ。外務大臣のセラジョンと妻の純子《じゅんこ》、国防大臣の鉄頭《てっとう》、司法大臣のアオアオ。ああ、そして大使のボディガードのジボもこの階にいる」

と、ニャオニャオ署長は答えた。

「大使と会談するのは外務大臣と国防大臣だけですか？」

ブレーメンは尋ねた。

「いや、ほかにもたくさんの政治家がいる。財務大臣のロンロンや安全大臣のビルら、会議に参加するほかの者たちもみな四階に泊まっている。われわれは、王老鉄のような過激な戦争派を五階に配置したんだ」

とネロは答えた。

ホテルの通路を数人で話しながら進み、深茶色の合金のドアの前で立ち停まった。

「着きました、入りましょう。でもみなさん、お気をつけて。現場のものを壊さないように。特にカエル君、前回の事件を私は憶えているよ、君は部屋の昆虫標本を食べそうになったんだから！」

と口うるさい署長が言った。

「グアッ、あの時のことをまだ憶えていらっしゃいましたか」

アグアは恥ずかしそうに頭を下げた。

「忘れてくださってもいいのに……」

「そうはいかん」

署長がドアを開けると、ぷんと火事場の強い臭いが鼻を打った。強い焦げた臭い、鼻が曲がりそうだった。

焼け焦げてはいたが、大使の部屋は広々として、いくらか残っている備えつけの家具の配置やレイアウトから、ここが洗練された、豪華でモダンなスイートルームだったことが察せられる。ブレーメンは慎重につま先立ちになり、ゆっくりと室内に入った。

部屋はリヴィングルーム、ベッドルーム、トイレふたつ、浴室、クローゼット、そして景色のよいバルコニーで構成されていた。リヴィングルームは約三十平方メートルほどで、床は湿って、焦げた箇所に泡《あわ》が混ざっている。これは、消火の際の水や、化学消火剤の名残《なご》りだろう。

リヴィングルームの壁紙は黒く焦げ、床近くの部分は焼けて巻き上がっている。壁の焼けていない部分には、モダンな黒と白のストライプが見える。これはソファの柄と似ているから、火災が起きる前、壁はソファのデザインとよく調和していたことだろう。

リヴィングルームのソファセットは半分が焦げてしまい、残りの半分も焦げ茶色《こげちゃいろ》に変色している。が、かろうじてうかがえる直線の様子や色彩から、シンプルなデザインのセンスが感じられた。

ソファの近くには、足を踏み入れる場所もない焦げた床の上に、チョークで人のかたちを描いたものがあった。テレビドラマでよく見る、殺人現場で死者のいた位置を示すものだ。

奇妙なことは、この人がたが半分しかなかったことだ。チョークで描かれた線は、下半分は切れてしまっていた。

「まさか……」

ブレーメンは、人がたのマークを見つめながら考え込んだ。

「大使の遺体はどこです？」

「科学捜査研究所が持っていったんだ。現在鑑定中だよ。身分のある死人を、いつまでも現場に置いておくわけにはいかん」

聞いて、ブレーメンがあきらかにがっかりしたのが解った。

「死体は雄弁なものです。死者は、多くのことを語るんです。遺体がなければ……。このことですか？　将軍が言われていた、遺体が完全ではないというのは……？」

「その通りだよ」

とネロ将軍は複雑な表情で言った。

「人間大使の遺体は、なんと上半身しか残っていなかったんだ！」

「なんと！　なんてひどいやつだろう！」

アグアは仰天し、憤慨の声をあげた。

「それだけではないぞ！　人間大使のお腹は切り開かれ、内臓がぐちゃぐちゃでな、さらにそれが火で焼かれてな……」

言って、将軍は首をゆっくりと左右に振った。

「無残《むざん》だった、無残の極み、まさに悪魔の所業だ」

ニャオニャオ署長は、アグアの受けた衝撃が足りないと心配したか、人間大使の状況をより詳しく説明した。

「大使の体は、残った上半身も黒焦げで、美しい顔と、豊かな髪の一部だけが、なんとか原形を留《とど》めていた」

「遺体があれば、死体を切断した道具の見当もつく」

ブレーメンは言った。

「焦げているんだ、何も解らないと鑑識は言っていた」

署長は言った。

「それでも推理はできます。道具が解れば犯人の見当もつく。チョークの線なんて、何も語りません。このチョークの線を描いたのは警察ですね？　その人に会えば遺体の状況も解る。話が聞けるでしょうからね」

「それが、誰が描いたのか解らないんだ。今調査中でね」

ネロ将軍は言った。

「なんですって⁉」

「まあいずれ解るだろう。それにだ、大使の遺体が発見されたのは、ベッドの上なんだ」

「どういうことです？」

ブレーメンは言った。

「さてね、そのうち解るだろう」

将軍は言う。

場は、少し気まずい空気になった。

「ここは、どのくらい燃えていたのか。その時間が解れば、発火の時刻も解る……」

「こんなひどいことをする動機はと言えば、憎しみだな。この建物にいる多くの者のうちの誰かが、大使に激しい憎しみを、いや殺意を抱いていたのだ」

ネロ将軍が言った。

確かに人間の大使を殺したい動機を持つ者は、動物王国には数え切れないほど存在する。ブレーメン自身、人間に対しては複雑な感情を抱いていた。

ブレーメンは、人間が創造した文化や芸術を非常に高く評価し、愛してもいたが、その一方で、人間から受けた癒《い》えることのない深い傷を心に負ってもいた。

人間が送り込んできた親善大使は、和平のためと称してはいるが、実のところその実態がどんなものなのかは、誰にも解らなかった。動物世界の未来に関わる和平交渉、突然起きた火災、半身しかない大使の遺体、この事件は奇怪で、裏に何か奇天烈《きてれつ》なストーリーが隠されているように感じる。

ブレーメンは重圧を感じていた。これは彼がこれまでに経験してきた通常の殺人や誘拐、窃盗事件とはあきらかに異なっている。人間大使の部屋は、開かれた地獄への入り口のようだ。今この難問がうまく解決されなければ、悪魔は必ず地獄から舞い戻ってくる。平穏が破られ、世界中が大戦乱に陥《おちい》るのが目に見える。そうなってからでは遅い。事件を解決し、地獄へと開いた口を塞《ふさ》がなくてはならない。

たとえ自分が人類に敵意を抱いていたにしても、現在の平和が崩れ去ることは望まない。だから今自分は平和のため、死力を尽くさなくてはならないのだ。持てる力のすべてを発揮する必要がある。そのためには、遺体は是非とも必要だった。

ブレーメンが呆然《ぼうぜん》と佇《たたず》むのを見て、ニャオニャオ署長は彼の目の前で爪を剝き出して振り廻し、目を覚まさせようとした。

「君、大丈夫かね？」

署長に言われ、ブレーメンはハッとわれに返り、うなずいた。しかし、やはり言葉は出てこない。

「こんな事態になって本当にまいった。アケンも私に当たられて大変な思いをしている。ブレーメン君、頼んだぞ、私たちは今、厳重に監視されているんだ、六時間ごとに上に報告しなければならん。ここはすべて任せたぞ！　王老鉄たちが何をやっているのか知らないが、きちんと調査してくれていることを願う。私はただ、彼らに邪魔されるのを心配しているだけだ」

署長は言った。

「ご心配なく、私どもは全力で事件を解決します！」

ブレーメンは二人に宣言した。

「そしてポチに関してですが、彼には少なくとも、探偵としての良心があることを信じています」

「どんな良心だ？」

ネロ将軍が言った。

「真実を追求することです」

ブレーメンは言った。

「これが君らの役に立つことを願っている」

言いながらネロは、コートの内ポケットから手の込んだ細工を施したバッジを取り出し、ブレーメンに手渡した。

バッジは濃い灰色で、重そうに見えるが、何の金属で作られているのか解らない。八角形のバッジの枠には精巧な模様が彫られ、バッジの中央にはワニのかたちが浮き彫りにされていた。

「わぁ！　これって伝家の至宝、ネロの印じゃないの⁉」

そのバッジを見て、アグアはまるで財宝でも見つけた時のように興奮した。

「いやカエルちゃん、これは至宝なんかではないんだよ、ただの通行証だ。動物城では、どこへ行くにも、どんなトラブルに巻き込まれても、これを提示すれば誰も君たちに手出しはできない！」

言ってネロ将軍は、ブレーメンとアグアを熱い眼差《まなざ》しで見つめた。

動物城では、将軍ネロの勲章を知らない人はほぼいない。これは国会がネロの功績をたたえるために、特別に授与したものだ。

　この精巧な小さなバッジがあれば、どんな場所でも特権を得ることができる。とは言ってもむろん、ネロ将軍はこのバッジを乱用することはしないし勧めない。それが彼がこの動物城で、非常に高い信頼を得ている理由でもある。

　彼はこれまで他人にこのバッジを与えたことはなかった。しかし今、人間大使の事件が急を要する重大事態となったため、一般の私立探偵であるブレーメンに、この大切な特権をあずけたのだ。

　ブレーメンは勲章を受け取ると、重い表情を浮かべた。彼はこのバッジが持つ重要な意味をよく理解していた。ネロは王老鉄の一派を恐れている。王老鉄も、今兵を整えている。彼がブレーメンにどんな妨害を仕掛け、事件解決を邪魔してくるか知れたものではない。

「おい、相棒よ、おまえが他人にバッジを託すなんて珍しいな。前に触らせてもらおうとしたら断ったくせに」

　ニャオニャオ署長は言って、羨ましそうにブレーメンを見つめた。

「事件が解決したら、思う存分触らせてやるさ！」

　将軍ネロは、ニャオニャオ署長の肩をたたいた。

「さあ行こう。ここはブレーメンたちに任せよう」

　言われてニャオニャオ署長は、ブレーメンとアグア、二匹と再び握手を交《か》わした。それが終わると、ニャオニャオ署長は横にいるアルマジロのアケンに目配せをし、ブレーメンに言った。

「もし調査したい人や行きたい場所があれば、いつでも言ってきて欲しい。このアケンが手引きするから、安心してくれたまえ」

　言われてアケンは足を揃えて右手を眉の横に上げ、ニャオニャオ署長に敬礼した。

　ネロ将軍とニャオニャオ署長が去ったあと、アグアはそのバッジを手に取ろうと試みた。

　しかしバッジはかなり重かったため、カエルの力ではなかなか持ち上げることができない。

「さすがはネロ将軍だな!」

とアグアは称賛した。

「まさに神が降臨した力強い存在だなあ!」

「アグア、バッジを壊さないでよ!」

ブレーメンは軽々とバッジを手に取り、上着のポケットにしまった。

ブレーメンは、アグアのようにはネロ将軍を崇拝していなかった。ネロ将軍の戦功については、以前からアグアの口から聞いてはいるのだが、彼はネロ将軍を、ただの軍人だと思っていた。

しかし今日、短い時間であったがネロ将軍と話し、彼が今日の立場を得ることができたのは、単なるおべっかや運ではなく、強い本物の手腕と、個人的な魅力によるものだと理解した。このたくましいワニは、伝説の探偵であるホームズ・ギツネ、ブラウン・ネズミ神父、御手洗鹿潔《みたらいしかきよし》と同じように、ブレーメンの心に大きな感動を残した。将軍ネロの信頼のためにも、ブレーメンは全力を尽くすつもりになった。

「アグア!」

ブレーメンは突然振り返り、アグアを見つめた。

「ぼくは今、自分に誓うよ、この事件を必ず解決する!」

アグアは突然の気迫に驚いて、しばらく呆然としたが、しっかりとうなずいた。

「よし、気を取り直して、調査を始めようか!」

ブレーメンは頭の上に拳《こぶし》を掲げ、自分に気合を入れた。

アグアはカエルの鳴き声で合いの手を入れた。

「足跡は駄目だな」

床を見ながらブレーメンは言った。

「まるでバッファローの群れがここを通りすぎていったみたいだ。大量の足跡が折り重なっている。これじゃ犯人の足跡なんて、到底特定できないよ」

「そうだね」

アグアも言う。

「おや、これは何だ？　二本の線がいくつもある。食事を運んできたワゴンの跡かな」

「ご報告いたします！」

アケンが大声を出したから、ブレーメンはびっくりした。

「これは大使の車椅子《くるまいす》の車輪の跡です」

「なんだって？　大使は車椅子に乗っていたのかい？」

驚いて、ブレーメンは尋ねた。

「さようであります」

「またなんで？」

「この国に向かう途中で、運悪く交通事故に遭われたのだそうであります。それで派遣団の人たちもみんな怪我《けが》をして、国に引き返されたのだそうであります。大使も訪問は延期するようにと、側近の方々は強く勧めたのだそうですが、動物王国の方々は歓迎の用意をしてくださっているだろうから、延期しては迷惑がかかるし、それに今大変な時期で、和平交渉を延ばせば開戦の危機もあるからと、車椅子に乗り、単身わが国に来られたのだそうであります！」

「なんて英雄的な行為だろう！」

ブレーメンは感動して言った。

「車椅子は、そちらの浴室への通路にあります」

それでブレーメンはそちらにおもむいて、車椅子を調べた。車椅子はわずかに焦げていたが、ダメージはほとんどない。

それが終わると、彼は部屋に引き返して、燃えた床を、もう一度よく調べた。立ち上がり、言う。

「床に関して、これ以上ぼくにできることはもう何もない。アケン、人間大使はどんな風貌《ふうぼう》だったの？　写真はありますか？」

ブレーメンはアケンに振り向き、尋ねた。

「ご報告いたします！　こちらに、大使の写真がございます！」

アケンは腋《わき》の下《した》に挟んでいたブリーフケースを引き出し、金具を開けて写真を引き出し、ブレーメンに手渡した。

写真は、人間大使と動物たちが並んで、芝華士ホテルの玄関前にいるものだった。

それは、大使来訪の初日に写したもので、交渉に臨む大臣たちと大使の集合記念写真だった。大使は列の中央に位置して車椅子にすわっており、周囲にいるたくましい動物たちに埋もれるような印象だが、しかし大使の容姿は、目を見張るほどに美しかった。深いブルーの瞳《ひとみ》は冷たい氷のようで、彼女の首にかけられた真珠のネックレスと同じくらい、渋《しぶ》く、高貴な輝きを放っていた。

大使はゆったりとしたロングドレスを着て、スカート丈《たけ》は地面に届くほどに長かった。このような正式な場に出るのでなければ、誰もこんな服を着たくはないだろう。本当に歩きづらそうだ。

「大使はアリスというお名前ですか？」

ブレーメンは、先ほどネロ将軍が言っていたことを思い出して訊く。

「ご報告いたします！　さようでございます！」

ブレーメンはコートの内ポケットに写真をしまい、次の現場に移る前にバルコニーに出て、ひと息ついた。

そこからの眺めはとてもよく、山の斜面を半分見おろすことができる。横を見ると、すべての部屋には同じバルコニーがあり、隣りの部屋のバルコニーは、ブレーメンが立っているバルコニーからそれほど遠くない距離にある。ブレーメンは尋ねた。

「大使は車椅子からおりることはできなかったのですね？」

「ご報告いたします！　そんなことはありません。ゆっくりなら、歩くこともできました。痛そうで、長い距離は歩けませんが、少しなら、歩くことはできました」

「そうですか」

ブレーメンは言ってうなずき、アケンに尋ねた。

「一般的にですが、安全面を考えて、重要な人物にはバルコニーのない部屋を当てるのが普通ですよね」

するとアルマジロのアケンは、頭をかいて言った。

「ご報告いたします！　規定では確かにそうなっております。しかし大使は、このバルコニーがいたくお気に召されて、街の景色を見るためにここですごしたいとおっしゃって、この客室を所望なさいました。ほかの参加者のほとんどは、四階または五階に宿泊しております。そこにはバルコニーがございません」

「では四階と五階の部屋も、ここと同じくらいの広さですか？」

アグアは尋ねた。

「ご報告いたします！　部屋サイズはほぼ同じですが、ここ三階の特徴は、より快適だということでございます。設備もよく整っております。たとえばマッサージ設備です。ここにはマッサージチェアと、非常に大きなマッサージ風呂《ぶろ》がございます」

とアケンは答えた。

「怪我の治療によいと、彼女は考えたのかも知れないね」

ブレーメンが言い、

「うん、きっとそうだね」

とアグアが言った。

「ほかの部屋は燃えていないね。ということは、この部屋が火もとなの？」

ブレーメンが訊いた。

「ご報告いたします！　われわれはそのように考えております」

アケンは答えた。

ブレーメンは、彼が到着する前にニャオニャオ署長がすでにひと通り捜査を行ったものと考え、最も効率的な調査方法で、つまり彼らが発見した事物や状況を、まず尋ねた。

「現場で重要な証拠物を見つけましたか？　たとえば凶器など？」

「ご報告いたします！」

アケンはまた元気よく答える。

「凶器はまだ見つかっておりませんが、重要な手掛かりがふたつございます。まずひとつ目でございますが、ルミノール試薬によって、浴槽から大量の血痕《けっこん》が検出されました。法医学者が、現在それが大使の血液か否かを鑑定しております。

ふたつ目は、火災の原因であります。焼け跡の様子から鑑定いたしまして、爆発の原因は、電子レンジだと思われます！」

「電子レンジ⁉」

ブレーメンは驚き、続いて考え込んだ。

「ご報告いたします。確かに電子レンジでございます。この件については、絶対に内密にお願いいたします。まだ火災の原因を世間に公表してはおりませんので」

アケンは言った。

「電子レンジとなると、偶発的な事故の可能性があるかな」

アグアが言った。

「ブレーメン、憶えているかい？　君が鉄の鍋《なべ》を電子レンジに入れて、爆発させたことを」

「それはぼくじゃない！　君だろ！　トマトを煮込むのに鉄鍋を使いたがったんだ！」

アグアってやつは、痛いところをついてくるなとブレーメンは思った。

「あ、もし電子レンジだったら、大使が何かを温めている最中に爆発したのかも知れない！　そしてこの爆発で、彼女の下半身がふき飛んでしまったんだ！」

アグアは推理を披露した。

「そんな馬鹿なことがあってたまるものか！　電子レンジが爆発して人体が飛び散るなんて、まるきり不可能だ！　もし本当にそんな大爆発があったら、この部屋の家具もバラバラになっているはずだ！」

ブレーメンは目をむいた。

「だから火災は、大使自身が引き起こしたものではなく、彼女を殺したあとに、誰かが起こしたものだ。くそ、アリスさんの遺体があればな」

「ご報告いたします！　遺体からの詳細な状況は、明日まで解りません。しかし、あのように焼けてしまったため、有用な手掛かりは大半破壊されてしまったと思われます！　この部屋も、指紋等、もう存在しないでありましょう！」

アグアがびっくりして言う。

「指紋？　人間大使以外に、ここで誰が指紋を持っているんだ？　私たちは動物だから指紋なんてありませんよね？　それにアケン、何故いつもご報告いたします、と言わなきゃいけないんだ？」

「ご報告いたします！　私はひづめ跡や爪痕《つめあと》、または毛髪のことを指して指紋と言っております。私は人間の推理ドラマが好きなもので、彼らの台詞《せりふ》をつい真似《まね》してしまいます。それが習慣になってしまったのであります。申し訳ございません。へへへ！」

アケンは少し恥ずかしそうに言った。

ブレーメンは、そいつは困るなという顔をした。

「アケン、ぼくらは大使の遺体を目にすることができなかった」

「はい、申《もう》し訳《わけ》ありません」

「ポチ探偵は、見ることができたかい？」

「いえ、同じであります。ポチ探偵がここに入る直前に、遺体は運び出されました」

それならイクォール・コンディションだ。

その時、アケンの携帯電話が鳴った。彼は、

「ご報告いたします！　電話であります。失礼いたします！」

そう言いながら、電話を受けに、急いで部屋を出ていった。

アケンが去ったあと、ブレーメンは浴室を注意深く調べた。浴室はドアと防湿壁で隔《へだ》てられていたため、火災の影響を受けず、基本的に無傷だった。

浴槽の中に血痕は見えなかった。おそらく血痕は、水で洗い流されたのだろう。

もし浴槽に大量の血痕があった場合、大使が浴槽で亡くなった可能性もあるが、浴槽の血痕が大使のものかどうかは確認が必要だ。

ブレーメンが浴室を調べている間、アグアが焦げた室内を調べていた。

「アグア、何か発見したかい？」

ブレーメンが浴室から出てきて尋ねた。

「ゲロッ、お風呂のドアの密閉性は非常に高いな。閉めると中と外とはほぼ完全に遮断される。おそ

らくそれが、火が浴室に広がらなかった理由だろう！」

　ブレーメンはうなずいた。

　浴室を出てブレーメンは、電子レンジを調べた。電子レンジは熱で変形していたが、かろうじて原形は留めている。普通の電子レンジだとブレーメンは思った。加熱や殺菌ができ、タイマーも使える。

「ブレーメン、大使が死ぬ前、誰かが電子レンジのタイマーをセットして、死後に火災が起こるようにしておいた可能性はあるかな？」

　寄ってきて、アグアが訊いた。

「その判断のためにはいくつか、前提的な調査が必要だ。第一に大使死亡の正確な時刻。第二に火災発生の正確な時刻。第三にタイマーを設定できる時間の範囲だ」

「アリスを殺害した者と、放火した者は別かも知れないの？」

「まさしくそう思うね。現時点では証拠はないが」

　ブレーメンは、ベッドのそばに立った。ベッドの頭部の板と壁の間には、少し隙間があった。彼は板の裏側に手を差し込んでみたが、手の長さが足りない。そこで彼はアグアを板の裏側に入れて、中を覗《のぞ》いてもらうことにした。

　言われてアグアは、器用に隙間に潜り込んだ。

「ゲロッ！」

　彼は興奮して叫んだ。

「ブレーメン、何を見つけたと思う？」

　アグアはベッドサイドの板に沿って、アイロンを押し出した。

「やったぞアグア。このアイロンは、もしかして凶器かも知れない！」

言ってブレーメンは、ポケットから証拠品袋を取り出し、布でくるんで慎重にアイロンをそこに入れた。

「でもブレーメン、このアイロンには血痕がないよね？」

「あとで警察に、ルミノール試薬で血痕があるかどうか検査してもらおう」

「アイロンで、大使の体を半分に切ったのかい？」

アグアは尋ねた。

「そう急ぐなって、大使を半分に切断する方法よりも、ぼくは別のことが気になるんだ」

とブレーメンは言った。

「ゲロッ、それは何だい？」

「もしアイロンが凶器だとしたら、この事件は偶発的に起こった可能性があるかな？　計画犯罪で、客室のアイロンを凶器として使うケースなんてないよ。そうなら犯人は、犯行前にすべての準備を必ず整えているはずで、その中には凶器も含まれる」

言ってブレーメンは、考え込んでしまった。

もしこの事件が偶発的なものだったのであれば、人間大使殺害の動機を見つけることは、さらに困難になるだろう。

「よし解った、とりあえず現場は、もうこのくらいでいい。大使と接触した動物たちと会ってみよう！」

動機発見のためには、疑わしい動物たちと話をするのが先と、ブレーメンは考えた。こちらの方向から動機が見つかるかも知れない。

その時、アケンが電話を終えて部屋に入ってきて、ブレーメンに向かってＯＫのサインを送ってきた。

「ご報告いたします！　進展がありました」

「何だい？」

ブレーメンは訊いた。

「ご報告いたします！　鑑定の結果、浴槽の中の血痕は、確かに大使のものでした」

「よかった！」

とブレーメンは、揉《も》み手《で》をしながら言った。

「これは予想通りだよアケン、私たちは先ほど新しい証拠を発見した。凶器である可能性が非常に高いものなんだ。これに何か手掛かりがあるか、君もちょっと見てもらえるかい？」

アケンにアイロンを手渡しながら、ブレーメンは言った。

「承知いたしました」

とアケンはアイロンを受け取り、一礼して部屋を出ようとした。

「ちょっと待ってくれよ」

とブレーメンは、突然アケンを呼び停めた。

「事件に関係する動物たちに会って、あれこれ尋ねたいんだ。まずは人間大使の遺体を発見した動物から始めよう」

「ご報告いたします！　大使の遺体を発見したのは、彼女のボディガードであるジボというゾウです。尋問用に、二階の会議室を確保しておりますので、そこで行ってください」

言ってアケンは、ブレーメンにカードキーを手渡してきた。

「では今から会議室に行くから、ジボを探して連れてきてくれないか。もう時間も遅い、今夜は眠れない夜になりそうだな」

ブレーメンは言った。

「ご報告いたします！　ご安心ください、まずアイロンを鑑識に調べさせます。その後、ジボを連れて会議室に参ります。こちらは尋問する用がある動物の個人情報です。ご参考までに！」

アケンはかしこまって答え、データをブレーメンに手渡した。

「ありがとう」

ブレーメンは言い、

「ぷっ！」

とアグアは噴《ふ》き出《だ》した。

「アケン、君って本当に可愛くて真面目《まじめ》な警察官だね！」

アケンは恥ずかしそうに頭を下げた。皮膚が厚すぎるので、顔が赤くなっているかどうかは解らない。

「それは……、ありがとう……、ございます。私の仕事ぶりがよければ、あとで、ですね、もしもよろしければ……」

「え、なんだって？」

アグアは、首をかしげながら彼を見つめた。

「私を引っ掻いていただけませんか？　ご褒美《ほうび》として」

アケンは、ますます恐縮して頭を下げた。

「ははは、いいよ！　君はニャオニャオ署長と本当に相性がいいね！」

アグアはそう言って柔らかい水かきを伸ばし、アケンの頭をくすぐった。ブレーメンは不思議そうにひづめを伸ばし、アケンの頭に軽く二回すりつけた。

するとアケンは、お尻に火がついたように、脱兎《だっと》のごとく走り去った。

第三章　尋問

1

2333年10月15日、21：50

「鍵《かぎ》が壊れている痕跡はない。犯人は正当な手段で大使の部屋に入った可能性が高い。つまり、アリスがドアを開けた可能性があるな」

とブレーメンは、ドアを調べてから言った。

「それはアリスが犯人を知っていることを意味するよ。そうじゃなきゃ、どうしてドアを開ける？」

アグアは言った。

「これは容疑者以外の動物を排除するのには、あまり役に立たないな。会談は二日間の予定だったので、ホテルのすべての客と、アリスは顔を合わせているはずだ、そうだろう？」

とブレーメンは、首を横に振りながら言った。

「そして犯人は、バルコニーから入った可能性もある」

この階の客室のバルコニーは、お互いに非常に接近していて、隣りの部屋のバルコニーから、手すりを乗り越えて大使の部屋のバルコニーに入ることができる。またよじ登るのが得意な動物たちなら、外壁を登って入ってくる可能性もあるから、確かにバルコニーからの侵入は大いにあり得る。

「大使は何故この部屋に泊まりたいと指定したんだろう？」

とアグアが、突然疑問を口にした。

ブレーメンは首を左右に振った。

「そのことはぼくも気になっているんだ。アケンから提供された資料によると、大使ははじめて動物城に来たのだから、泊まり馴《な》れていた部屋だという可能性は排除できる」

「グアッ、おそらく景色のためかな。ここのバルコニーから眺めると、本当に素晴らしい街の景色だ！」

「だとしても、この部屋を指定する必要はないよね？　ただ眺めのよい部屋に泊まりたいと言えばいいだけだ」

「グアッ、おそらく大使は大きなバスタブがよかったのかも。このスイートルームのバスルームは、本当に広いな！」

「それならなおさら不思議だ」

「なんで？」

「もし大使がはじめて来たのなら、どうしてこの部屋のバスルームが大きいことを知っていたんだ？」

「グアッ、じゃあなんでだと思う？」

「まだ解らないけど、これらの理由をあきらかにすることが、真実を見つけるのに役立つと思うんだ」

ブレーメンとアグアは大使の部屋を出て、エレベーターに向かった。

三階の廊下は広く、月みたいな曲線を描いている。大使のスイートルームはそのカーブの内側にあった。

廊下には厚いカーペットが敷かれている。

「グアッ、廊下には防犯カメラがないね」

とアグアは周りを見廻したあとに言った。

「ここに、さまざまな秘密があるからかも知れない。一部の動物たちは、これらの秘密が公にされることを望んでいないので、カメラを設置していないのかも知れない」

ブレーメンは言った。

「グアッ、もしもカメラがあれば、事件は簡単だったのにね」

「そうなら、ぼくらを呼ぶ必要もなかっただろうさ」

二匹は言葉を交わしながらエレベーターの前まで歩いてきた。

エレベーターで二階におりると、ブレーメンは気づいた。ここは火災の影響を受けていないようだ、廊下は何の臭いもしない。

尋問のために用意された部屋は、小さな会議室だった。外から見ると普通だが中は充分に快適だ。この部屋は、廊下のカーブの外側に位置しているが、広さは大使の部屋よりも少し小さく、バルコニーもない。

大使のスイートルームは焼け焦げていても、ブレーメンがいるこの部屋から判断して、快適でデザイン性に優れていただろうことが解る。

アグアは現在、柔らかい革のソファに挟まってしまっている。

「ブレーメン来て、助けてくれ！　出られないんだ！」

アグアは手を伸ばして叫んだ。まるで溺《おぼ》れているようだが、ここが水の中なら、カエルだから溺れることはない。

ブレーメンはいらいらしながらアグアの手を引っ張り、彼をソファから引きずり出した。

「柔らかいな、金美の体よりも柔らかい！」

アグアは一命を取り留めたばかりだというのに、彼女のことを思い出していた。

ブレーメンはサイドテーブルの上からトレーを取り、ソファの上に置いた。トレーの上にいる限り、アグアはソファに呑み込まれることはないだろう。

「池の中の睡蓮《すいれん》を思い出すなあ」

アグアは、このトレーが気に入ったようだ。

ブレーメンはアグアを無視し、アケンから渡された資料を真剣に見つめていた。

元気なアグアは興奮して周りを見廻し、お宝を見つけた。

「ブレーメン、ぼくのためにおやつを用意してくれてたんだ」

とアグアは、テーブルの上の透明な瓶《びん》を見て言う。

「昆虫の干物だよ！」

アグアは舌を伸ばして瓶にくっつけた。

舌で瓶を自分のところに引っ張るつもりが、瓶が重くて動かず、アグアの全身が引っ張られ、トレーから落ちて、ソファの下に突っ込んでしまった。

アグアのやることなすことにいらいらしたブレーメンが爆発寸前のところで、ドアのノック音がした。アグアとブレーメンは互いに顔を見合わせ、感情を整理した。

アグアは床から跳び上がり、ドアを開けるためにまずは跳ね回った。続いて自分の体をドアノブに引っかけて回し、ドアを開けた。

「ブレーメン、誰もいない！　それに、なんで急に暗くなったのだ？」

ブレーメンは廊下を見つめて言う。

「アグア、よく目を開くんだ。黒いスーツを着た動物がいるんだよ！」

巨漢が、ぬっと中に入ってきた。

アグアはびっくりしてひっくり返った。それは威風堂々とした、屈強そうなアフリカゾウだった。

彼の体はネロ将軍よりも遥かに大きく、体は一枚のドアとほぼ同じ大きさで、部屋に入るためには頭を低くする必要があった。さいわいなことに、部屋の床から天井までの高さは非常に高く、彼の巨大な体を楽に収容できた。

ブレーメンは、自分の家でこの訪問客を迎えなくてよかったと思った。床に本が落ちるだけではすまなかったろう。

アフリカゾウは、見るからに小さい服を着ていた。この服は、あきらかに彼のものではなかった。誰かから借りてきたのだろう。しかしこんな巨体が収まるというだけでも、服の持ち主の体格が、かなり大きいことが解る。

「大使のボディガード、ジボさんですか？」

ブレーメンの方で先に声をかけた。

「こんにちは、私はブレーメンと申します。よくいらしてくださいました。大使の死亡事件の調査をしている探偵です」

「探偵さん、こんにちは」

ジボは、鼻を上下に動かしながら言った。あきらかに困惑しているふうだ。

「私の記憶では、もう一人探偵さんがいたような気がするんですが？　ポチさんていう名で……」

ゾウたちは鼻を上下に動かして挨拶すること、それが首が短いため、頭部を動かしてうなずくことがむずかしいからであることも、ブレーメンは知っている。

「私たちとポチの依頼人は、それぞれネロ将軍と王老鉄将軍ですので、別々に調査します。そして私とポチのやり方は異なるかも知れません。ですので、状況を再度把握する必要があるのです、ご理解ください」

とブレーメンは説明した。

「解りました」

とジボは答えた。

「ご協力ありがとうございますジボさん。こんな遅い時間に呼び出してすみませんが、人間大使に関するご質問をしたいのです」

とブレーメンは、親しげにジボを見つめながら言った。

「どうぞおかけください」

「いいえ探偵さん、私は立っている方が楽なのです。すわると疲れます。どんな質問でもご協力します」

ジボは言った。

そこへアケンが幽霊のように現れた。彼は縮こまって入ってきて、ジボの隣りに立った。

「その服、あなたには少し小さくありませんか？」

ブレーメンが尋ねた。ジボは答える。

「実は、これは私の服ではありません。火災が発生した時、私は最初に部屋に飛び込んで大使を救おうとしました。彼女の遺体を運び出す際に、服が焼けてしまったので、鉄頭大臣が私に、彼の服をくれたんです」

アグアはドアノブからひと跳びしてソファのトレーに跳び乗り、元気に挨拶した。

「こんにちはジボさん、私はブレーメンの助手のアグアです！」

「やあこんにちは、カエルちゃん」

とジボは優しく鼻を振った。

鼻を振る際に生じた気流で、アグアはトレーから転がり落ちそうになった。

「さてジボさん、もう社交辞令は終了としましょう。あなたの体の怪我のこと、教えてもらえますか？」

ブレーメンは、ジボの肩に包帯が巻かれているのに気づいていた。

「これは火災報知器が鳴って、大使を救うために私が部屋に入った際、火傷《やけど》を負ったものです」

ジボは、鼻の先で肩の傷に触れながら言った。

「ご報告いたします。ジボは大使を救うため、ほかにも多くの傷を負っております」

アケンが言った。

「この小さな傷など、本当に何でもありません。ただ残念なことに大使は……」

ここでジボは、悲しみを込めて頭を下げた。

「これは私の職務怠慢です。私が大使を守れなかったのです」

「職務について、私は少し興味があります。あなたは大使が指名したボディガードですか？　それとも、政府から派遣されたのですか？」

ブレーメンが尋ねた。

「外務大臣のセラジョン氏から依頼を受けました。今回私は、彼を失望させることになるでしょう」

ジボは自責の表情を浮かべた。

「ボディガードは通常、保護対象の人物の身近で、二十四時間警護するものではありませんか？　大使がトラブルに巻き込まれた時、何故あなたは彼女のそばにいなかったのですか？」

ブレーメンは厳しく尋ねた。

「一般的な場合、確かにそうですね。以前私がボディガードを務めていた時、多くのクライアントは、二十四時間身辺警護を要求しました。常に彼らのそばにいなければならず、彼らが部屋にいる間は、ドアのそばの廊下で待機する必要がありました。しかしこの大使は少し変わっていて、私に身辺警護をしないように言いました。彼女は私がドアの外で見張ることさえ許しませんでした。

私の経験から言って、大使は私が出会った中で最も特殊な保護対象です。外務大臣セラジョンと安全大臣ビルに意見を求めましたが、彼らは芝華士ホテルのセキュリティレベルが非常に高いとみなし、ボディガードの一般基準をそのまま適用する必要はないとしました。大使ご自身の意見尊重が第一ですから、私は彼女の要求にしたがうことにしました。彼女が私を呼び出すか、外出する場合にのみ、彼女の身辺警護をしました」

言い終えると、ジボは少し脱力したふうだった。

確かに、彼が常に大使のそばにいて守っていたら、このような悲劇は起こらなかったかも知れない。

「大使はプライヴァシーを重視する人だったようですね！　彼女はどのような性格の人だと思いますか？」

とブレーメンは尋ねた。

ジボは考え込んでいたが、ブレーメンは、彼が眉をひそめているのに気がついた。

「ジボさん、心配しなくてもいいです。何を言ってもかまいませんよ」

「亡くなった人を批判するのはよくないと思います」

「そういったことより、犯人を見つけることがより重要です」

ジボは鼻を動かした。これはうなずくのと同じ意味だ。

「どう言えばいいのか……、大使はあまり私と話さないし、冷淡な態度をとっているようにも見えました。でも彼女が私に冷淡なのは、私がスタッフだからというのではなく、高官や貴人に対しても同じだったと思います」

「まあ、人間はやっぱり人間ですからね、動物はただの動物だと思っているんでしょう。自分にとっては、低レベルの生きものということでしょうか」

ブレーメンは首を振りながら言った。

「私も動物たちが、人間について話していることを聞いたことがあります。人間にはそういう傾向があると言われていますが、大使から感じる印象は、あなたがおっしゃるような高慢さとか、動物を低次元の存在とみなすような態度とは違いました。むしろ、彼女はいい人だと感じました。見た目は冷淡に見えるかも知れませんが、それは彼女の性格なんだと思います」

とジボは、ブレーメンに反論した。

「何故そう思うのですか？　何か特別なことがあってそう感じたのですか？」

「いいえ、ただの直感ですね」

とジボは答えた。

「解りました。あなたの人間に対する印象はよいようですね」

「すべての人間に対してではありません。私は軍医として従軍し、人間との死闘も経験しました。彼らによい印象はありません。しかし大使は、悪い人ではないと思います」

とジボは真摯《しんし》な表情で言った。

しばらくの間みな黙り込み、空気も静まり返った。

ブレーメンはアケンから手渡された資料を読み続け、ある箇所で目を留めた。

ブレーメンは、机をペンでたたきながら言った。

「ここには、あなたが大使の部屋の赤外線警報装置を切ったと書いてありますが、何故ですか？」

ジボは少し困った様子で答えた。

「はい、大使の指示です」

ブレーメンはとても不思議に思った。

「言葉にしても信じてもらえないかも知れませんが、昨日不思議なことが起きたのです」

「え？　私は不思議なことが大好きなんです。早く聞かせてください」

「昨日の夜、九時すぎに、突然大使の部屋の赤外線警報器が鳴りました。この警報器は私の部屋にもつながっていて、作動させると私の部屋に信号が届くんです。それで、私は即刻大使の部屋に駆けつけました。彼女の部屋の鍵を持っていたので、直接ドアを開けて、中に飛び込みました……」

ブレーメンは手のひづめを顎《あご》に添えて、ジボの奇妙な話に集中していた。

「しかし私が部屋に突入し、部屋中を探し廻っても、どんな生物の痕跡も見つかりませんでした。これは非常に奇妙です。警報器が鳴るのは、間違いなく生物が大使の部屋に侵入したという証拠で……、そして私が探している最中に、大使はバスタオルにくるまって浴室から出てきました。彼女の髪はまだ濡《ぬ》れていて、顔色も悪く、私が彼女の入浴中に無遠慮に入ってきたと非難しました。非常に非職業的で、彼女に対する尊重が欠けていると……。探偵さん、あの時私は本当に警報音を聞いたから、部屋に突入したんです」

「つまり、大使の部屋にはほかの生物がいた可能性があるということですか？」

ブレーメンは訊き、ジボはうなずいた。

「大使にも同じように言いました。しかし彼女は警報器が壊れていると言って、私にそれを切るようにと言いました。そうしないとまた勝手に鳴ってしまい、再び私が入ってきたら困るからと言っていました。彼女は私が心配しすぎるとも言いました。これからはそうしないようにと言っていました」

ジボは少し悲しそうな表情で言った。

「大使は確かに変わった人ですね。あなたを身近に寄せ付けないだけでなく、急な入室も怖がるとは……。ところでジボさん、ちょっと質問があります」

「どうぞ」

「あなたが部屋に入ると、警報は鳴りますか？」

「いいえ、私は部屋のカードキーで入るので、警報は鳴りません」

「では、大使が誰かを招待して部屋に入れれば、警報は鳴りますか？」

「部屋のカードキーを使わずに入ってきた場合、アグアさんのように小さな生物が侵入した場合でも、警報は必ず鳴ります」

ブレーメンは突如自分の太ももを強くたたき、そばにいたアグアをびっくりさせ、アケンも驚いて丸くなった。

「解ったよ、警報器は壊れていない。そして何故部屋でほかの生物を見つけられなかったかも解った！」

ジボは疑うように訊いた。

「何故ですか？」

「あなたはその時、大使の浴室を捜査していなかったのではないですか？」

ブレーメンが尋ねた。

「はい。私は大使の浴室を捜査していませんけど……。でもその時大使は、浴室でシャワーを浴びていて、タオルで体を包んで出てきたんです！　そんな状態で、彼女の浴室を捜査することなんてとてもできません」

とジボは言った。

「もしかして……」

「あなたの推測は正しいですね、侵入者はその時、大使の浴室にいたに違いありません！　正確に言えば、それは侵入者ではなく、大使が彼を招待したのです。赤外線警報器は、侵入者が招待されたのか侵入したのかを判断することができないため、警報が鳴ったんです！」

とブレーメンはなかば嬉々《きき》とした口調で言った。

「グアッ、つまり、大使と誰かが密会していた？」

アグアは言った。

「オス……、オスとの密会……」

「そう、大使にはきっと秘密がある」

とブレーメンは、確信を持って言った。

「それなら彼女が、私に密着した身辺警護を頼まなかったのは納得です。でも、大使と会っていたオスとは誰なんだろう？」

ジボは言った。

「それなら政府の要人だよ、だってこのホテルは、外部の誰も入れないもの」

アグアが言う。

「今日、ほかの時間に大使に会ったことはありますか？」

ブレーメンは尋ねた。

「ほかの時間？」

ジボは考え込んでから言った。

「今日の午前中、医者が来た時、大使に会いました」

「医者ですか？」

「はい、クマの医者が来た時、私はそばで付き添っていました」

「クマ医者？」

「はい、私も彼女の名前は解りませんが、名医のようです。大使はおそらく、昨日シャワーを浴びて冷えたため、今日風邪を引いてしまったので、クマ医者が来て、大使を診察したのでしょう」

「ご報告いたします。大使の診察をしたクマ医者の名前はプリンです。彼女は動物城で、最も優れた医者の一人です」

とアケンが補足した。

「メスだね、動物の診察をする医者が、人間の診察もするの？」

とアグアは少し不思議そうに言った。

「当然。人間も動物の一種で、何の違いもないさ」

とブレーメンは説明した。

「動物城には優れた医師がいて、人間の診察もできる」

そしてブレーメンは、ジボに尋ねた。

「ジボさん、プリン先生を知っていますか？」

「知りません」

ジボは耳であおぎながら言った。

「彼女はホテルに泊まっていなかったですし、外部から来た人です」

「では、彼女はホテルにまだいますか？」

ブレーメンが訊く。

「大使が何の病気だったのか、医者に訊いてみる必要があるな」

「大使を診たあと、医者はすぐに帰りました」

ジボが言った。

知れません」

「承知いたしました。すぐにプリン医師に連絡を取りますが、今日はもう遅いので、明日になるかも
「アケン、プリン医師に私たちの質問を受けてくれるように、頼んでもらえますか？」

ブレーメンは、アケンに向かって言った。

「昼食前です」

「いつ帰ったのですか？」


言った。

という声が廊下から聞こえた。アケンは非常にできる部下だと感心しながら、ブレーメンはジボに
「もしもし？　こちらアケンですが、少しお願いがありまして……」

とアケンは言いながら携帯電話を取り出し、部屋を出ていった。

「その後、大使に会うことはありましたか？」

「いいえ、火災が起きて、大使の部屋に入るまで、以降一度も会っていません」

「ではその間、あなたは何をしていたのですか？」

「自分の部屋で待機し、大使の呼び出しにそなえていました」

ブレーメンはうなずいた。質問はもう充分だと感じ、次へ進む頃合いだと感じた。

「それではこれでけっこうです。ありがとうございましたジボさん。もしあとで何か思いついたな
ら、またお尋ねします」

ブレーメンは立ち上がり、ジボに右手を差し出した。

ジボは鼻でブレーメンの手を握り、上下に数回振り動かした。これはゾウの握手だ。

「ああ人生で最悪の一日だ」

とジボはブレーメンに告げて部屋を出ようとしたが、振り返って言う。

「さようなら探偵さん。さようならカエルちゃん。この事件を早く解決してくれることを願っています」

そして、彼は部屋を出ていった。

ジボが部屋を出るとすぐ、アケンが駆け戻ってきた。

「ご報告いたします。明日の午前中、プリン医師が尋問を受けるためにお越しになります」

「すごいぞアケン。君は本当にできる助手だ！」

ブレーメンはアケンのそばに行き、手でアケンの頭をこすった。

アケンは嬉しがり、体を左右に揺らした。

「では、次に誰から話を聞くかな？」

ブレーメンは少し考え、

「外務大臣は、セラジョンという名前だったね？」

「そうです。外務大臣はセラジョンという名で……。セラジョンさんは、妻の純子さんと一緒にホテルに滞在しています」

アケンは答えた。

「妻と一緒にホテルに滞在？　純子さんはどんな職務を担当しているんだい？」

ブレーメンは尋ねた。

「ご報告いたします。純子さんはどの職務も担当していませんが、とても美しい女性だと聞いています。セラジョン大臣は、彼女をとても大切にしているそうです」

「チッチッチ」

ブレーメンは舌を鳴らしながら言った。

「じゃあ大臣が何を言うか、聞いてみようじゃないか。アケン、もう一度お願いできるかい。そうだ、別々に頼もう。まず先にセラジョン氏にお願いして、その次が彼の妻だ」

2

2333年10月15日、22：20

アケンが去ったあと、ブレーメンは部屋をうろうろ歩き廻りはじめた。ジボに少し質問をしただけで、彼のこめかみに汗が吹き出ている。

汗がブレーメンの首筋を流れて、アグアの頭に滴《したた》り落《お》ちた。アグアはサイドテーブルの上に飛び乗りながら、ブレーメンを見つめた。

「ブレーメン、どうしてそんなに汗かいてるんだい？」

「この部屋少し暑くないか。エアコンの設定温度が高いのかもな」

ブレーメンは言った。

「そう言われてみればそうだな。ここは本当に暖かい。生まれた場所を思い出す。本当に日射しが強烈で、焼けつくような暑さ、ずっと水に浸《つ》かっていたいと思ってたなあ……」

ブレーメンはアグアを睨みつけた。ふたつの鈴のような大きなロバの目が、アグアを静かにさせた。

しかしアグアは自分の思いに忠実で、なかなか静かにはできないハンサムなカエルだったから、しばらくすると再びブレーメンと話しはじめたが、今度は事件に関する話題だった。

「ブレーメン、人間大使が密会していた相手が、今このホテルにいると思うかい？」

「現時点ではまだはっきりとは解らないけれど、少なくともひとつだけ、解っていることがある」

「何だい？」

「大使が単にぼくらと話し合いに来たわけじゃないということさ」

「じゃあ、どんな目的があったと思うんだ？」

「彼女はもう亡くなってしまったからね……。けれども、彼女の死因が彼女の密会と関係があると思ってる」

ブレーメンとアグアが事件について話している最中、またドアのノック音が鳴り響いた。ブレーメンが立ち上がり、アグアはテーブルから飛びおりた。

アケンがさっき出ていく時、ドアをしっかり閉めず、少し開けたままにしていたため、ノックした動物は自分でドアを開け、颯爽と中に入ってきた。

まずアケン。そして彼のうしろには、堂々とした足取りのセラジョン外務大臣が続いていた。

セラジョンという名前は、非常に古いアニメからつけられたものだ。そのアニメには情熱的な一頭の馬が登場し、その馬は宇宙の警察官で、手にはいつも強力な銃を持っている。その銃の名前がセラジョンだ。おそらく、シマウマのお父さんがこのアニメが大好きだったので、息子にこの名をつけたのだろう。

セラジョンは壮年で、風格がある。とても上品で、服装も非常に適切だ。彼の仕草《しぐさ》や立ち居振る舞いからは、紳士的な雰囲気が漂っている。スーツを着ているにもかかわらず、首や手首などからは彼の毛色がはっきりと見え、これは非常に艶《つや》やかだ。その艶は、健康の証《あかし》だった。セラジョンが常日頃運動の習慣を持ち、健康であることを示している。

アグアはセラジョンに羨望《せんぼう》の念を抱いた。彼は高い地位にあり、成功したキャリアを持つイケメンの外務大臣だ。きっと彼は、多くの女性たちにとって、憧れのシマウマ王子だろう。

「こんにちは探偵さん。想像していたよりもずっとお若いですね」

セラジョンはブレーメンに挨拶をした。セラジョンの目は明るく情熱を帯び、話す声はとても魅力的で心地よい。

「セラジョンさんこんにちは。お会いできて光栄です」

ブレーメンは左手を差し出し、セラジョンも左手を差し出したが、二匹に握手をするつもりはない。ブレーメンとセラジョンはひづめを合わせ、ひづめを持つ動物同士の挨拶をした。ひづめを合わせたあと、セラジョンは意外にもしゃがんで、アグアに頭を近づけた。

「あなたは彼の助手ですね。アケンから聞いています。この件をどうかお願いしますよ。大使の殺害犯を必ず見つけ出してください。必要ならば、どんな協力もいたします」

はじめて会ったばかりなのにアグアの好感を得るなんて、さすがは外務大臣だ。セラジョンは大物だ。普段依頼に来る動物や証人、容疑者、そして警察さえも、探偵のそばにいる小さな助手には気づかないものなのに、とブレーメンは思った。

「ご安心ください大臣、私たちは最善を尽くします」

アグアは上気した声で答えた。

「カエルちゃん、元気いっぱいですね、素晴らしい！」

セラジョンはアグアの頭をひづめで軽く撫《な》で、そして立ち上がった。

「ではお願いします。私は外務大臣のセラジョンですが、お二方《ふたかた》は、ブレーメンさんとアグアさんですね？」

「私はアグアです！」

アグアは興奮し、セラジョンの頭の高さまでぽーんと跳び上がった。

「セラジョンさん、私がブレーメンです」

ブレーメンは言った。

セラジョンは相手に緊張感を与えない人物だった。さっきジボが来た時には、部屋の雰囲気が重くなったが、セラジョンは、簡単な挨拶だけで雰囲気を和らげた。

「本当に若くて有能ですねブレーメンさん。うかがっていますよ、素晴らしい仕事をされているようですね。大事件をいくつも見事に解決したと聞きました。本当に優秀で、動物城の若者たちのお手本です！」

セラジョンはにやりと笑いながら言った。

「そして、そういう仕事の裏には、常にあなたの力があると信じていますよ、アグアさん」

「ちょ、ちょっと手助けをしただけですぼくは」

アグアはほめられて顔を赤くした。彼は本当に顔が赤くなりやすい小さなカエルなのだ。

「さて、本題に入りましょうか？」

セラジョンは言った。

「緊張させてしまいましたか？」

「いいえ。あなたはぼくが出会った中で最もフレンドリーな好人物です！」

アグアは心から言った。

「はっはは。アグアさん、君は本当にコミュニケーションのなんたるかを知っていて、礼儀正しく、会話も上手だ。あなたのような性格なら、外交官になる潜在能力がありますよ」

「本当ですか？」

アグアの目が輝いた。

「ああ本当ですとも」

「探偵の助手を辞めたら、外交官やってみようかな……」

ブレーメンは気づいた。セラジョンが入ってきてから、話題は常に彼によってコントロールされている。これはよいことではない。探偵として、疑わしい動物に会話の方向が左右されるのは困る。ブレーメン自身が話を主導する必要があるのだ。

アグアが妄想しはじめるのを見て、ブレーメンは急いで彼の思索を中断させた。

「セラジョンさん、この事件について話しましょう。まず、あなたは大使についてどのような印象をお持ちでしたか？」

セラジョンは政治家だ。さっきまでアグアに冗談を言っていたのに、今は一瞬で真剣な態度になった。

「印象？」

セラジョンはどう答えるか考えている。

「私は外務大臣ですが、戦争のため、私たちは人間とは通常の外交関係にはなく、戦場で出会った兵士たちを除けば、人間との接触はあまりありません。今回の和平交渉に来た大使を含めても、数えるほどしかいません」

「あなたも兵士をやったことがあるんですか？」

ブレーメンは興味津々で尋ねた。

「多くの動物と同じく、私も兵役を経験しました。退役後に政治の道に進んだのです」

ブレーメンは、自分の兵役体験について、セラジョンが何か隠しているようだと感じた。兵役について話す時、彼は口ごもるような様子を見せた。しかしブレーメンは、ここで深く追及するつもりはなかった。警戒させたくなかったからだ。

「では大使について話しましょう」

「大使は、私がはじめて接触した人間の女性と言えます。彼女は他人と距離を置くタイプです。彼女との交流状況は良好でしたが、彼女はあまり笑わず、話題も少ない。今回は、彼女は交渉に来たのではなく、私たち内部の様子を観察にきたのではないかとさえ感じました」

「それはどういう意味ですか？」

それは興味深い視点だとブレーメンは感じた。

「何故なら、交渉に入る前に、たいてい私たちの内部の戦争派と和平派が激しい議論になってしまうからです。多くの者はそれを見たがります」

「あなたは外務大臣として、大使との会話が一番多かったのでは？」

「実は私も、彼女と話すのはむずかしかった」

セラジョンは告白した。

やはり大使には何かあると、ブレーメンは自分の考えを再確認した。彼でさえ、話すのがむずかしかったとは。

「では、あなたは何故大使がわが国に来たと思いましたか？　人間は今回の交渉に、誠意を持って臨んでいましたか？」

ブレーメンは尋ねた。

「この点では、あなたほど判断力のある人はいないでしょう」

「それは……」

セラジョンは、困った表情を浮かべながら言った。

「実は会議で、戦争派と和平派の議論が延々と続いて、和平交渉が進まないことがよくありました。和平交渉に対して、私たちの準備は充分ではなかった。そして連中が愚かに言い争う間、私はずっと大使の表情を観察していましたが、何の変化も見られませんでした」

「あなたの言われる意味は、大使がわれわれサイドの言い争いを、冷静に受け入れていたということですか？」

「おそらくは……、あなたがおっしゃるような感じかも知れません」

「大使は自分の意志を表明しましたか？」

「大使はあまり話さなかったのですが、私の印象では、和平の意志を表していたと思います。少なくとも私の見解では。戦争派の王老鉄たちが大使に悪口を言った時も、大使は態度を変えることはありませんでした」

「セラジョンさんご自身は、戦争派ですか？　それとも和平派ですか？」

「和平派です。和平は私の信念ですが、それでも人間を、完全に信頼しているわけではありません。彼らに対しては、深い疑念と不信感を抱いています。大使が和平的な印象を与えてくれたとしても、それによって彼女と、過度に親しくすることはできません」

「何故そうなのですか？　もし和平派なら、大使に好意を表すべきではありませんか？」

口には出さなかったがブレーメンは、大使の目的が単純な和平交渉ではなく、別にあると推理していた。和平派のセラジョンは、彼女ともっと早くから連絡を取っていた可能性がある。

「私の立場としては、注意深く、慎重に行動しなければなりません。相手を完全に信じ、防御を解除することはできません」

セラジョンは部屋の中が少し暑いと感じて、自分の襟を引っ張って、首を締めつけすぎないようにした。

「人間の心は本当に読めないものですからね。外交官の心ならなおさらです」

ブレーメンはこの言に感心した。

「もし人類が自分の生活を『道』で導くことができるなら、世界も現在のような状態にはならなかったでしょう」

セラジョンは言った。

「道？」

アグアは困惑した表情で言った。

「道って何かな？　何故道という人が、人々の生活を指導できるんですか？」

「カエルちゃん、『道』とは一種の理念であり、中国という国の先賢たちが、かつて崇拝していた理念ですよ」

とセラジョンが説明した。

「この理念は、二千五百年以上昔に生まれました」

「道という理念は、自然、無為、天地、陰陽などを重んじるものだよ」

とブレーメンがアグアに説明した。

「探偵さん、道についても知識があるとは思いませんでしたな。若くしてこれほど博識な動物は珍しいですね！」

セラジョンは感心して言った。

「いえいえ、私は概念を知っているだけで、具体的な内容については、さして理解していません」

ブレーメンは謙虚に答えた。

実際には彼は、謙虚ではなく、本当に理解していなかった。

「道は、世界で最も価値のあるものです。古い言葉にもあるように、道を得る者は栄え、道を失う者は滅びます。歴史上、道についてどれだけ深く理解していたかどうかにかかわらず、行動や判断の良《よ》し悪《あ》しは必ず道に合致しています。実際、道を理解していなくても、行動やものごとの処理に大きな障害はありません。道の中にいる人が、その存在を知らないことは一般的ですが、私は道を深く理解すればするほど、宇宙の秘密を探求できると考えています」

「人間の文化について、あなたがこんなに研究されているとは思いませんでした。博学ですね！」

ブレーメンは、セラジョンが道について話し続けることをやめさせないと、きりがないと気づいた。

「今後機会があれば、私とアグアは必ずあなたを訪ね、道を学ばせていただきます！」

「知彼知己者《かれをしりおのれをしらば》、百戦不殆《ひゃくせんあやうからず》。私も少しは知っています」

セラジョンは、また新たに道を理解しようとする有望な若者が二匹増えたことをとても喜んでいた。

「大使の話に戻りますが、今日、大使にお会いになりましたか？」

「いいえ」

「しかし大使は病気だと聞きました。医師にはあなたが連絡したそうですね」

「そうです。朝の七時すぎ、大使のボディガードのジボが、大使が具合が悪いと私に伝えてきたので、私はプリン医師に連絡して、大使の診察をお願いしました。プリン医師は非常に優れた技術を持っており、私とは長年の友人です。彼女は現在、動物城のハニーポット病院の院長を務め、よく大学で講演を行っています。実際に名医であり、ハニーポット病院は、この地域でも最高の私立病院のひとつです」

セラジョンは言った。

「プリン医師は何時に来ましたか？」

「九時を少しすぎた頃です」

「彼女はどれくらいいましたか？」

「二時間はいなかったでしょう。大使の診察をしたあと、プリン医師は私に報告に来て、大使はただ風邪を引いただけで、心配はないと教えてくれました」

「大使が病気になったので、今日の会談も中止になったのですか？」

「そうです。風邪はたいした病気ではありませんが、大使の健康を考え、今日の会談は中止にしました。午後は自由時間です。実は多くの大臣はほかの重要な仕事も抱えており、非常に忙しいのです。芝華士ホテルに滞在中も、みな通常の業務を行っていました」

ブレーメンはアケンがくれた情報を見ていたが、確かに多くの大臣が今日の午後も忙しく働いており、自分の部屋から電話をかけて指示を出していた。

「警察の記録を見ると、あなたも午後に部下と会われていますね？」

ブレーメンは尋ねた。

「その通りです。午後三時半に部下がここに私を訪ねてきて、いくつか報告をくれました」

「電話ではなく、ホテルまでお越しになるということは、非常に緊急な用件だったのでしょうか？」

「確かに非常に緊急な用件ですが、この件については……」

セラジョンは口ごもった。

「ご報告いたします！　大臣、ワニ将軍からのご指示です。すべての情報は、探偵に隠すことはできません」

と、長い間沈黙していたアケンが、注意をうながした。彼はまことに有能だ。

「それでは安心してお話しします。最近、霊長類動物たちの失踪《しっそう》事件が頻繁に起こっているのです。みなさんも知っていると思いますが、事件の数はかなり多いのです。私の部下は、この件について相談しにきたんです」

「その件は、ニャオニャオ署長の管轄領域ではないのですか？」

ブレーメンが尋ねた。

「そうですが、失踪した動物には、私の部下も含まれています。ニャオニャオ署長は捜索する対象が多すぎ、なかなか手が廻らないので、私自身、この件を調査しようと思ったんです」

　セラジョンは憤慨するように言った。

「誰の仕業か解らないが、見つけたら決して容赦はしない！」

「あなたのその部下も、今ホテルにいますか？」

「いませんし、彼の名前をお教えすることはできません」

　とセラジョンは困ったように言った。

「私の部下の中には、任務遂行のため、身もとを公開できない者もいます、ご理解いただければと思います」

　ブレーメンも、政府の仕事をしている動物たちが、一般住民になりすまして機密任務を遂行していると聞いたことがあった。

「大丈夫です、私は理解いたします」

　ブレーメンは言った。

「部下との面会が終わってから、あなたは何をしましたか？」

「部屋に戻って休息しました」

「部屋に戻ったのは、おおよそ何時でしたか？」

「午後四時半頃です」

「誰か、それを証明できますか？」

「妻が証明できます」

「奥さんと一緒に休んでいたのですね」

「はい。六時二十分頃まで一緒にいました」

　セラジョンが言った。

「六時二十分頃に同僚に呼ばれて、しかし彼は酔っ払っていたので一緒に外の風に当たって話し、それから、七時前に部屋に戻って、妻とまたテレビを見ました」

「火災発生まで、あなたたち夫婦は一緒にいましたか？」

「いました。その時、火災報知器が鳴りました。私の妻はこんな騒ぎを経験したことがなかったので、泣き出してしまいました」

「セラジョンさん、あなたと大使の部屋は三階にあり、三階にはいくつも部屋がありますが、午後に不審な音を聞きましたか？」

「いいえ。ここは防音が完全で、ドアを閉めればほかの部屋の音はまったく聞こえません」

「ところで、大使のボディガードであるジボが、大使の異変をあなたに伝えたと聞きましたが、あなたとジボは、お互いをよく知った仲ですか？」

「まあまあの知り合いですね」

「具体的に話していただけますか？」

「私とジボはかつて戦友で、大小さまざまな戦闘をともに経験しました。戦後、彼は退役を選びましたが、一部私と仕事上の接触がありました。彼の警備会社は、行き詰まる危機にありました。今回、私は彼に大使護衛の任務を依頼しました」

「この問題が起きたあと、彼の警備会社は、存続がむずかしくなりましたね」

「そうですね、私もこんなことが起こるとは思いませんでした。彼の業務能力は充分に優れており、こんなレベルの仕事にも充分対応ができたはずです」

「世の中、予測がむずかしいものですね」

「そうですね」

「解りました、セラジョンさん、以上です。ご協力ありがとうございました」

ブレーメンは立ち上がり、再びセラジョンとひづめを合わせた。

「お疲れさまでしたブレーメンさん、私の話がお役に立てばよいのですが。あ、さらに何か質問があれば、いつでも訊いてください」

言ってセラジョンは部屋を出て、ドアを閉めた。

「いかがですか、探偵さん」

セラジョンが部屋を出たあと、アケンは尋ねた。

「次の参考人を?」

「よし、ではセラジョンの妻を連れてきてくれ」

ブレーメンが命じると、アケンはすぐに部屋を出ていった。

「セラジョンさんは本当に紳士だね」

とアグアは感嘆した。

「でも紳士であることは、必ずしも誠実を意味しないよ」

言って、ブレーメンは椅子にすわり直した。

「嘘《うそ》ついているとでも?」

「彼が嘘をついているとは言ってないけど、少なくとも彼は部下との面会について、何か隠しているようだな」

「何を隠しているんだろう?」

アグアは尋ねた。

「それは、ほかの者の証言を聞いたあとで、話すことにしよう」

ブレーメンは、椅子を一回転させた。

「アグア、あとで彼が言ってた部下を調査してもらえるかい? 誰のことだろう。彼を見つけなきゃ」

「安心してくれ、おいらに任せておきな！」

アグアは胸をドンドンとたたいた。

「よし、では純子さんの話を聞こう」

ブレーメンは目を細めた。

3

2333年10月15日、22：45

純子が部屋に入ってくると、ブレーメンとアグアはびっくりした。まるで夜空に輝く月の光や、密林で燃える焚き火《たび》、海のただ中にそびえ立つ灯台のように、部屋全体が明るくなった。もしさっきのセラジョンが重苦しい雰囲気を和らげたとするなら、今純子は部屋全体をピンク色に変えてしまった。

人間の世界では三百年も昔にマリリン・モンローという美女が現れたと聞いている。彼女は映画スターで、セクシーで魅力的で、男性たちを狂わせた。当時、世界で最も強大な国の大統領さえも、彼女に夢中になったと伝えられている。最後には政治的な争いによって彼女は亡くなったとされる。同様に、古代の東方にも楊貴妃《ようきひ》という美女が存在した。彼女は天性の美貌《びぼう》と絶世の風華を持ち、皇帝は彼女と一緒にいるために政務を顧みなかった。彼女が好きな果物を、数千里も離れた場所から、動物を使って運んでやるほどだったと言われている。

ブレーメンは多くの本を読んでいるため、人間の歴史についてもひと通りの知識がある。しかしこのような美女は、伝説の中にしか存在しないと思っていた。これらの誇張《こちょう》された物語は、街頭の語り部や、売り込みを狙《ねら》った出版社が作り出したものだと考えていた。しかし今純子を見て、それが実在することを知った。

彼女は動物城のマリリン・モンローであり、楊貴妃だった。どんな動物も、彼女の魅力を無視できないだろう。真面目な堅物男性でも、彼女を見ると心を揺さぶられてしまうはずだ。どんな場所でも、彼女が現れれば、すべての動物の注目の的になるに違いない。

本当の美は、種を超えることができる。カエルのアグアは、純子を見たらよだれが出てしまったし、ブレーメンは、人間でも純子には惹《ひ》かれるだろうと思った。

彼女の目は柔らかく魅力的で、長いまつげがキラキラと光り、目からは電流が放たれているかのようだ。淡い黄色のショールを羽織《はお》り、茶色の髪が肩から滝のように流れ落ちている。背が高く、足も美しく、すらりとしている。ブレーメンは彼女のひづめを何度も見てしまった。磨《みが》き上《あ》げられ、とても輝いている。オスのシカのように、太くて頑丈な角が頭にあるわけではない。純子は角を持っていないので、ブレーメンには不思議に見える帽子をかぶっていた。

小さな帽子は、彼女の頭に白い孔雀《くじゃく》のように貼《は》りついていた。羽根は耳のあたりから垂れ下がり、上部には淡いピンクの小さな花が飾られている。ブレーメンはファッションには詳しくなかったが、とても高価そうでおしゃれな帽子だと感心した。

「純子さん、こちらは私たちの探偵、ブレーメンです」

とアグアは、彼女にブレーメンを紹介した。

「こんなに若い方とは思わなかったわ。ポチ探偵よりもずっと若いみたいね。では探偵のお兄ちゃん、私はあなたを探偵ちゃんと呼んでもいいかしら？　何のご用で来たの？」

純子は首をかしげながら、ブレーメンを見つめた。ブレーメンは頭を下げ、顔が赤くなった。そして、

「大使の死について、純子さんに質問があります」

と言った。

「何故頭を下げているの？　私が怖いの？」

と彼女は意地悪くからかった。

ブレーメンよりも歳上《としうえ》ではあるものの、純子はまだ若いトナカイだ。

「どこがですか、純子さんは若くて美しいです。私が見た動物の中で最も美しいです。有名な動物スターたちよりも、ずっと美しいですよ」

とアグアは敬意を込めて言った。そのお世辞を聞いて、彼女は笑顔を見せた。

「カエルちゃん、あなた両生類なのにこんなに話せるんですね」

「私の名前はアグアです！」

「アグアちゃん、あなたもとてもハンサムなカエルよ！」

純子のような美しい人にほめられ、アグアは首まで赤くなった。

「セラジョンさんも、トレーニングされてお若く見えますが、やはり純子さんの方がずっとお若いですよね？」

ブレーメンが尋ねた。

「そうよ」

彼女はソファにすわって右足を上に足を組んで、ポケットから細長いローズマリーの香りのするタバコを取り出した。優雅に火をつけてひと口吸ったあと、

「私はセラジョンより、十五歳も若いのよ」

と言った。

「わぁ……」

アグアは感嘆した。

「セラジョンさんは、本当に歳下好きなんだね……」

アグアの言葉が続かないうちにと、ブレーメンが話を遮《さえぎ》った。

「セラジョンさんのこと、私はとても興味があるのですが、純子さんは、彼と一緒に会議に参加しているのですか？」

ブレーメンは尋ねた。

「セラジョンは私を、よくあちこちの社交場に連れていってくれるの、だから……」

「それなら芝華士ホテルはよくご存じですね？」

「いいえ、ここには今回はじめて来たんです」

純子は眉をひそめて言った。

「こんなことが起こると知ってたら、絶対に来なかったのに！」

「では、人間大使には会っていますね？」

「ええと……、夕食会の時に一度だけ会いました」

「夕食会ですか？」

ブレーメンは尋ねた。

「いつの夕食会ですか？」

「大使が到着した日に、小規模な歓迎レセプションが開かれました」

ブレーメンは、それは動物城が大使を歓迎するために準備したイベントであると知っている。

「その後は、あなたはもう大使に会っていないのですか？」

ブレーメンは尋ねた。

「もう彼女には会っていません」

「何故ですか？」

「私は、彼らの会議に参加する資格はないから……」

と言い、純子はタバコの火をテーブルの灰皿に押しつけ、消した。

「私は大臣じゃないもの」

「それなら何故今回の会議に来たんですか？」

とブレーメンが尋ねた。

「好奇心よ。チャンスがあれば誰だって人間大使に会ってみたいでしょ？」

「大使に会えないなら、ホテルで何をしているのですか？」

「部屋でテレビを見て、時間をつぶすしかありません」

彼女は溜め息を吐いた。

「本当は食事の時間に大使に会えるかと期待したんですが、彼女はもう二度と姿を見せませんでした。食事はルームサーヴィスを頼んだそうよ。ホテルの食事が、彼女の好みに合わないと聞いたわ。パンと飲み物しか口にしてないそうよ」

「大使が食事に出てこない理由を、それ以外に推測したことは？」

ブレーメンは尋ねた。彼女は首を横に振る。

「ないわ。解るわけないじゃない。もしかしたら私たち動物を見下して、一緒に食事をすることを避けたのかも知れないわね。昔は人間が食卓で食事をし、残り物を動物に与えていたと聞いたことがあるわ。ちっ、人間は何故自分たちが、動物よりも高貴だと思っているんでしょう」

彼女は考え考え言う。

「でも女性としての視点で言うと、大使の服装のセンスはなかなかよいわ。彼女の水色のロングドレスは彼女の肌の色によく合っているし。今動物城で流行しているスタイルではないけれど、ポテンシャルを感じる」

やはり女性の視線は、動物であれ人間であれ、ファッションについては敏感だ。

「大使は、メイクも上手ね。彼女の肌の色はブルーベースなので、赤みのあるリップがよく似合う。でも透明な夜光のネイルを使っているとは思わなかった。それは若い女の子だけが塗るものだって思っていたから……」

「純子さんは今日、大使には会っていないのですね？」

「忘れましたか？　私は会議に参加できないので、大使とは一度しか会っていません。火事のあと、彼女の亡骸《なきがら》も見ていません。とてもひどい状態と聞いていますし、見たくありません。悪夢を見るのが怖いですから」

「セラジョンさんは、午後に部下と話したあと、ずっとあなたと一緒にテレビを見ていたと言っていましたが」

「それ、もう警察に話したわ！　もう一度あなたに繰り返す必要があるの？」

同じ質問を何度もされることに、彼女はイラついているようだ。

「申し訳ありません。自分の耳で聞きたいんです。私は、自分の耳が受け取った情報のみを信じるタイプの探偵なのです」

ブレーメンはきっぱりと言った。

「解ったわ……。セラジョンと私は、普段からよく一緒にテレビを見る習慣があるの。でも彼の方が私よりもテレビが好きかも。結婚後、彼は私の出演したヴィデオを何度も繰り返し見たって言ってくれたの。それを聞いて、ちょっと変な気持ちになったけど、彼は私の特別なファンなのかも知れない」

そう言って、彼女は幸せそうな笑顔になった。

「結婚する前、私はダンサーだったの」

「グアッ！　なるほど、それであなたの雰囲気がいいのも納得です！　セラジョンさんとはダンスで知り合われたんですか？」

アグアが訊いた。

「いいえ、実はそうではないんです。もっとドラマティックよ」

純子は笑いながら言った。ブレーメンはそれを、これまで見た彼女の笑顔の中で一番魅力的と感じた。

「聞かせてもらえ……」

アグアが言い終わる前に、ブレーメンに口を押さえられた。ブレーメンは指先を振って言う。

「他人のプライヴァシーを探るのはよくないぞ、アグア」

アグアは恥ずかしそうに頭を下げた。彼女は笑いながら言う。

「大丈夫よ。このことは、動物城の多くの友人たちが知っていますから、秘密でもなんでもないわ」

「それはつまり、私たちにも話してくれるってことですね？」

アグアは手をたたいて喜んだ。

彼女はまたタバコに火をつけた。しかし彼女は、タバコの煙を吸い込むことはあまりしないので、手に持つタバコが装飾品のようだとブレーメンは思った。

彼女はゆっくりと言う。

「私と彼は、交通事故で知り合いました。当時、私はダンサーで、公演に行く途中でした。セラジョンと私は同じ観光バスに乗りました。そのバスが山間の谷で事故を起こし、谷に転落してしまいました。私は重傷を負い、緊急輸血が必要でしたが、そのバスにはウサギや猫ではなく、ライオンやトラしかいなくて、私に輸血することはできませんでした。セラジョンだけが私に輸血できることが解り、でも彼は高官だから、一般市民の私に輸血なんてしないだろうと最初は思っていましたが、私が重傷と知ると、待ちきれずに彼は、私に輸血を申し出てくれました」

動物国の医療体系は、人間界のものがベースになっている。多くの医療専門家は、かつて人間の病院で働き、看護師や検査員として活躍し、学んでいた。動物国が人間社会から分離し、独自の文明を築いていく中で、動物国の医療体系も変化し、充実していった。たとえば輸血について、人間と同様、異なる血液型の間では厳格な制約がある。また動物たちにも、遺伝学的に近い種類同士でのみ輸血が可能という原則が存在する。

哺乳動物の奇蹄目と偶蹄目は近い種類であるため、お互いに輸血が可能だ。しかし肉食目と奇蹄目の間では血縁関係が比較的遠いため、輸血はできない。

これは三百年以上昔の映画「ジュラシック・ワールド　炎の王国」で描かれたように、負傷したラプトルに、オーウェンがTレックスの血液を盗んで治療するのと同じ原理だ。

「セラジョンさんは当時、純子さんにひと目惚《ぼ》れしたようですね？」

ブレーメンが尋ねた。

「あら、オスの動物はみんな同じようなものよ」

と彼女は馴れた口調で言った。

「その後、彼は私に熱烈なアプローチを始めたの。彼はとてもいいオスで、信頼できる、一生をともにする価値のある動物だと思って、結婚しました」

「才能と美貌のカップルですね！」

アグアは感嘆して言った。

「でも私と金美も相性がいいんですよ」

「君のことは訊いていない」

ブレーメンは、二度咳払《せきばら》いをして言った。

「今日はテレビを見る以外、何かほかのことをしましたか？」

「午前中、ホテル内をちょっと散策したわ。芝華士ホテルのスイートルームでも、ずっと中にいるのはつまらないでしょ？　午後もちょっと散策したわ。ここにいると散策以外に何ができるの？」

ブレーメンは、目をパチクリさせながら訊いた。

「午後七時まで何をしていたのですか？」

「ほとんどの時間はテレビを見ています。これはあなたたちが、私の夫から聞いて知っているはずです」

「あなたは、誰が大使を殺す動機を持っていると思いますか？」

ブレーメンは突如、事件の核心を突く質問を発した。

「政治の世界に関する私の限られた知識から言えば、一部の動物は人間を非常に嫌っているはずです。もしかしたら、彼らは人間に虐待されたのかも知れないし、彼らの親族が、人間によって殺されたのかも知れません。また政府の内部に、そのような動物がいるかも知れません」

「そういう動物をご存じですか？」

「知りません。でもセラジョンはそんなタイプではありません。彼は人間に対して好奇心と、素朴な善意を持っています」

聞いて、ブレーメンは大きくひとつうなずき、息を吐《は》いた。

「以上です純子さん、お休みのところ、ありがとうございました」

ブレーメンは頭を垂れ、まるで間違いを犯した生徒のように沈んだ顔で言った。

「それでは失礼しますわ探偵ちゃん、何かさらに質問があれば、また訊いてね。私としても、気分転換になりますから」

言いながら純子は、にやりと笑って部屋を出ていった。

「ご報告いたします！　探偵閣下、顔が赤いです。熱が出ましたか？　医者をお呼びしましょうか？」

アケンはブレーメンに尋ねた。

「大丈夫だよアケン、この部屋が少し暑いだけ」

「きゃはははは！　おかしくて死にそうだ、ブレーメンが美女を見て、こんなに恥ずかしがるなんて思わなかったよ」

アグアは嘲笑《ちょうしょう》した。

「でも純子さんは本当に美しいね！　カエルの心までドキドキさせちゃうよ。でも金美には絶対言わないでよ」

「今のをもう一度言ったら金美に言うぞアグア！」

ブレーメンは顔を真っ赤にしてアグアを脅した。

「ふん！」

アグアはそっぽを向いた。

「美しいバラには棘がある。彼女は判断力を奪ってしまう」

とブレーメンは、顔をこすりながら言った。

「これは母が教えてくれたことだ」

「その割に全然抵抗力がなかったように見えたけどね」

アグアはからかいを続ける。

「アグア、この魅力的な純子さんについて、あとでさらに詳しく調査してもらえるかな、頼むよ」

「あ？　ブレーメン、何考えてんの？　彼女は既婚者で、しかも外務大臣の妻だぞ」

「それがどうしたんだ?」

ブレーメンは、驚いて言う。

「気づかなかったのか? アグア、純子さんには普通じゃない習性があるぜ。彼女は歩く時、ほとんど音をたてないんだ」

ブレーメンは言った。

4

2333年10月15日、23:15

「ご報告いたします! 次はどなたをお呼びしますか?」

アケンは身を屈《かが》め、次なる行動への勢いを溜《た》めているらしい。

「安全大臣を呼んでください」

ブレーメンが言うと、アケンは転がるように駆け出し、廊下に出ていった。ブレーメンはというと、部屋の中をてくてくと歩き出している。

これまでのところ、調査は順調に進んでいた。重要な任務を委《ゆだ》ねられた将軍ネロや、真面目な署長ニャオニャオ、颯爽としたセラジョン、そして美しい純子も、ブレーメンに対しては充分な信頼と、協力を見せてくれている。

しかし探偵にとって、あまりにも協力的な人々は、むしろよくない兆《きざ》しだった。ブレーメンの経験から言えば、協力的な人々は、たいてい背後に何ごとか秘密を隠していた。

ブレーメンは今、若干の焦りを感じている。殺人事件の調査は、動機と方法、ふたつの側面からのアプローチが基本だ。しかしほとんどの殺人事件の方法は平凡で、したがって動機が最も重要な鍵となる。そして動機の調査では、被害者の社会的立ち位置や、人間関係から調べることが最も効果的だ。

しかし今回の事件は、この観点からの調査はむずかしい。人間の大使はこの国では完全に孤立しており、芝華士ホテルにいる動物たちとは何のつき合いもない。かといって大使を殺害した理由を、戦争派と和平派という観点のみで考察するのは、あまりにも一面的であり、類型的であり、浅はかだった。

ブレーメンはソファとテーブルの周りをぐるぐると廻り、まるで奴隷時代に使役されていた動物の動きのようだった。

「ああブレーメン、そんなにぐるぐる廻らないでよ、ぼくの頭の中までぐるぐるするじゃないか！」

とアグアが不平を言った。考えごとをしている時のブレーメンが、部屋の中をぐるぐる歩き廻るのはいつものことで、全然停まる様子はない。

「本当にはた迷惑なやつだな！」

とアグアが大声で叫んだ時、巨大な影がアグアの眼前に立ちふさがった。

さっきアケンが廊下に飛び出した時、きちんとドアを閉めなかったので、この訪問者もノックをせず、いきなり部屋に入ってきた。荒っぽい動物のようだ。

アグアはびっくり仰天し、震えながら頭を上げた。すると彼の前には、屈強そうな男が立っていた。安全大臣のバッファローだ。

「おまえが探偵か？」

と安全大臣は、ブレーメンに尋ねた。

それでブレーメンは、目の前の巨漢を見た。ゾウのジボほどではないが、ブレーメンに較べれば、かなり体の大きな動物だった。

「はい、私は今回の事件を担当している探偵のブレーメンです。それでこっちが……」

「こんな遅い時間に、年長者を呼びつけて何の用だ？」

ブレーメンはアグアを紹介しようとしていたのだが、乱暴に遮られた。目をまん丸く見開いたバッファロー大臣をひと目見て、ブレーメンは相手がいいやつではないと感じた。

しかし、経験豊かな名探偵は、こんなことで臆《おく》するわけにはいかないと考えた。ブレーメンが事件関係者に見下されたら、調査を進めることができない。たいていの事件は迷宮入りだ。

「お急ぎにならないでください。私たちはただこの事件に関する簡単な質問を、いくつかしたいだけなのです」

とブレーメンは、背筋を伸ばして言った。

「この事件に関する質問？　もうアライグマの探偵が訊いているだろう。おまえはいったい何者だ？　くだらん質問を何度もするってことは、オレを容疑者扱いしているのか？　教えてやる、オレは立派な安全大臣だ。この動物城で、オレを容疑者扱いする者なんざ一匹もいやしないし、オレの前で探偵気取りをする者もない。オレは探偵が大嫌いなんだ。あのアライグマもだ。頭にゼリーなんぞ塗りたくって、ナルシストな態度が気持ち悪い。おまえたち探偵は、みんなこんな態度をとりやがって……」

バッファロー大臣は、自分が呼ばれて尋問されることに非常に腹を立てていて、ブレーメンに向かって集中砲火を浴びせた。

「ご報告いたします。こちら、ビルさんです」

見ればアケンが帰ってきていて、控え目な小声で紹介した。そして果敢にバッファローの大臣に向かって言う。

「ブレーメン探偵と助手のアグアは、ニャオニャオ署長のご推薦でありまして、あなたは特別な存在でいらっしゃいますが、この調査には是非ともご協力いただきたく……」

この無礼な大臣は、ビルという名前だった。いかにも映画「羊たちの沈黙」が好きそうな男だ。ふんぷんと殺人犯の臭いがする。

「やかましいぞ。ニャオニャオの名前を出してオレを脅す気か？　ニャオニャオはどこだ？」

ビルは周りを見廻し、署長を見つけて叱責《しっせき》しようと考えているらしい。

「ご報告いたします！　ニャオニャオ署長はただいま仕事で出かけております。事件捜査をすべてブレーメン探偵に委託しました」

アケンが答えた。

「おい、冗談だろ!?　事件を解決できないからこそこそ隠れて、たいして責任のない三流探偵を呼ぶってのか。探してこい、こんなやつ呼びやがって。王老鉄は、少なくとも有名な探偵を呼んだぞ。まあ、ただの見せかけだとは思うがな……」

ビルは部屋を見廻し、アグアを見つけた。

「このヒキガエルも探偵なのか？　ニャオニャオ署長が来て、自分の口で話すまでは、オレは決して口を開かないぞ」

「それは……」

アケンは困った表情を浮かべた。

誰もが予想しなかったことが起こっている。安全大臣がブレーメンたちの調査に協力しないとは。

「なんだって？　まさかヒキガエルまで連れてきてオレを尋問するつもりか？　両生類も今じゃあ横断歩道を渡れるってのか？」

アグアは恐れおののき、壁のすみに行って困惑していた。普段からさまざまな動物に差別されることに馴れてはいたが、ほとんどは態度だけで、口は丁重だった。進化の過程で順番が古いという差別を、直接的に表現されることはなかった。

ブレーメンは、ちらっとアグアを見てからビルを見た。

「ビルさん、アグアに対してどのような偏見を持っておられるのか知りませんが、彼は私の助手です、彼を尊重してください。私たちは今回、人間大使の怪死事件を解明するために来ました。見せかけではありません。芝華士ホテルにいるすべての参考人は、平等に扱われます。あなたが大臣であるからといって、特別扱いはむずかしいのです。ご協力をお願いします」

「おい、冗談だろう、なんでヒキガエルと仲よくせにゃならん？　ぶるる、お断りだ。それにおまえも、ニャオニャオ署長が連れてきたからといって偉いわけじゃないぞ。虎《とら》の威を借る狐《きつね》め、オレは安全大臣だぞ、なんで協力せにゃならん？　ともかくニャオニャオ署長だ、彼はいったいどこにいるんだ？」

ビルの態度は相変わらず傲慢《ごうまん》で、ブレーメンを軽視していた。

「ヒキガエル」という言葉を連呼するビルを見た時、アグアは悲しくなった。もちろんビルが自分をヒキガエルだと言ったから悲しいわけではない。カエルとヒキガエルは非常に似た生きものであり、アグアはヒキガエルに対して偏見を持ってはいない。

礼儀正しくて優しいセラジョンや、イケメンだとほめてくれた純子に会ってから、動物城のエリートたちは親切で優しいとアグアは感じていたが、この安全大臣に会って気分は地に落ちた。悪寒がやまなくなった。

ブレーメンはアグアの不快を感じ取り、アグアに手を振った。

「アグア、ぼくのペンが見つからないんだけど、探してくれるかな」

アグアは首を垂れて、力なくブレーメンのそばまで来た。

「さっきまでポケットに入ってたはずなのに、床に落ちたのかな？　ちゃんと探してくれよアグア」

ブレーメンは指示した。

アグアはブレーメンの周りを元気なく一周し、突然、ペンとその隣りにあるものを見つけた。実に重大なものだ。

ペンがスーッとブレーメンの机の上に現れた。

「ブレーメン、君のペンだよ、そして……」

アグアの声が再び活気を取り戻していた。

「こんなものも落ちていた」

「おいおい乱暴に扱うなよアグア。これがないと、いったいどうやって事件を解決するんだ？」

その声にビルは、目を細めて二匹を見た。何によって事件を解決するだと――？

「こんな重要なものを、どうして乱暴に置けるんだ。ネロ将軍に知られたら大変だよ」

アグアはワニ将軍から彼らに渡された「ネロの印」を、机の下から拾い上げていた。

「これは……」

ネロの印を見ると、ビルの全身が震えはじめた。

ネロとともに働いたことのある政治家たちなら、この「ネロの印」がネロ本人と同等であることを知っている。ネロ将軍は、この徽章《きしょう》を滅多な者には渡さない。この徽章を見ることは、自分を見ることと同じだとネロは言っていた。もし誰かがこの徽章に対して傲慢で威張り散らす態度をとるなら、それはネロに対して威張っているということだ。

ネロ将軍と対立するということは、動物王国の全軍隊と対立するということだ。さらに言えば、現在の動物王国の、すべての攻撃兵器と対立しているとみなされる。

しかしビルは、安全大臣という役職の者らしく、すぐに自信を取り戻し、高慢な態度に戻った。

「ふん、ネロ将軍がネロの印をおまえに託すって？　馬鹿な、どうせ偽造したものだろ？」

「ご報告いたします。ネロ将軍の徽章を偽造した者は、これまで一匹もおりません」

アケンが横で言った。

「これは先ごろネロ将軍がブレーメン探偵におあずけしたもので、本物であります」

ビルは、懸命に優越の表情を作っていた。動物城でワニのネロ将軍がこんなに重要な地位を手に入れ、大きな権力を握っていることに対し、ビルのような古い動物たちは心の底では納得していない。

「ネロ将軍だってたいしたことはないさ」

とビルはつぶやいた。彼は笑顔を作ろうと努力したが、泣くよりも見苦しい笑顔だった。そしてしばしの沈黙の末、観念したようにこう言う。

「ああ、さて、それじゃあ、ブレーメン君だったね、何か質問があるならどうぞ、協力しようじゃないか」

ビルはソファに大きなお尻を乗せたので、それだけでソファが満杯になった。

「まずやっていただきたいことがあります」

と言いながら、ブレーメンもすわった。

「私の助手に、謝罪をしていただきたいのです」

「なんだと！　それが事件の調査と何の関係があるんだ!?」

大臣は血相を変えたが、ブレーメンはゆっくりと新聞を手に取りながら言う。

「私は時間に余裕がありますもので、それまで、こうして新聞を読んでおりましょう」

アグアは事態が大きくなるのを恐れ、ブレーメンの服を摑んで合図して、そこまでの必要はないと伝えた。

しかしブレーメンは、まるで気づいていないかのようだ。あきらかにビルとしても、膠着状態になることは望んでいない。彼にとって、何の益にもならないからだ。たとえ動物城一の傍若無人《ぼうじゃくぶじん》な動物であっても、大使殺害事件に関わることでトラブルになりたいとは思わないだろう。

「解った」

ビルは迷っていたが、アグアに目を向けた。

彼は両手を膝に置き、身を前に傾けて一礼し、ゆっくりとひとつの言葉を口にした。

「すまん」

「あの……、大臣……、ぼくは大丈夫ですよ」

アグアは急いで手を振って言う。

言い終わると大臣は、ブレーメンを見た。ブレーメンの表情は淡々としていて、全然見ていなかったようだった。そしてアケンも表を見ているふりをしていた。

「では、始めましょう」

とブレーメンは、新聞を置いてから言う。

「ビルさん、大使の死について、あなたに質問があります」

「ああ、どんな質問でもかまわんさ」

ビルは背筋を伸ばし、すわり直した。

「まず、あなたが今回来たのは、会談に参加するためですか？」

「そうだ、ここに来るお偉方は、全員が会談に列席している」

「多くの大臣がここに来ているのを私も見ましたが、あなたは交渉の主要な担当者だったのですか？」

「会談で、私は格別重要な役割ではない。今回の会談は主に外務大臣セラジョンと、国防大臣鉄頭が担当している」

「では、あなたは大使の警護を担当しているのですか？」

「それは私の責任ではない。私は安全大臣で、安保大臣ではない」

ビルは安全大臣の役職を担当しているが、具体的な安全業務に関してはまったく知識がなかった。市民の安全は主にニャオニャオ署長が担当し、国家の安全は主として軍が担当している。ビル大臣はいわば飾り物で、実際の仕事はない。ただ規則を制定し、関連部署や下位の組織に仕事を増やすだけだ。

何故こんなにも実体のない役職が存在するのかというと、ビルの祖父《そふ》の祖父の祖父の祖父が、動物王国の建国に貢献した功績があり、ビルは先祖からのこの役得を、機械的に受け継いできているだけだ。

動物王国には、実はビルのような官僚が無数にいる。彼らは長い進化の過程で、一部はすでに引退し、一般住民になった。しかし残った大部分は、ビルのようにオフィスで無為にすごし、日々ひたすら威張るのが仕事だ。

そのことについてだが、アグアの祖父の祖父の祖父の祖父の祖父と、ビルの祖父の祖父の祖父の祖父の祖父は、実は古い友人だ。アグアの先祖とビルの先祖は、かつて同じ農地で働いていた。老ビルは畑を耕し、老アグアは害虫を駆除し、協力し合って兄弟のように暮らしていた。しかし動物たちが王国を築くと、老ビルと老アグアは別々の道を歩むようになった。

このことはアグア自身も知らなかった。アグアの一族は常に世間と争わず、役人とのつながりを持つことも、考えたことがなかった。

「あなたは戦争派ですか、それとも和平派ですか」

とブレーメンは続けて尋ねた。

「私のような武闘派の動物を、君は和平派だと思うか？」

そう言うと大臣は、巨大な肩の筋肉を、ブレーメンに見せつけた。

「人間は邪悪な生きものだ。動物を奴隷にすることしか考えない。私の祖先を例に挙げよう。生まれた日から耕作や労働をさせられ、一日も休むことなく乳を搾られる。歳をとって働けなくなれば、殺されて食べ物にされる」

ビルの言葉は、まったくのでたらめではない。何千年もの間、人類は実際にそうやって生きてきた。ブレーメンはたくさんの本を読み、このことについてよく勉強している。

「さらに悪いことに、人間は肉食動物とは異なる。肉食動物は昔、生き残るために私たちを食べていただけだ。それは理解できるね？」

ビルは興奮しながら言った。

「しかし人間は、グルメのため、ファッションのため、ただ動物を苦しめるためだけの無数の方法を持っている。ブレーメン君、君も人間がどれほどロバ肉を好んで食べるかを知っておるだろう。いわゆる天上の龍肉、地下のロバ肉さ」

ブレーメンは黙っていた。彼はもちろん、人間が自分たちの仲間に対して行ったことを知っている。

「『活叫驢《かっきょうろ》』という食べ物を聞いたことがあるか？」

とビルは、ブレーメンの答えを待たずに言った。

「最も新鮮なロバ肉を食べるために、人間は生きたロバの体から一部の肉を切り取り、その肉が再生するのを待ってからまた切り取る、これを繰り返すんだ。新鮮な肉を食べるためだけに……」

ブレーメンも「活叫驢」を知っている。最初にこのことを本で読んだ時、怒りでひと晩中眠れなかった。

アグアとアケンは、ビルの説明を聞いて、体中から嫌悪感が湧き上がってきた。

「ブレーメン君、君は戦争を主張する派かね？　それとも和平を主張する派か？」

ビルは部屋にいる者たちを見廻し、自分がこの場をコントロールしていると感じて非常に満足だった。

「私は政治的な立場にありませんし、人間に対して好意もありません。彼らはおっしゃる通り残酷で欲深く、多くの災《わざわ》いを引き起こしてきました」

ブレーメンは答えた。

「それなら何故人間の事件を解決する必要があるんだ？」

ビルは意地悪く問い、笑った。

「私の仕事ですので」

ブレーメンは言った。

「私個人は人間が好きではありませんが、職業倫理として、事件の解決を目指しています」

「人間が一人くらい死んでも放っておけばいい。それで困るなら戦争を始めればいいさ！　そうじゃないか⁉　くそっ、もし人間の故郷に行けるものなら、すぐに何人か味見してやりたいぜ、『生きたまま食べる人間』ってどんな味か、是非試してみたいもんだ！」

ビルの目に赤い光が浮き、獰猛《どうもう》な気配を放った。

ブレーメンは、今このタイミングで、ビルの言葉に口を挟むべきでないことを知っている。彼の考え方は恐ろしいものだ。動物王国の大臣の中には、このように獰猛で、狂った戦争派が少なくない。彼らが大使に対して向けられた暗殺者である可能性も充分にある。

「では、あなたが今日一日何をしていたのか、教えていただけますか？」

「今日は、大使が病気で会議が開かれなかった。午前中は部下とミーティングして、十一時半に昼食をとったあと、部屋に戻って寝てしまった。一時半まで眠ったあと、文化大臣のホワイトと話をしていた。話し込んでいたら五時半になってしまった。その後、しばらくジムで運動をしていたら、火事が起きたのだ」

「最近の会議は、激しい議論が行われていると聞きましたが、大使を殺す動機を持つ者は誰だと思いますか？」

　ブレーメンが核心を突いた。

「その意味は、私のような戦争派は、人間の大使を殺したいだろうということか？　じゃあ私は一番の容疑者だな。確かに私の人間に対する憎悪は、ここにいる誰よりも強いだろうがな！」

　とビルは、拳を握りしめて言った。

「でも、大使を殺すなんてくだらないことはしない！」

「それでは、最も可能性の高い者について話していただけますか？」

　ブレーメンは執拗《しつよう》に尋ねた。

「動物たちの街は現在、平穏ではない。だから、誰にも可能性がある」

「平穏ではない？　どういう意味ですか？」

　ブレーメンは尋ねた。

「君は知らないのか？　探偵として情報不足だな。最近、動物城で多くの失踪事件が起きている。失踪しているのは主に霊長類で、チンパンジーやサルなど、さまざまな猿類だ。失踪者の数もかなりのもので、事態はなかなかに深刻だ。この失踪事件を解決しようとして、私の体毛も減ってしまった」

「それはお疲れさまです。で、現在の進展状況はどうなんですか？」

　ブレーメンはそう口にしながら、心の中ではビルのような無能な大臣が、事件を解決できる道理がないと思っていた。だから失踪者が三桁《けた》にもなるわけだ。

「私たちは初期捜査で誘拐事件を考えた。失踪者は、誘拐されたものと思われる」

それは当たり前だろう。

「誘拐犯に関する情報はありますか？」

「ない。この誘拐犯は非常に慎重で、何の証拠も残していない。ああ、この事件は一日や二日の話じゃなくて、霊長類が最初に行方不明となったのは、もう半年も前のことになる。これは重大案件なのだ」

ビルは溜め息を吐きながら言った。

「私は安全大臣として、国民の安全には非常に関心があるからね」

関心とはお笑いだ、半年経っても解決していない？　ブレーメンは心の中で思った。しかし、彼は口ではとても丁重に言った。

「霊長類誘拐の目的はなんでしょう」

「知らんよ」

「さっきセラジョン氏もこの件について話してくれましたが、こんなに深刻だとは思いもしませんでした」

「これは私たちの部門の大いなる難問だ。君は有名探偵でないのか？　このさいせっかくだから、私の手助けもしてくれないか？　この誘拐犯を見つけて欲しい。見つけたら、私は君に『ビルの印』を与えようじゃないか」

そんなものはいらないと思ったが、ブレーメンは黙っていた。しかしブレーメンに対する彼の態度は少しも変化せず、相変わらず上から目線だった。

「まずは大使怪死事件の解決を目指しますが、霊長類の大量失踪と、どこかで関連すると予感しています。ではこのホテルのセキュリティについては、あなた方も調査されているのですね？」

ブレーメンは、誘拐犯について深く話し合うことは避け、話題を人間大使の事件に戻した。

「芝華士ホテルには一般の動物は入れない。プライヴァシーのために防犯カメラなどは設置しなかった。最初から私は、これには反対意見を出していたのに。くそっ、もし彼らが私の意見を聞いていたなら、こんなことは起こらなかったのに！」

「お話をうかがう限り、あなたは芝華士ホテルについて、非常にお詳しいようですね」

「まあそうだな、建設の際に設計者が私に相談してきたので、多くの提案をしてやった。私の意見がなければ、このホテルは絶対に建設されなかったろう！　例えばこのホテルのサーヴィス・スタッフのランダムなシフト制度は、この私が考案したものだ。今朝勤務しているサーヴィス・スタッフには、明日の朝は絶対に会えないし、次の週のシフトも、今週とは異なる。これによって、安全性が大幅に向上したんだ」

ビルは得意げに言った。

この退屈なシフト制度には何の意味もない。が、ブレーメンはビルの話の有効性については何も言わなかった。

「赤外線警報器がボディガードのジボによって切られたという件について、どのようにお考えですか？」

ブレーメンは尋ねた。

「ジボは当時、赤外線警報器が故障していたため、大使が彼に切るよう指示したと言っております」

「故障していた？」

ビルは眉をひそめて言った。

「ま、それもあり得るな。あんな低レベルのテクノロジーは信頼できない」

「ありがとうございましたビルさん。お手数をおかけしました。もし何か問題が生じれば、またお願いすることが出るやも知れません」

ブレーメンは丁寧に言った。ビルは立ち上がり、何も言わず、体を揺すりながらドアに向かって歩いていった。アグアはぴょんぴょんと飛び跳ねながら、彼のためにドアを開けた。

「おいおまえ、このカエルめ、ちょろちょろオレの道を塞ぐな、踏《ふ》み潰《つぶ》すぞ！」

アグアに対して、ビルは先と同じように大声で怒鳴った。動物は、短時間で性格は変わらない。

「そうだビル大臣、オレオ党という名前を聞いたことはおありですか？」

ビルが部屋を出ようとした時、ブレーメンが突然尋ねた。

「オレオ党？　何だそれは」

ビルは大きな牛の頭を振った。

「そうですか、いや何でもありません。ちょっとばかり思いついてね」

ブレーメンは言った。

「まったく変わったお馬鹿探偵だな……」

つぶやきながら、ビルは去っていった。

ビルが去ってから、アグアは恥ずかしそうにブレーメンのそばに戻り、顔を赤らめてくっついてきた。

「おいおい、何してるんだい？」

ブレーメンが訊いた。

「ありがとう」

とアグアは言って、ブレーメンの肩に飛び乗った。ブレーメンは少し笑って、アグアの頭をぽんと触った。

「気にするなよ、ぼくらは仲よしの兄弟だろ。誰だろうと、君を侮蔑《ぶべつ》する輩には遠慮なんてしないさ」

「あのバッファローは、なんだかカエルに対しては特に、友好的じゃないみたいだ」

アグアが言った。

「ご報告いたします。それには理由がございます」

とアケンが言った。

「ビル大臣は以前、神龍教によって大きな被害を受けたことがあります」

「なるほど、それなら爬虫類と両生類を憎んでいるに違いないな」

神龍教は、十年前に大規模な反乱を起こしたことがあった。爬虫類と両生類は、長い間差別と侮辱を受けていると考え、平等を求めて抵抗組織である神龍教を設立した。最初は平和的な手段で抵抗していたが、次第に武装闘争の道に進み、最終的には恐怖をともなう暴力行為に発展した。

もちろん反乱は鎮圧され、王国は軍を動員して神龍教の巣窟《そうくつ》を攻略し、反乱軍を壊滅させた。反乱組織の中核が崩壊して、神龍教も滅びた。

最初のリーダー、コモドオオトカゲの聖龍《せいりゅう》は傲慢で、偏執的で、哺乳類全般は、人間と同様に邪悪だと信じていた。最終的に彼は、クラスター爆弾によって殺害された。

二番目のリーダー、アナコンダの緑鬼《りょくき》は狡猾な利己主義者で、状況が悪くなると降伏し、現在は動物城の刑務所で受刑中だ。刑期はまだ三千二百年残っている。

三番目は大鯢《オオサンショウウオ》の霊龍《れいりゅう》、自分が大物だと勘違いして現在も行方不明だ。

四番目のワニガメの鋼牙《こうが》は頑固で、聖龍を狂信していたが、最後は徹甲弾を撃ち込まれて殺された。

五番目のカメレオンの契訶夫《けいかお》は、非常に危険な反社会的思想を持ち、戦闘終了後に姿を消した。

六番目の南米ヤドクガエルの影子《えいこ》は危険な殺し屋で、殺戮《さつりく》を好んだが、狙撃手《そげきしゅ》によって射殺された。

神龍教の反乱は鎮圧され、以降差別問題は非常に重要視され、平等維持が励行されている。哺乳類たちは、ほかの種に対する自らの態度を改め、動物王国は現在、よりよい方向に向かっている。

「ビルはよい動物には見えないけど、彼が大使を殺す可能性はあると思う？」

アグアが尋ねた。

「まだ解らないな」

ブレーメンは言った。

「でも、アリスが部屋で会った者が、彼ではないことは確かだよ」

アグアが言い、

「どうして解るんだ？」

ブレーメンが訊いた。

「彼の、赤外線警報器の話への反応だ、疑いの余地はないよ」

「だから彼が嘘をついていないと？」

「ご報告いたします。彼は何らかの嘘をついています」

アケンは言った。

「何をだい？　実は大使を殺しているのに、自分は殺していないと言っているっていうのかい？」

ブレーメンは、アケンが口を挟んできたことに、強い興味を持った。

「ご報告いたします。ビル大臣は、芝華士ホテルの設計段階で貴重な意見を提供したと言っていましたが、たわごとです。私は、カメラを装備しないことを提案したのは彼だと思っております！」

「どうしてそう思うの？」

「聞いた話ですが、この安全大臣は、よくメスの動物を招いて、芝華士ホテルで講演会を開くらしいですから」

アグア、アケン、そしてブレーメンは同時に笑った。

「そうだ、アケン」

ブレーメンが突然尋ねた。

「彼らが話している霊長類失踪事件について、君は何か知っているかい？　今、それが少々気になっているんだ……」

5

2333年10月15日、23：50

アケンは、ニャオニャオ署長の信頼を裏切ることがない優秀な部下だった。ブレーメンが失踪事件について尋ねると、彼は曖昧《あいまい》な態度をとることがいっさいなかった。

「その件について、ご報告いたします！　以前、ニャオニャオ署長の捜査を手伝ったことがあります」

とアケンは言った。

「最初は、散発的な失踪事件群でした。約半年前から始まりました」

「そうだったな。じゃあ今、捜査の進展はどうなっているの？」

ブレーメンは理解できずに尋ねた。もうそんなに長い時間が経っている。ニャオニャオ署長は非常に有能な刑事のはずだが、進展がないというのか。

「ご報告いたします。行方不明の動物の手掛かりがまるでありませんので、彼らは行方不明ではないのではと、疑われております」

「どんな動物が行方不明なの？」

　ブレーメンは訊いた。

「ご報告いたします。この事件は非常に奇妙です。行方不明の動物は、ボノボ、ヒョウモンザル、ニホンザル、シロテテナガザル、クロテテナガザル、コクレルネズミキツネザルなどです」

「アケン、ちょっと相談があるんだけど、いい？」

　ブレーメンは頭をかきながら、少し困った様子で言った。

「ご報告いたします、何でしょうか？」

「毎回話すたびに、ご報告いたします、から始めなくてもいいんじゃないかなあ？　格式張らなくてもいいんだよ……」

「ご報告……、解りました……、申し訳ありません……」

　アケンの顔が赤らんだ。

「ごめんね、非難しているわけじゃないんだ。事件の話を続けよう」

「先ほど申し上げました通り、行方不明なのはすべて霊長類です！」

「質問があるんだけど」

　とブレーメンは重い表情になった。

「霊長類は人間に最も近い動物だけど、彼らの失踪は、大使と関係があるのかな？」

「ポチ探偵も、あなたの推測と同じでした。当時彼は、霊長類が動物王国を裏切り、人間と内通して、何らかの取引をした可能性があると考えておられました。しかし次第にポチは、失踪した動物が一般市民であることに気がつき、そうならメリットがないと。人間が一般市民を内通者として育成する必要はないと言いました」

「確かにそうだな。じゃあ、ほかの可能性を考慮したことは？」

「この件は、ある種の政治的な抗争と関連している可能性も疑われるため、安全保障部に任せられました。現在、行方不明の動物たちはまだ見つかっておらず、生死も解らないため、この事件は広範囲にわたるものの、公にされてはいません」

「じゃあ、彼らが誘拐された可能性は考慮された？」

「その点については考慮しましたが、誘拐事件の状況とは一致しない点があります」

「それは何だい？」

「もし誘拐事件なら犯人がいるはずで、犯人は何らかの目的を達成するために誘拐を行っているはずですが、今まで犯人が、身代金《みのしろきん》等を要求してきたことはありません」

「じゃあ犯人が、失踪者の家族とこっそり連絡を取ったことは？」

「一度もありません」

アケンは答えた。

「それは妙だ、確かに誘拐っぽくないな」

ブレーメンは顎を撫でながら言い、考え込んだ。

この失踪事件は大規模で、同じ対象、さらに役人が関与しているようだが、現時点では犯人からの要求や脅迫、連絡はいっさいなく、通常の誘拐事件とは根本的に様相が異なる。もし犯人がいるのなら、その犯人はいったい何を考えているのだろう。

しかし、現時点では大使の事件の調査が優先だ。失踪事件はいったん脇《わき》に置いておこう。

「アケン、次は国防大臣を呼んでくれないか？」

とブレーメンはアケンに指示した。

「ご報告……、承知いたしました！」

アケンは言って、すぐに出ていった。本当にできる男だ。

「アグア、現時点で、誰が一番怪しいと思う？」

ブレーメンが尋ねた。

「動機から思考を起こすと」

とアグアは、考え込みながら答えた。

「大使は今回、この国にはじめて来たばかりなので、敵を作ることはできない。だから、個人的な怨《えん》恨《こん》や恋愛話のもつれではないと思う」

「仇《かたき》でもなく、感情のもつれでもないということは、大使を殺す動機が欠けていると思うかい？」

「そんなことないさ。動物王国には、彼女を殺そうとする者がたくさんいるよ」

アグアは言った。

「君は、戦争派のことを言っているのか？」

「そう。戦争派の動物たちは、みんな人間に向かって牙を研いでいるぜ！　彼らは戦争が勃発することを待ち望んでいて、強い動機があるよ」

アグアが言う。

「たとえば、さっき来たあいつさ」

アグアは、安全大臣のバッファローのビルが気に入らないので、「あいつ」と呼んだ。

「ビルが疑わしいって？」

「ああそうさ、怪しい。でも彼は、自分の動機をいっさい隠さないからね、なかなか率直だな。でもこれも、彼の戦略かも知れない。戦争派は本来動機を持つ者たちばかりだから、隠さないことでぼくらの信頼を得ようとしているのかも知れない」

アグアは言った。

「でも疑うのは、さっき彼がぼくに対して態度が悪かったからじゃないからね」

「君の言うことは理にかなっているけど、すべては証拠に基づいて判断しなければならないぜ。誰だって動機を持つ可能性はある。戦争派は決してひと握りじゃないし、和平派の中にも、戦争派を装っている者がいるかも知れない」

ブレーメンは言う。

「それとジボは、大使の一番近くにいたからね、大使を殺すのは簡単なはず」

アグアは推測する。

「もしかしたら彼は戦争派の一員なのかも知れない！」

「じゃあ純子さんとセラジョン大臣はどうなんだい？」

「二匹はいい人だよ」

アグアはもじもじと頭を撫でながら言う。

「セラジョンさんはフレンドリーだし、純子さんはいいカエルだって言ってくれたし……」

「アグア、今の君の考えの問題点を、ひと言で言い表そうか」

「ああ？」

「人は見かけによらず！」

ブレーメンは言った。

「それは危険な考え方だよアグア。ガラパゴス・ゾウガメ殺害事件の捜査の時のことを忘れたのかい？」

ブレーメンが過去の話を始めた時、足音が彼らの会話を遮った。国防大臣が部屋に入ってきた。

国防大臣は、力強い白いサイだった。彼はジボのように大きくはないが、筋肉で全身が引き締まり、頭から足までオス型ホルモンに充ちているようだ。特に鼻先の小さな角は磨《みが》かれてピカピカで、眩《まぶ》しい輝きを放っていた。

「みなさんこんにちは」

サイは言い、遠慮なくすわった。

「私は鉄頭、国防大臣だ」

ブレーメンとアグアは、彼の角から放たれる光に目が眩《くら》んで、馴れるのに数秒かかった。

「こんにちは鉄頭さん。私は探偵のブレーメンです。大使の死について質問するために来ました」

ブレーメンはやっと目を開けた。

「私に訊くのは正解だ」

鉄頭は、得意げに首を振りながら言った。

「みな、私は筋力ばかりで頭がないと思っているらしいが、大間違いだ。私は大胆で、かつ繊細なんだ。君は『心有霊犀一点通《こころにれいさいいってんのつうずるあり》』という言葉を聞いたことがあるかい？」

「どういう意味ですか？」

アグアが好奇心から尋ねた。

「今誰が話したんだ？」

鉄頭は頭を左右に振りながら、声の出どころを探した。

「私です。私の名前はアグアです」

とアグアは言って、テーブルの上に跳び乗った。

「おや、小さなカエルさん、こんにちは。わははは！」

鉄頭は笑って言った。

「君のことが全然見えなかったよ。本当に小さいけど、でも君が表に出たら、センサーは反応するかもね！」

「私は小さいですが、重要な存在なんです。さっきおっしゃった『心有霊犀一点通』とはどういう意味なんですか？」

「私たちサイには非常に強い霊性があり、賢いということだ。どんな問題でも、少し触れるだけで自分で理解できる、という意味だよ」

「この言葉は、カップルの間は、相互理解度が高いということを表現しているのではないですか？」

ブレーメンはたくさんの本を読んでいるし、アグアも簡単にはだまされない。

「おやおや、いったい何を解っているって言うんだい？　この言葉はもともとわれわれサイの一族を形容するために使われていたってのに、次第にほかの動物に転用されてしまったんだ。本当に腹が立つなあ！」

と鉄頭は不平を言った。

「さて鉄頭さん、事件のお話を。今日は一日中何をしていましたか？」

ブレーメンは質問した。

「今日は、起きたらもうお昼近くだった。それからレストランで二十杯ご飯を食べた。そしてレストランのバーカウンターで少しアルコールを飲んだ。食事が終わったら、部屋に帰って仕事をした。四時になったので、ちょっと汗を流そうと思い、フィットネスクラブに行った。しかし千五百キログラムの重量を上げようとした時、サポーターを着けていないことに気づき、このままでは怪我をするかも知れんと思って、自室に取りに戻った。それが四時二十分だったが、そしてあれに気づいたんだ」

ブレーメンはおやと思ったが、鉄頭はすぐに話を続ける。

「その後、五時四十分に訪問者が来たから少し話した。六時二十分にセラジョンを訪ねて、一緒に表を散歩した。七時以降には火災が発生して、警察も来た」

「夕刻にセラジョンさんと話されていたのはあなただったのですね」

ブレーメンの懸案がこれで晴れた。

「鉄頭さん、何か怪しいことに気づかれたのですか？」

ブレーメンは、気になっていたことを尋ねた。

「君はどう思う？　私には直感があってね！」

「とおっしゃるからには、いろいろと手掛かりに気づかれているのですね？」

ブレーメンは、古い詩について鉄頭と議論することには意味がないと感じ、彼の言葉にしたがって進める方がよいと思った。

「そうだ、探偵は探偵だ、やっぱり君は賢いな。あんたはあのポチ探偵よりも賢いと思うぞ。彼と話した時は二分で帰されたけれど、あまり賢くはない感じだった。彼は解っていないようだ、賢者と話すことでしか、得られるものはないんだ」

言って鉄頭は笑った。

「それはよかった。私たちは正しい捜査の方向を見つけられなくて困っていたんです」

とブレーメンは笑顔で言った。

「教えていただけますか」

鉄頭は、おずおずとブレーメンの耳に近づき、言った。

「実は、まずいことになったんだ」

「え？　何がまずいのです？」

とブレーメンは、怪訝《けげん》そうに言った。

「声を大きくする必要はないだろう？　大げさにしないでくれ、国家機密だ。まあ、つまり……、あれが壊れたんだよ」

言って鉄頭は、シーというジェスチャーをした。

ブレーメンとアグアは見つめ合った。鉄頭が何を言っているのか全然解らなかったからだ。

「あれ……」

「そうあれだ」

「壊れたって、何がですか？」

「あれだよ、あれ。今から私たちが話し合う必要があるものさ。ああなんで君ら、こんなに馬鹿なんだよ！」

鉄頭はテーブルをたたきながら、いらいらした口調で言った。

馬鹿と言われて、ブレーメンはむっとした。

「平和が崩れたの？　戦争が始まるの？」

アグアが言った。

ブレーメンはしばし考えてから言う。

「あなたが言っているのは、もしかして、超兵器のことですか？」

「それだ！　そうだ！」

鉄頭は興奮して言った。

「やっと私の話を理解してくれた！　さっきポチにも同じことを言ったけど、彼はまるきり理解してくれなかったんだ」

〝まったく得手勝手なやつだな。そんなの、理解できるわけないじゃないか！〟

アグアは心の中で思っていた。口には出さなかったが。

「何故ポチには教えないのですか？」

ブレーメンは疑問に思って尋ねた。

「この件は重大にすぎるから、秘密を知らせるわけにはいかないんだ！　ただ暗示するだけで解るかどうかだ。自分で推測させて、当てられたら教えるんだ！」

国防大臣は叫んだ。

ついさっきは秘密を守らねばと小声で言っていたのに、たった今の声は興奮で耳をつんざくばかりだったから、きっと廊下の者たちにも聞こえただろう。

「それは大問題ですね。詳しく教えていただけますか？」

ブレーメンは国防大臣に尋ねた。

「これは重大な秘密だ。絶対に口外しないでくれ！」

鉄頭が言った。

「承知しました。絶対に秘密にします！」

ブレーメンとアグアが、揃って答えた。

「絶対に秘密を守ると保証してくれ！」

「いたします」

「そこのハリモグラはなんだ？」

「ご報告いたします！　私はアルマジロです！」

アケンが言った。

「同じようなもんじゃないか！　おまえ、秘密を守れるのか？」

「ええと……、私は最善を尽くします」

実際のところ、みな見抜いていた。鉄頭自身が、この秘密を隠すことができそうもない。この話題を、いくらでも周囲の者たちに話しそうだった。

「このことは、長い説明をしないといけないのだが、とにかく私は不運だったんだ」

国防大臣は眉をひそめ、先ほどまで堂々としていた角も、さがってしまった。

「超兵器っていうのは、みなも知ってるだろう？」

ブレーメンとアグアが頭を振って呆然《ぼうぜん》としているのを見て、鉄頭はちょっと得意そうになった。

「私は戦場に行ったことがある。戦争の悲惨さを目の当たりにしたんだ。諸君は戦争の経験はあるか？」

「ありません」

ブレーメンは正直に言った。

「経験者の立場から言えば、戦争ほどひどいものはない！」

「そうでしょうね、私は戦場には行ったことはありませんが、戦争の悲惨さは想像できます……」

「想像以上に過酷で……、いやそうじゃない、想像の十倍、百倍、一万倍も過酷だ！」

「はい解ります。非常に非常に過酷です」

「だから私は国防大臣として、戦争に勝つより、戦争を避けることの方が遥かに重要だと思う。そうじゃないか？」

鉄頭の話は一風変わっていたが、ブレーメンは、彼の今の言葉には一理あると感じた。

「では、あなたはどのように行動なさっているのですか？」

ブレーメンは、鉄頭を少し尊敬する気分になっていた。

「私の考えはこうだ。戦争を始めるのは、自分の力が相手を圧倒し、必ず勝つと確信できるからだ。もし両者が充分な勝利への確信を持てず、軍事力もほぼ同じなら、戦争は起こらない」

鉄頭は自分の理論に自信を持っているようだ。

「うーんなるほど、その通りです」

「だから、最も重要なのはバランスを保つこと。両国の軍事的なバランスを保つために、私は超兵器の開発を始めた。人類も超兵器の開発をしているから、もし私らがおくれをとったら、人間どもは戦争の狂気に負ける。同格の軍事力だけが、この脆弱《ぜいじゃく》な平和を守ることができるのだ」

「そうか、それが超兵器の理由なのか……」

ブレーメンがつぶやいた。

「人間も開発しているから……」

「そうだ。君たちは、超兵器がどんなものなのか、知りたいかい？」

鉄頭は秘密めかしながら訊いた。ブレーメンは首を振り、言った。

「知らない方がよさそうですね」

「素晴らしい！」

鉄頭は興奮して太ももをたたき、アグアは驚いてテーブルの上で飛び跳ねた。

「安全意識のある動物が、私は好きだな、本当は、教えるつもりもなかったがな……」

「それじゃ、どうして訊いたんですか……」

アグアは言った。

鉄頭はアグアの言葉は気にせず、続けて言う。

「今回の人間大使の来訪は、私たちとの和平条約の締結を目的としていた。その条約の中で最も重要な案件は、両国ともに超兵器の廃棄を確約することだ。この点において、彼らはかなり誠意を持っていると思う。しかし私たちも、面子を失するわけにはいかないと思い、誠意を示すために、最新の携帯型超兵器を持ってきた。これは世界に類を見ない唯一無二のものだ。しかし、思いもよらず……、ああ……、超兵器が壊れてしまったんだ。この責任をどう取るか、まったくもって、見当もつかん……」

「どうして壊れたんですか？」

ブレーメンは尋ねた。

「正確に言えば、自壊したんだよ」

「もともと廃棄するつもりだったのだから、ちょうどよかったんじゃないですか？」

と、アグアが口を挟んだ。

鉄頭は怒りの眼差しで、アグアを睨みつけた。アグアはおびえてテーブルの下に身を縮めた。

「大使が亡くなっても、まだ人類は超兵器を破壊していないということですか？」

ブレーメンが、鉄頭の代わりにアグアに説明した。

「そうだ。だから条約はまだ締結されておらず、軍隊もまだ動いていない。超兵器が自己破壊するとは、非常に深刻で、予期だにせぬ事態だった！」

「しかし、何故その兵器は自己破壊したのですか？　それとも、あなたがやったのですか？」

「もちろん違う。私はそんなことはしない！」

鉄頭は頭を激しく振りながら言った。

「どれほど酒を飲んでも、そんなことはできない！　この超兵器は非常に危険で、パスワードがいくつか設定されている。最初のパスワードはデジタルキー、次に私のひづめの模様、そして第三のパスワードは、機密なので、君たちにも教えることはできない。要するに、これら三つのステップを完了しないと、超兵器は自己ロックモードに入り、最高権限を持っている私でも、起動させることはできない」

鉄頭はまだ落ち込んでいる。

「パスワードを間違えたらロックされるんですか？」

アグアは興味津々に尋ねた。

「それがこれから話すことだ。パスワードは最大二回まで間違えることができるが、連続して三回間違えた場合、超兵器は自動的に自己破壊モードに入る」

「それが自己破壊の原因ですか？」

「そうだ。超兵器は自らを破壊し、すべての機能を放棄する」

「まさか。自己破壊されたら、私たちはみんな終わりですよ！」

アグアは驚いて叫んだ。

「そうではない。自己破壊というのは、爆発ではないのだ。自壊しても、周囲には何の影響も与えない」

鉄頭は言った。

「ただ爆発の機能を失うということだ」

「では、超兵器はいつ自壊したのですか？」

ブレーメンは尋ねた。

「今日の午後だ」

「今日の午後!?　また最近だな。ということはついさっき、誰かが超兵器に、間違ったパスワードを三回入れたと？」

しかし大臣は沈黙して答えない。

「正しくパスワードを入力したら？」

「使用可能になる。恐ろしい能力を発揮する兵器が作動するんだ」

それでみな、しばらく沈黙した。

「あなたはその時、部屋にいなかったのですか？」

「当然だ。もし私がいたら、こんなことは決して起こさなかっただろう。言ったじゃないか、私はジムに行っていたんだ。出かける時点検したら、壊れてはいなかった。ところが帰ってきたら壊れていた。たった二十分の間にだ。その時の私の気持ちは、君には決して解らんだろうな、本当に絶望的だ」

　鉄頭は溜め息を吐いた。

「その後、あなたはどうやってその武器を処理しましたか？」

「私には何もできん。私は国防大臣であって、武器の専門家ではない！　その時は、頭の中が恐怖でいっぱいで、ああ終わりだ、戦争が勃発する、世界が滅びる、私は解任される、そればかりを考えていた。それでベラ教授に電話をかけて、早く来てもらって、何か方策がないか見てもらうことにした」

「ベラ教授？　超兵器の研究者ですか？」

　ブレーメンは、女性科学者ベラのインタビューを、ウェブサイトで見たことがあり、多少の知識があった。彼女は知的な印象の、メスの狼《おおかみ》だった。

「そう、その彼女だ。ベラ教授はわが国で最も優れた武器のスペシャリストで、若いとは言え、すでにこの分野のトップ・エキスパートだ。彼女の知識や技術は、研究所の古参連中を遥かに凌駕《りょうが》して、もう人類だって追いつけないだろう！」

　そこまで言うと、鉄頭は誇らしげに頭を上げて言った。

「私が能力ある彼女を抜擢《ばってき》し、超兵器の研究を依頼し、支援したのだ。今回壊れた兵器は、彼女の研究成果だ」

「超兵器は、持ち運ぶことができるのですか？」

「できる。ベラ教授が特別に開発したこのタイプの超兵器は、小型で発射も容易で、しかし標準型のモデルと較べても威力が劣らない」

「なるほど、ベラ教授は本当に天才ですね」

　ブレーメンは言った。

「間違いない。彼女はまれに見る天才だ。だが残念なことに、事態はうまくいかなかった。ああまいった！」

「それで、ベラ教授はホテルに来たんですか？」

「すぐに来たさ。その時、私は体の調子があまりよくなく、彼女も調子が悪そうだった。彼女は解決策を考えると言ってくれた。ああしかし、彼女が解決策をうまく見つけられるかどうか、そいつは解らないがな」

国防大臣は悲しそうに言った。

「彼女は私の最後の望みだ」

「ベラ教授はまだホテルにいますか？」

「いない。彼女はひと言ふた言言葉を交わして、急いで帰っていった。ここにいても仕方がないと言って、武器の修理に戻ったんだ、結局無理だったが」

考えるほどに絶望が増したか、鉄頭は顔を引きつらせ、驚いたことにすすり泣いた。

「あまり悲観しないでください大臣。この情報は非常に重要で、人間大使の怪死事件の解決にきっと役立つと思います。大使を殺した犯人を捕まえることができれば、超兵器を破壊した動物を見つけることもできるかも知れません」

ブレーメンは鉄頭を慰めた。

「ありがとう、頼む。必ず事件を解決してくれ。私は、こんな大きな責任を負いたくない」

鉄頭は言った。

「お言葉に応《こた》え、私も普段の倍の努力をします」

ブレーメンは丁寧に返答した。

「それではもういいかね？」

サイの大臣は訊き、ブレーメンがうなずくと、彼は立ち上がり、歩き出した。

「あの大臣、ひとつだけ。オレオ党という組織の名を、聞いたことはおありですか？」

アグアが尋ねた。鉄頭の足が停まり、しばし考え込んだ。

「いや、ないな」

彼は顔を上げ、答えた。

「なんだか、馬鹿げた名前だな」

「そうでしたか、それならけっこうです」

アグアは言い、鉄頭を廊下に送り出した。

ブレーメンは振り返り、アグアに尋ねた。

「アグア、君もオレオ党が気になって仕方がないみたいだね？　もしかして、オレオ党が大使を殺害したと思っているのかい？」

「いや、ただこの組織の名前、滑稽《こっけい》だと思っただけだよ」

「鉄頭の体から発する酒の匂《にお》い、君は嗅《か》いだかい？」

ブレーメンは相棒に尋ねた。

「嗅いだよ、すごく強烈だ。鉄頭は本当に信頼できないな。超兵器を酔っ払いの手に託しておくのは心配だね！」

「この出来事は、彼にとって大きな打撃だったようだね」

「酔っ払った彼が、自分でパスワードを間違えたのかも知れない」

アグアが適当なことを言った。

「三度もかい？　しかしま、彼の様子からすれば、あり得るかも知れないね」

ブレーメンとアグアは、見つめ合ってちょっと笑った。

「こんな時に超兵器を破壊したなんて、誰であろうと、すごい野心家だな！」

ブレーメンが言った。

6

2333年10月16日、0：20

時間はあっという間にすぎていく。鉄頭に話を聞き終えたら、夜はもう深まっている。夜になると元気になる動物もいるが、ブレーメンは昼行性の動物なので、少し疲れてきた。

ブレーメンがあくびをすると、アケンもつられて大きくあくびをした。最後にアグアも、あくびの行列に加わった。アグアはカエルで、夜は元気いっぱいのはずなのだが、おそらくブレーメンと一緒にいる時間が長くなって、生活習慣も変わってしまったのだろう。

「今日は遅いからね、明日引き続き調査しよう」

ブレーメンが言った。そしてみなで、ブレーメンとアグアが与えられた部屋に移動した。

目をこすりながらアグアは、爪楊枝《つまようじ》で瞼《まぶた》を支えて頑張っていたが、その言葉を聞いて急に元気になった。

「よかった、もう眠くてたまらないんだ」

「アケンも休んでね。明日の朝八時にここで会おう」

「承知いたしました！」

アケンは答えた。

「今日の調査内容を整理して、すぐにニャオニャオ署長にご報告いたします」

「アケン、君は本当に安心できる素晴らしい助手だね！」

ブレーメンはほめた。

「おほめの言葉、ありがとうございます」

とアケンは応え、頬《ほお》を赤くして部屋を出ていった。

部屋にはブレーメンとアグアだけが残ったが、アグアはさっさと浴室に消えた。

椅子にすわって目を閉じ、ブレーメンはたった今交わした動物たちとの問答を思い出していた。悲しげに見えたジボ、颯爽としたセラジョン、上品な純子、自信家のビル、お馬鹿な鉄頭。警報器が切られ、霊長類が失踪を続けて、超兵器は自壊、これら一連の出来事は、大使の死とどんな関係があるのだろう――？

「ブレーメン、ここのバスタブはとても快適だよ。一緒に入らないか？」

とアグアの声が浴室から聞こえた。しかしブレーメンはかまわず考え続けた。会談に参加するお偉方たちとは別に、クマ医師と狼博士の出現は偶然なのだろうか？　裏で何者かが、すべてを操っているのか。

もしも黒幕がいるとすれば、その目的は、和平の動きを妨害し、人間と動物との間に戦争を起こさせることだろう。しかしそれによって誰に、何の利益があるのか？　動物たちは、長年の戦争の末にやっとこの十年という平和な時を手に入れ、ひと息をついている。それなのに、自分の利益のためにまた戦争を引き起こすなどという愚かな動物が、いったいこの世界のどこにいるのだろうか？

「ああ……、気持ちがいい！　まさに天国！」

そう言うアグアの声が、浴室の方角からまた聞こえた。

「ブレーメン、本当に一緒に入らないの？」

和平を破壊する以外にも、何か狙いがあるのか？　戦争派だけではない、和平派の中にも、人間の大使と私的な因縁《いんねん》関係を持つ動物がいるかも知れない。その可能性は？　過去数年間、人間と動物の間には戦争以外にも狩猟とか趣味的な捕獲、食料として野生動物を捕まえ、食べることに熱心な人間もいた——。

一方、将軍の王老鉄とネロ、一匹は戦争派、一匹は和平派、水と油の関係で、みなの心配の種だ。ブレーメンは政治が嫌いだが、どうやら巻き込まれてしまった。

「おいらはお風呂大好き、お肌ツルピカ、ブレーメンはただのお馬鹿、楽しむことを知らず、ただ事件を解決するだけさ」

アグアはますます調子に乗り、風呂の中でおかしな歌を歌いはじめた。

ブレーメンはあきらめて溜め息を吐き、大きく伸びをした。するとどっと疲れが押し寄せてきた。おそらく、風呂には入るべきだ。彼は立ち上がり、浴室に向かってとぼとぼ歩いていった。

「ブレーメン、おいらの水鉄砲を受けてみろ！」

浴室から、アグアの能天気な声が聞こえてくる。

豪華絢爛《ごうかけんらん》な演奏ホールの中で、冷笑する石像と、優しいバラの窓が対峙《たいじ》している。これは男性のソロ歌唱で、その魅力的な声が時代の変遷を物語る。悲壮さ、期待、不安が入り混じり、人々の心を震わせる。

時代の車輪は回り続けるけれど、あとに何が残るだろう？

Il est venu le temps des cathédrales
　Le monde est entré
　　Dans un nouveau millénaire
大聖堂の時代がやってきた

世界は新千年紀に入った

L'homme a voulu monter vers les étoiles
　Écrire son histoire
　Dans le verre ou dans la pierre
人類は星までも登ろうとする
ガラスや石に刻まれた彼の物語

これは人間のクラシック音楽「ノートルダムの鐘」だ。

ブレーメンはオペラ座にいた。自分がずっと憧れていたオペラ鑑賞が、ついにできたのだ。感動的な和音に浸っていたが、歌声がクライマックスに達した時、バイクに乗った馬鹿者がゴールデンホールに突入してきた。

エンジンの爆音が、完璧《かんぺき》だった音楽劇をすべて台なしにした。舞台上の声楽家たちは、侵入してきた轟音《ごうおん》に邪魔されて、本来の豊かな歌声が乱れた。

観客たちは、突然の出来事に我慢できず、オートバイに跨《また》がる者に向かって口々に叫び始めた。ブレーメンもいらいらし、もう音楽どころではなくなった。

彼の目にははっきりと見えた、その傲慢な愚か者は、なんとヘルメットをかぶったカエルだったのだ。

「うるさい！」

ブレーメンは大声で叫び、ベッドから跳ね起きた。

するとそこは、大勢のオペラ・ファンでごった返す金色の大広間ではなく、芝華士ホテルの客室だ。

　悪夢の元凶は、ベッドの反対側に寝て、オートバイのエンジン音みたいないびきをかいていた。

　ブレーメンは時計を見た。七時二分前。まもなく目覚まし時計が鳴る。ブレーメンはアグアをベッドから蹴《け》り落《お》とした。するといびきが停まった。もう一度眠ることができれば、これで心置きなくオペラが鑑賞できるのだが。

「グア！　グア！　グア！　地震だ！」

　床で目を覚ましたアグアは、大声をあげた。

　自分が目を覚ましたばかりらしいと気づいたアグアは、頭をかきながら、不思議そうに言った。

「え？　ぼくはなんでベッドから落ちたんだろう？」

「なんでだろうね」

　ブレーメンは言った。

「寝ている間も騒いで跳ねてりゃ、ベッドから落ちるのも当然だ」

「くそぅ、残念だ！」

　アグアは太ももをたたきながら言った。

「金美と、モーリシャスの島でバカンス中の夢を見ていたんだ。ビールをひと口飲もうとした途端に地震が起きて、津波が来て、びっくりしたよ！」

　〝もうビールなんて飲むな！〟

　ブレーメンは心の中で思ったが、口では、

「そんな夢見るのはやめて、早く起きてくれよな、今日もやることがいっぱいあるんだから」

　とだけ言った。

「残念だな、あのピンク色のビールがどんな味だったか、結局解らずじまいだ」

ぼやきながらアグアは、洗面所に向かおうとした。

「あれ？　これは何だろう？」

アグアはベッドの横に、瓶入りのキャンディを見つけた。起きたばかりでお腹がグーグー鳴っていたから、彼はキャンディの瓶を手に取り、全部を一気に呑み込んだ。

「あっ、よせ！」

ブレーメンは相棒に向かって、大声で叫んだ。

「それはマオマオをからかうために買った、いたずらキャンディなんだ！」

けれどもう遅かった。アグアは、瓶いっぱいのキャンディをすべて、すっかり呑み込んでしまっていた。

「なんで⁉」

アグアは不思議そうに尋ねた。

「何故マオマオをからかうんだい？」

「そっちか！」

ブレーメンは言った。

「そりゃ、動物カーニバルが近いからさ」

動物カーニバルは、毎年動物街の住民たちが一年で一番楽しみにしている祭りで、王国をあげての祝日だ。

三百年の昔、実験室から抜け出した動物たちは、ジャングルのそばに自分たちの王国を築いた。過去を忘れず、未来に向けて学びを得るため、かつて人間によって破壊された平和と犠牲に敬意を表し、盛大な記念式典を毎年開催する。それがこのカーニバルだ。

すべての国民は、約一週間の休暇を楽しむだけでなく、多くの文化的な娯楽活動も行う。中でも最大の魅力は、街のメイン・ストリートで行われるパレードだ。

その日は、五分の一の住民が仮装してこの大通りに集まる。みんな、思い思いに、実にいろいろなものに仮装する。自分自身をほかの動物に変える者が大半で、たとえばトラやサル、大きな毛虫などに仮装する。ブレーメンはかつてアザラシに変装したのだが、どうやったのだったか、全然憶えていない。

しかし一部、名のある人間に変装する者もいる。ナポレオンやシェイクスピア、ヒトラーなどだ。しかし彼らは、扮《ふん》する人間をたいてい醜《みにく》くする。パヴロフによる、恐ろしい化粧を施すこともある。人間への反感が、そういうかたちで出るのだ。

自分を道具や機械に変える者もいる。アグアがまさしくそういう変わり者の一匹で、過去数年のカーニバルを思い出すと、緑色のスポーツカーになったこともあるし、一昨年《おととし》は掃除機、その前の年は青い団子だった。

けれど最も人気があるのは、自分自身を神獣に変身させることだ。龍とか麒麟《きりん》、不死鳥《フェニックス》、蛇神などなど——。

人間が神々を信じるように、動物たちも神獣を信じている。彼らは神獣が、人間に負けない知恵と力を、動物たち一匹一匹にもたらすと信じている。伝説の中で人間に屈せず、人間に畏怖《いふ》の念を抱かせる神獣たちは、動物たちの心の寄りどころなのだ。

しかし科学技術の進歩にともない、動物たちは無神論に憧れはじめ、神獣は次第にエンターテイメント化されたマスコットになった。だから長いこといじめられてきたコウモリは、不死の鳳凰《ほうおう》に変身し、悪臭を放つトカゲは、噴火する龍に変身し、いたずら好きなヘビたちは、尻尾《しっぽ》を紐《ひも》で結んで九頭のヘビに化ける。神獣を崇拝していた時代であれば、こんなことは、信じられないほどの冒瀆《ぼうとく》、罰当たりだったが、今では最も人気のある仮装だ。

もちろんブレーメンにとってもカーニバルは、自己を解放するだけでなく、友達同士でいたずらし合うことが許された、大いなる楽しみの日だった。だから彼は、マオマオにいたずらのお菓子を用意し、去年おなら風船で恥をかかされた仕返しをする計画でいた。

「いたずらキャンディ、食べたらどうなるの？」

アグアはこわごわ訊いた。ようやくその質問がきたか、とブレーメンは思った。普通その心配が先だろう。

「あとで解るさ」

ブレーメンは意地悪く笑いながら、アグアに言った。

十五分後、アグアはいたずらキャンディの威力を感じた。喉《のど》が渇き、二壺《つぼ》の水を飲んでもまだ飲み足りなかった。

このキャンディを食べると、喉が渇いて水を飲まずにいられない。どうしてこんなおかしな発明をしたのか理解ができない。アグアは心の中で発明者を罵った。しかしブレーメンは、まだ手加減していた。アグアが食べたのは、喉が渇くいたずらキャンディ1・0バージョンで、下痢するいたずらキャンディ2・0バージョンではなかった。

アグアが三個目の壺の水を飲んでいる最中、部屋の内線電話が鳴った。ブレーメンが電話に出ると、受話器の向こう側から、アケンの声が聞こえた。

「ご報告いたします！　昨夜、科学捜査研究所、技術科の同僚たちが残業して、いくつか進展がありました。今、部屋にお届けします！」

日夜仕事に燃えるアケンに、ご報告をさせないのは少々むずかしいようだ。

「はい、ありがとうアケン」

歯磨《はみが》きしながら待っていると、ほどなくアケンがやってきた。彼は厚い革の袋を持っていた。ブレーメンは袋を受け取り、中から報告書を引き出した。ブレーメンは、ソファにすわり、それを熟読した。そして言う。

「アグア、これは火災の状況についての調査だね。大使の部屋の火は約二十分間燃えていたから、電子レンジが爆発したのはおおよそ六時四十分ということになるんじゃないか」

「それに、アイロンからは血痕が検出されない。これはかなり奇妙だな。じゃあ何故アイロンは、ベッドのヘッドボードのうしろにあったんだろうな?」

アグアが言う。

「ふふふ、大発見があるよ! 大使の体内から、これまで知られていないウイルスが見つかったとある。ウイルスの毒性はまだ検査中だけど、大使は、このウイルスによって亡くなった可能性がありそうだぜ」

「ご報告いたします! プリン医師がロビーに到着しております。いつでも尋問に応じることができます!」

アケンが言い、

「解った。すぐ行くよ」

とブレーメンは言った。

「彼女をあなたの部屋にお連れしないのでしょうか?」

「いや、外の空気を吸いたいんだ」

ブレーメンは言い、すぐさま部屋を出て、ロビーへ向かった。

八時前なので、滞在客たちはまだ起きていない。ブレーメンとアグアとアケンはロビーまで歩いてきたが、途中、ほかの動物には誰とも行き会わなかった。

ロビーには、プリン医師らしきヒグマがいた。プリン医師はメスのヒグマで、眼鏡をかけ、知的できちんとした服を着て、金茶色の小さなカバンを持っていた。均整のとれた体型で、日頃から運動していることが解る。しかしそれでもヒグマなので、ブレーメンと較べれば多少ふくよかだ。

純子さんも美しいが、プリン医師の美しさは、親しみやすさを感じさせた。彼女の毛皮は柔らかく輝き、全身から優しさが滲《にじ》み出《で》ている。多くのオスの動物が、妻にしたいと思うタイプだ。

「こんにちは」

プリン医師は立ち上がり、ブレーメンに向かって言った。予想通り、彼女の声は非常に柔らかく、優しい。

「こんにちは。プリン医師ですよね？　私は今回の人間大使の事件を調査している、探偵のブレーメンです」

ブレーメンはプリン医師を見た。彼女は、純子より五、六歳歳上のように見えた。

「こんなことが起きて、本当に悲しいです。昨日の午前中に私は大使と会い、彼女の診察をしましたが、こんなことが起きるなんて、思いもしませんでした」

プリン医師は言い、頭を下げ、少し落胆した様子を見せた。おそらく医師として、自分が診察した患者が亡くなると、自分に責任があるか否かにかかわらず、感情が乱れるのだろう。

「大使のボディガードのジボさんを知っていますね？　彼が言うには昨日の朝、あなたが大使の診察にいらしたと。その時の大使の状態はいかがでしたか？」

ブレーメンは尋ねた。

「大きな問題はありませんでした。彼女はただの風邪でした。そのことは、セラジョンさんにも報告しました」

とプリン医師は応えた。

「人間は比較的弱い生物であり、動物たちと較べると、脆弱とも言えるでしょう。多くの動物の体内にはさまざまな寄生虫、感染症ウイルスが存在しますが、それらは、ほとんどの動物には害がない。しかしそういうウイルスでも、人間にとっては致命的な災厄となり得ます。彼らは病気に感染しやすく、環境にもより敏感です。少し寒くなったり、暑くなったりするだけで、彼ら自身の免疫システムが影響を受けます。大使の場合、一昨日お風呂に入って、その後冷えたのが原因です」

「何時に診察したのですか？」

「九時くらいでした」

「あなたは大使にどんな治療をしましたか？」

「風邪薬を飲ませました。風邪は格別治療する必要がありません。自身の免疫力で自然に回復するものなので、薬を飲んで少し安静にするだけです」

　とドクタープリンは答えた。

「じゃあ動物用の風邪薬も、人間に使えるのですか？」

　とアグアは興味津々で尋ねた。

「もちろん使えませんよ」

　とプリン医師は微笑みながら言った。

「でも、私は人間について知識があります。彼女が楽になる薬を処方するのは簡単です。風邪のようなささいな病気を診るのは、全然問題ありません」

「では診察中に、大使が何か変わった様子だと気がつきませんでしたか？」

　ブレーメンは尋ねた。

「変わったことですか？」

　プリン医師はしばらく考え込んだ。

「大使は寒がりのようで、ブランケットでしっかりと身を包んでいました。最初、彼女が高熱を出しているのではと心配しましたが、ただの軽い風邪でした。それともうひとつ、変わったこととは言えないけれど、ちょっと特別なことがありました」

「何ですか？」

ブレーメンは身を乗り出して尋ねた。

「これは患者のプライヴァシーに関わることなので……、お伝えするのは遠慮させていただきます」

「ニャオニャオ署長とネロ将軍は、ブレーメン探偵に特権を与えています。何も隠す必要はありません！」

とアケンが横から例によって口を出した。

「解りました」

とプリン医師はうなずいた。

「大使の血液検査を行ったところ、大使の血液型は非常に特殊で、Ｒｈマイナスの血液、つまりいわゆるパンダ血液だと解りました」

「パンダ血液って何です？」

アグアが驚いて尋ねた。

「人間の体内には、パンダの血液があるのですか？」

「あははは、あなたって、本当に面白いカエルね！」

とプリン医師は笑った。ブレーメンが、あとを引き取って説明する。

「パンダ血液というのは、実際にパンダの血ではなくて、Ｒｈマイナスの俗称なんだ。Ｒｈはアカゲザル（Rhesus monkey）の英語名の頭文字ふたつを示していて、最初のＲｈマイナス血清と抗原は、アカゲザルから取得されたために、この血液をＲｈマイナス血と呼ぶようになったんだ。これは非常に珍しい血液型で、パンダもまた珍重される動物だからね、パンダの血液と呼ばれるようになったんだ。もちろんこれは人間たちの呼び方で、われわれもこの呼称を引き継いでいるってだけだよ」

「ええその通りですね、ブレーメンさんは、博識でいらっしゃるのね。それに、人間に詳しいようですね」

とプリン医師は称賛した。

「私は、時々人間の本を読むことがあるんです」

とブレーメンは恥ずかしそうに言った。

「人間の血液にパンダの血液か。ああ、誰の血でもいいから飲みたいほど、喉が渇いてたまらないよ。お水はある？」

アグアはロビーに来てから、ブレーメンと自分の前に出されたお茶を飲み干し、それで我慢していたが、とうとう我慢できなくなって、アケンに助けを求めた。

アケンはベルを鳴らしてウェイトレスを呼んだ。

「あなたは診察のあと、ホテルを出たのですか？」

ブレーメンは訊く。

「そうです。私は大使に薬を渡し、彼女がそれを飲んだことを見届けてから、部屋を出て、ホテルも出ました」

「それは何時くらいでしたか？」

「およそ十時くらいですね」

「解りました。プリン先生、ご協力をありがとうございました。もし問題があれば、またお願いします」

とブレーメンが言った。

プリン医師がブレーメンたちから離れた時、小さな羊がロビーに入ってきた。彼女は芝華士ホテルのウェイトレスだ。

彼女はプリン医師とすれ違い、振り返ってプリン医師を見ている。少し戸惑っているようだった。

ブレーメンはこの瞬間を見逃さなかった。

「どなたのご用件でしょうか？」

小羊のウェイトレスが丁寧に尋ねた。

「私です！　水を飲みたい！」

とアグアが大声で叫んだ。

「かしこまりました、すぐにお持ちします」

「たくさんお願いします。喉が渇いて死にそうだ！」

アグアはブレーメンを憎々しそうに見つめた。このロバの変な趣味のおかげで、自分がこんな目にあったのだ。

「かしこまりました。少々お待ちください」

言ってから、小羊のウェイトレスが背を向けた瞬間、ブレーメンが呼び停めた。

「ちょっと待って！」

「何か？」

「ちょっと尋ねたいんですが、さっき出ていった女性を見かけたことがありますか？」

ブレーメンは尋ねる。

「え、昨日プリン医師が来たばかりなのに、見かけないわけがないじゃないか。何訊いてんだよ、早く水を持ってきてもらわないと喉が！」

アグアは、自分の喉が火を噴くように感じた。

ところが小羊のウェイトレスは、その場で固まってしまった。

「彼女を見たことがありますか？」

アグアのことは気にも留めず、ブレーメンは続ける。

「そうじゃなければ、先ほど振り返らなかったでしょう？　芝華士ホテルのスタッフとしては、お客さんをじっと見つめるのは礼儀に反する行為ですよ」

「ごめんなさい！　ごめんなさい！　どうかお許しください！」

小羊のウェイトレスは、大きなあやまちを犯したかのように、ひたすら謝罪した。

「彼女に会ったことがあるかだけ、それを教えてくれたらいいんです。だから安心して。私たちはクレームを投函《とうかん》したりなどしない」

ブレーメンの声が柔らかくなった。

「やっぱり魅力的な女性は、誰でも二度見するよね」

ブレーメンのその言葉を聞いて、小羊のウェイトレスは、少し安心した様子になり、

「私は……、あの、彼女に会ったことがあります」

と小さくうなずいた。

「会ったって、それだけでしょ？　プリン医師が芝華士ホテルに来たことは、みんな知ってることなのに！」

アグアは、ブレーメンが何を考えているのか解らない。

「アグア、安全大臣のビルが昨日言っていた、ホテルのランダムなシフト制を覚えているかい？」

ブレーメンは尋ねた。

「少しだけね。何だったか……、今日は勤務で、明日は休みで……、安全を保障するとか言っていたような……」

アグアは実際には憶えていず、口から出まかせを言った。

「ご報告いたします！　ビル大臣が言ったのは、朝勤務のサーヴィス・スタッフは、翌日の朝勤務はしないというルールで、毎週のシフトは異なります」

横からアケンが言った。

「その通り。彼の言う通りなら、昨日の午前中に勤務していた人は、今日の午前中の勤務はできない。今は午前中だから、彼女は昨日の午前中には勤務していなかったはずだ」

ブレーメンは小羊のウェイトレスに向かって言った。

「ではあなたは、昨日の何時に、プリン医師を見かけたのですか？」

「昨日の……、午後です」

小羊のウェイトレスは、ごく小さな声で言った。

「私は昨日の午後、勤務していました」

アグアはあんぐりと口を開け、喉の渇きさえ忘れてしまっていた。

「ご報告いたします。私たちが尋ねた時、ガードマンはプリン医師が午後に来たことについて、言及していませんでした！」

アケンは非常に疑わしそうだった。彼は怒りを感じていて、警察に情報を隠していたことに腹を立てていた。

「ガードマンは、プリン医師が訪問したとは言ったけれど、彼は午前と午後を区別して考えていなかったかも知れない」

ブレーメンは推測を言った。

「ふん、本当に専門性に欠ける連中だ……、グアア！」

アグアもまた、不機嫌そうに言った。

「アケン、急いでプリン医師を呼んできて。彼女はまだ遠くには行っていないはずだ！　早く！」

ブレーメンが言い終わるより早く、アケンは稲妻のように飛び出していった。その素早さは、750ccのバイクでも、自信をなくすほどだ。

そのかいがあり、すぐにプリン医師はロビーに連れ戻された。

多少いらいらしているように見えたが、彼女は成功した教養ある人物なので、冷静さと礼儀を保っていた。

「探偵さん、ほかに何かご用件が？　私は非常に大事な診察が、まだ残っているんです」

プリン医師は苦情を言った。ブレーメンは、小羊のウェイトレスを指差した。

「あなたのお仕事に影響を与えてしまって申し訳ありませんが、ひとつ質問をさせてください。昨日、あなたはこのウェイトレスを見かけましたか？」

医師は、ウェイトレスを見た。そして言う。

「ごめんなさい、私は気づきませんでした。彼女たちはほとんど同じような格好をしていますし……」

プリン医師は首を横に振る。

小羊は頭を下げ、手を交互にひづめでいじりながら、少し落ち込んでいるように見えた。

「あなたは彼女に気づかなかったかも知れませんが、彼女はあなたに気づいていました」

ブレーメンの声のトーンが少し厳しくなった。

「彼女は昨日の午後、ホテルであなたを見かけたと言っています」

「何ですって？」

プリン医師は声を失い、一瞬あわてた表情が顔に浮かんだが、すぐにもとに戻った。

彼女は感情を落ち着かせ、平然とした態度で、額の毛を爪でかき上げながら言った。

「もしかしたら見間違えたのかも知れませんね。ホテルには毎日、たくさんの動物が出入りしていますから」

「その点は、調査をすればすぐに解ります。昨日の午後に出入りした者は限られていますし、あなたと似た体型で、同じ種類の動物なら、簡単に調べられますよ」

ブレーメンはゆったりとした口調で言った。

「アケン、調査をしてきてくれる？」

「承知いたしました！」

アケンは、準備万端で待機中だった。

「その必要はありません」

プリン医師は言った。

「確かに、私は来ました」

彼女はすわり、バッグを膝に置いた。表情は、相変わらず穏《おだ》やかだった。

「あなたが再び芝華士ホテルに来た目的は何ですか？」

とブレーメンは尋ねた。

「私は大使の病気に関心があります。それに、実際に人間を治療するのがはじめてだったので、私が大使に処方した薬に効果があるかどうか確信が持てなくて。午後に大使の回復状況を見たいと思って……」

と医師は答えた。

「正当な理由ですね。では、何故さっき私たちに話さなかったのですか？」

ブレーメンは尋ねた。

「トラブルを引き起こすのが怖かったからです。みなさん、私が今の立場に至るまで、どれだけ大変だったかご存じですか？」

プリン医師は、長い溜め息を吐いて言った。

「私はメスの医師です。動物の世界では、オスが強い発言権を持っているのが一般的です。絶対ではありませんが、少なくとも大部分の場合はです。大きなトラブルに巻き込まれることを避けるため、私は日々慎重に、薄氷を踏むように慎重に、ここまで進んできました。頑固なオス性保守派が、どのような名目を作って私を攻撃してくるか解りませんから」

「ああ……、そう言われると、あなたのご苦労も理解できます。しかし、重要な手掛かりが含まれるのに警察に伝えないのは、賢明な決断ではなかったです」

ブレーメンは溜め息を吐いて言った。

「より大きなトラブルのもとです。これは殺人事件なのです」

「今度から気をつけます」

「さっきおっしゃったトラブルが怖いというのは、具体的にどのようなトラブルを指しているんですか？」

プリン医師は黙り込み、場はやや気まずい雰囲気になった。

「何も心配することはありません。もし本当に危険があるなら、警察もあなたを守る方法を考えます」

とアケンは請け合い、自分の胸をたたいて保証した。

プリン医師はアケンの目を見、信頼を感じたようだった。

「解りました」

「昨日の午後、私はとても奇妙なことを発見しました」

プリン医師は説明を始めた。みなの視線がすべて、プリン医師に注がれた。

「何を見たのですか？」

小羊のウェイトレスは、すでにアグアに水を持ってきていた。その水をゴクゴクと飲みながら、アグアが医師に尋ねた。

「午前中に大使の診察を終えたあと、彼女の容態が心配でまた午後に来ました。この件について、私は国防大臣の鉄頭に話して、彼に通行証の手続きをしてもらいました。だから彼は私の証人になってくれます。本来は大使を見舞いにいくつもりでしたが、彼女の部屋のドアの前に立った時、少し躊《ちゅう》躇《ちょ》しました。人間との交流が苦手なので、彼女が不快に思うかも知れないと心配して、中に入らずにドアの前で立ち停まりました。すると室内から足音が聞こえてきて、それが人間の足音ではないように感じたんです……」

「人間の足音でない？　何故あなたは人間の足音を区別できるのですか？」

ブレーメンが尋ねた。

「うーん……、それはただ私がそう感じるんです」

とプリン医師は笑いながら言った。

「人間と動物の足音は、やはり少し違いますから」

「解りました、口を挟んで失礼しました。続けてください」

「それで私は廊下に伏せて、ドアの隙間から中をのぞきました」

みな驚き、緊張感が空中に漂い、一同は息を呑んでプリン医師の話の続きを待った。

「何が見えたんです？」

とアグアが我慢できず、尋ねた。

「牛の足（jiǎo）です」

とプリン医師は答えた。

「牛の、足（jiǎo）ですか？　角（jiǎo）ですか？」

アグアは尋ねた。

「アグア、もっとちゃんと学校で言語を勉強しろよ。意味がないことを訊くな。発音が同じってだけだろ」

とブレーメンは言った。

「牛の足、ひづめが付いている動物の足です」

とプリン医師は説明した。

「数秒間見ていましたが、もう少し見ようと思っていた時、廊下で誰かの足音が聞こえたので、見つかってはまずいと思い、廊下の端に向かって私は急いで逃げました。そして、そのままホテルを出ました。これは事実です。今話したこと、天に誓って真実です」

「牛の足、それは、もしかして……」

とアケンは驚いて言った。

「そんな重要なことを、何故さっきは言わなかったんですか？」

「先ほども申し上げた通りです。何のリスクも負いたくないからです。もしもあなたたちが犯人を捕まえられなかったり、犯人が何らかの方法で逃げのびたりした場合、私がこれをあなたたちに教えたことを知られ、私がトラブルに巻き込まれる危険があります。そうなら、それは自分の足を石で打つようなもの。私にとっては何の益もないことです」

プリン医師は冷淡に言った。

「牛の足を見たのは何時でしたか？」

ブレーメンは尋ねた。

「午後四時半頃です」

「解りました。協力してくれて、ありがとうございました。この手掛かりは非常に重要です」

そうブレーメンは言った。

「それでは、私はもう行ってもいいですか？」

プリン医師は立ち上がった。

「私が知っていることは、すべてお話ししました」

ブレーメンはアケンを見、続いてプリン医師を見た。

「行ってもいいですが、私たちはまたあなたに尋問しますよ。その時には、もう嘘をつかないでくださいね」

するとプリン医師の顔が、一瞬暗くなった。彼女が自分の怒りを抑えようとしているのが解る。確かに、ブレーメンの今の言葉は完全に上から目線だった。

「それでは失礼します。ではみなさん、ごきげんよう」

言ってプリン医師はブレーメンたちに背を向け、振り返ることもなくホテルを去っていった。

プリン医師を見送ったあと、ブレーメンとアグアは額を寄せ、話し合いを始めた。

「プリン医師の言っていること、信じられると思う？」

アグアが尋ねた。

「なんだか彼女、変な感じだよね」

「だが少なくとも彼女は、牛の足については嘘をついていない」

ブレーメンは言った。

「でも彼女は、まだきっと何か隠している。大使はただ軽い風邪を引いただけだろう？　命に関わる大病というわけじゃない。何故プリン医師は、大使の病状にそんなに気を使って、わざわざ戻る必要があるのか、納得できないね」

「もしかして犯人は、本当にビルなの？」

アグアは言った。

「少なくとも彼女は、ぼくたちに嘘をついたよ」

アグアの質問は無視し、ブレーメンが目を細めてつぶやく。

「そして彼女は、人間について、自分で言っているほど無知ではない……」

「大使が何らかのウイルスに冒されたか否か、どうしてさっきは訊かなかったの？」

「アグア、大使の体にウイルスが入ったこと、プリン医師と何らかの関係があると疑ってる？　医療関係者として大使と接触したのは彼女一匹だけだ。でも、まだ藪蛇《やぶへび》のようなことはしたくないんだ。もっとたくさんの証拠がプリン医師の可能性を示さない限り動けない。このままもう一歩を進めてみたい」

「じゃあ、何するつもり？」

「ホテルのスタッフたちに質問して、手掛かりがあるかどうか確認する」

ブレーメンは言う。

第四章　ベラ教授邸1

2333年10月16日、10：45

ブレーメンの苦労が報《むく》われた。ホテルのスタッフと話す中で、いくつか手掛かりを得ることができたのだ。

フロントのスタッフによると、大使はホテルにチェックインする際に、客室の設備やサーヴィスについて詳しく尋ね、自分の部屋として、眺めが最もよく、超大型のマッサージ・バスタブがある三一四号室を選んだと説明した。

ブレーメンは、大使がこの部屋を選んだことには、何らかの理由があると考えているが、それが何なのかはまだ解らなかった。この部屋で、何らかの密会、密談が行われたのかも知れない。そのために都合のよい部屋なのか。

さらに重要な手掛かりがある。ホテルのスタッフによると、昨日ホテルにパンダが来たと言っているが、現在宿泊している客の中にパンダはいない。

「パンダ？」

アグアは驚いて言った。

「生まれてから今まで、ぼくはパンダを見たことがないよ！」

「君がパンダを見たことがないのは、彼らの絶対数が少ないからさ。かつては最も深刻な絶滅危惧《きぐ》種だったけど、今は回復して、個体数は増え続けている」

ブレーメンは言った。

パンダは非常に珍しい動物で、ヒグマ、メガネグマ、ツキノワグマ、ホッキョクグマ、ナマケグマ、マレーグマと同じく、食肉目のクマ科に属している。パンダは主に長江《ちょうこう》の上流にある高山の深い谷に生息しており、ほかのクマ科とはまるで違って、全身が純白と黒の模様であり、非常に変わっていて面白い。

動物がまだ高度な知恵を得ていなかった時代には、パンダは絶滅危惧どころか、実際に絶滅寸前だった。しかし愛らしい姿ゆえ、人間たちに大人気だったから、中国政府は彼らを自国の象徴に位置づけた。パンダを通じて世界中に外交や文化の発信を行い、パンダを非常に高い地位へと押し上げた。

こうした政府の後押しにより、林業局と野生動物基金会は、保護と繁殖に多大な努力と予算を費やしたために、パンダは野生保護と人工繁殖、両面の取り組みによって絶滅危惧種へと格下げされた。

これはおそらく、パンダにとって幸運なことだった。しかしほかの動物たちはそんなに幸運ではない。人間の乱獲や環境破壊により、無数の動物がこの世から消えてしまった。

ドードー、クアッガ、バリトラ、バーバリーライオン、ブラックライノ、ジュゴン、ホワイトイルカ、ガラパゴス・ゾウガメ、ピレネーヤゴート、ワイルドホース、ダイチョウサンショウウオ、ラウンドアイランドドレイク、グレートオウム、パナマツノアマガエル、ゴールデンヒキガエル――、絶滅動物のリストは長大となり、赤道を一周できるほどだ。絶滅した動物たちは、もともと個体数が少なかったわけではない。十九世紀、アメリカ西部でゴールドラッシュが起こり、多くの人間たちがロッキー山脈を越えて移動したから、彼らは北アメリカのリョコウバトを食料として狙った。北アメリカのリョコウバトは、かつては異様に数が多く、渡りの際には大群が空全体を暗く覆い、すべてが飛び去って空が回復するには、数日を要することさえあった。

人間たちはそのリョコウバトをみな殺しにし、卵まで奪った。人間たちが通った跡には一羽《わ》の鳩も、卵も残らず、百メートルもある貨物列車には鳩の肉が満載され、大陸を横断した。五十億羽もいた北アメリカのリョコウバトが、完全に食べ尽くされ、絶滅する日が来るとは、誰も思いもしなかった。

空腹を満たすため、野生動物を殺すことがやむを得ぬ生存本能と正当化されるなら、奇抜な食料や、新しい味を求めて野生動物を捕食することはどう言い訳するのか。

野生動物も自然の産物であると気づき、どんな生物の消失も、生態系全体に甚大な影響を及ぼすことを人間が知った時、大規模な絶滅が引き起こす連鎖反応は、人類にも堪えがたい結果をもたらすと学者たちに予告され、野生動物の保護がようやく言われはじめた。

あとの祭りとまでは言わない。何もしないよりはましだからだ。パンダも、野生動物保護の意識で守られるのはよいことだ。

「アケン、パンダに関する手掛かりはある？　おそらく許可証を持っているか、入館が許可されているはずだ。そうでなければここには入れない」

ブレーメンは尋ねた。

「ご報告いたします！　その件については、すでに調査員を派遣しております！」

とは言ってもパンダは、まず見つからないであろう。何故ならパンダは、今や絶滅危惧種も脱しつつあり、動物城内にはすでに百匹以上のパンダが市民権を得て暮らしている。

「このパンダは、かなりのバックグラウンドを持っているようだね」

アグアは言った。

「ポチ探偵も情報を入手しております。パンダの捜索を始めたようです」

アケンは言った。

「じゃあぼくらも急がなければ」

「まだ話を聞いていない政治家は、三階の司法大臣のアシカ、四階の財務大臣のヒョウと、文化大臣のウサギです……」

アケンは、宿泊客のリストを見つめながら言い、しかしブレーメンはアケンの言葉を遮って言う。

「申し訳ないけど、それらの方々については、あとで話を聞くこともできる。昨夜聞いたベラ教授に興味があるんだ。彼女に連絡は取った？」

「ご報告いたします！　その……」

とアケンは、恥ずかしげに身をよじりながら言った。

「実は、ベラ教授は、今日は来られないかも知れません……」

「来られないの？」

ブレーメンは、びっくりした表情を浮かべた。

「どうして？」

「ベラ教授は風邪を引いてしまって体調が悪く、現在家で寝ています。早くても明日にならないと起きられないでしょう」

アケンは言った。

ベラ教授を連れてこられなかったことに、アケンはいささかの挫折《ざせつ》を感じた。

「なんでちょうど今日体調が悪いの？」

アグアは考え込んで言った。

「この風邪を引くタイミング、ベラ教授は疑わしいな」

ブレーメンは何も言わず、考え込んでいるようだった。

「今はまだこのパンダのことを考える時ではないかも知れないな」

とブレーメンは言った。

「じゃあ次は何をすればいい？　アオアオ大臣に話を聞くこともできると思う。彼は大使と同じく三階にいて、犯行を行えた可能性が高いし……」

「アグア、プリン医師の調査に行ってきて。彼女はおそらく病院に戻ったはずだ」

ブレーメンはアグアに命じた。

「プリン医師を追うの？」

アグアは不思議そうに言った。

「プリン医師は、もうすでに尋問が終わったはずだよね？」

「ぼくを信じて。プリン医師を追うことは、あとで必ず役に立つだろうから」

とブレーメンは言った。

「いいよ……、プリン医師を尾行する。君は？」

「ぼくはベラ教授に会いにいく。彼女が来たくないなら、こちらから行ってやるのさ」

ブレーメンは言い、立ち上がってトレンチコートを着た。

ベラ教授の住まいは、ホテルからかなり離れている。ブレーメンは最初、彼女がほかの狼たちと一緒に、爪牙《そうが》区に住んでいると思っていた。しかし彼女はより遠く、より特殊なダーウィン区に、一人で住んでいることが解った。そこは動物城で最も歴史的な、雰囲気のある一角だ。

ダーウィン区に行くためには、ジュラ区を通過する必要があった。ここは、ブレーメンはあまり好きではない一帯だ。犯罪率が最も高い地域で、街の入り口の両側にある老朽化した不気味な建物からも、それが解る。

ここに住んでいるのは主に爬虫類や両生類だ。住人の三分の一が貧困ギリギリという生活水準で、五分の一が失業者だ。半数の動物は、中学校を卒業していない。教育、医療、基本的な設備、社会保障の不足は、長年にわたってジュラ区の住人を苦しめ、環境を悪化させてきた元凶だ。これは悪循環だ。貧困と困難な環境により、ここで生活する動物たちはますます貧困階層に沈み、すると差別を受け、就職がむずかしくなり、貧困の度が増す。社会の分断がますます進行していく。

ここから出てきたネロ将軍のようなすごい動物でも、ジュラ区の構造的な問題点を改善することはできない。神龍教のような反社会運動が生まれるのも無理はない。アグアも、実はこの区の出身だ。ブレーメンには想像もつかないが、もしもアグアが子供の頃にジュラ区を離れていなかったなら、今頃どんな姿になっていただろうか。

ジュラ区をすぎると、ベラ教授がいるダーウィン区だ。不思議なことだが、衰退した貧しい住民たちの区の隣りには、裕福で贅沢《ぜいたく》な暮らしをする富裕層の区がある。

富裕層の居住区であるダーウィン区は、多く世襲の富裕な動物たちが住み、彼らの住まいは百年以上の歴史を誇っている。

鼻先になったヨーロッパの古城のような建物を見て、ブレーメンはアグアを連れてこなかったことを後悔していた。これを見たらきっと興奮して、三尺近くは跳び上がって見せたろう。

このゴシック様式の建物は、ルネサンスの雰囲気も取り入れている。建物の正面にはさまざまな形状の彫刻が施され、陰気で不気味だが、充分な芸術性を保っている。連なるステンドグラスは非常に美しい。ブレーメンはこれらのステンドグラスが、何らかの物語を描いていると推察したが、具体的なところは解らなかった。格別目を引くのは、西側にそびえ立つ時計塔だ。このような私邸に何故時計塔が必要なのかブレーメンは理解ができないのだが、世界で最も有名なゴシック建築のひとつであるパリのノートルダム大聖堂も、その時計塔と、鐘をつく人物の存在で有名だ。

このような屋敷に住んでいて、怖くならないのだろうか？　暗くて狭い廊下、埃《ほこり》まみれの古色蒼《こしょくそう》然《ぜん》たる装飾品群、先祖たちの黒ずんだ肖像画、暗い螺旋《らせん》階段、柱のあるベッドは寝苦しそうな圧迫感に充ちている。

ここまで考え、ブレーメンはぞっとした。最近彼は「鬼修女」、「断頭谷」、「驚情四百年」といったゴシックスタイルのホラー映画を立て続けに観《み》ていて、この手のお城めいた大きな家を見ると、強い恐怖を感じてしまう。

門の外でしばらく立ちつくしてから、なんとか恐怖を克服したブレーメンは、ベルを押した。

家が大きすぎるせいだろう、随分経ってから、スピーカーからやや年老いたふうのオスの声が聞こえた。

「どちらさま?」

「こんにちは、私はブレーメンと申します。探偵です。ネロ将軍の依頼で来ました」

「探偵? 何のご用ですか?」

「ベラ教授と話したいことがあります」

言い終わると、ブレーメンはカメラに向かってネロの印を見せ、手を振った。

そしてしばらく待っても、機械の向こう側からは、何も音声が聞こえなかった。

長くなりそうで、ブレーメンは退屈を感じてしばらく待ったが、待ちきれずにうながそうと思った矢先、再び声が響いた。

「どちらさまでしたか?」

「私はブレーメンと申します」

おそらく相手は歳をとっていて、記憶力がよくないのだろう。

「よろしい、よろしい。ではネロの印を、あなたがお持ちですね?」

「はい」

ブレーメンは不思議に思った。さっき自分は、あきらかにカメラにネロの印を見せたはずなのに。

「ネロの印の裏側に星がありますか？」

相手は訊く。

「ネロの印の裏側には……」

相手の意図が読めなかったが、ブレーメンはネロの印を裏返して見た。

「星はありません」

答えると、黒い大きな鉄の門が機械仕掛けで開かれ、ブレーメンは疑問を抱えながら、庭園に入っていった。

一般的な庭園とは違い、この庭は生気に充ちてはいない。花もほとんどなく、草さえ生《は》えていない。枯れた植物が多く、不気味な雰囲気が漂っている。きっとここの庭師は、とても怠け者なんだろう。

庭園を突っ切り、城の玄関に到着すると、そこに一匹のモグラが待っていた。彼は燕尾服《えんびふく》を着て白《しら》髭《ひげ》を生やし、かなり歳をとっているように見えた。

「こんにちは、ジャックと申します。ここの執事で、主人からあなたをお迎えするようにと仰せつかりました」

ジャックはブレーメンに近づき、匂いを嗅いだ。

「あなたが探偵ですか？　若々しい匂いがしますね」

ブレーメンはジャックの行動に驚き、数歩うしろにさがった。

「ブレーメンと呼んでください。ベラ教授はご在宅ですか？」

さっき自分のネロの印を見てもらえなかった理由が解った。モグラの視力は完全に退化していて、嗅覚《きゅうかく》に頼って生活しているのだ。

「ではブレーメンさん、ついてきてください。私は歩くのが少し遅いですから、お急ぎにならないでください」

ジャックはゆっくり歩いていた。ブレーメンは彼の揺れるお尻を見て、少し笑ってしまった。

「ブレーメンさん、お茶はいかがですか？」

とジャックが尋ねた。

「いいえ、お気遣《きづか》いなく……」

「ブレーメンさんは、イングリッシュティーがお好きだと思います。誰もがイングリッシュティーが好きですよね。今はティータイムです。すぐに用意しますね」

とジャックは自己満足気味に言った。

「いや、本当にけっこうです」

ブレーメンは急いで断った。

「私は質問しに来ただけで……、私をブレーメンさんと呼ぶ必要もありません」

「貝殻蜂蜜《はちみつ》茶ですか？　センスがよいですね。動物王国中で、私ほどこのお茶を淹《い》れるのがうまい者はいませんよ。ちょっとお待ちくださいね」

「は？」

ジャックというモグラは少し変わっているようで、こちらの言うことが聞こえない。この性格を、自己中心的と言うべきなのかどうか、ちょっと解らない。

二匹は長くて狭い廊下を通り抜けた。廊下の両側には、金色の額縁の肖像画が掛かっている。これらの肖像画は、おそらくこの城の歴代の主《あるじ》たちや、その家族たちだろう。彼女らは似たような顔立ちをしているが、服装や装いがみんな異なっている。長い歴史を持つ家族であることが解る。

ジャックは、ブレーメンを広々とした明るい部屋に連れていった。この部屋はそれだけで、おそらくブレーメンの家よりも大きい。部屋の一面にはシルクのカーテンが掛かった窓が三つあり、窓からは手入れの全然行き届いていない広々とした芝生が見えた。窓の反対側には暖炉《だんろ》があり、暖炉の前には大理石の円形テーブル、四つの椅子がテーブルを囲んでいる。もう一方の壁の前には、三、四人がすわれるふたつのソファが並び、ソファにはビロードのクッションが載っている。ここはおそらくベラ教授が、日常的に客人をお迎えするロビーだろう。

ジャックは去り、ブレーメンは椅子にぽつねんとすわっていた。

待ちくたびれたので、ブレーメンは腰を上げ、部屋の中を歩き廻ってあちこちを見渡した。ここには、芸術品と呼べる装飾が、いたるところにある。

この建物はゴシック様式だが、内部はさまざまな様式の小物のコレクションで充ち充ちている。暖炉の上には中国の青花釉《せいかゆう》の青い磁器、それにイタリア、ミラノ・ガラスの花瓶《かびん》が置かれ、壁には日本の浮世絵がかかり、床にはイスタンブールの手織りカーペット――、主人が趣味のよいコレクターであることが、この空間からもよく解る。

ブレーメンが、ルネサンス期と思われる壁の絵を見つめていると、冷たい声が響いた。

「本物ですよ」

ブレーメンはまた驚いた。ジャックだった。

「これは本物ですか？」

とブレーメンはいろいろな意味で驚いた。

「何故こんなにも似せて描かれているのかと……。でも、どうして私がこの絵を見ていることが解るのですか？」

「私は目が見えませんが、あなたが絵の前に立っているのを感じることができます。あとは、この灰色の脳細胞だけで……」

「もういいです。ようやく気づきました。あなたは私よりも探偵の素質がおありで……」

とブレーメンは負けを認めた。

「この絵一枚で、何棟もの家を建てられますね」

と、ブレーメンが見ると、ジャックはひとつの手でティーポットを持ち、もう一方の手でティーカップを持って、彼を疑いの目で見つめていた。

「あなたは、絵を盗みに来たのですか？」

ブレーメンは溜め息を吐いた。この執事のものの考え方は本当に独特だ。

「私は盗んだりしませんので安心してください。それに、私はこの分野の知識はありません」

とブレーメンは言った。

ブレーメンが絵を盗むつもりがないと聞いて、ジャックは微笑み、白くなった髭が楽しそうに跳ねていた。

「お味見いかがですか？」

とジャックは、丁寧にブレーメンに言った。

ブレーメンは断りきれず、ジャックの手にあるカップを受け取った。ジャックが彼にお茶を注ぎ、ブレーメンはひと口飲んだ。彼が自慢するだけあり、やはりすっきりと甘く、美味しい。

「これは私がこれまで飲んだ中で、最も美味しい貝殻蜂蜜茶だな」

とブレーメンは心から言った。

「ははは、若者よ、君が好きだよ。絵画泥棒でも、嫌な泥棒ではないな」

と言って、ジャックは大笑いした。

「あの、私は絵画泥棒ではありません。私は探偵で、今回は……」

ブレーメンがまだ言い終わらないうちに、ジャックに打ち切られた。

「解っているって、冗談だよ。君は私の尊敬すべき主人、ベラ教授に会いに来たんだろう？」

「そうです。彼女にそうお伝えください」

「若者は焦りすぎる。私の主人が体調が悪いと言っているのに、彼女が回復するまで待てないのかね？」

ジャックは溜め息を吐き、心配そうな表情を浮かべた。

「緊急事態なんです、本当に待てないんです」

見るからにジャックは、本当に主人を心配しているようだった。

「それでは私についてきてください。主人もあなたに会うことを承諾しています」

「どこに連れていってくれるんですか？　ここはリヴィングじゃないんですか？」

「これは私のリヴィングだよ」

ジャックは軽く言ったが、ブレーメンは脳に一撃を受けたような心地がした。執事のリヴィングがこんなにも豪勢だったとは。

ブレーメンは戦々恐々《きょうきょう》で、ジャックについて階段を上った。回転する階段を百八十度回り、二階に到着した。

「主人は今、声がかれて出にくい、少しお疲れです。誰にも会いたくない。何か質問があるなら率直に言ってください。彼女はお答えしますから」

とジャックは、ブレーメンに言いながら歩いていた。

ブレーメンはとても不思議に思った。ベラ教授はいったいどんな性格なのか、会うことさえこんなに困難なのかと。しかし、もしかしたら彼女の風邪がひどくて、ブレーメンにうつしたくないのかも知れない。

ジャックは、ブレーメンを連れて長い廊下を通り抜けていく。ブレーメンはもう、廊下の両側にある驚くべき芸術作品を楽しむ余裕がなかった。

　ドアの前に立ち、ジャックはゆっくりとノックし、すると中から「入って」という声が聞こえた。ジャックはそっとドアを開けた。

　この部屋はさっきのジャックのリヴィングルームよりも大きかったが、家具はほとんどなく、白いカーテンで囲まれた一角があり、ほかには化粧台と椅子がひとつだけあり、乱雑に積み重ねられた本の山が床にあった。

　カーテンで囲まれた場所にベッドがあり、カーテン越しに狼の姿が見えた。

　この状況は少し奇妙だった。

「ベラ教授、こんにちは。私はブレーメンです。お休みのところ申し訳ないのですが、緊急事態なので、いくつかご質問をしたいのです」

　言いながらブレーメンはジャックをちらと見たが、彼は見られたことに気がついてはいなかった。そして、ふらふらと部屋を出ていった。

「どうぞ」

　と応えたベラ教授の声は少ししわがれて、本当に風邪を引いているようだった。

「昨日、芝華士ホテルに、何時に行かれたのですか？」

　ブレーメンは尋ねた。

　しばらくして、カーテンの下から白い紙が一枚差し出された。ブレーメンがその紙を拾って見ると、

「ごめんなさい、喉が不調で、紙とペンでコミュニケーションを」

　と書かれてあった。

「おお大丈夫ですとも、早く回復されることを願っています」

とブレーメンは言った。すると、すぐにもう一枚の紙が飛び出してきた。

「昨日は、午後五時前に国防大臣からの通知を受け、急いでホテルに向かいました」

ブレーメンは読み、また尋ねた。

「では大使の死についてはご存じですか？　彼女と接触されたことはありますか？」

この回答も、紙に書かれて現れた。

「大使の死についてはよく知りませんし、彼女との接触もありません。ただその事実を知っているだけです」

「超兵器の自己破壊については、どうなりましたか？」

「超兵器は自己破壊しました。原因は、複数回にわたるパスワードの入力ミスによって、自己破壊のプログラムが起動したのでしょう」

現れた紙には、予想通りのことが書かれていた。

「ではあなたは誰が、この兵器を破壊した可能性があると思いますか？」

「今回の和平交渉を成立させたくない者なら、誰にでも可能性があります」

とそう書かれている。

ブレーメンは、さらにいくつかの質問をしたが、回答はすべて型通りのもので、あまり役には立たなかった。

「鉄頭大臣が、昨日あなたのご体調があまりよくなかったと言っていましたが、今回の体調不良は、それと関係が？　私には優れた医師の知り合いがいますので、彼女に診てもらってはいかがでしょうか？」

とブレーメンは試しに尋ねた。

するとこれには、若干の時間があってから紙が来た。

「その必要はありません。薬を飲んだら治ります」

その後、ベラ教授が何かを押したようで、しばらくしてジャックの声が聞こえた。

「主人は疲れていますので、質問はまた次の機会にお願いします。何か問題があればまた」

と言って、現れたジャックは客を送るポーズを取った。

「ちょっと待ってください。最後の質問をさせてください」

とブレーメンはあわてて言った。

「鉄頭さんご自身が、この武器を破壊する可能性はありますか？」

白い紙がカーテンから舞い出し、ブレーメンは紙を拾うように見せかけたが、実際の目的はカーテンだった。

ブレーメンは、ベラ教授が本当に中にいるのかを確認するために、カーテンを引き開けるつもりだった。

しかし彼のひづめがカーテンに触れた瞬間、中から一本のふわふわした足が稲妻のように伸び、ブレーメンのひづめをがしと摑んだ。

「探偵さん、何をしているのですか？」

とベラ教授は、喉をかすれさせて言った。

「すみません、すみません、ただ確認したかっただけで……」

策略が露呈《ろてい》し、ブレーメンは気まずさを滲ませて言った。

「ひどい！　ベラ教授に何をしたんだ？　早く出ていってください、あんたはひどいことをした！」

ジャックが怒って前に出てきた。

「いったい何を確認したい？　おまえはただの絵画泥棒だと思っていたのに、小悪党だったとは！　裁判所に訴えるぞ、気をつけろ！」

ジャックはブレーメンをぐいぐいと押し、部屋から追い出した。

部屋を出る前にブレーメンは、カーテンを振り返ってちらと見た。ふわふわした手はもう見えなかった。確かにそれは狼の爪だったが、一般的な狼の毛よりも長く、黒かった。

「申し訳ありませんジャックさん、私は探偵ですので、話している相手がベラ教授本人かどうか、確認しなければなりませんでした。これが私の仕事で、どうしてもやらなければならないことなのです、解ってください」

とブレーメンは釈明した。

「解りました。また私の部屋に来て、一緒にお茶でも飲みませんか？　お湯はもう沸いているはずですので」

とジャックは、何ごともなかったかのように言った。

「よかった。それではもう少しお天気の話でもしましょうか」

ブレーメンは、ジャックとの会話でなら、もう少し有益な情報を得ることができるかも知れないと考えていた。

さっきのリヴィングルームに戻り、ブレーメンはティーカップを持ちながら、壁にかかっている肖像画を眺めた。これはさっきは気づかなかった肖像画で、ベラ教授の家族の肖像画とは異なり、小さな楕円形《だえんけい》の額縁におさめられていて、中には燕尾服を着たモグラの顔が描かれていた。

「これらはあなたですか？」

ブレーメンは尋ねた。

「もちろん違います。これは私の父です。そして、こちらは私のおじいさん、おじいさんのお父さん、おじいさんのおじいさん……、私たちは百年以上の昔から、ベラ教授の家族の執事をしています。モグラの寿命は実はとても短いので、私はベラ教授の家族にお仕えしたことはありません。ずっとベラ教授だけに仕えてきました。自慢ではありませんが、私の保護下で彼女は、これまでただの一度の苦しみもなく、おすごしでした。思いもよらず、今日はあなたという悪い人にいじめられてしまいましたが」

とここまで話すと、ジャックは泣き出しそうな顔をして、少し滑稽に見えた。

一匹のモグラが一匹の狼を守るなんて？　ブレーメンは心の中でそう思ったが、言い出せず、謝罪するしかなかった。

「すみませんでした。私はあなたの主人をいじめようなどとは、つゆほども思ってはいませんでした」

「解っています。それで、お茶は美味しいですか？」

「ああ、とても美味しいです。私は完全に魅了されました」

とブレーメンは、適当に答えた。

「ベラ教授はいつも体調が悪いのですか？　今日は彼女、かなりお悪いように感じましたが」

「普通です。いつもあのようで、何も問題はありませんよ。私のオリジナル・ブレンドの方法を知りたいですか？」

ジャックは言い、ブレーメンはうんざりした。そんなことになど、ほんの少しも興味はない。

「独自のブレンドの方法など、無闇《むやみ》に広めるべきではありません。ベラ教授の研究テーマについて、あなたは何かご存じですか？」

「主人の研究は、非常に先進的な武器のようです。彼女はこの国で最も進んだ天才科学者であり、若くして先輩科学者たちの成果を超えました。実際のところ、ですな、独自の秘密の配合などはなく、ただ蜂蜜に少しの卵白を加え、十分間かき混ぜ、そして貝殻を……」

「執事さん、私はほかの場所でもさらに調査をしなくてはなりません、これでおいとまさせていただきます」

　ブレーメンは、自分がこの執事から何も聞き出せないことを悟り、いったん退席するつもりになった。

「それは残念だお若い方。また次回、是非私のところにお茶をしに来てください。私は自分で開発した、特別な秘蔵茶をたくさん保有しております。きっとびっくりなさいますよ！」

「ああ、きっとびっくりするでしょうな」

　ブレーメンも言った。

　ジャックとしても客を引き留めるつもりはないらしく、立ち上がってブレーメンを表に向かって案内した。

　庭を横切る時、ブレーメンは時計塔を振り返りながら尋ねた。

「あの塔の上には何かあるんですか？」

「あれは主人の実験室です。私は上には行けません」

　ジャックはそう答えた。

第五章　動物霊園

1

2333年10月16日、13：00

ベラ教授の邸宅を出てのちも、ブレーメンはすぐにはその場を立ち去らなかった。

彼はEV《電気自動車》のシートにすわり、次の行動を思案した。

ベラ教授の様子は、あきらかに変だ。教授自身が姿を見せないこと、加えてこのゴシックスタイルの古城だ、神秘的な時計塔、モグラの執事は性格が変わっている。すべてが、訪問者にとって不思議な演劇的空間を醸《かも》している。この場所は、もう一度調査の要ありだ、とブレーメンは腹の中で思った。

さて、では次はどこに行く？　芝華士ホテルに戻るにはまだ時間が早い。外で情報収集することこそが肝要だ。でも、どこに行って調査すればいい？

いつもなら、ブレーメンには情報提供者がいるのだが、今回の事件は通例と違い、彼らから有益な情報を手に入れるのはむずかしいかも知れない。

突然、ひとつの考えがブレーメンの脳裏に浮かんだ。EVの充電量を確認すると、ほぼ満タンだ。

太陽光発電は本当に便利なものだ。充電満タンなら、このEVは動物街のすみずみまで問題なく行ける。

　次に向かう場所は、ブレーメンが今まで足を踏み入れたことのない地域だ。動物街の南東部に位置し、繁華街からは約二十五キロ離れている。しかし今の充電量なら、この車で充分にそこまで行ける。

　その場所にまだ行ったことがないのは、彼が探偵で、逃亡者ではないからだ。ブレーメンの師匠であるラクダ探偵の査第格《さだいかく》から、必要がない場所には決して行くなと忠告されている。ブレーメンが探偵を始める前、査第格は街で一番の探偵だった。しかしある日、彼は各魯克《かくろこく》の銃弾に倒れて亡くなった。

　ブレーメンと警察は、いまだにこの狙撃犯人を見つけることができずにいる。証拠も目撃もなく、おそらく単純な無差別殺人事件だったのだろう。この世界で完全犯罪と呼べるものは、おそらく単純な動機のない犯罪だ。

　ブレーメンはこれまで、彼の忠告に忠実にしたがってきたのだが、探偵にとって好奇心は、利潤の追求よりも重要だ。以前は理由がなかったが、今のブレーメンには充分な行く理由がある。

　EVのアクセルを踏み、ダーウィン区を横断し、パームエリアを走り抜け、長いトンネルとレッドウッドの森を通過して、ブレーメンは鯨落湖《げいらくこ》に到着した。

　非常に大きな湖で、遠くから見ると海と見まがうほど、彼方《かなた》の水面は空と一体になっている。鯨落湖の名称は「鯨落」からつけられた。

「鯨落」とは自然現象であり、巨大なクジラが海で死んだあと、その遺骸《いがい》が一個の独立した生態系を創《つく》り出《だ》し、小魚や菌類、腐肉動物などの「分解者」を引き寄せ、数十年にわたって摂食されて、最終的には自然と一体化する。

　人々は鯨落湖で鯨落を発見し、非常に興奮した。これは非常に珍しい現象で、通常は深海に行かなければなかなか目にすることができないが、鯨落湖の底には、何体かクジラの遺骸が見つかった。何万年も前に、湖は海とつながっていたが、泥や砂が堆積《たいせき》し、ついに海と隔離されたことで、海跡湖が形成された。

しかし発生した生態系は、湖においても継続した。数年前、鯨落湖で怪物を目撃したとする情報があった。当時は、古代の爬虫類や古代のクジラの可能性が言われたが、のちに地元の観光業者が広めた噂であると解った。その目的は、より多くの観光客を鯨落湖に引き寄せることだった。

鯨落湖の風景は美しく、海跡湖であるため、淡水魚以外にもバタフライフィッシュ、クラウンフィッシュ、イワシ、マグロなどの海水魚が湖内に生息している。昔はきっとクジラもいたのだろう。

数百年前、湖のほとりには研究所があり、人間たちはここで殺戮の限りを尽くした。何千匹もの動物が血を抜かれ、実験のために解体され、脳を植え替えられた。そして彼らの骨は鯨落湖に投げ込まれ、ここは動物たちのアウシュヴィッツ強制収容所となった。

湖面は一日中灰色の霧に包まれ、夜になると水中の藻が淡い蛍光を放つ。耳を澄ませば、まるで動物たちの泣き声が聞こえるかのようだ。この水域は、動物城の住民にとって不吉な場所、どの動物も近づきたがらない。ただし、大胆な者たちを除いてだ。冒険家たちにとってここは、知識人にとってのパリの左岸、芸術家たちにとってのNYグリニッジ・ヴィレッジ、売春婦たちにとってのアムステルダムの運河沿いのようなものだ。

湖のほとりの草むらで、進化していないいくつかの昆虫が跳ね廻っている。もしもアグアがここにいたら、彼はきっとお腹を大解放してゆっくりと楽しんだろうとブレーメンは思った。

ブレーメンはEVを駐車して、水べりの大きなマホガニーの木の下まで歩いていき、草の山を掻《か》き分《わ》けて、錆《さび》だらけの鉄のバケツを見つけた。この鉄のバケツには、奇妙な六角形の紋章が描かれてある。それは何かの動物のシンボルのように見えたが、どんな動物だったか、すぐには思いつけない。

ノートを取り出して霊媒の方法を見た。査第格先生の教えだ。そして、いつも身につけているアステカの銀貨二枚を取り出した。銀貨は査第格先生の数少ない遺品で、表面には羽蛇神《うだしん》ケツァルコアトルが描かれており、裏面には人の頭が刻まれている。アステカの宗教では、生け贄《にえ》の儀式が行われていた。人間は同じ種族に対しても残酷で、動物に対しては言うまでもないとブレーメンは思った。

査第格はブレーメンに、アステカの銀貨は動物霊園の中で最も価値ある地下通貨で、この銀貨を使えば何でも解決できると言っていた。

ブレーメンはバケツに二枚の銀貨を入れて湖のほとりまで持っていき、バケツを水面に浮かべ、軽く押して湖の中心へと向かわせた。バケツは揺れながら沖まで漂っていき、岸からは二十メートル以上離れたところで、突如何かに引きずり込まれるようにして、水中に没した。

ブレーメンは、ポケットからニンジンを取り出し、齧《かじ》りはじめた。五分ほど経った頃、水面がゴボゴボと泡立《あわだ》ちはじめ、そして木製のラフトのようなものが水底から浮かび上がり、ゆっくりと漂って岸に近づいてきた。

「お乗りください」

声がして、見ると可愛らしい六角形のサンショウウオが木片の上に立っていて、ブレーメンに言った。

ブレーメンは滑《すべ》りやすい木製のラフトに気をつけて乗った。それから周囲を見ると、四隅には一メートルほどの身長のオオサンショウウオがいて、ラフトを担いでいた。

「今日は開いていますか？」

ブレーメンが尋ねた。

「毎日開いてるよ」

サンショウウオは言った。

「ああ……、久しぶりだね」

ブレーメンは嘘をついた。実際には彼は一度も来たことがなかったが、臆することなく、常連客のように振る舞っていた。

オオサンショウウオはブレーメンを無視し、木製のラフトを担いだまま上体を屈めて、灰色の濃霧を見つめていた。

前方の濃霧の中に、ラフトが徐々に入っていくと、濃霧の奥に、まるでひとつの都市のように、亭台楼閣が浮かび上がり、ぼんやりと見えてきた。

これが伝説の動物霊園だ——、ブレーメンはそう思っていた。

太古の昔から、無数の動物たちの骨が湖に投げ込まれ、長い年月を経て浮島《うきしま》が形成された。浮島は一日中雲霧に包まれているのだが、巨大な鯨落湖の上に、時おり姿を現す。

夜が訪れると、四方八方から集まる無法者たちが、浮島に生命力をもたらす。ここは動物たちが地下取引を行う秘密の場所であり、あらゆる階層や、他者に言えぬ背景を持つ動物たちが混じり合い、人目に触れることのない取引が、島のあちこちで行われている。

世界中のあらゆる場所に、こんな「地下王国」はある。ボスニアのビイェリナ、タイのチャトゥチャック、メキシコのピト、そしてこの動物霊園が、動物城の地下王国だ。

「さあ着くよ」

サンショウウオは突然振り向き、言った。外見とは違って、冷淡な言い方だ。

「じゃあ……」

ブレーメンが訊こうとすると、突然オオサンショウウオが停まった。

「どうしたの？」

とブレーメンは尋ねた。

「渡し料が値上げされたんだ。君のような中型の動物は銀貨が三枚必要だ」

サンショウウオは言い、ブレーメンに向かって手を差し出した。

湖の真ん中で料金値上げをするなんてね、これではここにネロ将軍が来てもどうしようもないだろう。以前、値上げを受け入れなかった動物がいたと聞いたことがあった。彼は多分、この浮島の一部になったに違いない。ブレーメンは、銀貨をもう一枚渡すしかなかった。

おカネを受け取ると、サンショウウオはにっこりと笑った。少しおとぼけふうで可愛かったが、ブレーメンには陰気な笑顔に見えた。

霧の中をゆっくりと進み、ラフトは無事岸に着いた。サンショウウオは、早くおりるようにとブレーメンを急《せ》かした。もしかしたら彼女は、さらに別の渡し船の乗客を迎えにいくのかも知れない。

ブレーメンは、おずおずと、浮島に足を踏み入れた。はじめてなので、言葉では言い表せない緊張がある。全身の毛穴から、冷や汗が滲み出ている。

何か固いものを踏んだ。視線を下げると、漆黒の空洞のようなふたつの目が、彼を見つめている。巨大な犬歯を持つ、猫科の動物の頭蓋骨《ずがいこつ》だった。

反射的に一歩横に飛びのいたが、すぐにここが「動物霊園」であることを思い出した。足もとを見廻すと、視界の及ぶ限り、無数の白骨が転がっている。

前方には巨大な赤い門が、霧の中にぼんやりと立っている。門といっても扉はなく、立っている二本の柱の上に、もう一本の柱が横向きに載っているだけだ。

ブレーメンは昔の本で、こんな木造の構造物を見たことがある。鳥居と呼ばれる門のような建物で、日本の神社の入り口に、人間界と神々の境界を区切って立っている。

ブレーメンは、何故ここにこのようなものがあるのか不思議に思いながら、鳥居に向かって歩いていった。

太陽が沈むまでにまだ数時間があることを、ブレーメンは知っている。日没前にこの鳥居をくぐると確実に死ぬ。そういうことも知っている。そこで彼は、鳥居の前の石の上にすわり、目を閉じて休んだ。

しばらくすると、さっき上がってきた桟橋の方角から、チャカチャカという奇妙な音が聞こえてきた。ゆっくりと目を開けると、一組のスカンクが、前後になって歩いてきた。一匹は背広を着て、もう一匹はチャイナドレスを着ていた。

背広を着たスカンクは、なんとブレーメンの知り合いで、冷酷で手強《てごわ》いやつだった。こいつは数年前に墓荒らしをしているところをブレーメンに捕まり、刑務所に収監されたが、つい最近出所して、今はスペキュレーションや、情報の売買で生計を立てている。通称「毒ガス弾」と仲間には呼ばれている。

まずい！　とブレーメンは思い、とっさにひづめを上げ、袖《そで》で自分の顔を覆い隠した。トラブルになることを避けようとしたのだが、時すでに遅く、毒ガス弾は目ざとくブレーメンを見つけ、チャカチャカという異音とともに近づいてきた。因縁の相手だから、今日は毒ガス弾は、簡単にはブレーメンを許さないだろう。

「おや、これはこれはブレーメン、久しぶりだね！」

毒ガス弾は口笛を吹き、かなりリラックスして見えた。しかしブレーメンが予想したほどには、陽気な威勢はない。

「あなたは誰……？　もしや人違いでは？」

ブレーメンは言った。

「無駄だぜ兄弟。オレを刑務所に送ってくれたブレーメン探偵を、オレが見間違えるわけがないじゃないか？」

毒ガス弾はブレーメンを見つめ、それから、ははんという顔になった。

「オレに復讐《ふくしゅう》されるのが怖くて、自分がブレーメンだと認められないか？」

ブレーメンが黙り込むのを見て、毒ガス弾の舌は、勢いを増した。彼はブレーメンの前に飛び出し、左手の袖を勢いよくまくり上げた。

「見たか？　オレは三年六ヵ月の間刑務所にいた。腕には無数の切り傷が見えた。傷は見苦しく、恐ろしかった。毎月、ここに食事のフォークで一筋引くんだ。なんでこんな傷をつける必要があるか、解るか？」

ブレーメンは不吉な予感を抱いたまま、だんまりを続けていた。

「この傷痕《きずあと》はな、おまえがオレにしてくれたいいことを思い出させてくれるのさ！　思い出すたび誓ったぜ、出所したら、まずおまえに思い知らせてやるってな！」

ブレーメンは飛び上がった。それから、両手を交差させ、防御の姿勢を取った。

「お、おまえ、ら、乱暴するんじゃないぞ！　オレは草食動物格闘大会で、ベスト16に進出したことがあるんだぞ！」

「そう気張るな、兄弟」

と毒ガス弾は大笑いして言った。

「本当はな、ずっとおまえを殺してやるつもりでいたけど、毎週オレのために、刑務所に面会に来てくれたやつがいてな、彼女だよ」

毒ガス弾は、横にいたスカンクを引き寄せた。

「彼女は昔のオレの隣人で、ずっとオレのことが好きだったけど、すごくシャイで、オレには気持ちを伝えられなかったんだ。しかしオレが牢屋《ろうや》に入ったから、毎週会いにきてくれてよ、それでオレたちは恋に落ちたんだ……」

ブレーメンはうなずいた。するとスカンク野郎は言う。

「言ってみりゃ、おまえはオレと彼女の仲人だ！」

と臭いスカンクは、少し赤くなりながら言った。

ブレーメンは額の汗を拭った。さっき言った草食動物格闘大会のベスト16は、実は彼が出場したのではない。彼は鈴鐺区の格闘ゲーム招待大会のベスト16にしか入ったことがない。参加者は二十匹にも満たなかったが。

「そりゃ、おめでとうございます」

ブレーメンは、二匹の動物に向かって手を合わせた。

「お互いに愛し合い、どうぞ末長くお幸せに」

この丁重な祝福は、劇的な効果を生んだ。

「いや、ありがとうありがとう！」

毒ガス弾はみるみる相好をくずし、手を握ってきて、それを勢いよく振りながら言う。

「で、探偵さんよ、今日はなんでここに？　ここはオレ以外にも、おまえに捕まったやつらがたくさんいるぜ。ここに来るなんてな、まったく見あげた度胸だぜ！」

スカンクは愛想《あいそう》よく言う。

「そいつらは、オレほどおまえに感謝してはいない」

「動物霊園では、外界でどんなに怨《うら》みや妬《ねた》みがあっても、戦闘は行わないと言っていたよね？」

ブレーメンが尋ねた。

「あんた、よく知ってるな。安心しろ、オレもただ脅かすだけのつもりだった」

毒ガス弾は言った。

「ここにいる限り、みな口で脅すだけで、手は出さないのさ」

「みんなそうか？」

「ああみんなだ」

ブレーメンは安堵した。毒ガス弾ほどのやつが言うのなら、確かだろう。

その時、桟橋の方向からにぎやかなもの音が聞こえ、新たなゲストたちが、サンショウウオの案内でどやどやと上陸してきた。

夕陽《ゆうひ》の最後の光が地平線に沈んだ。この瞬間、外界と異なる世界の扉が開かれることを、ブレーメンは知っている。

最初に到着したのはヒョウとジャイアント・テグだった。おそらくそのあとも、さらに多くの動物たちがやってくるだろう。

朱漆の鳥居は、周囲に赤い光を放っている。それは柱の周りにたくさんのホタルが密集し、柱を真っ赤に照らしているからだ。

遠くから太鼓の音が聞こえた。重くずっしりとしたその響きは、山の嵐《あらし》が迫ってくるような迫力がある。黒く厚い雲が、街を押しつぶそうと斜面を下ってくる時のような迫力。

ブレーメンは、鳥居のうしろの霧の中に、星のような微光が点々ともり、輝き、それが次第にまばゆくなっていくのを感じた。まるで山肌にたくさんの提灯《ちょうちん》が点灯されるかのように、山々を、霧の中で美しく彩《いろど》っていく。

「おい行くぞ、山鬼市場《さんきしじょう》が開いた」

毒ガス弾は、ブレーメンに言った。

「おまえ、はじめて来たんだろう？」

ブレーメンはひとつうなずいたあと、急いで首を横に振った。探偵を名乗る以上、初心者のように振る舞うわけにはいかない。

山鬼市場は、動物霊園の中でも中心的な一帯で、ブレーメンの今回の旅の目的地でもある。山鬼市場ではさまざまな取引が、一部は公然と、また一部は人目に触れないようにひっそりと行われる。しかしアステカの銀貨を一枚使えば、ニャオニャオ署長ですら調査できない情報が、やすやす手に入れられると教えられた。

ブレーメンはポケットの中の残りわずかなアステカの銀貨を、しっかりと握りしめた。しかしそのわずかな動作を、毒ガス弾に勘づかれてしまった。

「おまえははじめて来たんだろう」

と毒ガス弾はまた言い、ブレーメンに白目を向けた。

「オレは買い物があるからな、おまえは自分で探索してみろ。もしかしたらこの中で、探す動物に会えるかも知れない。が、気をつけろ。ここはオープンな鈴鐺区じゃない。多くの動物が、初心者をだましたり脅したりするのが得意だ」

「初心者だと一度でも言ったか？　オレはよく来てるんだぞ！」

ブレーメンは、顔を膨《ふく》らませて得意げに言った。

「くくっ、そうかいそうかい。でも、オレの警告を軽んじるなよ」

言い終わると毒ガス弾は、彼女を引き連れ、彼女は毒ガス弾の肩に頭をあずけて、仲よく歩き去っていった。彼らが姿を消したあと、ブレーメンも気を引き締め、赤い鳥居をくぐった。

振り返ると、港からやってくる動物が、だんだん増えてきた。ほとんどの動物は、一見して善良そうではないが、数匹の華麗でおしゃれな金持ちの動物もいた。彼らは道に詳しそうで、ブレーメンの横を通りすぎる時にジロリと見る。ブレーメンは経験豊富な客のふりをするために、襟を立て、わざと無関心そうにした。

この秘密の場所にやってくる動物は、多かれ少なかれ、他人には言えない目的を持っている。ブレーメンは大使の死に関連する手掛かりを得たいと思っているのだ。しかし、どこでその情報を得ることができるのか解らない。そのため、彼は無思慮なハエのように、きょろきょろとあちこちを見廻してふらふらしていた。

道端《みちばた》には黄ばんだ壁、質素な屋根、ぶら下がった提灯、半分隠れた戸板がある。赤い提灯を掲げているのは、もう開店し、客を迎える準備のできた店舗だ。

まだ提灯を掛けていない店も、しばらくすれば掲げるだろう。提灯にはむずかしい文字が書かれており、文字は、その店の商売を語っている。しかしその正確な意味は、専門家にしか解らない。

「琉酊」、「烏膾」、「魃呼隠」――、ブレーメンはこれらの文字が何を表しているのかまったく理解できなかった。「人羅」と書かれた提灯の店の前に、彼は立った。この提灯の文字は、理解できたからだ。

店に入ると、ドアが風鈴に触れて音をたてた。カウンターのうしろにいた眼鏡をかけたコチョウゲンボウが、その音でこちらに気づいた。

ドアからカウンターまでの距離はわずか二メートルで、両側の壁にはたくさんの木の棚があり、棚にはおかしなものがたくさん置かれている。珍妙なかたちの容器。動物王国では取引が禁止されているものも、ここにはあるだろう。

カウンターのうしろは布のカーテンで隠されていて、カーテンの陰《かげ》にはきっと何か、重大なものがあると想像できた。コチョウゲンボウは、眼鏡を押し上げながらこう言った。

「見知らぬ顔の若者だね、何かよい品でも持ってるのか？」

「ここで、人間に関する情報を提供していると聞きましたが、本当ですか？」

とブレーメンは丁寧に、しかし率直に尋ねた。

「羅《ディ》」という言葉はものを買うことを意味するので、ブレーメンはこの店が、人間に関連した、人に言えない情報ビジネスをやっていると推測した。

コチョウゲンボウは、無表情で頭を左右に振った。

「兄さんよ、私の店の看板を見誤ったのかも知れんな。あれは、あんたが思っているような変わった意味はない。私はただこのふたつの文字が、ちょっとばかし見栄えがよいと思っただけでな」

言われてブレーメンは焦ったが、冷静を装って尋ねた。

「それなら店主さんは、私が知りたい情報をどこで聞くことができるのか知っていますか？」

「それは知っているがな、教えて、こっちに何か益があるのか？」

ブレーメンはポケットからアステカの銀貨を取り出し、カウンターに置き、ひづめでコチョウゲンボウの前に押し出した。

「おっ、こいつはまた、珍しい品だな……」

コチョウゲンボウは、いつの間にか羽に拡大鏡を持っている。

「悪くない、悪くないが……」

彼は言葉をさ迷わせた。

「珍しいは珍しいが、価値はない」

「どうしてそんなこと言うんですか！」

ブレーメンは焦って言った。この切り札に効果がなければ、もう打つ手はない。

「これは本物のアステカの銀貨だよ！　さっきまで使ってたんだ」

「以前は通貨だったから価値があったけどな、今ではもう価値がないんだ。サンショウウオにしか使えねぇな」

先生の情報は、すでに古くなってしまったか。確かに先生が亡くなってから、もう随分と年月が経っている。

「じゃあ、どうすればいいのでしょうか？」

ブレーメンは絶望の気分を隠しながら言った。

「先生、どうか教えていただけませんか？」

「ほかの金は持っているか？」

とコチョウゲンボウは尋ねた。

「動物のコインもありますが……」

「そいつはもっと役に立たないな、ほかには？」

「ないです」

「じゃあこうしよう」

コチョウゲンボウは、ブレーメンの肩を親しげに羽でたたいた。

「ポケットにはいくら銀貨がある？」

ブレーメンは両手をポケットに入れて銀貨を出し、ポケットの中を空にした。

コチョウゲンボウはカウンターの下から計量カップを取り出して銀貨を入れ、揺すりながら銀貨と銀貨の隙間を小さくした。銀貨は九百ミリリットルのカップにおさまった。

「半升のアステカ銀貨、その隙間はおまけするよ。半升として扱う。銀貨を私に渡して、店の中のものを何でもひとつ選んで、持っていきなさい」

「何でもいいんですか？」

ブレーメンは訊いた。

「私の肝臓が欲しいと言われてもやらないがな！」

コチョウゲンボウは答えた。

「カーテンのうしろのものもいいですか？」

ブレーメンは彼のうしろを指差した。

「カーテンのうしろは駄目だ！　この部屋の中に限る。見ろよ、ここには素晴らしいものがたくさんあるだろ？　君はものを見る目があると思うから。ここにあるものどれでも持っていたら、誰でも君と取引したいと思うだろうさ」

「解りました。ありがとうございます。でも何と交換するか、じっくり考えたいんです。今は決められません」

「慎重に考えるのはよいことだ。あとで後悔しないようにな。ただし、もし取引を確定するなら、手付金を払ってもらわなければな……」

　コチョウゲンボウは、しばらく考えた末に言った。

「まずは半分の銀貨を先に渡して。残りは明け方までに渡してもらえたらそれでいい」

　ブレーメンは少し疑いながら、尿意を装って「人羅」を去った。一計を案じたのだ。ドアを出ると、ブレーメンはちょうど通りかかったイノシシを捕まえて尋ねた。

「君、ちょっと訊きたいことがあるんだけど……、この銀貨は価値があるのかな？」

　緑毛のイノシシは、ブレーメンの手のひらにあるアステカ硬貨を見て笑った。

「ふん……、ふん……、こんながらくた、どうして価値があるとあんた思うんだ？」

　それでブレーメンは、うなずきながら店内に戻った。

「おや、戻ってきたのか？」

　コチョウゲンボウは、風鈴の音で気づいた。

「はい決めました。取引に同意します。半分の銀貨を先に払っておいて、何が欲しいか考えてから、あとで言います」

　コチョウゲンボウはうなずきながら、ブレーメンから銀貨を受け取り、計量カップに入れた。約二百五十ミリリットルの銀貨を計り、それらを正方形の漆塗りの小箱に入れ、カウンターの下にしまった。

「よし、夜が明けるまで待ってるよ、いつでもいいからまた来るがいい」

とコチョウゲンボウは言った。

「あの……、この島で使える通貨を少しもらえませんか?」

ブレーメンは手ぶらのポーズを取った。

「助けると決めたら最後まで助けるさ」

コチョウゲンボウは言って、ポケットから汚くて油っぽいものを取り出した。

「これはスマトラトラの歯だ」

スマトラトラは数十年前に絶滅した。違法な密猟や森林伐採のため、最後の数匹のスマトラトラは、人間の実験室で最後の動物生活を送った。もちろん彼らの遺体は、最終的にこの浮島の一部となった。

ブレーメンはスマトラトラの歯をポケットにしまった。

「ありがとうございます。でもこれは、今からの取引には少なすぎませんか」

「運試しに行ってみな、『楠蠱《なんこ》』という店だ。一が十に、十が百になるかも知れない……。明日には銀貨を売る必要もなくなるかも知れないさ」

ブレーメンは理解した。「楠蠱」とは、おそらくカジノのことだ。

「『楠蠱』にはどうやって行けばいいですか?」

「出て右だ、そして山に向かってまっすぐ進め。最初の分岐点で左の道を進み、次の分岐点で右の道を進むと、『楠蠱』の提灯が見えるはずだ」

「解りました、ありがとうございます」

ブレーメンは店の出口に向かって歩き出した。

「本当にありがとうございました」

出口で振り返ってまた言うと、コチョウゲンボウは羽を振りながらこう言った。

「グッドラック！」

ブレーメンが「人羅」を出て右に行き、ふたつ目の分岐点を右に進むと、コチョウゲンボウが言った通り「楠蠱」の提灯が見えた。

入り口のガラスのドアを押そうとした瞬間、ヒョウが飛び出してきて、ブレーメンは地面に押し倒されるところだった。

アムールヒョウの目は輝き、手を振り、足を踏み鳴らしながら、「儲《もう》かった、儲かった！」と大声で叫びながら、小走りで山道に消えていった。

ブレーメンは「楠蠱」に入った。そこは薄暗く、客をリラックスさせるための音楽が流れ、テーブルがいくつか置かれていた。テーブルのうしろにはセクシーな衣装を身にまとったゴーラル、スプリングボック、そしてクーズーが立っており、彼女たちはディーラーだった。テーブルの前には、興奮した表情で賭《か》けをしている動物たちがいた。

ひとつのテーブルに近づいてみると、そこでは「悪者探し」というゲームが行われていた。逆《さか》さにした四つの茶碗《ちゃわん》、そのうちのひとつに、人間の脊椎《せきつい》骨が隠されている。ディーラーは素早く茶碗を移動させ、客たちは自分の目でどの茶碗の下に脊椎骨が隠されているかを見つける。正解すれば賭け金《かきん》の倍額が返金されるのだ。ブレーメンはこれに参加することにした。

ブレーメンにとってこれは非常に簡単なゲームで、技術的な要素などまったくない。ディーラーの手は確かに速いが、ブレーメンの目からは逃れられない。そのため彼は連勝し、ポケットの中のストラトラの歯の数も二桁になった。

このゲームはかったるい。一度に賭けることができるのは一本の歯だけで、ブレーメンは徐々に忍耐力を失った。もっと大きな賭け金に、高いオッズのゲームを試してみたいと思ったのだ。

しかし、事態はそう甘くはなかった。あちこちのテーブルを渡り歩いた結果、ブレーメンはポケットの歯だけでなく、大きな借りを作ってしまった。警備員のベンガルトラとマレーグマに連れられてオフィスに行くと、ネロ将軍よりも巨大なワニが、手のひらに載せたツバメチドリを撫でていた。

「今おカネがないんですけど、あとで返しますから、ちょっとお借りしてもいいですか？」

ブレーメンは尋ねた。

「夢見がいいね。ここから帰すわけにはいかねぇよ」

とワニは狂暴な表情で言った。

「私はこれを持っています。私を留めることはできないでしょう」

ブレーメンは上着のポケットからネロの印を取り出し、ワニの顔の前に掲げた。

「これはネロの印じゃないか？　こんなものがここで役に立つと思うか？」

ワニは大笑いした。

「たとえネロ本人がここに来たとしても、ここでのルールには、したがわなければならない！」

ブレーメンは、ワニが冗談を言っているわけではないと感じた。先生は生前、動物の墓地では、外の世界で知られているすべてのルールがきかないと教えてくれたことがあった。

「おカネが払えないなら、海水を飲め！」

言ってワニは、机をバンとたたいた。

「それか、ネロの印を担保にしてもいいぞ」

「それはできません。どんなことがあっても、私はネロの印を渡すことはありません」

「それなら、素直に海水を飲め」

ワニは手を振りながら言った。

「ひと晩考える時間をやる。逃げるつもりはないだろうな。よし、ではさっさと行け！」

「楠蠱」を出ると、ブレーメンは全身がだるく、足もともふらついていた。

「どうしようか……、あっ、そうだ」

ブレーメンは思い出した。

「コチョウゲンボウの店で何か選んで、ワニの要求を満たしてやれば……」

考えながら歩いていると、重い何かにぶつかった感じがした。見廻すと、そばに絶滅したはずのクアッガが倒れて、苦しそうに地面を転がっているのが見えた。

「大丈夫ですか？」

同じ種の動物なので、ブレーメンは急いで近づいて支えた。

その時になって気づいた。このクアッガは左の片目しかなく、右目の場所には真っ黒な穴があった。

立ち上がるとクアッガは、ブレーメンの服を掴んで離さず、ブレーメンの右目を指差して、それは自分のものだと言った。ブレーメンは思い出した。昔彼を誘拐して、闇市《やみいち》の外科医師を探し、彼の右目を取って自分の目に移植してもらったことがあった。結果、彼は片目になってしまったのだった。

それでクアッガは今、ブレーメンに賠償を求めてきた。気づくと周りには多くの動物が集まっており、互いにひそひそとささやき合っている。野次馬たちの中には仲裁役を買って出、クアッガのためにブレーメンに賠償金を支払わせ、解決してやろうとする者もいた。ブレーメンは、どうしたらよいのか解らず、最終的にはクアッガや周囲のみなの要求に屈し、賠償に同意し、夜明け前に支払うことになった。

服がみんなに引っ張られた時、ブレーメンのコートに大きな穴が開いた。彼は仕立て屋を見つけ、奥にいた店主の雪ウサギに言った。

「服を修理してもらえますか？」

しかし雪ウサギは、トレンチコートをひと目見て言った。

「こんな小さな仕事、うちはやらないよ」

「手伝ってくれたら、満足のいく報酬をあげるよ」

とブレーメンは言った。すると雪ウサギの目が輝いた。

「本当かい？」

「うん、嘘じゃない」

「それならいいよ、明け方に服を取りにきて」

雪ウサギはブレーメンのトレンチコートを、カウンターの下にしまった。

仕立て屋を出て、ブレーメンは重い気持ちで歩いていった。ぼんやりした気分で歩きながら、通りすぎる動物たちを見つめた。多くの者が、晴れ晴れとした表情をしている。しかしブレーメンの心は、次第に重苦しい気分に支配された。

ブレーメンは歩き出し、占い屋に入った。紫色の頭巾《ずきん》をかぶったフクロウが、低い四角いテーブルのうしろにすわっていた。テーブルの上には水晶玉、タロットカード、そして、太い蠟燭《ろうそく》が置かれていた。

「お客さん、あなたの運命を占ってみましょうか？」

ブレーメンがのろのろ入ってくるのを見て、フクロウは言った。

「今日は本当に、一日中最悪だったよ。やっぱり運命を占ってみるべきだよな」

言ってブレーメンはすわった。

「でも今ぼくには、こんな価値のないものしかありませんけど」

言ってブレーメンは、ポケットからアステカの銀貨を取り出した。

「価値がない？　冗談だろう。アステカの銀貨は、ここでは通貨だよ」

「何⁉」

ブレーメンは、自分がだまされている可能性に気がついた。

「山の下に『人羅』という店があって、店主はコチョウゲンボウで、私は彼に、アステカの銀貨なんて、ここでは何の価値もないと言われましたよ」

「お兄さん、だまされたようだね。あなたが言っているのは、グレイ氏の店ですか？　グレイ氏は、あなたのような新参者をだますのが商売ですよ」

「でも、そりゃあり得ないよ」

とブレーメンは、記憶をたどりながら言った。

「店の前で、ちょうど通りかかったイノシシにも尋ねたんだけど、彼も銀貨は価値がないって言ってたよ」

「そのイノシシ、毛を緑色に染めていたでしょ？」

フクロウは言った。ブレーメンはうなずいた。

「そいつも、グレイ氏のお仲間だよ」

聞いてブレーメンは、自分の頭を前足でぽかぽかたたいた。

「まあでも、彼は私に半升の銀貨でいいと言ったし。彼の店の中に置いてあるものなら、何とでも交換できるらしいから」

「ふふん」

とフクロウは言った。

「彼の店で一番人気がある水晶カンガルーの頭蓋骨を選んだとしても、彼は大儲《おおもう》けする仕組みさ」

「じゃあ、ぼくはどうすればいいんでしょうか？」

ブレーメンは悲しくなって言った。

「『楠蟲』で負けてしまって、ワニがぼくを海に沈めるつもりなんです」

「若者よ」

するとフクロウは、慰めるように言った。

「はじめてここに来る動物は、いつもだまされてしまうものなんだ。だってここは動物の墓場なんだから。それだけじゃないんだろう、全部教えてくれるかい？」

それでブレーメンは、到着してからの経緯を、洗いざらいフクロウの占い師に話した。

「そいつは大変なことになっちゃったね。でも君がぼくに出会えたのは幸運だったよ。ぼくは子供の頃、ロバに助けられたことがあるからね、特にロバが好きなんだ。君のために何か考えてあげよう」

フクロウは言った。

「動物霊園の一角に、神秘的な動物が住んでいる。彼はいつも暗い部屋の一番奥にすわっていて、どこから来たのか誰も知らないけれど、最も知恵のある動物なんだ。彼に解決できない難問はない。夜が更けると、動物霊園の悪者たちでさえ彼のところに行って、さまざまに奇妙な解決方法を聞くんだ。今から彼のところに行って、ぼくの友達だと言ってみたらいい。もしかしたら、彼が助けてくれるかも知れないよ」

2

2333年10月16日、23：30

フクロウ占い師の指示にしたがい、ブレーメンは山を背にした庭園にやってきた。この土地一の賢者だという動物の住まいだ。

庭園は山道の終わりに位置し、いっさいの明かりがない、長く陰鬱《いんうつ》な山道を長々と歩かなくてはならなかった。そのため、道々ブレーメンは自分以外の動物の姿を見ることはなかった。

ブレーメンが庭園の大門に近づくと、「入ってください」という声が聞こえた。

「さすがは神秘的な賢者、門の前にぼくがいるのを知っているなんて、予知能力があるのかな?」

とブレーメンは思った。

門扉を押して中に入ると、庭はそれほど広くはなかった。石畳の道の左右には、ハブカズラ、鳳凰木、イチビなどの植物が植えられ、中央には清らかな池もある。

池には美しくてふくよかな錦鯉《にしきごい》が飼われ、水面が混雑しているように見えた。

小さくて玲瓏《れいろう》な仏壇が、山壁のくぼみにはまっている。仏壇の上に紐がぶら下がっていて、その先には鈴がついている。風が吹くと揺れて涼やかな音が鳴った。

庭の奥には、黒い山に背を向けて建てられたふたつの平屋がある。双方の玄関には厚いカーテンが掛かっており、一方の玄関には数本のモンステラがあった。ブレーメンは、探している賢者はこっちの家にいると確信した。建物の中から、賢者の息遣いが感じられたからだ。

「賢者さま、こんばんは。私は占い師のフクロウ大師に紹介されて参りました。私は現在、いくつかの困難な問題に直面しておりまして……」

ブレーメンは言った。その言葉が終わらないうちに、どこからか賢者の声がした。

「あなたの意図は理解しました。もうひとつの空いている部屋で待っていてください。もう少し遅い時間になると、島中の泥棒や詐欺師《さぎし》、悪党たちがここにやってくるでしょう。試しにあなたは、彼らの言葉を聞いてみてください」

と、歳を重ねたふうの、低い、重厚な声が言った。

ブレーメンはもう少し近づいて何ごとか質問したかったが、中からすでにいびきが聞こえてきた。

賢者が眠っているか、あるいは眠ったふりをしているのか、ブレーメンとの会話を避けたいのか、どれにしてももう一方の部屋に移動するほかなかった。

厚いカーテンを挟んでいるから、外から中の様子は見えない。ブレーメンは、犯罪者たちが来たら、賢者は何を彼らに話すつもりか、何故彼らは賢者を尊敬するのか、そしてこの賢者はいったいどんな動物なのか、興味津々だった。

考えても答えが見つかるはずもないので、ブレーメンはこの二日間で得た、事件の手掛かりを整理しはじめた。

現場にはまだ、見落とされた要素がきっとあるはずだ。芝華士ホテルに戻ったら、再度徹底的に調査する必要がある。尋問した者たちの中で最も疑わしいのは、病床に伏せっていて、本人かどうかを確かめられなかったベラ教授だ。

しかしベラ教授の出現は付随的な偶然で、彼女は、国防大臣鉄頭の超兵器が破壊されたために芝華士ホテルに呼ばれただけだ。もしも超兵器が破壊されなければ、ベラ教授は容疑者になることはなかった。

いや、事実そうだったか――？　ブレーメンは考える。もしかすると、超兵器が破壊されることは必然だったのだろうか？

ブレーメンは、突然身震いした。大使が死亡し、超兵器が破壊されるというふたつの出来事は、実は深く関連しているのかも知れない。

大使の死亡は、人間側に露見すれば、人間と動物との間の戦争を引き起こすことになるだろう。もしもそうなれば、超兵器が破壊されたこちらサイドが不利だ。超兵器の破壊にはそういう意図があるのか。

あるいは、人間側のスパイが超兵器の秘密情報を手に入れようとして失敗し、自己破壊プログラムが強制的に起動されたのか――。

動物王国側の超兵器に関する情報は、あきらかに動物との戦争にとって有利な役割を果たす。この一連の行動は、やはり人間側の画策する、戦争のための動きなのか。

見たところ、戦争派の仕業のように見えるが、よくよく考えれば、これは動物にとって不利なスパイ行為だ。戦争派の中に人間のスパイがひそんでいるのか？　彼女は動物王国で死ぬために送り込まれ、争いを引き起こし、全面戦争を始めるための駒《こま》だったのか。

もしもそうなら、スパイなど必要ではない。超兵器の情報を盗み出し、大使を殺すというふたつの出来事が、実は同じ人物によって行われた可能性がある——、誰によって？　大使自身によってだ。

ブレーメンは以前、ある小説を読んだことがあった。その物語の主人公は、復讐のため、最終兵器として自分自身を使った。

結果から考えると、それは理解できることだ。しかし、そんな行動を起こす人間は、戦争を固く決意しているはずで、平和な生活など意味はない。

ブレーメンは、戦争という言葉がだんだん曖昧になってきていると感じた。彼がまだ幼《おさな》い頃、動物王国と人間との間には終戦や停戦などなく、戦争こそが定まった日常だった。教科書にはそう書かれていた。しかしある日、両者が停戦を宣言すると、人と動物は平和の素晴らしさに気づいた。たとえ冷戦の平和でも、恐怖に充ちた戦争生活と較べれば、遥かによいものだった。

人間大使の死によって、また地獄のような日々が戻ってくるのだろうか？　罪を与えることを望むなら、宣言も言い訳も必要ではない。戦争をするために理由など必要ではない。人間は黙って攻撃してくる。彼らは人間で、私たちはもともとはみじめな動物なのだから。

考え込んでいる間に、表が騒がしくなってきた。声高に何ごとかを訴える者たちは、少なくとも十人はいる。おそらく、この島でも指折りの厄介者たちだろう。

彼らは挨拶の言葉を口にしている。コチョウゲンボウとクアッガの声を、ブレーメンは聞き分けることができた。

挨拶のあと、この者たちは賢者に敬意を表し、その謙虚でうやうやしい態度に、ブレーメンは驚き、感心した。荒々しい連中だと思っていたから、見えない賢者に対してこれほどまでに敬意をはらうとは、思ってもみなかった。

賢者とは、いったいどのような存在なのか。好奇心がブレーメンを駆り立てた。カーテンの一部をそっとめくって、表の様子を見ようとした。

庭園は狭かったが、今や動物たちでいっぱいになっている。月明かりの下に、コチョウゲンボウ、ワニ、クアッガ、服を直してくれる雪ウサギまでいた。

動物たちは一匹ずつ順に、山の市場での詐欺、でたらめ、強引な売買の状況など、自分の成果を賢者に話し、賢者は彼らに自分の意見を伝えた。

「今日、私は一匹の愚かなロバに出会いました」

コチョウゲンボウはロバの話をしている最中、クアッガに蹴られて振り返り、翼の間の趾《あしゆび》を立てて、彼に向かって言った。

「ロバはアステカの銀貨をたくさん持っておりましたから、私はアステカの銀貨がここでは何の価値もないとだまして、銀貨を私に売らせました。そして私の店のものは、何でも選んでいいと申しました」

「それならあなたは、彼に弄《もてあそ》ばれる可能性もありますよ」

と賢者は言った。

「弄ぶ？　どうしてそんなことが可能なんでしょう？」

コチョウゲンボウが叫んだ。

「もし彼が、あなたの水晶カンガルーの頭蓋骨や、ダンクルオステウスの化石を欲しがった場合はどうでしょう？」

「それでも私は儲けておるんです。みんな知ってるだろ？　私の店の商品は、全部価値なんてないニセ物なんだから！」

「では、もし彼が店の空気を全部欲しがったらどうする？」

賢者のひと言が欠陥を指摘し、コチョウゲンボウは、ごまかすことができなくなって沈黙した。自分が敗北したことを悟ったのだ。

「ふん、おまえみたいな下手くそ商人は、いつだってちょろちょろささいな利益を追い求めるだけだ。おまえは無能だ！」

ワニはコチョウゲンボウを叱《しか》りつけ、代わって自分が一歩前に進んだ。

「今日、わしはあの愚かなロバに会いました」

ワニは、振り向いてクアッガを見た。

クアッガは、あきらかに弱い者いじめを恐れ、一歩も動けない。

「あいつはわしのカジノでしこたま負けましたが、やつがお宝を持っているってわしは気づいたんです。みんな信じられないだろうが、やつはネロの印を持っているんだぜ！」

その場にいる動物たちは仰天して、わぁ！　と声をあげた。

「ツケを返してもらう。返せないならネロの印をいただく。さもなければ、海水を飲ませてやるまでさ」

「彼はかなりみじめだけど、まだ君に勝つチャンスを持っていますよ」

賢者が言った。

「ふん、海水を飲むしかないさ」

「そうだね。だが彼が、『海水を飲むことを選ぶけど、海水を口もとまで運んできてくれないと飲めない』と言ったらどうすることもできない。だって君は、海水を運べないのですから」

「それは詭弁《きべん》でございます！」

ワニは怒って叫んだ。

「やつがそんなことを言ったら、首を嚙みちぎってやる！」

ブレーメンは、聞いていて息が停まった。

「ちょっと待って、ここでのルールを忘れちゃいけない」

と一匹のコヨーテが忠告した。

「動物霊園では、言葉でしか戦えないんだ。相手の主張が理にかなっているなら、負けを認めなければならないんだ！」

「そうだ、盗人《ぬすびと》にも三分の理。ごまかすつもりなら、詐欺師とどこが違う？　早くカジノを閉めた方がいい！」

隣りのピューマも応援した。

ワニはまだ少し不満げだったが、ここにいる以上、この場所のルールにしたがわなければならないと悟った。

「次はオレの番だ！」

片目しかないクアッガが、待ちきれずに言った。

「そのロバを見つけたのはオレなんでさ。やつはロバで、オレと同じ科・属に属しているから、彼の右目はオレのものだと言ってやりました。ロバがかつてオレを誘拐して、闇医者に手術をさせ、オレの片目を切り取ったことを思い出したものでね。右目を返さないなら賠償してもらわんとな！」

クアッガは、自慢げに周りを見廻した。

「もし馬鹿なロバでなかったら、この手はまったく役に立たなかった。頭のよいオレが、こんなアイデアを思いついたのはラッキーだったぜ！」

動物たちはクアッガを小馬鹿《こばか》にしていた。

「あ、しかし……、もしも彼があなたとやり合うとしたら、あなたは徹底的にやられるでしょう」

賢者は冷やかに言った。

「あり得ないだろ？　どうやってやり合う？」

「彼はロバだが、固い意志と勇気がある。彼がやると決めたら、あなたは滅亡の危機に瀕《ひん》するだろう」

「なんでです？」

「もしロバが、自分の目があなたのものではないと主張し、彼の右目とあなたの左目を取り出して秤《はかり》に載せて重さを量ると言ったら。同じ重さならばあなたのものであることの証明になる、賠償しなければならないということですが。どう思いますか？」

「目を秤に載せるなんてな、完全に根拠のない話だ！」

さっきのコヨーテが言った。

「それならば、彼は最終的にはひとつの目になり、あなたは永遠に盲目になります！　もし彼がその手を使ってきたら、あなたは受け入れますか？」

賢者はとんでもないことを指摘し、クアッガは自分が負けたことを悟り、黙って退いた。

「今日、私もそのロバに会いましたわ」

と雪ウサギが言い、すぐに自分の声が非常に小さく、聞き取りにくいと気づいて、声を大きくした。

「彼は私に、服を修理して欲しいと頼んできましたの。最初修理する気はなかったけど、彼は必ず満足のいく報酬をくれると言ったから、私は了承したの。儲かったでしょう？　その時が来たら、彼が身につけている貴重品をすべて私に渡させるつもりです。そうしなくっちゃ、私は決して満足しないもの！」

「彼は一銭も払わず、自分の服を持っていってもいい」

と賢者は言った。

「あり得ないことですわ。大金をくれない限り、私は決して満足しないもの！」

「もし彼が、『動物と人間の戦争が終わり、動物たちは大勝利をおさめ、ついに動物たちは、受けるべき尊厳を得た。みんなで勝利を味わえて満足でしょう？』と言ったら、あなたはどう答えますか？もしもあなたが『満足ではない』と答えたら、彼はすぐにあなたを平手打ちします。信じられませんか？」

雪ウサギは、自分も最終的には失敗すると知り、落ち込んで黙り、すわり込んだ。

ブレーメンは隠れて動物たちと賢者の会話を聞き、自分がどうすべきかを知って、安堵した。あくどい連中が次々と賢者の住まいを去っていき、庭は再び静かになった。

「出ておいで」

と賢者はブレーメンに言った。

「早く彼らを探しにいきなさい。明るくなると、ここは客を迎え入れるために閉まりますから」

ブレーメンはカーテンのうしろから現れて、両手を前で交差させ、頭を低くして、モンステラを植えた家の玄関にかしこまって立っていた。

「師匠、あなたはいったいどちらの神さまですか？」

ブレーメンは、まるで生まれ変わったかのようだった。

「ここでぐずぐずしているよりも、早く必要なことをやりなさい」

と賢者は言い、質問には直接答えなかった。

現時点では、いくら訊いても賢者は身もとを明かさないだろうとブレーメンは思って、この神秘的な師匠に何度も感謝を述べ、その場を去った。

ブレーメンは最初に、雪ウサギの仕立て屋にやってきた。

「服を受け取りに来ました」

とブレーメンは言った。

「そうですか。では、報酬をいただけますか？」

雪ウサギは、目から貪欲《どんよく》な視線を滲み出させながら言った。

「もちろんですとも！　動物と人間の戦争は終わりました。動物たちは大勝利をおさめ、ついにわれらが受けるべき尊厳を得ました。みなで勝利の果実を味わいましょう。ご満足ですか？」

「それならば、私は間違いなく満足です」

仕立て屋からトレンチコートを受け取ったブレーメンは、振り返ることなくその場を去った。

「楠蠱」の前で、ブレーメンは地面にすわり込んでもの乞《こ》いをしているクアッガに出会った。

「やっと来たか！　金を払う準備はできたか？　それともオレの目を慰める準備ができているのか？」

クアッガは、興奮してブレーメンに言った。

「まず、あなたはぼくの目が、以前あなたのものであったことを証明しなければなりませんね？」

とブレーメンは言った。

「私は信用を重んじるが、証拠も必要です。私は右目を取り出し、あなたは左目を取り出して、天秤《てんびん》に載せて重さを量ります。もし同じ重さなら、私の目が本当にあなたのものであることが証明されます。いくらでもおカネを払いますよ」

「か、考えさせてくれ……」

クアッガの顔に、驚きの表情が浮かんだ。

今、彼は詐欺をしているのではなく、失明をかけている。

「早くしてくださいよ、私は時間がないんです！」

とブレーメンはうながした。

「人違いだったかも知れないな」

クアッガは降参を選んだ。ブレーメンはそう言う彼を完全に無視し、「楠蟲」のガラスのドアを押して店内に入った。

「兄弟、もう来たか。金はちゃんと持ってきたか？」

ワニは机のうしろにすわり、ウイスキーを飲みながら、無遠慮にブレーメンを見た。

「おカネはありません」

とブレーメンは言った。

「だから海水を飲むことにしますが、海水を口もとまで持ってきてください。でも心配しないで、絶対に飲みます！」

ワニは怒ってグラスを床に投げ、早く出ていくように手を払ってブレーメンに合図した。

「楠蟲」を出たあと、ブレーメンは山をおりて「人羅」に到着した。

「おいでになりましたね、お店の中のものは自由に選んでください」

コチョウゲンボウは、微笑みながらブレーメンに言った。

「この水晶のカンガルーの頭蓋骨は素敵ですよ。あのダンクルオステウスの化石でもいいですよ」

「頭蓋骨も化石もいりません」

ブレーメンは、右手で空中に大きな円を描きながら言った。

「私はお店の中の空気がすべて欲しいんです」

コチョウゲンボウは、ぎくりとしたように一瞬沈黙した。

「それは……、少々むずかしいですね。ほかに何かご希望のものはありませんか？」

「いいえ、ほかのものは必要ありません。私が今言ったものが欲しいだけです」

「それはできません」

ブレーメンは顔をしかめて言った。

「ではどうするか考えてください」

勝利の天秤は、ブレーメン側に大きく傾いていた。コチョウゲンボウは反論できず、先ほどだまし取ったアステカの銀貨をすべて、ブレーメンに返さざるを得なかった。

「人羅」を出たあと、ブレーメンは深く息をついた。

動物霊園は、本当に評判通りに危険な場所で、彼にとってはよい教訓となった。危険な場所でこそ、より価値のある情報が得られるということだ。

月はまだ天空高くに輝き、金星が地平線に現れるまでにはまだ時間がある。この長い夜の間に、ブレーメンにはまだたくさん探りたい事柄《ことがら》がある。

ブレーメンは占い屋にやってきた。フクロウが彼に賢者のことを教えてくれなかったら、おそらく自分は今頃自殺していた。だから、フクロウに対してブレーメンは、強い信頼を抱いていた。

「まだお名前をおうかがいしていませんでした」

とブレーメンは、敬意を込めて尋ねた。

「私の名前は安妮《あんじ》。何を知りたいのですか？」

とフクロウが尋ねた。

「やはり、安妮師匠とお呼びした方がいいでしょうか」

「どうぞ。私は師匠ではありませんが、あなたがそう呼びたいのならとめません」

「安妮師匠、最近の霊長類の失踪について、聞いたことはありますか？」

「霊長類？　サルのことですか？　それともチンパンジーのことですか？」

「サルもいるし、チンパンジーもいる。霊長類はたくさんいる、ボノボ、ヒグマザル、ニホンザル、フタイロタマリン……」

「動物売買ですか？　でも霊長類は奴隷には適していません、知能が高すぎるからです」

「希少動物の取引でしょうか？」

ブレーメンは尋ねた。

安妮は、左の翼で顎を撫でながら言った。

「確かに動物霊園では時おり、珍しい動物の地下取引が行われることがありますが、ほとんどは人間に売られます。しかし、一般的には非常に小規模な取引であり、あなたが言うような、大量で多種多様な取引はまずありません。つまり動物霊園でも、このような取引は、動物たちにとって許せないものです。考えてもみてください、人間から利益を得るために自分たちの仲間を売り渡すことは、どのような動物でも許容できることではありません。このような行為は、最も卑劣な裏切りであり、道徳心を失った動物にしかできません」

「解りました。つまりこれらの動物の行方と動物霊園とは、何の関係もないということですね」

「そうです。何の関係もないはずです」

「それらの行方不明の霊長類は、どこに行ったのでしょうか？」

「おそらく、まだ動物城にいると思います」

安妮は言った。

「ふうん……。ではもうひとつの質問ですが、オレオ党という組織を聞いたことがありますか？」

安妮は、もう一方の翼で下顎《かがく》を撫でた。

「オレオ党？　なんとなく聞いたことがあるような……」

「よく考えてみてください」

「彼らについて、情報を聞いたことがあります。彼らは秘密結社で、厳格な入会制度を持っており、何かを計画しているようです。動物霊園にも、彼らのメンバーがいると言われています……」

「誰ですか？」

ブレーメンは焦って尋ねた。

「私が考えている時は、邪魔をしないで……」

「ごめんなさい、師匠」

ブレーメンに中断され、再び思索を始めようとして、安妮はかなりの時間を要した。

「思い出しました。それはジャイアント・テグというトカゲですが、私は彼とは知り合いではありません」

「こっちへ来た時、そのトカゲをちらと見かけました。もしかしたら彼に話を聞く機会があるかも知れません」

ブレーメンは言った。

「彼は何も話さないと思いますよ」

安妮師匠は言う。

「オレオ党は、人間をどのように思っていますか？　彼らは極端な反人間主義者たちなのでしょうか？」

「それについてはよく解りません。何故また人間の話になるのです？　あなたが調査しているのは、具体的にどのような事件なのですか？」

安妮師匠は、理解できないという表情を浮かべた。

「師匠、外の世界では非常に重大な事件が起きています。それは動物王国と人間の世界の存続、生死に関わるもので、こちらでも耳に入ってきたかどうか知りたいのですが」

ブレーメンは真剣に尋ねた。

師匠は、三重の瞼を閉じてからパッチリと開けた。

「まったく聞いたことがありません。どのような事件ですか？」

「もしもはじめて聞く話でしたら、すいません、詳しい情報をお話しすることはできません。これは重大機密なんです」

「解りました。話したくないなら、それでもかまいません。しかし、それでは私がどのようにお手伝いできるでしょう。本当にお手伝いできればと思っていますが」

瞳に映る相手の誠意を、ブレーメンは感じ取った。

しばらく考えたあと、ブレーメンはポケットから写真を取り出した。

「あなたを信じます」

とブレーメンは言った。

「あなたの助けが必要です。ただし、これは非常に深刻な事件です。絶対に口外しないでください、誰に対してもです」

ブレーメンは事件の概要を師匠に話したが、大使の殺害については触れなかった。なにしろ彼は、ネロ将軍に秘密を守ると約束したのだ。ただ師匠には、大使の暗殺計画があることだけを伝えた。彼女はこの事件がどれほど重大なものかを知ると、丸い目をこぼれるほどに見開いた。もし彼女が大使が亡くなったことを知ったら、おそらく目玉が飛び出してしまったろう。

ブレーメンは詳細をあまり説明しなかった。それは、詳細を憶えていないのではなく、事件解決にあまり関係がないと考えていたからだ。写真に写っている人物のうちに、動物霊園で最近怪しい行動をしていた動物がいないか、もしいるならそれは誰かを見つけてもらうだけで充分だと考えていた。

ブレーメンは写真を渡し、秘密にすることを何度も念押しした。

「これは……」

師匠は頭を左右に振りながらつぶやいた。

「みんな重要人物ですね……」

「人間の大使が、わが動物城を訪れた時の記念写真です。だからこれだけのメンバーが集まりました。彼らを知っているんですか？」

「いや、一部です。これはビルですか？　彼を知った時、私はまだ子供でしたが、今はどうなっているか……」

「安全大臣です」

ブレーメンが答えた。

「ふん、安全大臣ね、誰を安全にできるの？」

ブレーメンは困ったように笑った。ビルの評判は、どうやら今ひとつのようだ。

「これはロンロン？　彼が以前、動物霊園で何をしていたか知っていますか？」

ロンロンを指差して、師匠は言った。ロンロンはヒョウで、現在財務大臣を務めている。

ブレーメンは首を横に振り、この大臣たちがどんな過去を持っているのか、自分はよく知らないのだと言った。

「いったい何が起こったの？　これは遊びじゃないでしょう？」

「彼女が人間の大使です」

ブレーメンは大使を示した。

「人間の大使に対する、何かしらの不正行為が存在することが疑われて、ぼくが呼ばれました。もう一匹の探偵の、ポチも呼ばれました」

とブレーメンは言った。

「ポチ？　それは面白い。かつて私たちはとても仲よしでした」

と師匠は感慨深げに言った。

「でも彼が有名になってからは、もう連絡がありません。前はよく人間が作ったおもちゃで遊んであげたものです。本当に長い時がすぎてしまったわ」

と言ってから、再び手元の写真に目を移した。そして彼女は、羽の先で写真の大使を撫でた。

「一人の人間として、彼女は本当に美しい女性です。人間の世界では、美には大きな力があります。解りますか？　だから彼女は、自分の行いの危険性を考えていたかも知れませんね。あるいは、考えていなかったかも知れませんが。そんなこと、いったい誰が解るというのでしょう？」

ささやくような彼女の言葉を、ブレーメンは懸命に理解しようと努《つと》めながら聞いていた。

「私たちの仲間にも、美しい女の子がいます……」

師匠の羽の先が滑り、純子さんの顔の上で停まった。

「どうしましたか？」

ブレーメンはちょっと驚き、言った。師匠が何かに気づいたようだった。

「この女の子、私はここで彼女に会ったことがあるの」

「彼女を見たことがあるんですか？」

ブレーメンは尋ねた。

「はい、絶対に。あなたも解るでしょう？　彼女はとても美しいです。一度見たら忘れられないような、とても美しいトナカイです」

「ここに何しに来たのですか？　彼女は」

「何度もあります。彼女は何度も来ました」

安妮師匠は考え込み、懸命に思い出そうとしているようだった。ブレーメンは、邪魔をしないように沈黙した。

その時間を、ブレーメンはひどく長く感じた。待っている時間のうちに、純子がいったい何をしにこの島に来たのか、知りたくてたまらなくなった。純子は何か秘密を抱えている。ブレーメンはずっとそう感じている。その秘密は、大使の死と関連するものだろうか——？

「思い出しました！」

と言って、彼女は羽をパタパタとさせた。

「早く教えてください」

待ちきれず、ブレーメンは言った。

「彼女には三回会ったことがあります。もっと来ている可能性もあります。彼女は、主にグレイ氏の店を訪ねるためにここに来るのですが、私のところにも一度だけ来て、占いました。彼女が当時私にした質問は……」

ブレーメンは興奮して、心臓が喉もとまでせり上がってきた。

「はい、質問は？」

「自分は、結婚すべきかどうか、ということです」

ブレーメンはつんのめった。

「えーっ！　そんな質問、ものすごく普通じゃないですか？」

もっと特殊な質問かと期待していた。街を歩いている普通の女の子がする質問だ。ブレーメンはがっかりした。

「その質問を彼女がすることに、理由があるのです」

ブレーメンは黙った。たいした理由があるとも思えなかったからだ。

「彼女は、オスとして生まれついていたからです。のちに、手術によってメスになったのです」

「ええっ！」

ブレーメンは仰天した。それはまるで予想しなかった。

「落ち着いて。今私が問題にするのは、そんなことや、質問じゃなくて、その時に彼女がつけていたイヤリングなのよ。憶えているわ、彼女はとても精巧な、プラチナの縁取りの琥珀《こはく》のイヤリングをつけていたの。それを、ずっと周りに見せびらかすふうだった。だから私もほめてあげたら、彼女は悲しそうな顔になってこう言ったの。『このイヤリングはとても好きなんだけど、すぐに私のものじゃなくなるの。今は一時的につけているだけで、あとでグレイ氏に売るの』と」

ブレーメンは、呼吸も停めて聞き入っていた。

「何故好きなのにずっとつけないのかと私が尋ねたら、彼女は、『それは私が盗んだものだから』と言ったの。『盗んだものは、みんなここに持ってきて、グレイ氏に売るのよ』と」

ブレーメンの息は停まってしまった。随分しばらくして、ようやく回復してこう言った。

「外務大臣の妻が泥棒だった⁉」

第六章　芝華士ホテル

1

2333年10月17日、7:00

ひと晩中をかけた重労働のあと、ブレーメンは朝早く、芝華士ホテルに戻ってきた。

疲れた体を引きずりながら、まるで炎天下の長旅を続けた者が木陰《こかげ》を見つけた時のように、ほっとひと息をついた。張り詰めていた気持ちから解放され、心底ぐったりという気分だった。

通行証をドアマンに提示しておいて、歩きながら考えごとを続けた。動物霊園と外界は、まるで別世界だった。自称シャーロック・ホームズの頭脳と、サム・スペードの体格を持つ自分でも、どんな危険に巻き込まれるか知れたものではなかった。

実際今回の霊園闇市への旅は危険だった。少なからぬ情報を手に入れはしたが、期待したほどの助けにはならなかった。

霊長類の失踪事件は、動物霊園とは無関係にしても、大使の死とは関連があるのだろうか？　はっきりとしたことはまだ何も言えない。

いかにも怪しいオレオ党も、大使死亡との関連性はまだ見出《みいだ》せていない。人間大使は、戦争派と和平派の争いの犠牲になったのか、それとも彼女の死には別の理由があるのか？

最も驚いたことは、外務大臣セラジョンの妻である美しい純子が、実は昔、オスとして生まれていたということだ。もしもメディアがこの事実を知ったなら、間違いなくウィークリー・ニュースの一面トップになることだろう。そうして、動物城は話題沸騰になる。

けれど一週間後には別の有名人のゴシップがそれに取って代わり、動物たちは次第に純子のことを忘れていく。大使のことも同様だろう。たとえ大使の死が一般に知られたにしても、数日間の話題になるだけだ。戦争や災害だけが、動物たちの心に永遠の烙印《らくいん》を押す。個人レベルの情報は数日の命、ゴシップなんて、あまり役に立たない情報だ。

そんなことより、ブレーメンを助けてくれた謎《なぞ》の賢者が興味深い。ブレーメンはこれまで、あんな動物に出会ったことがなかった。知恵を持つ賢者は、神話や文学作品の中にしか存在しないと思っていた。

彼らの出現は、いつも物語の主人公が、迷路から抜け出す手助けをするためだが、彼らがどこから来たのかは誰も知らない。彼らはまるで神の使者のようで、いつ現れても、いつ消えても、常に神秘的なベールに包まれて、一般の者たちと距離を保つ。

彼らはいったいどこから来たのだろう？　いったいどんな動物なのだろう？

そんなことを考えながら、ブレーメンは自分の部屋に戻った。とても疲れていたから、疲労で震えながらドアを開けた。

部屋に倒れ込む寸前、柔らかくベタベタしたものが、彼の胸に弾丸のように飛び込んできた。

「ブレーメン、どこに行ってたの？」

泣き声だった。顔を見なくても、アグアだと解った。

「どれだけ心配していたか解ってる？　行方不明になったと思ったけど、考えてみたら霊長類じゃなく、ただのロバだから、今行方不明になる理由はないよね。だけどぼくは……」

アグアは、心底心配そうな顔をしていた。

「大丈夫、平気だよアグア」

とブレーメンは言った。

「どこが平気なの？　おや、背中の毛が少し抜けているみたい！　大変だ、ひづめも少しすり減っている！　それに君……」

ブレーメンがベルを押すと、すぐにホテルマンが彼の前に、大きなグラスに入った青草ジュースを運んできた。ブレーメンが一気に飲み干すと、涼しい感覚が喉から全身に広がって、たちまちにして元気が戻ってきた。

「もう一杯お願いします」

そう言うと、ホテルマンは急いでドリンクをもう一杯持ってきた。

「ぼくのことはあとで話すよ」

ブレーメンはアグアに向き直って言った。自分の調査結果よりも、アグアの成果に興味があったからだ。

「調査はどう？」

「驚くべき発見をしたよ！」

訊くとアグアは大声を出し、ブレーメンに向かってウインクした。

よかった、とブレーメンは心の中でつぶやいたが、あまり興奮してはいなかった。

二杯目の青草ジュースを飲み終えたブレーメンは、気持ちよくソファに横たわった。動物霊園での冒険のあとでは、ソファさえも天国のようだ。

「アグア、調査結果を教えてくれる？」

言うと、アグアはひとつ咳払いをして、キラキラと輝く目でブレーメンを見つめながら言った。

「プリン博士とボディガードのジボを調査したよ。プリン博士とジボの話、どっちを先に聞きたい？」

「じゃあ、まずはプリン博士の話をしてくれるかい？」

元気いっぱいのアグアを見て、ブレーメンは、自分が普通の世界に戻ったことを知った。

「やっぱりジボの話を先にしようかな。プリン博士の話の方が面白いから、あとで話すつもりだったんだ」

アグアは、ブレーメンと対立するかのように言った。

じゃあなんで訊いたんだよとブレーメンは言いたかったが、もうアグアと口論する元気もなかった。そのため彼はうなずいて、アグアに好きなように話してもらった。

「一昨日、ぼくらがジボを尋問した時、大使は決して彼をそばに寄せつけず、ドアの外に立っていることさえ許されなかった、と言っていたよね。ぼくはこれに疑問を抱いたんだ。人間は本当に動物を嫌っているのかな？　自分の身の安全を守ってくれる仕事の者に対してさえも、そんなふうに悪意を持つものなのかな？　それで、スタッフに訊いてみたんだ。そうしたら、ジボは嘘をついていなかった。大使は彼を、決して自分の部屋に入れなかったんだ」

「もし大使が、ジボをそばに置いて守らせていたら、今度の事件は起こらなかっただろう」

「そう、起こらなかった。でも、ジボの方も誠実ではなかったんだ。彼はある事実を隠していたのさ」

「何のこと？　何を隠していたの？」

ブレーメンは驚き、がぜん興味を持った。

「事件が起きた日の午後、ジボは勝手に外出していたんだ。このことを彼は、ぼくらに言っていなかった」

「外出していたって？　それは、きっと何かあるね。彼が外出した目的は何？」

「実は昨日、プリン博士の調査に出かける予定だったんだけど、たまたまジボがホテルを出ていくのを見かけたんだ。何か重大な用事なのかなと思って、ぼくは彼を密《ひそ》かに尾行した。ジボは超一流のボディガードなんだけど、ぼくの尾行には気づかなかったよ」

ブレーメンは、アグアの話を真剣に聞いていた。だから、かたずを呑んで続く説明を待っていた。けれどアグアは、変な間を置いて、じっとブレーメンの顔を見つめた。

「彼はどこに行ったの？　早く教えてよ！」

我慢できなくなって、ブレーメンは大声を出した。

「ふん、ぼくは話のリズムを大切にするつもりだったんだよ！」

ブレーメンに怒鳴られて、アグアは不機嫌に言った。

「話のリズムについては解った。悪かった、でも今は、話のリズムについて議論する時じゃないよな」

とブレーメンも不機嫌になって言った。

「ジボは泰坦区の好得快《こうとくかい》病院に入っていったんだ。もちろんついて入ったけど、看護師に見つかってぼくは追い出されたよ」

好得快病院なら、ブレーメンもよく知っている。一般市民の動物のための公立病院で、五千匹以上の従業員と、二千床のベッドを持ち、動物城にあって、最も忙しい病院だ。

郊外の泰坦区に建てられたため、病院は非常に広い敷地《しきち》を持っている。興味深いことに、その広々としたスペースを活用することで、政府は効率を向上させることができると考えていた。そのため、大型動物たちのための診療エリアだけでなく、巨大動物、また草食動物や、雑食系の霊長類、齧歯類《げっしるい》のためのさまざまなサイズのベッドや病室のエリアも用意されている。総じて言えば、動物城で最も大きく、最も一般的な公立総合病院といえる。

「それじゃあ、何も見られなかったの？」

とブレーメンは尋ねた。

「そうじゃない、そうじゃないよ。ドアの隙間から見たさ。少なくとも、ジボが誰に会いにいったのかは解った。彼は一匹の、小さなゾウのお見舞いにいったんだ」

アグアは頭を振りながら言った。

「そのゾウは小さくて、とても虚弱そうで、看護師によると、前日手術を終えたばかりで、家族でさえ、今はあまり面会が許されないって。一昨日が手術だったのなら、もしかしたらジボも病院に来ていたのかも知れないね。試しに尋ねてみたら、ある一匹の患者が、一昨日の午後五時頃にジボが病院に来ていたと教えてくれた。午後五時といえば、大使が亡くなった可能性のある時間帯だよね？　だからジボはきっと、自分が職務を放棄していたことを言えなかったんだ。もしこれが発覚したら、もう誰も彼をボディガードに雇わないだろ。だからぼくたちが……」

ブレーメンは、アグアの言いたいことを理解した。

大使の死亡時間帯に、ジボがこっそり外出していたことがもしも報道されたら、彼は即刻処分と追責を受けることになる。彼はボディガードとして、どんな理由があっても職場を離れるべきではなかった。相手は、人間世界から派遣された特命大使なのだ。歴史的大事件になる。

けれど大使は、どうした理由からか、ジボの身辺警護を拒否していた。だからジボは、持ち場を離れやすかったろう。

「ジボがその小さなゾウに会えたのなら、その患者はジボの近親者だね」

「そうみたいだった」

そうは言っても、彼が大使をガードすべき時間帯に、こっそりと病院に親族を見舞いにいっていたことが知られ、その間に大使が亡くなってしまったという場合、彼の職業生涯は終わってしまう。警備員や守衛たちはジボの部下だから、彼らがそのことについて黙っているのは上司を守るためだ。ブレーメンは、彼らの気持ちや行動を理解することができた。

そしてアグアもまた、心優しい小さなカエルだ。彼もきっと、ジボがこのまま終わってしまうことを望んでいないのだろう。

「お見舞いにいっていたのか。どうってことないのにさ、どうしてぼくらに言ってくれなかったんだろう。職務怠慢したまさにその時間に、大事件が発生してしまったからだよな。署長に知らせるかどうかは、真犯人を見つけてから決めよう」

ブレーメンが言うと、アグアはうなずいた。彼は、ブレーメンが自分の考えを理解してくれたことに安堵している。

「ジボの話はまたあとで」

「じゃあプリン医師は？」

ブレーメンが訊いた。

「プリン医師？　そりゃあすごいよ！」

アグアは得意そうな笑顔を浮かべ、勢い込んで、プリン医師に関する調査結果をブレーメンに話しはじめた。

プリン医師が所属する病院は、ハニーポットという名の私立病院だった。事件当日、ジボが近親者の見舞いにいったという病院から、それほど離れていない場所にあって、だからジボを尾行したあと、アグアはハニーポット病院に廻ったという。

この病院は泰坦区のはずれに位置していて、外観は小さく見えるが、豪華で風格がある。メインロビーの中央には、蜂蜜の壺のかたちをした大きな鐘がある。それは純金で作られていると言われている。

アグアはこれほど高級な病院を見たことがなかった。何故純金のモニュメントを病院のロビーなんかに置くのか、通りすがりのこそ泥が、小刀で金を削り取ることを心配しないでいいのか、と彼は思ったらしい。

けれどアグアが思いもよらなかったことに、この病院に来る患者たちは、純金だろうが宝石だろうが、全然気にしないということだった。

アグアは病院のロビーに入った。広々として明るく、ひっそりとしていた。公立病院のロビーとは違って、混雑していない。

ほとんど動物がいないので、アグアはとても不思議に思った。患者がいないのに、相当な投資をしているらしい病院が、いったいどのようにして経営上生き残っているのか、不思議だった。

ロビーは天井高が十数メートルもあり、その上にはクリスタルのシャンデリアがさがっている。ロビーの左側には、一枚の大理石で作られた受付カウンターがある。大理石の模様は非常に特別で、まるで駆ける駿馬《しゅんめ》のようだ。もし天然のものなら、まさに奇跡だ。

受付カウンターの向こう側には、魅力的な容姿のウサギのお嬢さんが心から微笑んでいる。

「こんにちは」

とアグアは近づいて言った。

挨拶の声だけを聞いて、ウサギは左から右へ、また右から左へと見廻したが、声の主を見つけることができず、驚きながら、

「こんにちは」

と返した。

「こんにちは」

「誰？」

ウサギは少し怒って、椅子の上に飛び上がった。すると、小さなカエルが大理石の受付カウンター

の手前で彼女を見つめているのが見えた。彼は頭が小さすぎるため、完全にカウンターに隠れてしまっていたのだ。

ウサギは、一瞬で職業的笑顔を取り戻した。

「こんにちは、何かご用ですか？」

「すみません、プリン先生はいますか？」

ウサギの長くてカールしたまつげがわずかに震え、それが魅力的でアグアは、少し気恥ずかしさを感じた。

「院長をお探しですか、ご予約はされていますか？」

「していません」

「それではむずかしいですね、院長は連日忙しいのです」

ウサギは、アグアが病院の顧客ではないことに気がついたのか、緊張していた糸がゆるみ、片手を頭に添え、のんびりと目を細めてアグアを見た。

「実は、彼女が今ここにいるかどうかを知りたいだけなんです」

とアグアは、一生懸命に説明した。

「お答えいたしかねます。院長の予定は、私には解りません」

とウサギは適当に答えた。

ハニーポット病院には毎日たくさんの人々が訪れ、プリン院長に会いたいと言うらしい。病気の治療や業務連絡のためかも知れないし、何か別の理由かも知れなかった。

プリン院長のスケジュールは本当に忙しそうで、ウサギはただの受付係で、アグアが助けを求める相手ではなさそうだった。アグアは自力でプリン医師を探すしかなかった。

受付のカウンターを離れると、ロビーに貼ってあるフロアマップを見つけた。院長室は二階だ。ただし、マップには院長室が二階にあると書かれているだけで、具体的な場所は示されていない。

エレベーターに乗らずに階段を使って、アグアは二階にやってきた。体が小さいため、ほとんどの動物に気づかれることはなかった。

ここは本当に広いな！　二階を散策しながらアグアは思った。突然、彼はふわふわした姿を見つけた。豊満でふわふわした姿、それはまさにプリン医師！

棚からぼたもちとはこのことだ。興奮したアグアは、プリン医師をつけて「院長室」と書かれた部屋の前までやってきた。医師はその部屋に入っていったが、考えた末、アグアはドアをノックせず、外で静かに待つことにした。

窓の外に名前を知らない木があり、待ちながらアグアは、退屈なので枝を離れて落ちる葉の数を数えていた。長い長い時間になり、木からすでに四十二枚目の葉が落ちた。しかし、彼女はまだ部屋から出てこない。アグアはいらいらしてしまって、作戦を変更、院長室内を探る冒険の決行を決めた。

そっとドアノブを回してみたが、ドアは内側からロックされている。それでアグアは、別の入り口を探した。丹念に探るうちに、ついにアグアは、通気窓の中に人間の拳ほどの穴を見つけた。この穴は、泰坦区の巨漢にとってはただの通気孔だが、アグアにとってはまさに「韓松《かんしょう》の洞窟《どうくつ》」だった。

彼は簡単にそこをくぐり抜けた。

院長室の中の光景に、アグアは驚いた――。

とここまで話してきて、アグアは突然話をやめた。

彼は目の前のテーブルに飛び乗り、往復跳びしながらブレーメンを挑発した。

「おいアグア、何が起こった？　また語りのリズムの問題か？」

ブレーメンはうんざりして訊いた。アグアの突然の行動に怒りが込み上げた。

「ふんっ、君は我慢がないいな！」

大声でアグアは叫び、

「教えてやるよ、プリン博士が消えたんだ！」

と言った。

「消えた？　消えたって？　空中に消えたって言ってるの？」

「そう、オフィスをひと通り探したけど、全然見つからなかった。彼女が二階から飛びおりるわけもないし……」

「院長が自殺するわけはないよね……、確かにおかしいね」

「中に少しいたんだけど、見つかるのが怖くてね、早々に出てきちゃった」

「君が通気孔から部屋に入った時、すでに医師はいなかったんだね？」

「そうだよ。出てきてからも、ぼくは院長室の前で待ってたんだ。でもずっと待っているうちに、エアコンの暖房がむんむん吹いてきて、肌が乾いてきたし、暑くて眠くなっちゃって。その時、突然足音が近づいてきたから、急いで隠れたんだ。誰が来たか当ててみて」

「誰が来たの？」

ブレーメンは考えずに尋ねた。

「変な動物だよ、ふくよかで丸々とした体型で、目の周りが黒くて……、あんな動物、ぼくは見たことなかったな」

「パンダ⁉」

ブレーメンは目を輝かせて言った。

パンダは非常に珍しい動物で、数が少ないから、アグアはまだパンダを見る機会がなかった。

「そう、まさにパンダだ。ああ、ぼくははじめて見たよ！　変な動物だね。パンダが院長室に入っていって、中から会話が聞こえてきたんだ。飛び上がって中を見たら、今度はプリン医師がいたんだ！

本当に不思議だよ」

　アグアは言った。ブレーメンは反応せず、じっと考え込んでいた。

「会話の内容は、ただの世間話をしているだけだった。しばらく聞いていたら、彼らの関係が解ったよ。パンダの名前はアバオで、プリン医師の従兄弟《いとこ》。でも彼らの関係は、あまり円満ではないようで、話しているうちに喧嘩《けんか》になった」

「何を理由に喧嘩していたの？」

「プリン医師がアバオに、しょうもない動物とはつき合わないようにと言ったんだ。だけど、アバオがまるできかなかったんだ。彼が何か、危険な組織に加わったって言っているような気もした、よく聞き取れなかったけど」

「どんな組織？」

「多分マルチ商法とかじゃなかったかな。彼女らは会ったらすぐに喧嘩を始めて、アバオは怒って帰ってしまったから、詳しい事情は解らなかったよ」

　ここまで話したあと、アグアは悲しそうに頭を下げるふりをしたが、ブレーメンはすぐに彼が演技をしていることに気がついた。

「アグア、演技しなくていいよ。君はこのパンダを尾行したんでしょ？」

　とブレーメンは尋ねた。

「へへへ、とぼけようかと思ったんだけど、一発で見破られちゃったな！　ぼくのような賢いカエルは、もちろん彼を調査しにいったよ」

　アグアは得意そうに、頭を高く上げた。

「ホテルのスタッフが言っていたでしょう？　大使が亡くなった午後、パンダがホテルに来たと。今パンダが現れたんだからさ、きっと偶然じゃないと思ってさ！」

「君の言う通りだアグア、君はなんて優秀なんだ。で、彼に気づかれずについていけたのかい？」

「ブレーメン、ぼくを侮るなよ！　このパンダはお馬鹿さんで、ぼくは自分を隠す必要もなく彼をつけることができたんだ。彼は全然ぼくに気づいていなかったよ」

「ふうん」

「アバオをずっと尾行していくと、彼は泰坦区を離れ、鈴鐺区に入った。彼の挙動はいかにも怪しくて、とある小道に入り、迷路のように曲がりくねった道を長いこと歩いた。そして最終的には、荒れ果てた一帯にたどり着いたんだ。その地区はいたるところに壁画が描かれていてね、ストリート・アーティストが集まる場所のようだった。

壁画のいくつかは具体的な意味を持っていたが、それ以外は線や色のブロックを使っていて、具体的な意味は持っていない。一面がカラフルな渦巻きで覆われていたり、ストライプで覆われていたり。また大小さまざまな、カラフルなドットで埋まっている場所もあった。

ぼくは彼に近づくことができなかったから、アバオとぼくの間は、二十メートル以上の距離があった。ふと、アバオが立ち停まった。アバオが壁の前にじっと立っているのを見て、ぼくはなんだか笑えると思ったんだ。

そしてその直後、ぼくは気づいて驚いた。壁に向かってアバオは、ぶつぶつ独《ひと》り言《ごと》を言っているんだ。次第に手を振り、唾《つば》を飛ばしながら、彼は大声になった。何かを真剣に言いつのっているんだけど、何を言っているのかは距離があるので解らない。芸術家らしい気配だけど、彼は芸術家じゃない。

このパンダ、頭がちょっとおかしいのか？　とぼくは心の中で思いながら、数歩うしろにさがった。そしてさがったまま、じっとパンダを見ていた。

何分か経って、アバオが壁を離れてぼくの方に向かってきた。ぼくはすぐに隠れた。この一族は変だ、消えたり、空気と会話したり、本当におかしい、ぼくは心の中でそう思ったよ。

狭い道を、アバオは体をゆさゆさせながら通り抜けていく。むろんぼくはずっと尾行した。ホテルの近くのフードコートの店で、彼は三十籠《かご》の中華まんを一気に食べて、それから、新しくオープンしたアイスクリーム屋の前に行って、今度は竹味のアイスを十個食べた。

ぼくは、口あんぐりになったよ。奇妙な行動だけじゃなくて、アバオの食欲は真《まこと》に驚くべきものだった。これなら、あれだけ太っているのもうなずけるよ。

最後にアバオは団子屋にも行きたいと思ったようだが、財布を開いてみて、おカネが足りなかったらしくてね、店の入り口で財布を握りしめてよだれを垂らしていた。とても落胆しているように見えたな、すごく気の毒だったよ。

ここはすごいチャンスだと、その時にぼくは直感したんだ。そこでぼくはこのチャンスを見逃さず、思い切った行動に出ることにした」

「ほう！」

とブレーメンは感心して言った。

「『こんにちは。ぼくはアグアと申します。あなたのお名前は？　団子がお好きなんですか？』

するとと彼は、こう返事をしてくれた。

『こんにちはアグア。私はアバオです』

それでぼくは、にっこり笑ってこう言ったんだ。

『ぼく、一匹で来たんですけど、今日は二匹で行くと半額になる日なんです。一緒に食べにいきませんか、おカネが節約できますよ！』

『でも……』

するとアバオは迷う表情になって、からっぽの財布をぼくに見せながらこう言ったんだ。

『おカネ全部使っちゃったんだ』

大丈夫ですよ、ぼくがおごりますから。ぼくはずっとパンダに会ってみたかったんです。今日出会えて嬉しい！　そう言ってぼくは、アバオを店内に引っ張り込んだんだ。

アバオは二十数串の団子を食べたあと、竹葉青酒を二本飲んで、目もとが怪しくなってきた。でも彼がまだ満腹ではない様子を見て、ぼくは自分が破産するんじゃないかと心配になったよ。アバオと一緒に食事をするってことは、ほとんどアバオ一匹用の食事会で、ぼくはというと、彼の二十分の一も食べることができなかった。

そこで、ぼくは急いでアバオに話しかけた。

『あなたはすごいですね。今どんなお仕事をしているんですか？』

すると彼はこう言ったんだ。

『今、私のことをすごいと言ったの？　本当に私がすごいと思うの？　私はどこがすごいの？』

アバオは興奮しながらそう言ったよ。

ぼくは懸命に考えて、そう言った。

『あなた、あなた、あなたはとても……、うーん、颯爽として、大きくて力強いです』

ぼくは懸命に考えて、そう言った。するとと彼は感激していた。

『素晴らしい！　あなたは真の理解者だ。私の家族は、全然そうは思っていない。私は無学で、何もできないとずっと思っているんだ。特に私の従兄弟、彼女はどこの病院の院長だか知らないけど、自分が医者であることを天から授かった勲章のように思っていて、病気を治療して人を救うことが、すごいことだって、心の底から信じている。私から見たら、そんなの、それほどすごいことではないと思うんだけど……。私がやっていることの方がずっと偉大な事業なんだ。いつか彼女よりも、私が偉くなる日が来るだろう』

アバオは真剣にそう言ったんだ。

『アバオ兄さん、ぼくは信じますよ、あなたが病気を治すよりも偉大な仕事をしているって。どんな偉大なことをしているのか、ぼくに教えてもらえますか？』

とぼくは急いで言った。

『正直に言いますよ』

するとパンダは言ったんだ。

『君は素晴らしいカエルだけど、私にとってはまだ完全じゃない。それは君が生まれ変わる時に選択を間違えたせいなんだ。ああ、そうでなければ私の組織に参加できたのになぁ！』

それでぼくは言った。

『え？　何故ぼくが参加できないのですか？　あなたたちの組織って、いったいどんなものなんです？』

するとアバオは秘密めかしてこう言ったよ。

『たとえ私らが大親友でも、それは言えないよ』

で、ぼくは言った。

『ああ、なんて残念なんだ。もし一緒にお仕事ができたら、ぼくの人生はバラ色だったのに。ウェイターさん、この偉大なアバオ兄さんに青草串を十本と、竹葉青酒をもう一本お願い！』

そしてぼくは、すごく落ち込んだふうを装ったんだ。

彼は、ぼくがそんなに自分をほめてくれるうえに、気前よく追加注文をしてくれるのを見て、とっても心を動かされていたよ。

『どういう組織かは言えないけど、私たちの組織は、非常に優れた才能の集まりだってことくらいは言えるな！』

彼が言うから、

『それは素晴らしいですね、アバオ兄さんと一緒に働く人たちは、間違いなく優れた動物たちです！』

ぼくは言った。そしたら、

『そうだ、本当に優れているんだ。あらゆる業界のエリートが揃っている』

そしてアバオは周りを見廻し、突然声を落とし、大きな顔をぼくに近づけてきた。そしてこうささやくのさ。

『だって、政府の高官もいるんだぜ』

話しているうちに、アバオは携帯電話を取り出し、ぼくに写真を見せはじめた。組織の仲間たちと撮った記念写真だと言っていた。アバオの動作は素早くて、一枚をほんの数秒だけ見せるんだ、ちら、はい次、ちら、はい次って感じさ。写真には優れた科学者のシャチのションション、有名な建築家のアリクイのベイさん、そして、大衆から愛されているコメディアンのペンギンのトンが写っていたよ。ほんの一瞬のうちにぼくはそう判断し、記憶したんだ、ここにね」

アグアは言って、自分の頭を指先でトントンとたたいた。

それから、アグアは自分の財布を取り出し、ブレーメンに手渡した。そして不平の口調で言う。

「見てよ財布。これだけの調査に、おカネを全部使っちゃった。でも収穫はあったでしょ？　必要経費、返してくれるよね」

「事件が終わったら、財布をいっぱいにしてあげるよ！」

ブレーメンは言って、アグアの頭を軽く小突いた。

「アバオは、組織には、ぼくと同じ種類の者がいるって言ったんだ。アマゾンミルクガエルって種で、彼女を紹介してくれるって。でもぼくには金美がいるから、二心三意なんてできないよね。でも彼女の写真は見たんだ、パンダが見せてくれたから。言わないでね、けっこう美人でね、眼は眼、鼻は鼻って感じでさ……」

話しはじめると、アグアはいつも停まらなくなる。

ブレーメンは、アグアのおしゃべりを何故か邪魔しなかった。ブレーメンの顔には、にんまりとした笑みが浮かんでいる。

「ついにこの秘密組織が解った！」

ブレーメンは言った。

「あぁ？　何が？」

アグアはブレーメンを見上げ、首をかしげた。

「なんでアバオは、君の生まれ変わりがうまくいかなかったことを残念だと言ったの？」

「え？　なんだって？　そんなの別に意味はないよ、アバオがただ口に出しただけでしょ？」

「それに、何故アバオは、壁に向かって話すんだ？」

「なあ！　自分勝手に話すなよ、ぼくの質問にまず答えてくれ」

アグアは抗議した。

「あとで話すさ。まずはお風呂に入ろう！　ぼくは疲れちまったよ！」

とブレーメンは言い、アグアを摑んで頭の上に持ち上げた。

「いい仕事してくれたねアグア！」

一方アグアは、ブレーメンの突然の襲撃に驚いて、空中でばたばたしながら、大声で鳴いていた。

2

2333年10月17日、10：00
入浴前に、ブレーメンからアケンに電話をかけた。重要な相談ごとがあると言って、いくつか事件に関する情報をアケンに求めた。するとアケンは、では今部屋にお持ちしますと言った。

ブレーメンが浴室から出てくるまで、アケンは敬意をはらってドアの外に立っていた。

「ご報告いたします！　これは先ほどお電話でご所望された写真です」

とアケンは言って、写真を手渡してきた。

ブレーメンは写真を受け取った。これは捜査を始めた時に警察が撮った現場写真で、機密ファイルに属する。しかしブレーメンにはコピーが提供された。ブレーメンは前に一度見たことがあったが、今回の調査で新たな考えが浮かんだので、もう一度写真を見たら、さらに新しい発見があるかも知れないと思ったのだ。

しかしブレーメンは、写真を見ようとはせず、代わりにアケンに、その大臣たちは今どこにいるか尋ねた。

「ご報告いたします！　国防大臣鉄頭、外務大臣セラジョン、文化大臣のホワイトは、それぞれ自分の部屋にいます。財務大臣ロンロン、司法大臣アオアオは業務があるため、一時的に芝華士ホテルを離れています。外出承認済みです。そして安全大臣ビルは……」

アケンはそこで言葉を停めて、もったいぶっている。

「ビルはどうしたの？」

ブレーメンはいらいらして言った。アケンにも、アグアのもったいぶる癖《くせ》が伝染したようだ。

「ご報告いたします！　法医は人間大使の死亡時刻を推定しましたが、遺体が非常に損傷しているため、午後三時から六時の間という大まかな推定しかできませんでした。すべての大臣の仕事のスケジュールを照合した結果、ビルは大使殺害の第一容疑者とみなされ、すでに勾留されています」

ビルの傲慢そうな顔と、人間への極度の不信姿勢がブレーメンの目に浮かんだが、それにしても、何故そんなに早く彼が逮捕されたのか、理解ができなかった。

「彼を逮捕した理由は何？」

とブレーメンは尋ねた。

「ご報告いたします！　ポチ探偵が、ビルの尋問中、彼の答えの矛盾点を発見しました」

アケンは言った。

実は、ビルはポチに対して、大使が亡くなった午後は部屋の中で文化大臣のホワイトと話していたと言った。ポチがホワイトに尋ねたところ、その情報は確かで、ホワイトが午後にビルと話していたことが解ったが、奇妙なことに、話の内容についての説明は、二人がまるで一致しなかった。

このことからポチは、大胆にもビルがホワイトの酒好きな性格を利用して、驚くべき策を実行したのではないかと疑った。

ビルは事件の前日の午後、ホワイトと一緒に酒を飲んで酔《よ》い潰《つぶ》れさせた。それから、ホワイトの腕時計と部屋の電子時計を翌日の日付に合わせた。そのため、ホワイトが目を覚まし、時計を見て、ビルと話したのは事件のあった午後だと思い込んだ。そしてビルはホワイトを証人に、時間を一日ずらして完全なアリバイを作った。

ビルが午後の行動について嘘をついたことと、大使の部屋で牛のひづめの跡が見つかったことから、ビルは当然第一容疑者となった。

ポチの推理をアケンから聞いて、ブレーメンはめまいを感じて壁に寄りかかった。

こんなめちゃくちゃな推理、いくら迷探偵ポチでもあきれる。

「ビルがこの方法で一日分の時間をごまかしたとしても、ホワイトとビルの会話内容が変わることはないだろう？　彼らが話した内容は変化しないからね」

とブレーメンが言った。

「そうですね」

とアケンは自分の硬い頭を撫でながら言った。

「しかし、ではどうやって二人の会話内容の不一致を説明すれば？」

「彼らが具体的に何を話したのか、記録はある？」

「ご報告いたします。もちろん記録しています。今取りにいきます」

「行かなくて大丈夫。大体の内容を教えて」

「ご報告いたします。ビルは午後中ずっと武器の話をしていたそうです。最初は国防大臣の鉄頭と一緒に話そうと思っていたようですが、鉄頭はほかの用事があったため、彼らの議論には参加しなかったようです。ビルによると、ホワイトが彼にとても強力な武器を見せてくれたそうです。古代のクロスボウに似たもので、トリガーデヴァイスを使って複数の射撃ポイントを起動させ、多くの弾道を持つことで威力を倍増させることができるそうです」

「ホワイトは何について話していたって？」

「ホワイトは楽器について話していたようで、彼は古典音楽の愛好家のようです。ビルが彼の楽器を絶賛したから、彼はとても満足したと言っています」

「待って、ホワイトが言っていた楽器って、ハープのようなもの？」

ブレーメンが訊いた。音楽に関しては、ブレーメンも非常に深い造詣《ぞうけい》を持っている。

「どうして知っているんですか？　ホワイトがビルに見せたのは、五弦琴です」

ブレーメンを見つめるアケンの目に、畏敬《いけい》の念が宿った。

ブレーメンは大きくうなずいた。

「これはまさしく馬の耳に念仏ってやつだね！」

ブレーメンは、アグアにウインクしながら言った。

「問題解決だ。ビルとホワイトは確かにスムーズに嚙みあう会話をしていたけど、二匹とも酔っ払っていて、ビルは二匹が武器の話をしていると思っていて、ホワイトは楽器の話をしていると思っていたんだ。ホワイトは自分の愛《いと》しい五弦琴をビルに見せてほめられたから、ビルが音楽に精通してると思っていたけど、ビルは五弦琴を諸葛連弩《しょかつれんど》のような武器だと思っていたんだ」

「ということは、ビル大臣は嘘をついていないということですか？」

アケンは尋ねた。

「たったひと言の嘘もね。でも、疑問が残るんだ」

ブレーメンは眉をひそめた。

「こんな簡単なこと、ポチ探偵が見抜けなかったのかな？　こんな穴だらけの推理でビルを捕まえるなんて、信じられないよ」

「ブレーメン、どうする？」

アグアは訊いた。

「ポチの行動にはきっとなにかの意図が隠れている。おそらく背後で誰かが糸を引いているんだろう」

「誰が？」

「解らないけど、きっと権力者だ。そうじゃなきゃビルみたいに脳の壊れたやつに、手は出さないよ」

「それでは、どうすればいいでしょう？　私たちは真実を話す必要があります。ビルは無実なんですか？」

アケンは尋ねた。

「今はその必要はないよ」

ブレーメンは言った。

「おそらくビルも一味だろうから」

「ブレーメン、どうするつもり？」

アグアは訊いた。

「外務大臣のセラジョンと話したいな」

ブレーメンは言った。

「ご報告いたします！　それでは私これより、外務大臣を呼んでまいります！」

「その必要はないよ。ぼくの方で行くから」

ブレーメンは言って、外出の支度を始めた。

アケンは別の用事があると言うので、ブレーメンはアグアを連れて、セラジョンの部屋に向かった。

セラジョンは、一人でスイートルームのデスクの前にすわり、純子はお茶を飲みに出かけていた。

セラジョンはこう考えていた。この数日間はどこも大混乱で、自分の時間を持つことができない。人間の大使が突然亡くなった。彼女の死が自分にどれほどの利益になるものかは未知数だが、今内閣内部の状況は、乱れに乱れている。どう対処すべきか？　今のように逃げの態度をとり続けていれば、最終的には自分の信用に、深刻な影響を及ぼすことは間違いない。

セラジョンは対策を考えながら、鏡の前で服装を整えていた。髪はワックスで整えられ、滑《なめ》らかで輝いている。服も適切で、ワインレッドの暗いドットのネクタイは、妻の純子が彼のために用意したものだった。純子のセンスはいつも素晴らしい。ネクタイのアクセントひとつで、全体のコーディネートが上品で活気に充ちたものになる。

外務大臣として、セラジョンは自分とほかの動物との距離を縮めることが重要と考えていた。可愛げのあるファッション小物は、彼をより親しみやすく見せる効果があった。

トントン――！

その時ドアがノックされ、もの思いにふけっていたセラジョンは、われに返った。おそらく純子だろう、そう思って立ち上がり、ドアを開けると、大きな動物と小さな動物が立っていた。ブレーメンとアグアだった。

「こんにちは、セラジョンさん」

とブレーメンは、礼儀正しく言った。

セラジョンは一瞬驚いたが、すぐにいつものペースを取り戻した。

「これは探偵さん、またお会いしましたね」

セラジョンの顔には微笑みが浮かび上がったが、それは政治家としての笑みで、相当な時間をかけて鍛錬したたまものだ。

「あなたたちでしたか。捜査の進展があったようですね」

セラジョンは言った。

「確かに進展はありましたが、いくつか質問ができましたので……。中に入ってもよろしいですか？」

ブレーメンが尋ねた。

セラジョンは身を引いて彼らを迎え入れ、ソファにいざない、自らお茶を淹れて、みっつの碗《わん》を持ってきて注いだ。

「ありがとうございます」

アグアが言った。彼はセラジョンが大好きだ。この親切でいつわりのない大人物は、彼の心の中では完璧という文字の代名詞だった。

外務大臣の部屋は清潔で、テーブルの上にはいくつかスキンケア製品が置かれている。おそらく、純子さんのものだろう。

ベッドの横には書物も置かれている。ブレーメンは鋭い目で、『周易参同契』と『道徳真経』、と背中の文字を読んだ。

これらの本についてのブレーメンの理解は浅く、せいぜい陰陽五行や、相生相克といった程度だった。

セラジョンは笑顔で訪問客を見つめながら、今から自分が何を尋ねられるのかと、思案を巡らせているように見えた。

「セラジョンさん、ジボさんの状況について、どれくらいご存じですか？」

ブレーメンは訊いた。

「ジボ？　ジボに何かあったのですか？」

「ジボさんの家庭状況を知っていますか？」

「それについては、あまり詳しくありません。彼は以前から自分の家のことをあまり話さないタイプで、妹がいることだけは知っていますが」

「ジボは優れた軍人ですか？」

「その点に疑いの余地はありません、彼は間違いなく優秀な軍人です」

「では何故彼は退役したのですか？」

「さあ、それについては、私はあまり詳しく知りません」

「勤務中に、彼は何かあやまちを犯したのでしょうか？」

この質問を聞いた際のセラジョンの態度に、ブレーメンは微妙な動揺を見た。

「ジボに関しては、詳しいことは言えません。現在、私と彼の立場は天と地ほどにも違います。彼を深く理解することはむずかしいです。ほかの質問をお願いできませんか？」

セラジョンは、ジボについてはもう話す気がないようだった。彼自身が今言ったように、ジボの現状について、充分に理解していないのかも知れない。

「セラジョンさん、アバオさんを知っていますか？」

とブレーメンは次に尋ねた。

するとセラジョンは、飲んでいたお茶で舌をやけどし、涙をこらえながら飲み込んだように見えた。

政治家として、セラジョンは典型的なキャラクターを保っていた。優しくて、理性的で、革新的。そうした中で、キーポイントとなるのは感情の抑制だが、たった今の彼は、抑制に失敗し、自分の淹れたお茶でやけどし、泣き出しそうになったように見える。

セラジョンが返事をしないのを見て、アグアは、彼が質問を忘れてしまったのかと思い、ヒントを与えた。

「アバオはパンダです。とても食欲旺盛《おうせい》なパンダです」

セラジョンの頭の中は、対応策の思考が高速で回転していた。すでに探偵たちに、アバオの名前は知られている。ありきたりの嘘では彼らをだますことはできない。否定すれば、ますます疑われることになる。そこで、セラジョンは認めることにした。

「アバオ……、パンダ……、ちょっと考えさせてください」

セラジョンは考え込むふりをして、それから、大げさに手をたたいた。

「ああ、思い出しました！　彼は私の情報提供者の一匹で、情報収集を手伝ってくれている動物です。みなさんもご承知の通り、政府要員として、私たちは社会のあらゆる階層の情報を入手し、把握する必要があります。時には一般市民に、情報提供者として協力をお願いすることもあります。彼らは公務員よりも情報を得やすいからです」

「あなたはさっき、ちょっと迷っているように見えました。アバオには何か特別な理由があって、知り合いだと認めることができないのでしょうか？」

とブレーメンはわざと言った。

「あなたたちがアバオの話をした時、私はすぐ反応ができませんでした。私の配下の情報員は数多くいるので、正直言って、私自身も全員を憶えてはいません。全員を憶えるのは本当にむずかしいことですね、はっはっはっ！」

「大使がトラブルに巻き込まれた日、彼が芝華士ホテルに来たという目撃情報があります。彼は、あなたに会いに来たのでしょうか？」

ブレーメンは重ねて尋ねた。

「はい。彼は私に、重要な情報を報告しにきました。一部の情報は通信手段では伝えることができません。通信信号が傍受《ぼうじゅ》される危険があるためです。だから、対面でしか話せません」

セラジョンは、立ち上がって言った。

「部屋が少し暑く感じませんか？」

と外務大臣は言った。

「ついさっき聞いたところでは、大使が亡くなった翌日、つまり昨日の午後、あなたは外出を申請しました」

ブレーメンはセラジョンの混乱を見抜いていたが、手をゆるめるつもりはなかった。むしろ、この状況を利用しようとしていた。

「用事がありましたので」

「アバオに会いにいくためですか？　アグアは、あなたたちが一緒にいるところを見ましたよ」

今度はアグアが茶を吹き出しそうになり、ブレーメンを疑いの目で見た。アバオとセラジョンが一緒にいるのを自分は見ていないのに、何故そんなことを言うのか？　それにアバオは誰とも会っていないはずなのだ。何故セラジョンなのか？

ブレーメンはアグアの疑問を察し、動かずに待つようにと、強い視線を送った。

「あ、それは……、私たちは情報を共有する必要があります」

とセラジョンが言った。

セラジョンがあまりに簡単に認めたので、アグアは驚いて口を大きく開けた。

「ブレーメン、君は間違っているよ。アバオはその時、どんな動物とも接していなかったんだよ！」

アグアは大声で抗議した。

「アグア、本当に君はお馬鹿さんだな。もう一度しっかり思い出してみろよ」

言われてアグアは、頭をかいて言った。

「確かに思い出したけど、その時は本当にほかの動物はいなかったよ……」

「違う。その時確かにほかの動物がいた。しかも目の前にいたんだ」

「目の前に？」

アグアはますます驚いた。

「何も見ていないよ！」

「おいおい思い出せよアグア、あの時君は、アバオが壁に向かって話しているのを見たじゃないか」

「そうだけど……」

「あの壁は、セラジョンさんだったんだ」

「ブレーメン、さっきのお風呂で頭に血がのぼったのか？　なんでそんな変テコリンなこと言うの？」

アグアはまだ全然理解していなかったから、ブレーメンは説明するしかなかった。

「アグア、君教えてくれたよね、アバオが入った小道の壁にはストリート・アーティストが描いた壁画がたくさんあったって。アバオが向き合っていた壁の絵、憶えているかい？」

「うん、あれは……、ストライプの模様だったような気がする。うん、思い出した。黒と白のストライプだった」

アグアはセラジョンを見ながら言った。そして、突然飛び上がった。

「ああっ！　解ったぞ！　あの時、セラジョンさまはあそこに立っていたのか。でも彼はシマウマなので、体のストライプと、壁の白と黒のストライプが一体化して見えたんだ！　数十メートル離れていたので、彼と壁を見分けられなかったんだ！」

「正解！」

ブレーメンはひづめを鳴らした。

「セラジョンさん、アグアの言ったことは正しいですか？」

ブレーメンが訊くと、セラジョンはゆっくりと頭を下げた。そして言う。

「はいそうです。その時アバオと会っていたのは私です」

「それでは教えていただけますか。あなたとアバオが、その時具体的に何を話し合ったのか？」

セラジョンは、ブレーメンをじっと見つめた。

この若い探偵の内心は、本当に読めない。彼はすでに何もかも知っているように思えるが、同時に何も知らないようにも思える。

セラジョンは溜め息を吐き、疲れた表情を浮かべながら言った。

「まあ探偵さん、言わなくてもおそらく知っていらっしゃるんでしょう。アバオと私が会ったのは、霊長類失踪事件調査の、報告を受けるためでした」

「え？」

アグアは再びぴょんと飛び上がった。

「霊長類の失踪と大使の事件には、何の関係があるんですか？」

「何の関係もありません」

セラジョンが言った。

「そうです。何もありませんが」

ブレーメンは、アグアのために説明する。

「ただ、組織内の小さな問題だけです」

「組織？　組織って何？」

ブレーメンは情報を次々と投げかけ、アグアは考える時間がなくて、ついていけなかった。

「どんな組織なのか、セラジョンさんからお話しいただけますか」

とブレーメンは言った。

「あんたはもう何でも知っているようだ。どうして私に話させる必要があるんだ？　私の冗談でも聞きたいのか？」

憤りを抑えきれなくなったセラジョンに対し、あまり追い詰める必要はないとブレーメンは感じていた。相手を許すことも肝要だ、彼も体面があるだろう。だからブレーメンは、自分で語り始めた。

「アグア、謎のオレオ党を覚えているだろう？」

「それは憶えているさ。オレオ党とこの件は、関係があるの？」

「アバオは君にこう言っただろう、君は転生の縁により、オレオ党の一員になることはできないって。これは事実を言っている。オレオ党には厳格な入会基準があって、その規則は……」

そこで言葉を停め、ブレーメンももったいをつけてみた。

「何？　何？　どんな基準なの？　早く教えてよ！」

飛び跳ねながらアグアは、ブレーメンの顔を見つめて言った。

「よく考えてみるんだアグア。パンダやシマウマ、それにアバオが見せてくれた写真の中の動物たち、シャチやアリクイ……、これらの動物にはある共通点があるね？」

言われてアグアは、じっと考え込んだ。

「みんなよく食べる……、ぼくよりもずっとたくさん食べるよ……」

「そんなことじゃない」

ブレーメンは言い、アグアは白目をむいた。

「彼らはみんな白と黒、二色だけの動物だよ！」

アグアの眼前に、滑稽な絵が浮かんだ。

白と黒の動物の大群。シマウマ、パンダ、シャチ、アリクイ、ペンギン、ダルメシアン、マレーバク、シャム猫……。たくさんの動物がおさまるカラー写真。でもそれは、まるで白黒写真だった！

「それが秘密組織オレオ党の正体？」

とアグアが尋ねた。ブレーメンはうなずく。

「解った！　だから『オレオ党』か。クッキー！」

アグアはその時になって、ようやく気づいた。オレオは白黒、黒いクッキーに白いクリームをサンドした、人間にも動物にも世界中で愛されているクリームサンド・クッキーの名前だ。

「わぁ、なるほど！　アバオがぼくを加入させない理由が解ったよ、ぼくは白黒の生きものじゃないもの。ええっ、でもどうせ加入なんてしたくないよ！　馬鹿げてる！」

アグアは唇を尖《とが》らせて言った。

「だけどセラジョンさま……」

アグアは気づいて言う。ブレーメンはうなずく。

「白黒の二色……」

「オレオ党の入会資格があるね」

「だけど、霊長類の失踪事件とオレオ党の関係って何なの？　セラジョンさまは、何故アバオと一緒に霊長類の動物の失踪事件を調査するの？」

「霊長類の失踪報告を見たかい？」

ブレーメンは尋ねた。アグアは首を左右に振った。

「失踪した霊長類の中に、フタイロタマリンというサルがいるんだ。このサルの姿は……」

「フタイロって名前だから、白黒の二色なんだ！」

アグアが言った。

「そう。フタイロタマリンは、オレオ党のメンバーなんだ。だからセラジョンさんは、彼らの失踪を調査するんだ！」

「ああそうか」

沈黙がしばらく続いたあと、セラジョンは困ったように言った。

「オレオ党と大使の死には、何の関係もありません」

「現時点では確認できませんが……」

ブレーメンは言った。

「大使の事件はまだ解決していません、しかし、私たちは問題を整理することができました。オレオ党の正体を見つけることができたのは意外な収穫でしたし、それで芝華士ホテルにパンダが現れたことも合理的に説明ができます」

「オレオ党は、私が設立した私設組織です。ご覧の通りです。私たちは白黒という、ユニークな入会基準を持つ私設組織にすぎません。特に問題のある行動はしておりません」

セラジョンは説明した。

「オレオ党……、あなたご自身についてお尋ねしたいのですが、あなたは人類に対し、どのような考えを持っていますか？　一方的に嫌悪し、排斥したい側か、それとも平和共存を望むのか？　オレオ党の設立目的は何ですか？」

「私は人類に対し、特別な感情はありません。彼らを嫌いでも好きでもない。人類が高度な文明を築くことに貢献した、そのことは尊重したい。彼らの文化や芸術には憧れています。ほとんどの動物も、同じように思っているはずです……」

「そうですね、あなたのベッドサイドに置かれている『周易参同契』と『道徳真経』、これらの本は、人類の世界で五千年以上の文明を持つ古代帝国が残した古典ですね」

「そうです。あなたもよくご存じのようですね」

とセラジョンは称賛した。ブレーメンは言う。

「実は私は、これらの本について表面的な知識しか持っていません。深く研究したことはないのです。しかし私の知識の範囲では、『周易参同契』は『周易』という古代の経典から派生したもので、儒家によって六経《りくけい》の最初とされますが、『周易参同契』は道家の経典です。これはあなたが読んだもう一冊の『道徳真経』と同じです」

「探偵さん、私から見ると、あなたの知識は表面的なものではないと思います。人間の文化に対する深い理解を持っているなんて、素晴らしいことです」

と彼は言った。

「ありがとうございます」

とブレーメンは言った。

「外見上は、セラジョンさんが興味を持っているのは道家思想のように見えますが、実際にはそうではありませんよね。私が間違っているでしょうか？」

セラジョンは黙っていたが、ブレーメンは返答を待つことなく自分の話を続けた。

「道家思想の祖は老子《ろうし》、または李耳《りじ》とも呼ばれます。その思想は自然法則、つまり自然と調和して生きることです。おそらく、いくつかの古典を読んだのち、道家思想に影響を受けたのかも知れませんが、最初は何故あなたが自分の体の色にこだわるのか、理解ができませんでした。しかし、さっきやっと気づきました。あなたが唯一気にしているのは『陰陽』なんですね？」

　ブレーメンが「陰陽」と言った時、セラジョンのたてがみが、一瞬まるで立ち上がったように見えた。

「陰陽は抽象的な概念であり、ものごとのふたつの相反する性質を広く指します。天は陽、地は陰、日は陽、月は陰、熱は陽、寒は陰……」

「解った」

　とアグアが言った。

「黒は陽、白は陰、だからセラジョンさまは、黒と白の動物だけを彼の組織に受け入れるんだ！」

「違うよアグア。白は陽で、黒は陰だ。私の推測では、セラジョンさんは『一陰一陽が道』、と信じているのかも知れない。もしかしたら、黒と白の外観を持つ動物は、ほかの動物とは異なる存在だと考えているのかも知れない」

「いいえ、いいえ、私はそこまではっきりと考えたことはありません」

　セラジョンは首を左右に振って否定した。

「ただ単に、おっしゃるような仮説を立てただけで、何の根拠もありません」

「セラジョンさん、私はあなたの組織には興味がありませんし、あなたが言ったように、それはただの趣味の私的組織にすぎないと信じています。ほかに何か企んでいるわけではありませんよね」

「もちろん、もちろん」

　セラジョンは、汗を拭《ふ》きながら言った。

「私も考えています。メンバー入会の条件を緩和して、さまざまなタイプの才を取り込み、組織の内部構成が単一化しすぎて偏執的になることを防ごうと……」

「それはセラジョンさんの問題です。私たちは関与しません」

　ブレーメンが言った。

「そういえば、奥さまはどちらに？」

「なんだって？　君は、妻にも話を聞きたいのか？」

セラジョンは、あきらかに、ブレーメンが早く去ってくれることを望んでいた。

「彼女は今、ホテルのレストランでお茶をしているはずだよ」

「はい。質問がありますので、私たちはお尋ねしたいです」

「私の妻は、非常に純粋でおおらかな人だから、彼女が大使を殺した犯人ではないことは私が保証します。それに大使殺害の容疑者はすでに見つかったと聞きましたが……、それはビル大臣のことですか？」

「うーん……、捜査陣はどうやら彼が犯人と考えているようですね……」

「ビルの怪しい点は、プリン医師が大使の部屋で、牛の足を見たことです」

セラジョンは言う。

「そうですね、だから……。この点について、セラジョンさんも何か言いたいことがおありですか？」

ブレーメンは、目を細めてセラジョンに尋ねた。

するとセラジョンは言葉を濁《にご》し、首を横に振った。

「いいえ……」

「そうですか、解りました。ではもうお邪魔しません。私たちは奥さまを探しにいきます」

アグアをうながして立ち上がり、ブレーメンはセラジョンの部屋を出ていった。

二匹が去ると、セラジョンは一人、部屋を歩き廻った。

落ち着いているように見せかけながら、彼の心の奥には秘密の扉があり、その中には誰にも言えない秘密が隠されている。そしてたった今の様子から、ブレーメンという探偵はすでにその扉の外に立っており、いつでもドアを破って侵入してくることができるように思われた。

セラジョンはドレッサーの前まで歩いていき、鏡の中のシマウマを見た。相変わらず颯爽としているが、自分がもう若くはないことを自覚している。

長く政治にたずさわってきた。その間、彼は実に多くの試練を経験した。それらは彼の容貌《ようぼう》や習慣を変えたが、ただひとつ変わらなかったのは、彼の体の奥で燃える、特別な何かだった。

これは彼とともに生まれたが、彼とともに死ぬことはない。かつては純粋で、情熱に満ち、未来の動物王国に対して無限の希望を抱いていたセラジョン。しかしある日セラジョンは、動物たちも徐々に人間たちとあまり変わらなくなっていることに気がついた。

動物たちも自己中心的になり、欲深くなり、あざむくことに長《た》け、名声や利益を追い求めるようになっていた。セラジョンは危機感を抱いた。危機感は失望に変わり、それは次第に、動物王国全体に対する失望へと変わっていった。

ちょうどその時、セラジョンはたまたま人間の哲学の本を読んだ。その中で探求されていた「陰陽」の学説が、彼にとっては目から鱗だったのだ。動物たちが人間の悪い習慣に染まってしまったのは、彼らが「純粋」でなかったからだ！

そしてセラジョンは次第に確信した。自分のような黒と白、二色の動物だけが、最も「純粋」な種だということを。ゆえに彼は、組織の立ち上げを計画しはじめた。最も「純粋」な動物だけで構成する組織、「オレオ党」を。

「オレオ党」の最終目標は、セラジョンの心の中では明確で揺るぎがなかった。組織の力を徐々に強め、羽が生《は》え揃《そろ》い、機が熟した時に、動物王国を揺るがす革命の嵐を巻き起こし、動物王国を新たな輝きへと導くことだ。

しかしセラジョンのそんな志と期待は、組織が設立された初期段階で、ブレーメンによって摘み取られてしまったかも知れない。

セラジョンは溜め息を吐きながら、バルコニーに向かって歩いていった。ガラスドアを開け、外気の中に歩み出て、馴れた手つきでタバコを吸いながら、彼はアバオのことを思い出してみる。

彼はあまり賢くはない輩だが、セラジョンは確信している。アバオの血にも、自分と同じものが流れている。それは知恵や、力以上に貴重なものだ。

でも、それももう終わったかも知れない——。

3

2333年10月17日、13:00

セラジョンの部屋から出ると、ブレーメンはアケンに電話をかけた。

「アケン、ボディガードのジボについて調査してもらえるかな?」

アケンはこう答える。

「承知いたしました。どういった調査を希望されますか?」

「彼の軍隊での経験や、可能であれば、家族や経済状況についても調べて欲しいんだ」

「問題ありません。喜んでお引き受けします」

それでブレーメンは満足して電話を切り、アグアに言った。

「さあ純子さんを探しにいこう」

彼女は一四、レストランでお茶を楽しんでいた。上品なフランスふうのティータイムドレスを着て、スカートが巧《たく》みにお腹や、ふくらはぎの余分な肉を隠すデザインになっている。けれど純子は、もちろん余分な肉など隠す必要はまだなかった。

アグアとブレーメンがレストランに到着した時、純子は銀のスプーンで、レッドベルベットケーキをそっとすくって口に運んでいた。

純子は昔からレッドベルベットケーキが大好きだ。誰でも作ることができるスウィートだが、これは本当の意味で、パティシエの技術が現れると思っていた。

芝華士ホテルのこのケーキは、通常の街の店で食べられるものとはまったく違って、柔らかさと甘さが完璧だった。純子の舌は、この微妙な柔らかさと、絶妙な甘さを感じ取ることができる。これは高級な味で、上流社会の味でもある。

レッドベルベットケーキには、ちょっとした物語がある。一九五九年、ある高級ホテルのレッドベルベットケーキが評判だった。とある人間の女性が、このホテルで食事をしたあとに食べたレッドベルベットケーキの味がとても気に入り、ホテルにそのレシピを教えて欲しいと頼んだ。ホテルは拒否せず、気前よくレシピを渡したが、まもなく女性は、莫大《ばくだい》な額の請求書を受け取った。

実は、ホテルのレシピは有料だった。女性は最初からレシピを無料でくれないならば、公開販売すればいいのに、何も言わずに請求書を送るなど不快なやり方だと感じた。腹を立てた彼女は、そのレシピを公開した。そのため、誰もがレッドベルベットケーキの作り方を知ることになった。

そんないきさつで、レッドベルベットケーキは、元来このホテルの看板デザートだったのだが、誰でも作れる一般的なデザートになった。

その後ホテルのビジネスに影響があったものかどうかは知らないが、純子はこの物語が好きだった。この物語には反抗の要素が満ちている。この女性はレシピを公開し、自分のやり方でホテルの横暴に立ち向かった。純子は、自分自身の持つ特性と似ていると感じていた。

もし自分がこんな事件に遭遇したら、自分もまた、この人間の女性と同じようにレシピを公開するだろう、純子は思う。でもやはりホテルで、レッドベルベットケーキを楽しむ。こんな行動は矛盾しているかも知れないが、それが純子がしたいことなのだ。

彼女は反抗心が強く、権力や規則に対してはいつも反抗的だが、同時に上流社会の高みに立つ生活も楽しんでいる。矛盾？　でもみんなそうではないのだろうか？

彼女はレッドベルベットケーキに似ている。純子は庶民の出身で、何の背景も持たず、ただの修理工の娘だ。古いアパートに住んでいた。両親は彼女が四歳の時に離婚した。

しかし純子は、自分が非凡であると信じ続けていた。彼女は幼い頃から自分の特別な才能に気づいていた。小さなシカであるにもかかわらず、彼女の美しい顔立ち、均整の取れた体型、滑らかな毛皮は、彼女が美しい女性の素質を持っていることを、彼女に気づかせ続けた。

ほかの子供たちは、放課後、両親に迎えに来てもらっていた。けれど純子は、アルバイトをして学費や生活費を稼がなければならなかった。時には、ちょっとした盗みを働くこともあった。

純子は学校に行くだけでなく、ファストフード店やスーパーでアルバイトをし、帰り道、鈴鐺区のゴミ捨て場で、ゴミを拾っていた。まだ使える日用品が、多く落ちていたからだ。

ある日、純子はゴミの山の中にオルゴールを見つけた。蓋《ふた》を開けると、中から音楽が流れてきた。そして、小さなバレリーナの人形がくるくると回った。その瞬間、純子の目の前に、スポットライトの下で踊っている自分の姿が浮かんだ。舞台があり、照明があり、称賛の拍手が鳴り響いて自分を包んでいた。

純子はオルゴールを家に持ち帰った。彼女にとってこのオルゴールは、自分自身のあるべき姿だった。ゴミの山に埋もれた宝物、それが自分なのだと感じた。

今でもそのオルゴールは、彼女の枕《まくら》もとに置かれている。このオルゴールがなければ、今の純子は存在しなかった。あの時の純子がいなければ、今の純子もいない。

優れた素質を持っていると言ってしまえば、後天的な努力が足りないということになるかも知れない。しかし親の愛情を欠き、外部からの支援もない純子は、ただ我慢して、自分で自身を磨くしかなかった。

純子は理解していた。中流階級が時間と労力をかけてスキルを学び、身につけることは、自分の美貌にとってもプラスになる。現在の生活環境から抜け出して、上の階層に進むためには、自分への投資は非常に価値がある。

そのため、彼女は生活費を節約してバレエのレッスンに通い始めた。彼女は努力して練習し、自分自身の変化を感じるようにした。すると、彼女の雰囲気も変わった。

純子は、もうアルバイトに行かなくてもいいことにも気づいた。バレエは、彼女に外見の変化だけでなく、パフォーマンスに参加する機会も与えてくれた。商業公演を通じて自分で報酬を得ることができ、以前のアルバイトよりも多くのおカネを稼ぐことができた。もちろん、彼女はもうゴミを漁《あさ》る必要もなくなった。

その後、純子はバレエに留まらず、ピアノや絵画、茶道などを学んだ。過去から解放され、出生や故郷や、育った環境の情報も曖昧に薄まっていき、セラジョンに出会って、彼女はついに、完全に自分の目標を達成したと感じた。苦労はあったものの、彼女は自分自身を上流社会に押し上げたのだ。

しかし体質や、身についた習慣を変えるのはむずかしい。

「純子さん、ちょっとご相談があります」

という声が、純子の思索を乱し、思い出から引き戻した。

姿を見せたのはブレーメンだったが、彼だけではなく地味な小さなカエルも、うしろについてきていた。

純子の華奢《きゃしゃ》な眉が少し上がり、しかし彼女はブレーメンの突然の出現に驚きもせず、冷静に応じた。

「こんにちは、探偵さん」

「こんにちは純子さん。お邪魔をします」

何故なのか、純子を見るとブレーメンはいつも顔が赤くなってしまう。彼女の瞳はバイカル湖のようで、底知れぬ透明感と美しさ、一種危険な魅力があり、動物を酔わせてしまう。

しかし今回のブレーメンは、準備万端でやってきたので、直球勝負で早く結論を出すつもりでいた。

「こちら、かけても？」

ブレーメンは純子の前の席を示した。

「どうぞ」

彼女が応えたので、ブレーメンとアグアは腰をおろした。

「事件が起きた日の午後なんですが、あなたは何をしていましたか？」

ブレーメンはいきなり尋ねた。

「前にもお話ししましたが、部屋でテレビを見ていました」

「では、あなたの足を見せてもらえますか？」

ブレーメンは純子の表情を注意深く観察しながら、いきなり言った。

「え？」

純子は驚きの表情を浮かべた。探偵がこんな要求をするとは、まったく思ってもいなかった。

「あなたは足フェチなんですか？」

純子は遠慮なく言った。

「ブレーメン、君は足フェチだったのか？」

アグアが純子さんのそばに飛んでいき、まるで純子を守り、ブレーメンを敵とみなすようだった。

「足フェチなんて言わないでよ、事件の調査のために来たんだから」

ブレーメンがアグアを一瞥《いちべつ》した。

「事件の調査なら事件の調査をすればいいじゃない、何故私の足を見る必要があるの？」

彼女は驚きを一瞬で覆い隠し、平然と言った。

「目撃者によると、事件現場で牛の足を見たと」

ブレーメンは純子の顔をじっと見つめたままだった。

「牛の足って、安全大臣のバッファローのビルのこと？」

アグアは尋ねた。

「ビルにはアリバイがあります。事件が起きた日の午後、彼はホワイトと会話していました」

ブレーメンは言った。

「もしもビルじゃないなら、牛の足って誰のなんだ？」

アグアが言った。

純子の顔が青ざめたのを、ブレーメンは見逃さなかった。彼女は冷静を装いながら、赤いベルベットケーキの横に置かれたカプチーノを手に取ったが、カップは微妙に震えていた。

「それが私と何の関係があるの？」

純子は、この若い探偵がきっと気づいてしまったと思った。

「そうだよな」

アグアは同意しながら言った。

「ぼくもビルが何かしらの手口を使ったと思っている。ブレーメン、君ビルの言っていることが真実だと考えて、彼とホワイトの証言の矛盾の原因を推理したけど、ぼくはやっぱり、ビルをもう一度調査すべきだと思うよ……」

そうブレーメンに話しながら、純子をちらりと見た。純子の顔色はますます悪くなっている。

彼女は手もとのタバコケースを見つめ、自分の緊張を和らげるために一本タバコを吸おうとしたが、ちょうどケースは空で、一本も残ってはいなかった。

その様子を見て、ブレーメンはアグアに言った。

「アグア、純子さんのタバコがなくなったので、一箱買ってきてくれる?」

アグアは、ブレーメンを見てから純子を見た。

純子は、ブレーメンがアグアをこの場からはずしたいと思っている可能性に気づいた。そこで、優しくアグアに話しかけた。

「カエルちゃん、ちょっとお願いがあるんだけど、タバコを買ってきてくださらない?」

重要な任務を純子さんから依頼され、アグアは見るからに嬉しそうな顔をした。

「もちろんです。どの銘柄《めいがら》を買えばいいですか?」

アグアは尋ねた。

「もしも『動嘴《どうし》』というのがあったら、それを買ってきてくれると嬉しいわ」

アグアは椅子から飛びおり、ぴょんぴょんと飛び跳ねながらレストランを出ていった。

「さあ探偵さん、彼はもういないから、何を話しても大丈夫よ」

「麋鹿《びろく》は四不像とも呼ばれています」

とブレーメンは、アグアが遠ざかる姿を見つめながら言った。

「何故なら、頭と顔は馬のようで、頭の上の角はシカのようで、尾はロバのようなんです……」

言いながら、ブレーメンは純子をちらりと見た。純子の顔色がまた悪くなった。

「最も重要なのはひづめ、麋鹿のひづめ、つまり麋鹿の足は牛のようなんです」

ブレーメンは無意識に純子の足を見たが、彼女は長いスカートを穿《は》いていて、足はしっかりと隠れていた。

「プリン医師は牛の足を見たと言っているので、みんなは牛が大使の部屋に侵入したと思い込んでいますが、可能性はほかにもあります。それは、私たちの目の前にあるのです」

とブレーメンは言った。

「可能性はまだあるわ。もしかしたらビル以外の牛が、大使の部屋に行ったのかも知れませんよね？」

と純子は冷静に言った。

「その可能性はありません。人間大使が訪問中なので、許可証を持っていなければ、芝華士ホテルに出入りはできません。許可証がなければ、入り口で厳重にチェックされます。そしてこれなら仕方ないと判断されれば、特例として入館を許されます。

現時点では、会議に参加していない、許可証のない動物は三匹ホテルに来ました。一匹はクマのプリン医師、もう一匹は狼の博士、そしてもう一匹は、パンダのアバオです。どの動物も牛の足を持っているようには見えませんね」

ブレーメンの声が高くなったので、ウェイターの注意を引いた。

「声が大きすぎますよ」

純子はからっぽのタバコケースと、ライターを見つめながら言った。

「主人には教えないでください、彼は私がタバコを吸うことを知りません」

彼女の夫のセラジョンは、純子をいつまでも清純で、世間知らずの少女だと信じていた。

「あなたはその日、大使の部屋に行ったことを認めますか？」

「そうです、行きました」

純子は、優雅に一息ついてから言った。

「部屋に入ったのですか？　どうやって入れたのです」

「外務大臣の夫は、万一の際のために、大使の部屋のカードキーのコピーを持っていました。私はひそかにそれを持ち出しコピーしたのです」

「どうしてそこまでされたのです？」

「大使に興味があったからです。個人的に親しくなりたいと思っていました。夫のため、国のためにもなると思っていました」

「この時も？」

「そうです。大使と話したかったのですが、その時、彼女はお風呂に入っているようだったので、私は遠慮して、部屋から出ました」

「それは何時頃のことですか？」

「おそらく四時半ですね」

と純子は答えた。

「大使はお風呂に入っていたのですか？」

ブレーメンは考え込んで言った。

「それを、あなたは見たんですか？」

「いいえ」

「では最後の質問です。純子さん、今言われたように、大使とお話がしたいと思っていただけなのならば、何故ものを盗む必要があるのですか？」

ブレーメンは単刀直入に尋ねた。

「盗む？　盗む……、ものを盗む？」

純子の目がちらと光った。

「これも御主人のためになると？」

「探偵さん、私は大使の部屋に入ったことは認めますが、それだけで私が泥棒だと汚名を着せられる必要はないでしょう!?」

「純子さん、あなたが汚名を着せられているかどうかは、ご自分の心の中で、はっきりと解っているはずですよね？」

「私は外務大臣の妻です。どうして私が泥棒だなんて言えるのですか？　そんなことを言われて、とても腹立たしいです。私を中傷したことについて、夫に話しますよ」

「動物霊園という場所を知っていますか？」

　とブレーメンは自分の調査結果を投げつけた。

「私は行ったことはありません」

「しかし、私は動物霊園で聞きましたよ。あなたは何度かいらしたことがあるようです。主に、グレイ氏の店に行っていたそうですが。私の記憶が正しければその店は古物商で、あなたはそこで盗品を売っておられたでしょう？」

「グレイ氏なんて、聞いたこともありません」

「フクロウの占い師なら憶えていませんか？　ご自分の結婚について相談したこともあったはずですが……」

「もういいわ、いいわ。ええ確かに、私は動物霊園に行ったことがある。あなたも、きっと私の過去を探ったんでしょう……」

　タバコを買いにいっていたアグアが、この時ちょうど帰ってきた。そして、「私の過去を探る」という意味深な言葉を聞いてしまった。

「どうしたの？　純子さんに、何か過去でもあるの？」

　アグアは言った。

　ブレーメンは、純子のファンの心にある、清純で優しい純子というイメージが崩れることがないよう、彼女を守る必要を感じた。

「アグア、純子さんが新鮮なザクロジュースが飲みたいと言っているんだけど、ここにはないんだって。キッチンかどこかで探してきてくれないか？」

ブレーメンは再び一計を案じ、アグアを追い払った。

「純子さんともう少し一緒にいたかったんだけど……、まあいいや……、ザクロジュースを探しにいく。純子さん、ちょっと待っててくださいね」

素直なアグアは、ブレーメンの言葉にしたがってこの場を去った。

「あなたは今や外務大臣の奥さまですが、何故こんな盗みや不正行為を行う必要があるのですか？」

ブレーメンはずばりと言った。

「探偵さん、あなたなら解るはずです。ある動物に、過去の生活がどれほどに深い影響を与えるか。たとえのちに、どんな地位にあがったとしてもです」

「私の推測が正しければ純子さん、あなたには盗癖が身についてしまっているのではないですか」

とブレーメンは遠慮なく言った。

「それは勘違いですよ。私には盗癖なんてありません。ただ、時として美しい宝石のアクセサリーなどを見ると、ついつい体が……」

「それを盗癖と言うんです」

ブレーメンは厳しく言った。

「私に盗みなど、必要ではありません。もう充分なものを持っていますから」

「では盗んだ大使の宝石を返していただけますか？」

「私は大使の宝石など盗んではいません」

ブレーメンは眉をひそめて言った。

「私は確かな証拠を持っていますが」

「本当に？　どんな証拠なの？　教えてくれる？」

ブレーメンは服のポケットから写真を取り出し、テーブルの上の純子が見える位置に置いた。彼女はじっと集中して、その写真を見つめた。

それは、人間大使と会議参加者たちの公式の記念集合写真だった。大使は車椅子にすわっており、裾まで広がったロングドレスを着ている。ほかのメンバーはというと、外務大臣のセラジョン、国防大臣の鉄頭、安全大臣のビル、財務大臣のロンロン、文化大臣のホワイト、将軍のネロ、将軍の王老鉄など、錚々《そうそう》たる政府関係者が大使の左右、両側に並んでいる。外務大臣の妻である純子も、この写真に写っていた。

「この写真は、人間大使が到着した最初の日に撮った集合写真です。何か問題でも？」

純子が言った。

「大使の首を、よく見てください」

大使の首は、写真ではわずか一センチほどの幅だが、鮮明に写っている。彼女の華奢で美しい首には、真珠のネックレスが巻きついている。

それは枇杷《びわ》のように大きな真珠で、その大きさだけでも、非常に珍しい、貴重な宝物であることが知れる。

「大使の首に何か問題が？　私は何も変だと思わなかったわ」

と純子は言った。

「ああ、これはちょっとまずいですね」

とブレーメンは唇を尖らせた。

「ご覧の通り、大使は記念写真において、大粒真珠のネックレスを身につけていました。その真珠は、本当に世にも珍しいもので、女性なら誰もが心を動かされることでしょう。しかし事件現場では、そのネックレスが消えていたんです！」

「警察が重要証拠品として持ち去ったのかも知れませんね？」

「警察が持ち去ったとしても、物証の写真には出てくるはずです。しかし、この証拠物の写真は存在しません。あなたはこのネックレスがどこに行ったのだと思いますか？」

　純子は黙っていた。

「私たちがはじめて会った時、あなたは大使の服装やファッションについて詳しく話してくれましたが、この真珠のネックレスについてはひと言も触れませんでした。とても奇妙なことです。もしも注意深く大使を観察していたなら、この珍しい宝物に気づかないはずがありません。しかし、あなたは触れなかった。私はあなたが何かを隠している可能性が高いと思います。大使の部屋に入ったこともあって、そうなら、手癖《てくせ》も悪いあなたのこと、もしかしたらあなたがネックレスの行方を知っているかも知れませんね？」

「私は、知らないと言うほかないです」

「それなら、私もどうしようもありません。ただここに、確かなことがひとつあります」

「何ですか？」

「大使の死は国家存亡にも関わる重大な問題で、その後の現場封鎖も非常に厳重です。誰かがネックレスを盗んだとしても、持ち出すことは容易ではありません。事件が発生してから今まで、あなたは芝華士ホテルから出ていないので、ネックレスはまだ芝華士ホテルから持ち出されていない可能性が高いです。どこにあるかはさして問題ではない、あなたの身辺にあるか、どこかに隠されているかも知れませんが、ニャオニャオ署長がホテル全体を徹底捜索させれば、きっと大使のネックレスを見つけることができると私は思います」

「探偵さん、今すぐにネックレスを探しにいくのですか？」

「さてそれは……」

　ブレーメンは、アグアが近づいてきているのを見つけた。

「今のところはまだ行くつもりはありません。大使がネックレスをホテルのどこかに置いている可能性があると思うからです。たとえばレストランのトイレかも知れませんし、ロビーの休憩エリアかも知れません。あとでそんなあたりを探してみることにします」

「それはよいお考えですわね」

と純子はうなずいた。

「探偵さん、是非行って探してみてください。もしかしたらネックレス、見つかるかも知れませんわね」

「そうですね、でもわれわれは時間を大切にしなければなりません、やるべきことはあまりに多く、時間の経つのは早い。純子さん、そう思いませんか？」

その時、アグアがブレーメンと純子のそばに到着した。彼は息を切らしながら、ザクロジュースを純子さんに手渡した。

「ありましたよ」

「まあ、ありがとうカエルちゃん」

言って純子はザクロジュースを受け取り、アグアの頭を撫でた。

「さあアグア、純子さんに別れを告げよう」

ブレーメンが言った。

「え？　ブレーメン、ぼくは純子さんとまだ少ししか話していないよ……、彼女と話すことはもうないの？」

ブレーメンは立ち上がりながら言う。

「ああ、純子さんはぼくたちに話すことはもう何もないとおっしゃるから、これ以上お邪魔はしないよ」

そしてテーブルを去ろうとして振り向いたら、アグアが別れを惜しむようにじっと純子を見ていた。

「探偵さん」

ブレーメンが背を向けると、純子が彼を呼び停めた。

「大使の事件について、あなたが知らないことを教えてあげるわ!」

ブレーメンは振り返り、純子を見た。

純子の目の色は深く澄んでいて、ブレーメンには読み取れない何かがひそんでいる。

「そんなふうに私を見ないで、探偵さん。私が大使の部屋に入った時、浴室からは実は水の音がしていなかったし、浴室のドアから客室のドアまでの通路には、ネイルポリッシュのボトルが倒れていたの」

「何ですか? ネイルポリッシュ?」

ブレーメンは驚いて言った。

「えっ? 純子さん、大使の部屋に入ったんですか?」

アグアは驚いて言った。

「ええ。あなたたちがそのこぼれたネイルポリッシュに気づかなかったのは、私がボトルを拾って、ベッドサイドテーブルに戻したからかも知れません」

「でも、床にネイルポリッシュの跡はありませんでしたよ」

ブレーメンが言った。

「見落としたのね。大使は透明なネイルポリッシュを塗っていたんですから」

純子は言った。

「どう? 役にたったでしょう?」

第七章　プリン医師

2333年10月17日、14:00

ブレーメンは大使の部屋に戻り、自分の調査が不徹底だったために、価値ある手掛かりを見逃していたことを悔《く》やんだ。

実際には、自責の念にかられる必要はまったくなかった。ブレーメンでなくても、ニャオニャオ署長やポチ探偵だって、動物であれば間違うことも見落とすこともある。

ブレーメンは焦げたベッドサイドテーブルの上に、ネイルポリッシュを見つけた。それはごく普通のボトルで、どこにでもある感じのものだった。ただひとつ違うことは、このネイルポリッシュは透明で、色がついていないことだった。

確かに一部の動物は、透明なネイルポリッシュを塗るのが大好きだ。ベースコートやトップコート、ネイル補強のために使用されるだけでなく、普段は目立たないが、時々キラキラする透明なネイルポリッシュもとても可愛い。

「アグア、純子さんが言っていたけど、バスルームから客室のドアまでこぼれていたネイルポリッシュについて憶えてる？」

「ブレーメン、ぼくはまだ信じられないんだけど、純子さんが実は窃盗癖を持っていたなんて」

アグアは苦しげな顔をして言った。純子がさっきアグアの前で隠していた秘密を、ブレーメンが今暴露したばかりだった。

「でも彼女に盗癖があるかどうかにかかわらず、ぼくは彼女のことが好きだよ」

とアグアは断固として言った。

「解った、解った。純子さんへの気持ちが永遠に変わらないのは理解したからさ。ネイルポリッシュがどこにこぼれたのか、探してくれないか？」

「どうやって探すの？　ここはもうめちゃくちゃに焼けてしまっているよ！」

「確かに、ほとんどの場所は焼け落ちてしまったけど、まだ少しは残っている。たとえば、客室のドアから部屋に続く通路とか、火もとから遠い壁のすみなんかは、まだ完全には焼けていない」

ブレーメンは、焦げていないカーペットの上にネイルポリッシュを少量こぼした。

カーペットの表面の毛は、ネイルポリッシュに触れると、少し化学反応を起こして、毛の先端がわずかに巻き上がった。

「これが痕跡さ」

とブレーメンは言った。

「アグア、君はドアから部屋まで、ぼくは壁のすみを担当する。そうやってカーペットをくまなく調べていけば、必ず何かしらの痕跡が見つかるはずだ」

ブレーメンは言いながら、すでにカーペットに伏せて、カーペット表面の短い毛をひづめでいじっていた。

ブレーメンが真剣なのを見て、アグアももう文句を言わず、床に伏せてカーペットを調べはじめた。

かなりの時間が経って、アグアは手掛かりを見つけて声をあげた。

「ブレーメン、痕跡を見つけたよ。早く来て！」

アグアはブレーメンに彼の発見を見せた。客室のドアから部屋の中まで続く五メートルほどの通路に、さっきブレーメンがつけたのに似た痕跡がたくさんあった。微細な痕跡によって、カーペットのパイルが少し巻き上がっている。以前警察がカーペットの上でローラー作戦を展開していたにもかかわらず、これは見つけられていなかった。

ブレーメンが最初にやって見せてくれた見本を見ていなければ、この変化が、カーペットにネイルポリッシュが付いた証だと気づけなかっただろう。

部屋のほとんどが激しい火災によって侵されていたため、ドア付近の通路に遺ったこの痕跡は非常に重要だった。

痕跡は非常に乱雑に見えた。まるで空中に放り投げたピーナッツが地面に落ちたように、散り散りバラバラだった。

ブレーメンは立ち上がり、数回胸を広げる運動をした。先ほど床に向かって長時間しゃがんでいたため、全身が少し痺《しび》れている感じがした。

「ブレーメン、ちょっと考えがあるんだけど」

とアグアは興奮気味に言った。

「まだ火事の原因は解らないでしょ？　もしかしたら、このカーペットに散らばっているネイルポリッシュの痕跡を隠すために、放火されたのかも知れないね？」

「違うと思うよ」

とブレーメンは即座に否定した。

「もし純子さんの言っていることを信じるなら、このネイルポリッシュの痕跡は、四時半より前にできた。でも火災が発生したのは警報が鳴った七時だ。時間的なギャップがありすぎる。そしてもし純子さんが教えてくれなかったら、このネイルポリッシュの痕跡は誰にも見つけられなかったろう。それなのにわざわざ放火なんてね、誰もしないさ」

「ああ、確かにそうだね」

アグアは頭をかきむしりながら言った。

「人がすでに殺されているのに、何故放火する必要があるのか？　これは重大な問題だ。考えられるのは、何かを隠すためだってことくらいだろうけど、それはネイルポリッシュじゃない」

「そうだな、論理的に考えると、放火の唯一の可能性は現場を破壊するためだ。でも、放火以外にも、大使の体が何故切断されたのかも考えなくちゃいけない」

「恐ろしいこと思いついたよ」

アグアは震えながら言った。

「大使の体が切断された理由は、臓器奪取のためじゃないかな？　プリン医師が言ってたよね、大使の血液型はとても珍しいって、あれ……、何だったっけ？」

「パンダ血液」

「そう、パンダの血液だ」

「でも大使は人間だから、彼女の臓器は動物には使い道がない……、あ、違うか……」

ブレーメンは突如遠くを見つめる目になり、重い表情で言った。

「行方不明の霊長類だ！　あれは、偶然じゃないのかも知れないな！」

「ブレーメン、そう思うだろ？　人間の血は、霊長類には輸血できるはずだ。なにしろ、人間はサルから進化したって言われているんだから……」

「アグア、もしそうだとすると、霊長類の失踪の謎が解けるかも知れないな。何者かが霊長類を何匹も連れ去っていたのは、合う臓器を探していたのかも知れない。人間か、霊長類の何者かが。誘拐が続くのは、全然成功しなかったからだ。理由は、とても珍しいＲｈマイナス型のパンダ血液を探さなければならなかったから……。

でも、人間大使の登場で、この問題が一挙に解決した。それで犯人は人間の大使を殺し、体を切断して臓器を取り出し、目的を達成させようとしたんだ。大使殺害の真の理由を隠すために、犯人は現場に火を放って、大使の死体を含むすべてを灰にしようとしたが、思うようにいかなかった。大使の遺体は中途半端《ちゅうとはんぱ》な黒焦げ状態になって、腹部で切断されていると解る状態になった。アグア、この推理はどう思う？」

「どうかな……。一見そう見えるけど、よく考えると納得できない点がたくさんあるよ。たとえば、床にあったネイルポリッシュのこととか、その犯人が、どうして大使がパンダ血液だってことを知っていたのかとか……」

それを聞いて、ブレーメンは飛び上がって言った。

「アグア、君の言うことはとても理にかなっている。それこそが鍵だよ！　犯人は、大使がパンダ血液だってことを知っている必要がある。誰か解ったよ！　アグア、早く探しにいこう！」

「誰を？」

「犯人だよ」

プリン医師はその頃、院長室で椅子にすわっていた。

院長室入り口の左手には、一列のキャビネットがある。窓際にはふたつの木製の本棚があって、上半分にはガラスの扉がついている。だから中に、各科の医学の専門書が見える。下半分は木製の扉で閉まっているから、中身は見えない。

木製の本棚以外にも、金属製のふたつのファイル・キャビネットがある。中には整然とフォルダが詰まっていて、フォルダの背には年月が書かれていて、数字の順に整然と並べられている。

入り口の右手には、二匹掛けのソファと、一匹掛けのソファがある。ソファの前にはテーブル、その上には木製の茶器セットが逆さまに置かれている。使う時にはひっくり返して使用するのだろう。

ソファの横には展示ケースがあり、その上には五つのクマの頭のモデルが一列に並んでいる。これらは専用の台座に固定されていて、展示ケースのスポットライトが当てられている。よく見ると、さまざまな種類のクマで、一部はすでに絶滅していた。クマの頭はほぼ同じ大きさに見えるので、おそらく実物大ではなく、サイズ調整がされているのだろう。

入り口から見て正面には、大きなデスクがある。プリン医師は高い背もたれの回転椅子にすわっている。デスクの上にはフレーム入りの写真が置かれている。写真には小さなクマと、二匹の大きなクマが写っていて、大きい方のクマの一匹が、小さなクマを肩車している。写真の中の三匹は、とても幸せそうだ。

太陽は西の山のいただきに近づいている。けれどハニーポット病院では、忙しい仕事がまだたくさん残っている。

プリン医師は突然、悪い予感を抱いた。昨日会ったあの探偵を思い出したのだ。ブレーメンという名の探偵で、彼には奇妙な圧迫感を覚えていた。

ここ数年、プリン医師は通常の診察医から昇進し、街で知られた私立病院、ハニーポット病院の院長になった。大勢の大物たちにも会った。政府の高官や、社会的な名士たちだ。これらの大物たちは、気軽に扱える相手ではなかった。彼らは一挙手一投足に威厳を持っている。彼女は彼らの命を救った。そして彼らの一部とは、単なる知り合い以上の関係だった。

しかしブレーメンは、彼女が今まで見たことのない動物だった。ブレーメンの心は読めない。彼は多くの社会的約束ごとに無関心のようでもあり、欠点が目立つ動物のようにも見えるが、問題点には執拗に噛みついてきて、放そうとしない。彼の毛穴ひとつひとつから、必死の気配が漂ってきてぞっとする。

ブレーメンはほかの草食動物とは違い、変温動物のようなとろんとした目をしている。彼は相手を見る時、体や首を動かさず、じっと見つめる。相手の動きに合わせて、対処をしようとするような態度だ。

彼は本当に単純な探偵ではない。鋭いのか鈍《にぶ》いのかよく解らない。軽視することはできず、注意深く相手をしなければ、彼の手にかかる危険を感じる。

ここまで考えて、プリン医師は深呼吸した。自分ができることはすべてやり尽くして、あとは運命に身を任せるしかないだろう。

その時、ドアをノックする音が響いた。せわしない調子で、あきらかに焦っているふうだ。

「どなたですか？　今忙しいんですが……」

とプリン医師は言った。

「院長……、わ、私はデビーです。に、二匹の男性があなたに会いたいと言ってきています……」

デビー、プリン医師は思い出した。デビーはハニーポット病院の受付のウサギで、いつも落ち着いた印象なのだが、どうしたことか、かなりあわてているようだ。

「今日は面会予約はないはずです。その二匹の紳士には帰っていただきましょう」

「院長……、私もそう言いましたが、彼らは……」

デビーは一瞬ためらい、信じられないと言いたげな口調になった。

「彼らはネロの印を持っているんです！」

さあ、ついに来た。プリン医師は思った。

「この部屋にお通しして」

プリン医師は言った。

ブレーメンとアグアは、彼女の部屋でプリン医師に向かい合った。プリン医師は落ち着いた表情でテーブルにつき、デビーが注いだ紅茶を口もとに運んだ。

デビーは、ブレーメンとアグアにもお茶を注いでくれたが、内心こう思っていた。会ったことがある小さなカエルが重そうにネロの印を取り出すなんて、まったく予想もしていなかったわ。ネロ将軍本人には会ったことはあるが、本物のネロの印をまだ見たことがなかった。受付で見ることになるとは、予想もしなかった。

お茶を淹れ終わると、デビーは部屋を出ていった。ドアが閉まると、ブレーメンは言った。

「こんにちは。またお会いしましたね、プリン先生」

「こんにちは。ブレーメンさん」

プリンは、ブレーメンに向かって静かに言った。

「お元気そうではありませんね、調査は大変でしょうが、体調に気をつけてください。私の病院で検査を受けてみませんか？　無料で手配しますよ」

「それじゃあ、ぼくは？」

アグアは自分の顔を指差した。

「小さなカエルさん、あなたの顔色は相変わらず緑色ね」

とプリン医師が言った。

「素晴らしい！　ブレーメン、聞いた？　ぼくは君よりも健康なんだぜ！」

アグアはブレーメンから白い目を向けられた。

「ありがとうございますプリン先生。大使の事件が終わったら健康診断を受けるかも知れませんが、今は大使怪死事件の調査に、時間のすべてを割《さ》く必要があります」

「お二方ともこんなにお忙しいのに、私のところにいらっしゃるなんて、どんなご用件があるんでしょう？」

とプリン医師は尋ねた。

「そうです。何ごともなければわざわざ来ませんからね」

ブレーメンは言った。

「時間を無駄にしたくないので、はっきりと申しましょう、プリン先生、あなたが大使を殺したのではないですか？」

「え？」

プリン医師の眉が、少しつり上がった。

「探偵さん、何故そんなことをいきなり言われるのですか？」

「プリン先生、一日に何匹の患者さんを診察されるんですか？」

ブレーメンが尋ねた。

プリン医師は質問に困惑した。このような奇妙な質問にどう答えればいいのか解らず、ブレーメンがどうしてこんな質問をするのかも理解できなかったが、こんなこと、別に秘密にするほどのことではない。

「以前私が外来診療をしていた頃は、一日に数十匹の患者さんを診ていましたが、院長になってからは基本的に予約してくれた患者さんだけを診ています。具体的な人数は日によって異なりますが、最大でも一日三匹から五匹程度です」

「ではどんな動物が、あなたのところに診察を受けに来るのですか？」

「それはさまざまです。さまざまな種類の動物が受診に来ますよ」

プリン医師は、ブレーメンの意図が解らなかった。

「あなたの患者はいつも哺乳動物ですか？」

「ほとんどがそうですが、時々変温動物もいます。たとえば将軍ネロも、私は診たことがあります」

プリン医師はネロ将軍の名を出し、ブレーメンとアグアに自分がネロ将軍と親しい関係だと思わせることで、彼らが慎重になり、軽率な行動を控えることを狙っていた。

「では霊長類はどうですか?」

ブレーメンは、プリン医師の目を見つめながら言った。

「たとえば、パンダのような白黒のフタイロタマリンは?」

ブレーメンは具体的に尋ねたが、プリン医師は、「霊長類」という言葉を聞いた瞬間、緊張か不安ゆえか、まばたきをした。

「あなたの質問が理解できません」

とプリン医師は言った。

「ぼくはただ、フタイロタマリンを診察されたかどうかを尋ねただけですよ」

とブレーメンは答えた。

「いいえ。私はそんなサルを診たことはありません」

とプリン医師は答えた。

「では、キンシコウはどうですか?」

とブレーメンは重ねて尋ねた。

「ありません」

「マカクは?」

「ありません」

「テナガザルは?」

「ありません」

「それじゃあ、ハクトウヨウコウは?」

「もう言ったでしょう！　ないって！　いつまで続けるんですか！　私はサルの病気を診たことなんて一度もありません！」

プリン医師は声を荒らげた。

「プリン先生、あなたは何故霊長類を診察したことがないのですか？　奇妙ですね、動物城には千百万匹の動物がいますが、少なくとも三十万匹は霊長類です。あなたはこれだけ長い間診察をしてきたのに、サルを一匹も診たことがないのですか？」

「何故サルを診なければならないのですか⁉」

とプリン医師は、怒りを込めて言った。彼女はもう我慢がならなかったのだ。

「怒らないでくださいプリン先生。私の質問に、そんなに立腹される必要はありません」

ブレーメンは、プリン医師の怒りなど何のそのという体《てい》だった。

「ここに来る前に調査したのですが、あなたは今週一匹のマカクを診察されたようです。私はアケン……、あなたは憶えているか解りませんがアルマジロです、彼に連絡を取るように頼みました。まだ返事はありませんが、しばらくすれば連絡が来ると思います」

プリン医師の顔色はますます暗くなり、ほとんど息もできない様子だった。

この探偵は本当に不快だわ。何か秘密でも握っているのかしら？　彼女は考えていた。でもブレーメンがこの部屋の秘密に気づかなければ、どんな推測や仮定も無駄よ。証拠がないから、誰もその場所を見つけられない。

ブレーメンとアグアは黙ってすわっていた。プリン医師も積極的に口を開く気はなかった。数分後、ブレーメンの携帯電話が鳴った。彼は電話に出ると、うなずきながら満足そうな笑顔を浮かべた。

この笑顔は本当に嫌だわ、眺めてプリン医師は思った。ブレーメンは、すぐに電話を切った。

「すみません、電話が来まして」

わざとらしいやつね、プリン医師はブレーメンを無視した。

「アケンが、あなたは確かに一匹のサルを診察したと言っています。彼は、今は体調もよくなっているそうです。動物世界、誰もが知っているスターの六《ろく》さんです。これでもう、否定することはできないでしょう?」

プリン医師は黙っていた。

「まったく、自分が霊長類を診察したことを認めるのに、こんなに労力を費やさせるなんて。プリン先生、あなたは本当にやりすぎです。最初はただの推測で、証拠はなかったけれど、今のあなたの態度から判断するに、あなたが最近の霊長類の失踪事件に、直接的な関係があることは明白ですね」

「ブレーメン、ぼくはこの部屋からプリン先生がいなくなったのを見たよ」

とアグアは我慢できずに言った。

「プリン先生、アグアがあなたの病院にこっそりと調査に来たことを知っていましたか?」

「どうして知っていると思うの?」

「アグアが驚くべきことを発見しました」

ブレーメンは少し間を置いてから言った。

「あなたがこの部屋から突然消えたんです」

「本当だよ、ブレーメン。ぼくは誓う、その時ぼくはずっとドアの外にいて、どこにも行っていない。プリン医師は部屋の中で消えたんだ」

「ですから、私が推測するに、この院長室には隠し部屋があるということです」

とブレーメンははっきり言った。

「隠し部屋の密室」

プリン医師は、しかしこの探偵たちに、密室への入り口を見つけることはできないと考えた。

「密室に入る方法を見つけなければな、アグア」

「彼女に密室の鍵を渡してもらおう！」

「いやアグア、プリン医師のような賢い人は、鍵を使って密室を開けるなんてことはしない」

「鍵じゃない？　それなら何なんだよ？　ブレーメン」

ブレーメンはオフィスを見廻した。ソファから立ち上がり、向かいの本棚に向かって歩き、本棚を触り、隣りのファイル・キャビネットも触ったあと、部屋の反対側に向かって歩いた。

ブレーメンは展示ケースの前に立ち、台座に置かれた五つのクマの頭の模型を見つめた。

「アグア、これは何だと思う？」

「クマの頭？」

「そりゃ見りゃ解るって。これはどんなクマの頭？」

「それは解らないけど、見た感じはちょっと違うように見えるけど、どれもクマの頭のように見えるね」

「ひとつは短顔クマで、その名の通り頭蓋骨が短い。もうひとつはホラアナグマで、特徴的な頭蓋骨は額が広くて丸く、前額部が急峻《きゅうしゅん》だ。それからもうひとつはインドグマで、その後頭骨は非常に高く、外耳道が長く、内鼻孔が特に細長い。さらにひとつはアグリオテリウムで、その歯は鋭く、猫科の動物に似ている。最後のものは草原ヒグマ、つまりプリン先生自身の種類だ」

「ブレーメン、こんなクマの頭部モデルで種類を見分けられるなんて、本当に君はすごいね。でも、これに何の意味があるの？」

「これらのクマのうち、ヒグマ以外はすでに絶滅している。絶滅した時期は、短顔クマは十万八千年前、ホラアナグマは二万五千年前、インドグマは五百万年前、アグリオテリウムは二百五十万年前だ。これらを、絶滅時期の順に並べると……」

ブレーメンはクマの頭を動かし、インドグマ、アグリオテリウム、短顔クマ、ホラアナグマ、そしてヒグマの順に左から右に台座に戻した。

しかし、何も起こらなかった。

「ブレーメン、どうしたの？　何をしようとしているの？」

「あれ……、おかしいな、予想が当たってたら、こういうふうに置いたらきっと何かが起こる……」

ブレーメンは、首をかしげながら言った。

「逆よ、左から右じゃなくて、右から左に並べるの」

とプリン医師が、突然口を開いた。続いて自分に向かって立ち上がってくるのを見てブレーメンは驚き、内心でおびえた。プリン医師は、自分を噛み殺すつもりなのか!?

プリン医師はブレーメンのそばまで歩いてきて、クマの頭を右から左に置き換えた。最後のクマの頭のモデルを置いた時、電球が消えた。

「うしろに一歩さがって、気をつけてください」

とプリン医師は言った。

ブレーメンとアグアは、ケースがゆっくりと後方に移動を始めるのを見た。

棚は完全に壁の中に移動し、さらに横に動いて、壁の中におさまった。するとそのうしろに扉が現れ、それが自動的に開き、下方におりる暗い階段がのぞいた。

「あなたは本当に頭のよい探偵さんね」

とプリン医師は心から称賛した。

「もう今さら隠せません。ついてきてください」

言いながら、プリン医師は階段の壁のどこかを押した。すると暗闇の通路が一瞬であかあかと照らし出され、下方に続く木製の階段をすっかり見ることができるようになった。

しかし、医師と一緒に下におりるべきかどうか？　下にはいったい何があるのか。プリン医師はこの秘密の地下で、こちらを襲うつもりはないのか？　ブレーメンは警戒した。

「どうぞお入りください。心配しなくてもいいですよ、私はあなたたちに危害を加えるつもりはありません」

　とプリン医師は、ブレーメンとアグアの心配を察して言った。

「私はこのところずっと眠れなくて、毎夜不眠で苦しんでいます。もう限界でした」

　プリン医師は通路をおりながら話した。ブレーメンとアグアはお互いに視線を交わしたのち、彼女のうしろについていった。

　十数段の階段をおりたら、階段は逆方向に折れ曲がり、さらに十数段の階段を下ると、目の前には錆びついた金属の大きな扉が現れた。横の扉には、新しそうな電子パスワードロックがついていた。

　プリン医師は馴れた手つきで六桁のパスワードを入力し、電子ロックが「ピーッ」と鳴って、バネが撥ね上がる音とともに、大きな鉄の扉がゆっくりと開いた。

　中には明かりがともっていた。ブレーメンとアグアはまだ入っていなかったが、そこが広大な空間であると解った。

　ブレーメンは、長期間閉ざされた環境で生活している動物たちが持つ、刺激的な体臭を嗅《か》ぎ取《と》った。その体臭は、ブレーメンを震え上がらせた。それは、間違いなく霊長類の臭いだったからだ。

「ここが、あなたたちがずっと探していた場所よ」

　プリン医師は振り返り、二匹に言った。

「これは……」

　アグアは驚きのあまり、開いた口が閉じられなかった。

　そこは。二百平方メートルもありそうな広大な密室で、天井には蛍光灯が埋め込まれ、何台もの巨大な換気扇が回っていたが、それでも部屋にこもる刺激的な臭いを、完全には取り除けていなかった。さらに不安を感じさせるものは、絶え間なく聞こえる叫び声だった。

フロアの中央には大きな金属の手術台が置かれてあり、その上には下着だけにされた人間のメスがナイロンロープで縛りつけられて、身動きひとつしていない。目は丸く開いていて、もう命はないようだった。

鉄の扉以外の三方向の壁には、大きな鉄製の檻《おり》が並び、それぞれの檻の中には、数十匹の霊長類が閉じ込められていた。

その中には興奮状態のものもいて、プリン医師が入ってきた瞬間から叫び始めたが、長い拘禁時間のストレスゆえか、叫ぶ内容はめちゃくちゃだった。一部の霊長類はすでに骨と皮だけになっていて、檻のすみにしゃがみ込み、小さくなっていた。全身から生気が失われ、まるでゾンビのように生命感がない。ごくわずかな数の霊長類だけが、ブレーメンとアグアを見つけると、「助けて」と大声で叫んだ。

その霊長類をみると、それもまた、わずかな下着だけにされた人間のメスなのだった。全身が黒く汚れ、髪も汚れはて、到底人間には見えなかった。ひどい恐怖で、終始泣いているらしく、顔には無数の涙の跡があった。

「この行方不明の霊長類たち、みんな私が捕まえたものです」

プリン医師は言い、ゆっくりと手術台に近づき、人間の四肢を縛りつけていたナイロンロープを解いた。

「彼らを捕まえたのは、実験のためです」

「何故こんなひどいことをするんだ!?」

ショックを受けたアグアは、大声で叫んだ。

「人間は、もっとずっとひどいことをしました」

プリン医師は言い、かすかに手が震えているのが見えた。

「私たち動物に」

手術台の上の人間はあきらかに死んでいる。プリン医師は顔に手を伸ばし、彼女の瞼を閉じてやった。

「私は人間が嫌いです」

プリン医師は、声を絞り出すようにして言った。

ブレーメンは部屋中にいるサルを見て心中複雑だったが、アグアに大丈夫だ、危険はない、のジェスチャーを送った。

「私がまだ子供の頃、ある日、両親と一緒に旅行をしている最中に人間に捕まりました。目を覚ますと、暗く湿った場所に閉じ込められていて、軍服を着た見張りの人間が行き交っていました。

私たちは軍のキャンプに連れていかれ、そこにはたくさんの同じ種類の仲間たちが閉じ込められていました。彼らは檻の中に入れられ、人間はしばしば金属の管を、彼らの体に差し込んで苦痛を与えていました。私の両親もその中にいて、同じことをされていました。両親は苦痛の叫び声をあげていました。

私はまだ小さかったため、難を逃れました。キャンプには一人の医師がいて、私を可愛いと思ったらしく、ペットとして飼ってくれました。私は彼から医術を学びました。以後私はよく両親のところに忍び込んで、彼らが苦しんでいる様子を見ました。彼らはもう限界で、息も絶え絶えでした。

ある日、父親を見舞いにいった時、彼は胆汁を取られる苦痛に耐えられず、自分の内臓を引き抜いて自殺しました。母親は精神的に錯乱して衰弱し、まもなく亡くなりました。以来、私は人間を憎み抜いて、復讐の決意を育てました」

「その後、そこから逃げ出したのですか？」

とブレーメンは尋ねた。

「はい。私はできるだけ好かれるような態度をとって、人間が警戒を解いた時に、動物王国に逃げ帰りました。それから勉強して、私は医者になりました。けれど私は、自分の両親や仲間たちの、あの悲惨な状況を忘れたことはありません。人間に報復することを誓いました。彼らも同様に、苦しみを味わって死ぬようにと。

　私は自分の医術を高める努力をし、周囲の期待に応えて名医になり、自分の病院も持つことができました。長年にわたり、私は新しいウイルスの研究に取り組んできました。目的はただひとつ、人間たちにも、苦しんでの死を与えることです」

「だから、霊長類を実験のために誘拐したのですか？　彼らは人間に近い存在だからですね」

　ブレーメンが言った。

「そうです、それは霊長類にとっては非常に不公平なことですが、彼らが人間の近親だから、仕方がありません」

「人間もいますね、それもメスばかり」

「私の実験は非常に順調に進んでいます。ウイルスの開発に成功し、非常に強力な感染力を持ち、霊長類、とりわけ人間種には完璧に作用しますが、ほかの動物には感染しません。このウイルスは潜伏期間が長く、したがって感染は無限に広がります。人間が感染すれば、最終的には彼らは全滅するでしょう」

「どのようにしてウイルスを？」

「人間のメスは、死の恐怖を与えると、延髄に猛毒を持つホルモンを作るのです」

「えぇっ⁉」

「私はそれを発見しました。ホルモンはやがて子宮に移動して、一定期間蓄《たくわ》えられます。それを抽出して、インフルエンザのウイルスと合体させれば、猛毒の致死性ウイルスが作れます。潜伏期間を長くしたら、感染は無限に起こり、人間全体に広められ、人間を滅亡に追い込めます。この試作品が、先日完成したのです」

「なんと恐ろしい。しかしあなたの悪魔の実験は成功した。だから、大使を、あなたは実験対象にしたのですね」

「そうです。人間の大使が訪れ、芝華士ホテルに滞在していると聞きました。これは滅多にないチャンスでした。大使をウイルスに感染させ、それを人間世界に持ち帰ってもらい、広げることで私の目的は達成されます。大使に近づく機会をどうやって見つけるかで悩んでいた時、セラジョン氏から連絡がありました。大使が病気になったとのことで、私に診察を依頼してきたのです。

千載一遇のチャンスでした。午前中、何食わぬ顔で診察を行い、彼女にウイルスを注射しました。彼女がウイルスを人間世界に持ち帰ってくれることを期待しました。そうすれば人間たちは、ほどなく前代未聞の苦しみを経験することになるでしょう。しかし、結果として彼女は別の理由で亡くなってしまいました。本当に残念です。このような機会はもう二度と訪れないでしょうから」

自らの罪を語り終えると、プリン医師は深い溜め息を吐いた。

「つまりあなたは、大使にウイルスを注射しただけで、彼女の体を切断したり、臓器を摘出《てきしゅつ》したり、彼女の部屋を焼き尽くしたりはしていないのですか？」

ブレーメンは尋ねた。

「もちろんです。どうしてそんな無意味なことを私がするでしょうか？　理由がありません」

「では何故午後に、再び芝華士ホテルに行ったのですか？」

「好奇心がつのったからです。大使に何か起きていないか、確認したいと思ったんです。ウイルスが急速に広がっているのでは、とも心配しましたし」

「大使を切断したり、臓器を取り出したり、現場を放火したりは、本当にしていないのですね？」

「当然です。そんな乱暴で無意味なこと、していません」

「では誰が……？」

ブレーメンはつぶやく。

「そのウイルスの潜伏期間はどれくらいですか？」

「一週間です」

「ああ、それならば……」

ブレーメンはアグアに向かって言った。

「大使はウイルスで亡くなったんじゃない。大使を殺したのはプリン医師じゃなくて、別の誰かだ！」

「その通りです」

「現場も、大使の遺体も、火事で焼かれました」

ブレーメンは言った。

「これは神の意志ですね。ウイルスは死んだでしょう。これ以外に滅ぼす方法はありません」

プリン医師は言った。

第八章　鉄頭大臣

2333年10月17日、16：20

解放された最後の一匹であるキンシコウが救急車に乗り込み、ドアが閉められた。

警笛と救急車のサイレン音が遠ざかる中、ブレーメンはようやく沈黙から目覚めた。

「アグア、ホテルに戻ろう」

ブレーメンは言った。

「ブレーメン、どうしてニャオニャオ署長のパトカーで帰らないの？」

「ちょっと散歩して、静かに考えたいことがあるんだ」

「ブレーメン」

アグアが言った。

「プリン医師の、人間への復讐心は解るよ、でも……」

「アグア、もしぼくが同じ目に遭ったプリン医師だったら、同じように復讐心に心をやられてしまうかも知れない。でも、彼女がたくさんの罪もない霊長類を捕らえて、過酷な実験を繰り返すのは、不当であり、残酷だ」

「そうだね。ぼくならあんなことはできない。あれじゃ、人間とおんなじじゃないか。祖父が言ってたけど、復讐心は諸刃《もろは》の剣《つるぎ》で、相手を傷つけるだけでなく、自分も傷つけてしまうって」

ブレーメンは黙って、アグアの祖父の意見については何も言わなかった。

プリン医師は警察に連れ去られた。長い間の復讐心が彼女を駆り立て、完全に追い詰めてしまったのだろう。

復讐の標的を失ったプリン医師は、むしろ肩の荷がおりたようで、警察車両に乗せられる前に、ブレーメンに感謝の意を表した。そして、猛毒のウイルス試作品は、大使に注射したものがすべてだと彼女は言った。保存しているものはないと言う。

「もうひとつ、秘密の話を聞かせてあげましょう、小さな探偵さん」

と走り去る間際、プリン医師は顎を上げて、ブレーメンに近づくように合図した。

「人間は非常に悪い存在ですが、一部の動物は、悪魔そのものです。私は悪魔を目の当たりにしました、信じますか？　私が軍のキャンプにいた時、ある夜エンジンの音を聞きました。それで表に出て見てみると、非常に奇妙で恐ろしい光景が広がっていました。人間が空気に向かって……、何もない空間にです……、話しかけていたのです。

私はその会話を聞きました。間違いありません。あれは絶対に人間と動物との会話でした。その動物は、人間に動物の情報を提供し、人間はそれを活用して動物を捕まえるのです。その時私は理解しました。私と私の両親は、そうやって捕まえられたのだと。

それは本当に動物でした。私は何も見ていませんが、確かに動物でした。悪魔のような動物、人間に、自分たちの仲間を狩らせる動物です……」

「アグア、今プリン医師が言ったことを聞いただろ？」

しばらくしてから、ブレーメンが口を開いてアグアに尋ねた。

「悪魔の動物のこと？」

った。

「そう。どう思う？」
「プリン医師の記憶違いか、夢を見たのかも知れないな」
「そうかも知れないね……」
ブレーメンは唇を噛んだ。しかし彼は、プリン医師の言ったことが単なる妄想だとは思っていなか
二匹は、都市の喧騒からはかなり離れたハニーポット病院から、泰坦区の中心街に入ってきた。その時ブレーメンが突然こう訊いた。
「好得快病院は、このすぐ近くだったよね？」
好得快病院は、昨日アグアが行ったひとつ目の病院だ。アグアはそこでジボが、小ゾウのお見舞い
をしたという事実を知った。しかし、ネロの印を携帯していなかったので、看護師に追い出されてし
まったのだ。
「そう、近くだよ。もう二ブロック進んだらあるけど、行く？」
「うん、せっかくだから行こう」
ロビーに入ってみると、病院は相変わらずの慌ただしさだった。ブレーメンは、アグアが小ゾウを
見た病室に行くのではなく、小ゾウを担当している看護師に状況を尋ねた。
看護師長はカンガルーで、彼女は病室で二頭のサイに点滴を打っていた。それが終わると、彼女は
お腹の育児袋から一房の葡萄を取り出して与え、彼らがパクパクと食べるのを笑顔で見守ったあと、
病室から出てきた。
ブレーメンは彼女に向かって歩いていった。カンガルーの看護師長は、仕事中に誰かに邪魔される
のがとても嫌そうだったが、ブレーメンは丁寧に彼女にネロの印を見せた。
看護師長はネロの印を受け取ってしばらく見ていたが、それがなんだか解らないようだった。白衣

を着た馬の医師が巡回診察でそばを通りかかった時、彼に見せて尋ねて、やっとネロの印は万能の鍵であることを知った。

「何を知りたいのですか?」

休憩室に戻ると、看護師長は水を飲むことさえ忘れて、大きなホワイトボードの前で、交代勤務の看護師たちのシフト表を作成しはじめた。シフト表は黒いマーカーで描かれた縦横の線で、看護師の名前はマグネットが付いた小さな四角いピースになっていて、当番の時間帯に貼りつけられる。

「私たちは、病室にいるあの小ゾウの状況を知りたいと思っています」

とブレーメンは言った。

「ああ、ジリのことですか」

ジボの近親者は妹で、ジリというのか、とブレーメンは思った。

「そう、ジリです」

とブレーメンは答えた。

「ジリ、ジリ……、彼女はかわいそうな子です。彼女にはジボという兄がいて、両親は亡くなり、兄妹《きょうだい》だけで生きています」

「私たちはジボの知り合いです。彼はボディガードをしていますよね?」

「おそらく。彼らの家の経済状況はよくないようです」

「ジリとジボの両親の死因を知っていますか?」

ブレーメンは尋ねた。

「前回の人間との戦闘中に亡くなったようです。ジボ自身も前回の戦闘に参加し、戦争が終わったのちに退役しました。彼は部隊で軍医だったそうですよ」

前回の戦争で命を失った動物は本当に多かった。戦場で犠牲になっただけでなく、非軍事的な攻撃で亡くなったものも少なくない。ブレーメンの両親も、住宅地を標的にした爆撃で亡くなった。あとで人間は、本来の目標は弾薬庫だったが、兵器の誘導に問題が生じて、本来爆撃すべきでない場所を誤爆したと説明した。

「ジボは何故軍隊での勤務を続けず、ボディガードに転職したのですか？」

ブレーメンは尋ねた。

「それは私には解りません。彼の個人的な選択だと思います。私はただの看護師で、そういったゴシップや、プライヴェートなことには関心がありません」

ブレーメンは、ジリやジボと同じく、戦争で家族を失った経験があるので、彼らに特別な感情を抱いた。さらに病床に伏せっているジリの姿が、自分の子供時代を思い出させた。

また彼は、何故ジボが軍務を放棄し、辛《つら》くて儲からないボディガードの仕事を始めたのか不思議に思っていた。以前のジボとの会話から、ブレーメンは彼が外務大臣セラジョンと一定の関係を持っていることを知ったが、戦功のある古参兵の彼が、軍を去った理由が推測できなかった。

「ジリは何の病気なんですか？　話してもらってもいいですか？」

「おそらくもう何年も経っているはずです。彼女がまだ子供の頃、治療困難な病気にかかりました。当時、国内で多くの動物がこの病気にかかっているようでした。その後、新薬の実験と開発が繰り返し行われ、ついにこの病気を治療する特効薬が開発されました。しかし残念なことに、ジリは初期の薬物治験に参加していました。その時点では、副作用のない特効薬はまだ開発されていなかったので、病気は治ってもその後の後遺症に苦しめられました。彼女は消化器系や呼吸器系に問題があって、最も深刻なのは腎《じん》機《き》能《のう》の衰えです……」

ここまで話して、カンガルーの看護師長は、悲しみの表情を浮かべた。ブレーメンは、ジリはこの病院にかなり長い間入院していることを知った。ここの医師や看護師たちは、みんなジリのことを知っており、心配している。

「ジリも大変ですね」

ブレーメンは溜め息を吐いた。

「家庭にはむずかしい問題もあるようですし。ちょっとジリをお見舞いしてもよいですか?」

「申し訳ありませんが、あなた方は親族ではないため、ネロの印があっても、今彼女に会わせることはできません」

「何故ですか?」

「彼女は最近手術を終えたばかりで、現在非常に衰弱しています。彼女を刺激するようなことは、極力避けたいのです」

ブレーメンとアグアは目を合わせ、アグアは肩をすくめた。

「そうですか。では、お見舞いはあきらめます。早く回復することを祈っています」

ブレーメンは言った。

「彼女に代わってお礼を申し上げます」

カンガルーの看護師長は、時計を見た。

「あなたたちと話しすぎたようです。私は仕事に戻らなければ」

再び挨拶を交わして、ブレーメンたちは病棟エリアから離れた。そして帰り道、入院棟の入り口で、妹を見舞いに来たジボを偶然見かけた。

ジボは栄養たっぷりのスープが入った大きな缶を持って、眉をひそめて重い足取りで歩いてきていた。ブレーメンとアグアには気がついていないようで、無言ですれ違った。

「ブレーメン、ジボだよ……」

アグアが言った。

ブレーメンはジボの巨大な背中を見つめながら言った。

「今日はそっとしておこう、そしてぼくたちはホテルに戻ろう」

芝華士ホテルに戻ると、ブレーメンはまずフロントに行き、忘れ物の届け出があったか尋ねたが、ないと知って少し落胆した。

エレベーターで三階の廊下に行くと、センサーライトが反応して点灯した。大使の部屋の近くまで歩いていき、ブレーメンはドアの前で立ちつくし、それから床に腹ばいになり、匍匐《ほふく》前進してドアの下端の隙間から、部屋の中を覗こうとした。

しばらくしてから、ブレーメンは体をはたきながら立ち上がり、カードキーを取り出してドアを開けた。しかし奇妙なことに、直接部屋に入るのではなく、ドアノブを持ち、何度か開け閉めする仕草をした。まるで頭の中で、何かの場面を想定し、練習しているかのようだった。

「おいブレーメン、何をしているの？」

アグアは我慢できずに尋ねた。

「プリン医師は犯人ではない。彼女は大使に手を出してはいない。いや、正確に言えば彼女は大使にウイルスを注射しただけで、ほかのことは何もしていない。だからぼくは、考え方を変えなければならないんだ」

ブレーメンは答えた。

その後、彼は実験を中止し、ドアを押して部屋に入り、アグアもあとに続いた。

「火災の原因は電子レンジだ」

ブレーメンは言った。

「電子レンジはタイマーがあるから、何らかの方法で爆発させることはできるだろうけど、何故そんなことをするのかは、まだ解らないな。火事になってもこんなホテルの一室、すぐに鎮火されるだろうから、大使の遺体は決して灰にはならない。死体は必ず焼け跡から見つかる、放火で証拠を消すのは無理だ……」

「でも放火すれば、多くの痕跡を消せるよ」

とアグアは言った。

「死体は無理でも、ほかの場所の指紋や血痕、DNAの証拠となる体毛などは消せる。大使の死は電化製品の故障による火災で、事故死だったとされるかも」

「そうなる?」

「アケンが言ってたけど、大使が殺されたってなるよりは、事故死の方が遥かにましだから、人間との衝突を防ぐこともできるかも知れない。なかなかいい方法だと思うよ」

「ずる賢いけど、それは一種の知恵だよね」

とブレーメンは感心した。

ブレーメンは電子レンジのそばにやってきて、ドアを開けて中を確認したが、電子レンジはすでに鉄クズになっている。そこで、フロントに頼んで、ほかの部屋から電子レンジを一台持ってきてもらった。各部屋の電子レンジは、同メーカーの同型製品だった。

電子レンジをいじっているうち、ブレーメンは突如気づいた。

「この電子レンジのタイマーは、最長でも一時間後までしか設定できない。つまり、時間差で火をつけるにしても犯人は六時以降にしかやれなかった。これでますます、放火して大使を傷つけたのは別の動物だと思えてきたぞ」

「事態はますます複雑になってきたね!」

アグアが言った。

「いや、必ずしもそうじゃないよ。和平派の人たちと話してみたいと思う。君の探偵ノートを見せてもらえる？」

ブレーメンは事件の調査期間中、アグアに調査内容を細かく記録させることがある。それが彼が言う探偵ノートだ。

アグアの探偵ノートを読んでから、ブレーメンは国防大臣鉄頭がいる部屋にやってきた。

アグアは鉄頭の印象がよかった。はじめて会った時、鉄頭は酔っ払っていたが、アグアにとても友好的で、親しみやすかった。セラジョンのような華やかさはないが、より真実味を感じさせた。

ブレーメンも鉄頭に好感を持っていた。政界の大物はビルのように高慢で人を見下すか、それともセラジョンのように、颯爽とした態度で人に親切めかして接するものだと思っていた。鉄頭のように素朴な一般人ふうの大物は、意外だった。

鉄頭は窓際のテーブルのそばにすわり、相変わらずお酒を飲んでいた。テーブルの上には、魅力というメーカーのウイスキーのボトルと、グラスが置かれてあり、中身は四分の一ばかり減っていた。まだあまり飲んではいないようだ、もしこれが最初のボトルであればの話だが。

ノックすると、ドアを開けた鉄頭は、熱烈に二匹を招き入れて言った。

「やあ探偵さんたち、こんにちは！　ウイスキーでも飲む？」

鉄頭はまだ案外冷静だ、飲みすぎてはいないのだろう。

「こんな時、お酒を飲む気分になんてなれるんですか。外は大混乱なのに」

アグアが言った。

「カエルちゃん、君アグアだろ？　人生は短い、今を大切にしなきゃ。酒ってものは、こんな時のためにあるんだ！」

鉄頭が言った。

「鉄頭大臣、飲みすぎてはいませんか？」

ブレーメンは眉をひそめた。

酒が嫌いなわけではないが、鉄頭はいつでも酒を飲んでいる印象で、少々度がすぎていると感じた。

「酒に酔っているわけではなく、ただ楽しんでいるだけだ。酒はこの世界で一番素晴らしい発明品だと思わないか？　この悩み多き世界、その悩みを忘れさせてくれるんだ」

鉄頭はげっぷをして言った。

「でもそれは、現実逃避ですよね……」

アグアは言った。

「一時的なね。現実はそんなに簡単に逃げられるものではない。一時的に頭をからっぽにする場所を見つけて、心に押しつけられた大きな石を脇に移動させるだけ。目が覚めたら現実に向き合わねばならん。しかし、いくら現実に向き合っても、すべての問題を解決することなんてできはしないんだ。世界には法則性があってね、星の運行のように、私らはそれがすぎていくのを待つだけだ」

鉄頭は大声で言い、大口で酒を飲んだ。

「自然の流れにしたがうことさ」

この発言は、国防大臣としてはなかなかふさわしくないが、それなりに理にはかなっており、もっともらしく聞こえる。

「大使が亡くなる前は、あなたはまだこんなにお酒を飲んではいなかったでしょう？」

ブレーメンは言った。

「そうだな」

鉄頭は上を向いて大口でひと口酒を飲み、それから苦笑いした。

「失敗したから、悩みを酒で忘れるしかないんだ。和解なんて、もともと不可能なことなんだからね」

「あなたは、平和を主張しているはずですよね？」

「ああそうだよ」

鉄頭は、背もたれ付のソファに横になった。

「私は完全に和平派だ。ライオンやトラ、ヒョウなんかはいつも私の大きな体を笑いものにして、勇気のない臆病者《おくびょうもの》だとあざけるんだが。君たちもそうなんだろう？」

「戦争は勇気を意味するわけではないし、平和がイクォール臆病を意味するわけでもないです」

とブレーメンは言った。

聞いて鉄頭は溜め息を吐いた。

「君は若いけれども、ものの理《ことわり》を解っているロバだ。私たち政治家の中には、銃を持ち、戦場に立ち、大小さまざまな戦闘を経験した者が多くいる。戦後、戦時の功績に比例して昇進して、相応の地位につく。私とセラジョンも例外ではない。かつて同じ部隊で、兵役を務めた戦友だ。

しかし一部の政治家は名門校を卒業し、戦争を経験せず、銃を持ったことすらない。彼らの戦争についての理解は、文字や映像から得たものにすぎない。私は彼らが戦争を簡単に考えていることを心配している。セラジョンについては知らないが、少なくとも私は、もう飢えた死体があちこちに転がる光景など見たくはない」

ブレーメンは非常に驚いた。鉄頭の発言は、先ほどの会話とはまったく様子が違った。ブレーメンは鉄頭が、ただのおしゃべり好きの酒飲みだと思っていた。

「鉄頭大臣、戦場でのことをもう一度話していただけませんか？」

アグアがもう少し話して欲しいと頼んだ。

「最初の頃、私ら動物たちは、みな壮大な気持ちだった。私も例外ではなかった。人間と最後まで戦い抜き、彼らに血の借りを返すと誓った。しかし後半になると、激しい嫌悪と疲労感だけが残った。私らが通った場所は荒廃していった。私が一番怖かったことは、何だったと思う？　戦闘ではなく、仲間の死体を片づけることだ。死体を片づけるたび、私は地獄を知った気になった。血でできた冥河を渡りながら、私は地獄を見わたす気分になったんだ」

　アグアは全身が震えた。

「一緒に入隊した、タンタンという名のカバがいた。当時の私は若くて気が荒く、性格もあまりよくなかった。仲間とよく衝突したが、タンタンは本当に性格がよくて、誰に対しても穏やかだった。カバは実際には気性が荒いが、タンタンは決して怒らなかった。当時、私は彼と一番仲がよかった。ある時、キャンプの近くに川があってね、彼は水を汲《く》みにいった時、よく花や草を持ち帰っては、いろいろと手芸品を作っていた。だから、ほかの動物たちからは女々《めめ》しいやつと笑われていた」

「今でもタンタンと連絡を取っているんですか？」

　アグアは尋ねた。

「もう亡くなったよ。ある日空襲があって、彼は壕《ごう》に隠れた。そして爆弾には当たらなかったが、倒れたスギの木に押しつぶされてしまった。スギの木は六十メートル以上もある大木だった。そんな巨大な木はゾウでも耐えられない。タンタンの体は真っぷたつに折れて、最期の言葉も言えなかった。彼は手作りの小さなものを持っていた。それは草で作られたサイの人形で、小さな白い花が添えられていた。彼はそれを私にくれるつもりだったのだろうが、私の手に渡った時には、小さな赤い花に変わっていた」

　鉄頭の声は少しかすれていた。

「血で染まったからな」

　ブレーメンとアグアは、鉄頭の言葉から深い悲しみを感じた。二匹は戦争を経験したことはないが、その話を聞くだけで、たまらなく辛く感じた。

「だから私らはもう戦いたくない。臆病なのかも知れんが、もうあのような経験はしたくない。私らは幸せな牛になることを選んだ。臆病と人にあざけられても、平和主義者になることにしたんだ」

と鉄頭は言った。

「鉄頭大臣、あなたは決して臆病な平和主義者ではありませんよ」

アグアは言った。

「もういいんだ」

と鉄頭は言った。

「申し訳ありません。あなたの辛い体験を思い起こさせてしまって」

とブレーメンは言った。

彼は鉄頭が言っている平和の意味や、平和の代償、そして戦争の代償をある程度理解していた。ブレーメンは自分が人間に対して持っていた憎しみが、以前ほど強くはなくなっていることに気づいた。

「大丈夫だよ、もう過去のことだから。単なるおじさんの繰り言だ。そうだ、果物を食べますか？」

鉄頭は親切に言った。

「たくさんありますよ」

鉄頭は立ち上がって冷蔵庫のそばに行き、冷蔵庫を開けてひとつひとつ果物を取り出した。

ちょうどいい赤さのリンゴ、黄色く輝くオレンジ、香り高いアボカド、食感のよいキウイ、紫、赤、青の葡萄……、フルーツパーティーができるほどだった。

アグアは、我慢できずによだれを垂らした。

「私はフルーツが大好きでね、体によいですから」

ブレーメンとアグアが目を丸くしているのを見て、鉄頭は気恥ずかしそうに手をこすった。

「人生を楽しみましょう！」

ブレーメンは小さな房の葡萄を選んで食べはじめたが、アグアは一番大きなオレンジを取った。そのオレンジは、ほぼアグアの頭ほどの大きさがあった。

「そうだ、鉄頭大臣、大使が殺された日、本当に彼女の部屋に行っていなかったのですか？」

ブレーメンは葡萄を皮ごと飲み込みながら、重要な質問をした。

「行ってません」

鉄頭は答えたが、目にはかすかな光が宿っていた。ブレーメンはその一瞬の光をとらえ、鉄頭が何かを隠していると確信した。だから攻勢をかけた。

「六時以降、どこにいましたか？」

「私とベラ教授は、超兵器について話していました」

鉄頭は少し間を置いて、考えてから言った。

「でも、ベラ教授とはあまり話せなかったと思いますよ。彼女は早々に帰ってしまったはずです」

「よく憶えてはいませんが、ベラ教授は少し話したあと、すぐに帰りました。彼女はすぐには手助けできないと言って、心配しないようにと言いましたが、私が心配せずにいられるわけがありません。大使が亡くなったんですから」

「違いますね」

ブレーメンは、鉄頭の発言の矛盾に気づいた。

「あなたは大使が亡くなったことを知っていたのですか？」

鉄頭も自分が口を滑らせたことに気づき、一気に酔いが醒《さ》めたようだった。

「違う、違う」

鉄頭は説明した。

「私が言いたかったのは、その後大使も亡くなったということで、当時、私は武器のことで悩んでいたんだ」

「武器のことは、あなたにとって大打撃でしょうね？　武器がなくなると、大使との交渉は不利になるのではないですか？」

「もちろんです。交渉のテーブルとは言葉の攻防です。そしてテーブルの下では、誰の拳がより強いかを較べているんだ」

「大使の死と武器の破壊、どちらがより深刻だと思いますか？」

「それはもちろん、大使が亡くなったことです。これは人間と動物との戦争を引き起こす、直接のきっかけになりますから」

「もし大使が殺されたなら、人間は戦争を宣言するかも知れません。もし大使の死が偶然の事故なら、まだごまかせるかも知れませんね」

　ブレーメンが言った。

「一理ある」

　鉄頭はうなずき、同意した。

「大使の部屋の火事の原因を詳しく調査しましたが、ショートした電気回路が火災を引き起こしたことが解りました」

　とブレーメンは言った。

「そうだね、電子レンジがこんなに危険なものだとは思いませんでしたよ」

　ブレーメンは一瞬驚いたあと、黙ってうなずき、確信した。

「鉄頭大臣、電子レンジが火災の原因であることは、警察は公表していないはずです。どうしてショートしたのが電子レンジであることを知っているのですか？　部屋には電灯、冷蔵庫、テレビ、アイロンなどほかの電化製品もあります。アイロンの方が火災を引き起こしやすいと思いますが」

「ええと……、私はただ口が滑っただけで、無意識に電子レンジの可能性が高いと感じたんだ……」

「うーん、確かに無意識の判断ですね。私は前から犯人がどのようにして電子レンジのタイマーを使ったのか考えていましたが、さっき考えがまとまりました。電子レンジを爆発させる方法があります」

ブレーメンはひと呼吸を置いた。今は科学の時間だ。

「電子レンジ内で接触しているふたつの水の球を加熱することで、高温のプラズマが発生し、そのプラズマが巨大なエネルギーを生み出して爆発を引き起こすんです」

「え、ブレーメン、プラズマって何?」

とアグアが尋ねた。

ブレーメンは辛抱強くアグアに説明した。

「プラズマは、固体、液体、気体以外の第四の形態で、炎もプラズマの一種だよ」

「そうだね、炎は確かに固体でも液体でもない。ぼくはずっと炎が気体だと思っていたんだよね……」

とアグアはつぶやいた。

「この事実から推察して、犯人は電子レンジにふたつの水球を入れ、タイマーを使って爆発を引き起こしたと確信しています。しかし、このふたつの水球とは、いったい何だったのでしょうか……」

言ってブレーメンは、鉄頭の部屋を見廻しはじめた。

「ここに水球はありますか?」

「いったいどこからそんなものを持ってくるって言うんだ!?」

鉄頭は激しく頭を振った。

「ここにあります。これが水球なんですよ!」

ブレーメンは目の前のテーブルに置かれた葡萄を手に取った。

「葡萄のような果物を電子レンジに入れると、葡萄内部の水分中の電解質の電位が上昇し、葡萄の皮を通じてエネルギーが流れることになります。そして葡萄の皮の間に高温のプラズマが、瞬間的に発生するのです」

「そんなわけあるか？　こんな小さな葡萄が……」

鉄頭の声が高くなった。

「あんたは私を、公然と侮辱しているのか⁉」

「それなら試してみましょう。あなたの部屋にも電子レンジがあるでしょう？　ちょうど実験ができますよ」

ブレーメンは葡萄をアグアに投げた。

「アグア、葡萄を電子レンジに入れてみて」

「グアッ、ブレーメン、ぼくは今日命を捧《ささ》げる、さあ一緒にこの価値ある実験をしよう！」

アグアは空中で葡萄を受け止めた。

「鉄頭さん、あなたの部屋の電子レンジはどこに……？　まあいい、自分で探します……」

アグアは電子レンジを探すふりをした。すると鉄頭が右手をあげ、言った。

「もういい。はったりはやめよう。もし葡萄がプラズマを生成して爆発を引き起こすことがあったとしても、それが私の部屋にあった葡萄であるという証拠はないだろう？　ほかの動物の部屋には、葡萄はなかったかね？」

ブレーメンは咳払いをして言った。

「私はすべてのゲストのスケジュールと、彼らが滞在中にサーヴィス・スタッフに頼んだ食事を調べました。事件が起きた日の六時から七時の間、アリバイがない動物はいませんでした。そしてあなた一人だけが、果物を注文していました」

「それは、確かに証拠というものだな……」

と鉄頭は困ったように言った。

「大臣」

とブレーメンは立ち上がって鉄頭に近づき、真摯な表情を浮かべて言った。

「もしもあなたが六時以降に大使の部屋に行っていたとしても、問題はないのです。私の調査では、大使の死亡時刻は非常に高い確率で、四時半よりも前です。ですから、もしもあなたが大使の部屋に入っていても、それがすなわち、あなたが殺人の犯人であることを示しはしません。だからこそ、私はあなたが見たものや、したことを率直に話していただきたいと思うのです。それが、大使の死の真相を解明するうえで、最大の手助けになるからです」

とブレーメンは言って、鉄頭を見つめた。ブレーメンの視線は深く鋭く、それが鉄頭の心を動かし、だから彼は、自分の見たものをすべて話すことにした。

「いいだろう。あなたの言うことは適切で、理にかなっている。確かに私は大使の部屋に入った。それは午後六時すぎで、ベラ教授と別れてしばらく経ったあとだった。私はずっと酒を飲んでいた。その後、大使が具合悪いのなら、お見舞いにいけばいいと気がついたんだ。私たち動物の友好の念を示したかったのと、武器が破壊されたことが大使と関係があるのかどうかを確認したかった……」

鉄頭はそれで少し沈黙する。

「どうぞ続けて話してください」

「大使の部屋に到着して数回ドアをノックしても、中からは何の反応もなかった。大使は寝ているか、外出しているのかも知れんと思いながら、無意識にドアを押してみたところ、ドアがロックされていないことに気づき、思わず中に入ってしまった。

中に入ると、バルコニーの手前のカーテンが揺れていて、誰かがバルコニーから飛びおりるような影が見えた。おそらく動物だっただろう。私は追いかけてバルコニーに出て、下を見ると、下は真っ暗で、何も見えなかった。それで室内に戻って、大使を探そうと部屋中を見廻して……、そして大使の死体を見つけました」

「あなたが入った時、入れ違いにバルコニーから誰かが飛びおりたのですか？　それは奇妙ですね」

「もっと奇妙なことがあるさ」

言って鉄頭は、興奮して手をこすった。

「見つけた大使の死体は、ベッドの上だったのだけれど、どんな様子だったと思うかね？　彼女の死体は上半身だけだったんだ！」

鉄頭は大声で言った。

「上半身だけになった大使の遺体……」

「そうだ、人形みたいだった。偶然の事故で上半身だけになんてなるわけがない、誰かが意図的にやったんだ、こんなひどいことを」

「つまり遺体のその様子は……」

「殺人を意味する。大使は殺されたんだ、一目瞭然《いちもくりょうぜん》だった」

鉄頭は、悲しげに言った。

「そしてこれが意味するものは……」

ブレーメンが訊き、

「戦争だ！」

鉄頭大臣は断言した。

「長い長い、血で血を洗う、動物と人間との百年戦争さ」

ブレーメンは黙った。

「何も生み出すことのない、不毛な殺し合いだ」

「そうですね……」

ブレーメンは言った。

「和平派のあなたは、それを、なんとか阻止したいと考えた」

「ああその通りさ」

鉄頭は認めた。

「それが火災だった、そうですね？　電子レンジによる偶然の事故の火災で、大使が事故死したのであれば、殺されて、切断されたというより遥かにいい。言い訳が可能になり、戦争が回避できる……と」

「ああそうさ探偵さん、その通りだよ」

鉄頭は苦しげに言った。

「私がやったんだ」

第九章　ベラ教授邸2

1

2333年10月17日、18:20

夜のとばりが徐々に訪れ、一輪の明月が、木の枝に昇っていく。

二日前の満月と較べれば、今夜の月は少し痩《や》せた。そしてさらに痩せ続け、細い弧線にいたり、消えてから、またゆっくりと太っていく。このプロセスは、何億年もの間絶え間なく続き、神秘的な力を発揮しつづけている。

鉄頭の部屋を出たあと、アグアは溜め息を吐いて言った。

「放火が平和のためだったなんてね、思いもしなかった」

「ああそうだね、なかなかのブラックユーモアだ」

ブレーメンが言った。

「それなら、大使の死と彼とは、何の関係もないってことになるね」

アグアが言い、ブレーメンはそれには何も答えなかった。

「ブレーメン、ぼくらこれから何をすればいいの？」

アグアは尋ねた。

「もし鉄頭が嘘をついていないのなら、彼が部屋に入った時にバルコニーから飛びおりた動物を見つける必要があるね」

「鉄頭は嘘をついていると思う？」

「鉄頭は、嘘をつく必要はないよ」

とブレーメンは言った。

「彼が言ったように、彼ほど強く平和を望んでいる動物は、この国にはいない。大使を殺すようなことはできないよ」

国防大臣の鉄頭は、ブレーメンの追及の重圧に耐えかね、自分が大使の部屋に放火した動物であることを認めた。方法は、電子レンジに、つながったふたつの水球を入れて加熱することでプラズマが発生し、爆発を引き起こす。

彼がこれを行った理由は、見つけた大使がすでに死亡していて、死体の状態からあきらかに殺害されたと気づいたからだ。重大な外交問題を引き起こすことを心配した鉄頭は、大使の部屋で電気系統の故障による火災を偽装した。

この件は、すでにブレーメンが見破ったので一件落着だ。ブレーメンが今気にしているのは、鉄頭が放火する前に起きていたであろう出来事だ。

鉄頭の部屋に置かれていた超兵器が自己破壊した。これは、超兵器が身もと不明の何ものかによって起動を試みられたためで、彼が、それとも彼女が、パスワードを知らなかったので起動許可がおりず、結果、自己破壊した。パスワードを知らないのにアクセスしたのは、超兵器を破壊しようとしたからではないのか。パスワードを三度入力しそこなえば、超兵器が自己破壊のプロセスに入ることは、関係筋にはよく知られている。

兵器を破壊しようとした者の動機は何だったのだろう？　ブレーメンはいくつかの可能性を考えた。

可能性の第一は、武器の破壊と交渉の阻止だ。これはスパイがやりがちな行為だが、当たっているならちょっと奇妙だ。戦争派と和平派のどちらがこれを行ったのか判断ができない。もし戦争派なら、史上最強の武器を破壊することは賢明ではないし、和平派なら交渉を阻止する必要はない。

第二は、武器の破壊と動物に対する圧力だ。これは大使がやりそうな行為で、相手が超強力な武力を持っていることは交渉の重要なカードだ。その武器を破壊してしまえば、自分が交渉の主導権を握ることができる。しかし、鉄頭の陳述から判断すれば、大使は超兵器の存在を知らなかったように思える。

第三の可能性は、何者かが超兵器を起動させようとしたが、パスワードが解らなかったため、武器が自壊してしまったとするもの。これは絶対にないこととは言えないだろうが、ブレーメンに言わせれば最も馬鹿げた妄想だ。いったい誰がそんなことをする？　そうなら、兵器を発射しようとしたということだが、何が飛び出すのか、よくは知らないが、そんなことをすれば、芝華士ホテルが全壊しかねない。大勢の死傷者も出る。

また超兵器は、同時に核爆弾でもあると聞く。兵器自体を爆発させることもできるのだ。もしもそんなことをしたら、動物王国自体が消滅だ。交渉の行方も解らないうちに、誰がそんな馬鹿げたことをする？　いったい何のために今、厄介な交渉をしているのか。

鉄頭は、事件当日に自分が一階のバーから部屋に戻り、しばらく部屋にいたあと、フィットネスクラブに行ったと主張している。最初は軽く汗を流すつもりだったが、千五百キログラムの重量を上げる際にサポーターを着けていないことに気づき、怪我をするかも知れないと心配になって、部屋に取りに戻った。

部屋に入り、彼は直感的に様子がおかしいと感じ、すぐに超兵器を点検すると、すでに自壊していた。

鉄頭が部屋を出てからまた戻るまで、時間にすればたったの二十分間程度のことだった。そんな短時間にこんなことが起こったと知り、彼はあわてた。部屋を出る時、しっかりとドアを閉めたかどうか憶えていないが、出る時には閉めたと思っていた。

そこで鉄頭はベラ教授を呼び、ベラ教授が到着すると少し話し、ベラ教授はじきに去ってしまった。鉄頭は部屋で一人で酒を飲みながら悩んでいたが、ついつい酔ってしまい、大使をお見舞いしようと思いついて、そして次の大事件、火災と大使の死体発見が起こった。

「超兵器だけど、出席している政治家たちは破壊する動機はないよね。外部の動物の仕業だと思う？」

アグアが尋ねた。

「その質問は核心だよね。もし外部の動物だった場合、超兵器が芝華士ホテルにあることをどうやって知ったんだろう？」

「そうだよ、大使だって知らないのにさ、交渉相手には超兵器の自壊は知らせない、外部の動物が知っているわけないよ。それに、外部の動物が簡単にホテルに入ることはできないよね？」

「知っていた動物もいるよ」

とブレーメンが言った。

「誰？」

「今、彼女に会いにいく」

歩き出しながら、ブレーメンは言った。

「誰のことを言ってるんだい？　ブレーメン」

追ってきて、アグアは問う。

「ベラ教授だよ」

ダーウィン区は昼間も活気がなくて、まるで霊が暮らす世界のように感じられるが、夜はさらにそうだ。

道路脇には木々の影が重なって、冷たい風が吹けば、枝が乱れて震えて、まるで殺人鬼があたりにひそんでいて、奇声をあげて通行人を襲ってきそうだ。

ベラ邸の高い壁のてっぺんには、奇獣がたくさん彫刻されている。その隙間から月光が顔を出し、細長い影を道路に作って、影は牙を剝き出していて、訪問者をおびえさせる。

そんな陰鬱な道路を、ブレーメンとアグアの乗る電動バイクが、一台だけやってきた。

「ブレーメン、怖いよ、この道は本当に怖い！」

うしろのシートでアグアは、ブレーメンの体にしっかりと抱きつき、木の枝や影の暗所にひそんでいる猛獣に、襲われて食べられるのではないかとおびえていた。

「ベラ教授は、何故こんな辺鄙《へんぴ》な場所に住んでいるんだろう」

「アグア、怖がらないで。ここはこんなに静かだから、研究に没頭するのに最適なんだよ！」

ブレーメンはアグアを勇気づけた。動物霊園を訪れたあとだから、ブレーメンはもう何も怖くは感じなかった。

電動バイクはベラ教授の屋敷に到着した。昼間はその顔をいつわり、ごまかしていたものが、夜になって本性を現した。

高くそびえ立つ尖塔《せんとう》、古色蒼然たる壁に貼りついた恐ろしい表情の彫刻たち。五脊《せ》六獣の外壁は、このゴシック様式の城を、死の気配で満たしている。黒々とそびえる邸宅は、底知れない黒い穴のようで、すべての生命を吸い込もうとしていた。

アグアは膝が震え、下半身全体も震わせていた。ブレーメンの衣服の裾を引っ張りながら言った。

「本当に中に入るの？」

「虎穴《こけつ》に入らずんば虎子《こし》を得ず」

ブレーメンはうなずきながら言った。

「ここは虎の穴じゃなくて狼の巣だよ……」

アグアは言った。

ブレーメンは思わず身震いした。彼はあの巨大な狼の爪を思い出した。黒い大きな鉄門の前に、再びやってきた。

ブレーメンは、バイクをおりてベルを押すのではなく、アグアを乗せたまま、ベラ教授邸の周りをぐるぐると廻りはじめた。

「ブレーメン、どうして中に入らないの？」

アグアは心配そうに尋ねた。

ブレーメンはそれを無視し、歪《ゆが》んだ古木の前で停まるまで、何も言わなかった。

「ここでいい」

ブレーメンはバイクを停め、おりて施錠しながら言った。

アグアは理解した。ブレーメンはベラ教授の家の正面玄関から堂々と入るのではなくて、こっそりと忍び込むつもりなのだ。

「ブレーメン、それは不法侵入だよ……」

「恐れることがあるものか、ぼくたちはネロの印を持っているんだぞ」

「ネロの印は、こんな時でも使えるの？」

「もちろんさ、そうでなければネロの印とは言えないだろう？」

「でも、なんでこっそり入る必要があるの？　ベラ教授を探しに来たんじゃないの？」

「ベラ教授に会いにきたけど、彼女の日常の様子に興味があるんだ。普段彼女が何をしているのか見てみたい。だから、こっそり入る必要がある。彼女に知られたくないからね……」

アグアはブレーメンに全幅の信頼を寄せていたから、迷わずに彼にしたがって斜めに立つ木の幹に登り、庭の中まで伸びた枝を伝って、ベラ教授の家の庭に侵入した。

庭を静かに通り抜け、茂みの下に隠れながら、小走りで城の下に到着した。が、いったいどうやって中に入るのか？

ブレーメンはゆっくりと城を一周しはじめた。見上げると、二階の窓のひとつが閉まっていないのが解ったが、バルコニーは地面からかなり高くて、壁は非常に滑らかだから、ツタなどの植物を利用して登ることはできそうもない。

ブレーメンはアグアを自分の頭の上に乗せ、二階に飛び上がらせ、ドアを開けてもらうことに決めた。アグアは小学校から大学まで、ずっと高跳びのチャンピオンで、このくらいの高さは、彼にとって造作もないはずだ。

計画を話すと、アグアはしくしくと泣いて、断る言葉さえも口に出せなかった。それで彼はおとなしくブレーメンの肩に乗り、懐中電灯を受け取って、頭に飛び乗った。震える足を必死で押さえながら、

「これは競技だ、競技だ、頑張れ、頑張れ、金美が見ている、金美が見ているぞ！」

とつぶやいていた。

そしてアグアは力強く跳び上がり、見事に窓に飛び込んだ。

金美はここにいないから、アグアの勇ましい姿を見せることはできなかったが、暗闇の中、別の一対の目がじっと彼を見つめていた。

アグアが二階の窓に飛び込んでから、ブレーメンは窓の下を行ったり来たりした。随分長いことそ

れを続けて、三十分ほどの時間が経ってしまったが、どうしたことか、アグアはドアを開けに来ないのだった。これはまずい、とブレーメンは思った。何かあった、屋敷《やしき》の中の者に見つかったのだろうか？

ブレーメンは焦りはじめ、戦術や計画を気にする余裕もなくなった。奇襲作戦はおそらく失敗したのだ。今はアグアの身の安全が最も大事だ。そう考えて、ブレーメンは城の正面玄関に廻った。彼は耳をドアに近づけ、中の音を聞こうとした。細かい足音が聞こえた。アグアがドアに行く道を見つけて下におりてきたのだろうと思い、中に向かって小声で尋ねた。

「アグア、アグア、アグア、いるの？」

アグアから答えがないまま、ブレーメンはまた質問しようとした。ドアにひづめをかけて軽く押すと、開いてしまった。

けれど暗闇の中で、ガツン、という縮みあがるような大きな音がした。それはまるで地鳴りのように響き渡ったから、冬眠中のクマさえも起こしてしまいそうだった。

ブレーメンはドアの前に呆然と立ちつくし、この音が屋敷中に伝わるのを黙って見守った。この音でもしも執事が銃を持って現れ、不法侵入者として彼を即座に射殺しようとしても、どうするすべもない。

ぞっとする寒気。でも待っても銃を持った執事は現れない。しかしアグアを置いて、逃げ出すわけにもいかない。こうなったら覚悟を決めて、中に入るしかなかった。

広々としたロビーは静まり返っていて、針がフロアに落ちても、聞こえる感じがした。なんだ、ドアは開いていたのか？　とブレーメンは思った。それなら、アグアを忍び込ませる必要はなかった。

ブレーメンは懐中電灯をつけ、周囲を照らしながらアグアを探した。ほんの五分もそうしていたら、懐中電灯の光がすうっと暗くなった。しかし消えはしない。ブレーメンは内心舌打ちして、きっとアグアのやつが、懐中電灯の充電を忘れたんだと思った。

懐中電灯の光はどんどん暗くなっていき、とうとう黄色の点になって、足もとさえ照らすことができなくなった。ブレーメンは懐中電灯を消した。

彼は闇の中で一生懸命目を見開き、ひづめの先で壁に触れながら、ごくわずかずつ、前方に進んだ。第一の目標は、二階に行ってアグアを探し出すことだった。

壁にひづめを滑らせてゆっくりと前進していると、ひづめが何か硬い突起に触れた。その瞬間、一階の明かりが次々と点灯していって、ロビー中が煌々《こうこう》と、真昼のように明るくなった。

ブレーメンの全身の毛が逆立《さかだ》ってしまい、大あわてで手近の戸棚のうしろに駆け込んで隠れた。

ベラ教授に気づかれたのか？

しばらくそうしていても、なんの変化もなかったので、ブレーメンは再びフロアに出て、自分が触れた壁を見ると、硬いものはただのスウィッチだった。一階の照明群のスウィッチに触れたのだ。

たったひとつのスウィッチでこれだけの照明器具群をコントロールできるなんて、とブレーメンは思い、驚いた。この城のメカニズムは本当に不思議だ、そう思いながら、もと通り明かりを消した。

そろそろと廊下をたどり、以前お茶を飲んだ居間の前にやってきた。すると、どういうわけか名を呼ばれたような気がして、ドアを押してゆっくりと中に入った。

けれど居間を一周しても、心惹かれる何ものも見つけることができず、アグアの姿もない。

部屋を出ようとした時、突然異様な気配を感じた。昨日ここを訪れたばかりだが、その時と、何かが違うと感じた。

ブレーメンは顔を上げ、周囲を注意深く見廻し、そして、背筋が凍《こお》りついた。

闇に、随分目が馴れてきている。だから、壁には見覚えのあるものがびっしりと並んでいるのが見えた。無数の額縁だ。それら額縁のひとつひとつには、動物たちの顔が入っていた。ところが——。

額縁の中はからだった。中に見えた動物たちが、みんないなくなっている。

見覚えのある楕円形の額縁がまだあった。ブレーメンの記憶では、それは執事のジャックのお父さんの顔が入っている。そのほかにも、おじいさん、おじいさんのお父さん、おじいさんのおじいさん、そんな動物たちの顔が入る額が、ずらりと並んでいた。しかし今、ジャックの祖先たちが、一斉に消えてしまった。額縁の中は、からっぽだ。

どういうことだ？　額縁の中の顔、あれらはみんな亡霊だったのだろうか。ここはやはり、お化けが出る屋敷なのだろうか？

こんなこと、すぐには理解できないと思い、ブレーメンはリヴィングルームを出て、階段に向かった。得体の知れない不気味な空間、ここは危ない、安全ではないと感じ続けていたが、行動を続けるためには、まずアグアを見つけなければならない。アグアを見つけずに、この屋敷を逃げ出すわけにはいかない。

階段に近づいた時だった、暗闇の中を、何かがブレーメンに向かって近づいてくる。そんなはっきりとした気配があるのだ。

ブレーメンの心臓の鼓動が速まり、身の危険を避けるため、彼は急いで階段を駆け上がり、二階に向かった。懐中電灯を点灯し、頼りない光を懸命に振りながら、さっきアグアが窓から入った部屋を見つけようと焦った。

ひとつの部屋のドアが半開きになっていて、隙間からわずかな光が漏れている。

光ということは、おそらく中にアグアがいる——？

「アグア」

ブレーメンは、そのドアを押しながら、仲間の名前を小声で呼んだ。

さっとドアを開けてみる。けれど部屋にアグアの姿はなく、ただ窓の下の床に、小さな鋭い光がひとつあって、まっすぐにブレーメンを照らしていた。

近づいてみると、その光は予想通り見覚えのある懐中電灯のもので、自分のものと同じデザインの製品、つまり、アグアの懐中電灯だった。そしてこっちの懐中電灯のバッテリーは、充分に充電されているらしい。いまだに煌々と光っている。

アグアの懐中電灯。ということは、ここで何かが起きたのか？　ブレーメンは激しい不安と後悔を感じた。アグアという小さな動物を、たった一匹で危険な場所に飛び込ませてしまった。

この部屋は充分な広さがある。おそらく、三十から四十平方メートルほどもありそうだ。が、家具がほとんどない。シングルベッドとクローゼットがあり、床には古いテレビがぽつんと置かれている。それだけで、テーブルや椅子はない。おそらく客室にも使えるようにと、想定してあるのだろう。

ブレーメンはフロアを注意深く観察し、泥のついたアグアの小さな足跡が、バルコニーから入ってきて、ベッドの下まで続いているのに気づいた。ベッドの下に逃げ込んだ？　アグアは何故ベッドの下に逃げ込んだのだろう？

腰を屈めてベッドの下を調べようと覗き込んだら、ベッドの下の闇で、真っ赤な目がじっと彼を見つめていた！

目が合ってしまい、ブレーメンはびっくりして、数歩うしろにさがって尻もちをついた。

怖かった！　と思ったが、でも、ベッドの下なんかに何故血のような赤い目があるんだと思い、そんなはずはないと思いなおした。ブレーメンは幽霊話なんて信じていなかったから、気を取り直して再び覗き込むと、それは、恐ろしい赤い目をした人形だった。

その時、うしろの方からザザザザ、という異音が聞こえた。そして部屋全体が、ぱっと蒼《あお》い光に照らされた。振り返ると、何故なのか、突然テレビがついていて、画面には白い雪のようなノイズが映し出されていた。そしてその手前に人形が現れ、体をくねらせながら、奇妙な童謡を歌いはじめた。

一番目のウサギが病気になった。二番目のウサギが看病して、三番目のウサギが漢方薬を買い、四番目のウサギがそれを煎《せん》じる。五番目のウサギは死んで、六番目のウサギが運び、七番目のウサギが穴を掘り、八番目のウサギが埋める。九番目のウサギは地面にすわって泣いて、十番目のウサギが何故泣いているのと尋ねる。九番目のウサギは、五番目のウサギが戻ってこないから！　と言った。

ブレーメンは憶えていた。これは動物王国で、みんなが知っているウサギの童謡で、一見奇妙でナンセンスな歌詞だが、背後には実は恐ろしい意味がある。

今はこの童謡がどんなストーリーなのか考えている余裕はない。何故こんな不気味な童謡が、突然鳴り響いたのか。ブレーメンは床に這《は》いつくばって、テレビを消しにいこうとした。

テレビのそばまで這っていった時、テレビにはスウィッチがないことに気がついて焦った。仕方なく、テレビの裏側の電源コードを引き抜いた。

一瞬で、テレビの画面は暗転したからほっとした。

ひと息ついたところで、また童謡の声が聞こえてきた。後方からだ。さっきの「一番目のウサギ、二番目のウサギ」の一節だった。

振り返ると、ベッドの下にいた人形が、なんと彼に向かってギシギシと歩いてきていた。歌いながら近づいてくる。テレビの中の人形と同じような動きをしていた。

けれどこの人形の歌う童謡は、さらに恐ろしい内容だった。けれどどこかが故障しているようで、五番目のウサギが死んだところで、引っかかるように、同じところを何度も繰り返す。でも赤い空洞の目は、ずっとこちらを見つめたままだ。

「おまえ、それ以上近づくなよ。さもないとぺしゃんこにするぞ！」

ブレーメンは、恐ろしさをこらえて言った。するとうしろのテレビが突然点灯して、またウサギの童謡が流れ出しはじめた。

さっきテレビの電源コードを抜いたのに、これはいったいどういうことだ？

よく考える余裕もなく、あわてて立ち上がって部屋から逃げ出した。廊下へ出ると、真っ暗だった、けれどさっきの部屋に較べれば安心感がある。

振り返ると、ウサギの童謡を歌う人形はもうついてこなかったので、ブレーメンはほっと胸を撫でおろした。そして目も、すっかり暗闇に馴れた。


前方に何かいる。ブレーメンは、目をこすりながら、じっと見つめた。すると、ごく近くに小さな黒い影が四つ、微動もせず立っているのが見えた。ブレーメンはその四つの影が、アグアの体型と似ていると感じた。

「アグアなの？」

勇気を振り絞り、ブレーメンは数歩前に進んだ。

「どこに行ってたんだい？　なんで答えないの？」

そしてブレーメンは立ち停まってしまった。言葉に詰まってしまい、それ以上声が出ない。

彼は見てしまった。四つの黒い影は四匹のモグラで、階下のリヴィングルームの額から消えたモグラとそっくりだった。

彼らは手に、光るナイフを持っているようだった。窓から差し込む月光に、それが反射するのが見えた。四匹のモグラのうつろな目が、じっとブレーメンを見ている。

突然、四匹はブレーメンに向かってダッと駆け出してきたので、ブレーメンは急いで振り向き、逃げ出した。

階段の踊り場まで駆けた時、突如熱いものがブレーメンの顔や体にかかった。鼻につく、濃厚な腐臭。あわててポケットからハンカチを取り出し、懸命に目を拭うと、ようやく前が見えるようになった。自分の全身が液体で汚れ、悪臭を放っている。驚いて鼻を近づけ、嗅いでみると、それは強い血の匂いだ。

うしろから、ナイフをかざしたモグラが追いかけてこないかとブレーメンは振り返って見たが、そんな影は見えなかった。

なんて不気味な、恐ろしい家だ、ブレーメンは思った。どこに奇妙な仕掛けが隠れているか解らない。これはおそらく、不法侵入者に対するそなえなのだろう。

危険がいっぱいだが、アグアは見つからない。援軍を呼ぶべきか、それともこのままアグアを探し続けるべきか、ブレーメンは迷い、考え込んだ。

一階まで階段をおりた時、突如明かりが空間に満ちた。一瞬ためらったが、ブレーメンはすぐに決断を下した。こんなに奇妙な出来事が連続して起こるということは、この城にはきっと幽霊が棲《す》んでいるに違いない。

この城の秘密を探ることも、行方不明のアグアを見つけることも、どちらも大事だ。だからブレーメンはもう引き下がらないことを決めた。何があろうと探索を続けるんだ、そう自分に言い聞かせ、励《はげ》ました。

服を整え、顔中にかかった血をきれいに拭いて、深呼吸をした。そして塔の方向に走った。はじめてここに来た時から、塔のいただきには何か大きな秘密が隠されていると感じていた。ベラ教授の実験室だ。決心した。これから何が起ころうとも、もう逃げない。

意外にも、その後はとても順調に螺旋階段を上っていくことができ、重厚な扉を突き当たりに見つけた。これだ、この謎めいた扉が、多分教授の実験室だろう。

近寄り、注意深くドアを観察すると、ドアには古いローマ式の溝錠が取り付けられていた。ブレーメンは思わず笑った。こんな古い錠、懐古趣味のコレクターだけが防犯装置として使う。ローマ式の溝錠はとてもクールで、鍵は指輪になっており、指にはめることができる。しかしメカニズムは子供だましで、ごく簡単にこじ開けられる。一般的な鍵でも開けることができ、安全性が低い、ただの飾りだ。

一般的な鍵どころか、細長い金属片を溝に滑りこませるだけで、ブレーメンは簡単に開けてしまった。扉を開け、中に入ると、部屋は暗い。入り口横の壁を手探りし、明かりのスウィッチを探す。すぐに見つかった。スウィッチを入れると、タワーの頂上の部屋は、煌々と照らされた。

そこは実験室というより、錬金術師の仕事場のような印象の空間だった。ブレーメンは一時期、ベラ教授は科学者ではなく、一種の詐欺師ではないかと疑ったことがある。まさしくここは、そんな類《たぐい》の人間が好む空間に思われた。

部屋の中央には奇妙な器具が雑然と置かれ、ストーブらしいものの上には、坩堝《るつぼ》や蒸留器、さまざまな瓶や、容器が置かれている。奇妙なかたちの瓶もある。フラミンゴの首のように細く、曲がりくねったガラス管、フグのお腹のように膨らんだ管もある。不思議なことには、それらはみんな色彩が豊かで、カトリック教会のステンドグラスのような印象だ。こんな奇妙な装置や空間を、ブレーメンははじめて見た。

興味があったから、あちこちを見てまわった。机の上には卓上カレンダーがある。何か重要な言葉が書かれていないかと、手に取って確認した。

しかしカレンダーに文字はなく、ただ月に一日、赤いペンで日にちが囲まれているだけだった。しばらく見ていたが、これらの日にちには特別な規則性はないと判断した。月はじめの日もあれば、月の中頃の日もある。

カレンダーを置き、連続的に動く小さなボールをいじり始めた。部屋の四方には本棚が無作為に置かれ、乱雑に収納された本でいっぱいだ。ほとんどの本棚は厚い埃で覆われ、本の上にクモの巣が張っている。

上部におさまった本は、金色の装丁がされている。ブレーメンは本棚に近づき、本を一冊抜き出して中をめくった。開いたページには奇妙な記号が描かれ、六つの小さな円が、中央の大きな円を囲んでいる。その周りには太陽、月、星、それぞれの記号がある。図の周囲にはびっしりと文字が書き込まれ、それは英語でも漢字でもなく、おそらくラテン語で、ブレーメンの知識の範疇《はんちゅう》を超えていた。

数ページをめくってみたが、すべて理解ができない記述だった。本棚に本を戻し、すぐに別の、謎めいたものに目を奪われた。こんなの見たことがない！

長方形の柳の箱の上に、馬の頭蓋骨らしいものが置かれている。しかしそれは、ブレーメンが見たことのある馬のものとはまったく違い、頭蓋骨の額の部分に、三十センチほどの長さの角が生えている。一見してサイの頭蓋骨かと思ったが、サイの角はそんなに長く、しかも額に生えてはいない。一角鯨の頭蓋骨か？　とも思ったが、あきらかにそれも違う。何故なら、ブレーメンにはこの動物が、自分と同じ哺乳類のウマ科ウマ属に属していると解ったからだ。

頭蓋骨を熱心に見ていると、突然本棚の間から、ジロリと彼を見る一対の目が現れたので驚いた。ぎょっとしたが、すぐに冷静さを取り戻し、再び観察してみると、その目には生気がなく、ただのホッキョクグマの剝製《はくせい》らしいと気づいた。

さらによく見ると、どうやらホッキョクグマではない。なんだか得体の知れない動物だ。ウマ科の頭骨を箱の上に戻し、クマとは違う巨大な標本をよく観察した。標本は三メートルほどの高さで、全身に白い毛が厚く生えて直立している。クマは攻撃時に立ち姿勢を取ることもあるが、ホッキョクグマはあまりしない。クマというより、この姿勢はむしろ人間に似ているが、こんな巨大な人間が存在するはずがない。

ここには不思議なものがいろいろとある。ベラ教授の趣味なのだろうか。まるで異世界に迷い込んだようで、心が落ち着かない。こんな収集品に囲まれ、教授は毎日、いったいどんな思いに浸ってすごしているのか。

その時だった、ロープがこすれるような鋭い音が聞こえた。聞き間違いかと思い、息を停め、もう一度耳を澄ませてみると、確かに聞こえる。軽い息遣いも聞こえる。

どこから聞こえてくるのか？　ブレーメンは時間をかけて音の出どころを探し、どうやらそれが、板張りの床の下から聞こえてくるらしいことを突きとめた。

ブレーメンは床にしゃがんで懸命に手探りして、板張りの床に付いた、金属製のリングを見つけた。取っ手だ。そこで床にすわり込み、リングを力いっぱい引くと、一メートル四方ほどの床が、きしみ音をたてて持ち上がった。

いっぱいに持ち上げておき、ブレーメンは懐中電灯の光を頼りに、空いた四角い穴を覗き込み、床下に広がる広い空間を発見した。そこには床に巨大な檻が置かれてあり、その中で、何らかの生物が、もぞもぞと蠢《うごめ》くのが見えた。ワニだろうか、それともオットセイか、とブレーメンは思った。暗がりに閉じ込められた生物は、長い手足は持っていないように見えた。

また誘拐事件か？　とブレーメンは思った。プリン医師は霊長類を誘拐して動物の街で騒ぎを起こしたが、ベラ教授もまた、動物の誘拐が好きなのだろうか？

床の裏側に、伸縮式のハシゴが貼りついていた。これを引き起こして伸ばすと、ちょうど下のフロアにおりられるだけの長さがあった。ブレーメンは、そろそろとこれを伝って、檻が置かれた階下におりていった。

檻の鉄格子に取りつき、中を覗き込んでびっくりした。予想外だった。檻には、裸の人間が入っている！

人間の男二人だった。手足はきつく縛られ、全裸で、口には布が詰められ、その上からさらに布が巻かれている。上から見おろされて、彼らは恐怖の表情を浮かべている。

「あなたたちは誰です？　何故ベラ教授の実験室にいるのですか？」

　とブレーメンは尋ねた。

　その時、不思議なことに、なんだかよい匂いを感じた。食事の匂いに似ていた。ブレーメンは、なんの匂いかとしばらく考え、ようやく思いいたった。ソースとか、ケチャップの匂いなのだった。

　恐怖に満ちた人間たちはただ目を見開き、呆然として何もできずにいた。口を塞がれているのだから当然だ。

「話せないのですか？　私が助けましょうか？」

　人間たちは、ブレーメンに対して敵意がないように見えた。予期せぬ侵入者に、希望を見つけたと思ったのだろう、すぐにうなずいた。

　彼らは口に布を詰められていて話せなかったが、ブレーメンは自分が、彼らには砂漠で見つけたオアシスのように見えているだろうと推測した。

「ちょっと待っててください。どうやったら檻を開けられるか、調べてみます」

　檻の上に小さな錠があるのを見つけた。錠があるなら、それに対応する鍵も必ずある。そばに置かれているデスクを、ブレーメンは探った。かなりの時間がかかったが、デスクの抽斗から、ついに鍵の束《たば》を見つけ出した。そして檻のそばに戻り、束の鍵のひとつずつを、丹念に檻の上の錠に試していった。

　デスクの抽斗からブレーメンが鍵を見つけ出すのを見ていた二人の人間は、非常に喜んだ。ついに錠に合う鍵に行きあたり、錠がはずされて、檻の上部の扉を開けることができた。扉を持ち上げていっぱいに開き、そして柳の籠から麻のロープを見つけて、それを下におろし、人間たちが登れるようにした。

しかし、ただ縄をおろすだけでは何の役にも立たない。中の二人は手足を固く縛られ、まるで薪の束のようだったから、自分でロープにしがみついて登ることは不可能なのだ。

仕方なくブレーメンは、頑丈なテーブルの脚にロープを結びつけ、それを伝って自分が檻に入った。

檻の中は狭く、ブレーメンは手を一人の背中に載せ、足がもう一人の頭に当たってしまう窮屈な姿勢で一人の人間の縄を解こうと頑張った。

そんな作業の間中、ブレーメンは何故なのか、ソースの匂いを感じ続けた。人間たちの体を見ると、白い肌の上に、赤や黒の液体の跡があった。ひづめの先で触り、鼻に持ってきて匂いを嗅いでみると、それはやはりソースの匂いがするのだった。

人間たちは、やはりソースやケチャップをかけられている——!? いったいどうした理由からだ？

ブレーメンは首をかしげた。

なんとか縄を解き、顔に巻かれた布も解いて、口に詰まっていた布を引っぱり出した。

「まだ力が残っていますか？」

ブレーメンは尋ねた。人間はうなずく。

続いてもう一人の方にかかり、なんとか解けかかったので、先の一人にこう言った。

「できそうだったら、ロープを伝って上に登ってください」

彼は、残ったわずかな力を振り絞ってロープを摑み、少しずつ登っていった。

ブレーメンはもう一人の縄も解き終わり、口から布を引きずり出した。彼は激しく咳《せ》き込《こ》み、飛沫《ひまつ》がブレーメンの顔にかかったが、我慢するしかない。そして、

「登れますか？」

と尋ねた。

最初の人よりも弱っているように見えたので、ブレーメンは彼を支えて檻の外に持ち上げた。すると、外に出ていた人間が手を伸ばして彼の手を摑み、引っぱり上げた。

「よし、今度は私の番だ」

ブレーメンは言いながら、ロープを摑んだ。

ところが、驚くべきことが起こった。

「くそ、この畜生め！」

上方の人間が、凶悪な口調で言った。

そして檻の扉をがしゃんと乱暴に閉め、もう一人が錠をかけた。

「おまえたち！　ぼくが助けたんだぞ！」

ブレーメンは上を向いて怒鳴った。

「くそったれの動物野郎、おまえこそ檻に入ってろ！」

そしてテーブルの脚に結ばれたロープをほどいて、乱暴に檻の外に引き抜いた。

暗闇の中に取り残され、ブレーメンはかつて読んだ人間の寓話《ぐうわ》を思い出していた。「農夫と蛇」、「東郭氏と狼」、そして今はもうひとつ、「愚かなロバと人間」が加わった。

2

2333年10月18日、7：15

とてもいい天気だ。太陽が燦々《さんさん》と降り注ぎ、道端にはデイジーも咲いている。

一匹のミツバチが忙しく蜜を集めている。もう充分集めて、グラつきながら飛び立ち、間違った方向に向かってしまい、窓に入り込んでしまった。

昆虫は進化しない動物の一種だ。このミツバチは少し目が回って部屋の中でぶつかり、そして灰褐色の動物の上に停まった。

突然、この灰褐色の動物の鼻が動いた。ミツバチはパニックになり、その上にお尻をおろすかどうか思案した。がその時、窓の外に咲いているチューリップの香りに引き寄せられ、この巨大な存在から離れて窓から飛び出した。それでブレーメンもまた一命を取り留めた。さもなければ彼の鼻に、大きな腫《は》れ物《もの》ができていただろう。

ブレーメンは目を開け、自分がベッドの上に横たわっていることに気づいた。全身がとても痛んだ。昨夜は狭い檻の中にひと晩中閉じ込められていたらしく、頭がぼーっとしていた。

昨夜の出来事について、ブレーメンは少し混乱していた。自分が暗い牢獄《ろうごく》に閉じ込められ、酸素不足で気を失ったことしか覚えていない。

今、自分はどこにいるのだろう。ブレーメンはしばらく混乱していたが、周りの環境を見廻してみると、ここはヨーロッパふうの装飾が施された部屋で、広々として、少し懐《なつ》かしい感じがする。

シングルベッドがひとつ、ベッドから離れた場所にあるクローゼット、部屋の角、すみにはテレビがある。

ここは、アグアが入った部屋じゃないか？　ブレーメンは思い出した。ここは昨夜、ウサギの童謡を歌う、呪《のろ》いの人形に出遭った場所だ。

どうしてここにいるんだろう？　ブレーメンは思い出した。恩を仇で返し、自分を檻に閉じ込めたあの人間たちは、もう塔の上の部屋にはいないのか？

すると、突然ブレーメンはお腹に一撃を受けた。まるでバスケットボールが落ちてきたようだった。手を伸ばして触ってみると、ネバネバしていた。

「アグア、なの？」

とブレーメンは恐る恐る尋ねた。

「ブレーメン！」

とアグアは興奮して叫んだ。

「やっと目が覚めたんだね？　よかった！」

アグアはそう言いながら、お腹からブレーメンの頭に飛び跳ねた。

「どうしてここにいるの？」

ブレーメンは、アグアの元気いっぱいな様子、腕も足も欠けていないことに喜びを感じたが、同時に疑問を感じた。

「話したら長くなるかもだけど、昨夜この部屋に飛び込んだあと、すぐに君を迎えにいくつもりだったんだけど、一階におりる途中で迷子になってしまったんだ。続いて何かの仕掛けに引っかかって、すごくいい匂いがして、気絶しちゃったんだ。目が覚めたら、君がぼくの横に寝てた。この家は本当に怖いよ、魔法使いのお城だ。ブレーメン、暗闇からじっと見つめてくる絵とか、どんなに歩いても終わりのない階段に出会ったことある？」

「ないよ」

ブレーメンはベッドの下の呪われた人形や、勝手につくテレビを思い出しながら言った。

「でも、ぼくも奇妙なことに出くわしたんだ」

「この家はおかしいよね」

「うん、おかしい。呪いの家。ぼくも気づいたけど、もう遅いよ」

「ブレーメン、何があったの？　話してくれる？」

昨夜の出来事は、ブレーメンにとってもかなり曖昧だった。頑張って細部を思い出しながら、アグアに話した。アグアは話を聞いて、開いた口が塞がらなかった。不気味な童謡を歌う人形や、ナイフを持ったモグラの話をすると、アグアは呼吸が停まった。

そしてブレーメンが、鍵を開けて塔の中に入って、塔のいただきの奇怪なものが詰まった部屋を見つけ、その部屋の床の下で、裸の人間を見つけた話の途中で、魅力的な女性の声が響いた。

「ごめんなさいね、驚かせてしまって」

ブレーメンとアグアは、同時に振り向いてドアの方を見た。

するとベラ教授が入ってきた。

ブレーメンとアグアは、とうとうベラ教授の姿を見ることができた。ベラ教授もまた、本当に魅力的なメスだった。彼女が堅物の科学者だなんて、まったく信じられない。

純子さんの美しさや、プリン医師の知的な魅力とはまた少し異なって、ベラ教授は神秘的で、予測不可能な美を放っていた。彼女は複雑な装飾模様の大きなローブを着て、紫のスカーフを巻いている。彼女が現れると、不思議な芳香が漂った。彼女の目は深い森林の色で、相手の心を見透かすかのようだ。

「若者たち、お元気そうね。私のところはいつでもよく眠れますよ」

とベラ教授は言って微笑んだ。

「ベラ教授……」

ブレーメンにはたくさんの質問があった。どれから訊いていけばいいのか解らないほどだ。

「その香水、とても特別な匂いですね!」

洟をすすりながら、アグアは言った。

「あら鋭いわね」

と言いながらベラ教授はベッドサイドに歩み寄ってきて、アグアの頭をぽんとたたいた。

「この香水の調合の秘訣《ひけつ》は、濃厚で血のようなトルコのバラと、枯れることのないヨモギをたっぷり使っているの。それに麝香《じゃこう》の香りも！」

ベラ教授は微笑みながら講釈を垂れた。

「探偵さん、まずは昨日のことをお詫《わ》び申し上げます」

「お詫びですか？」

ブレーメンは驚いた。

「つまり、あの出来事は、全部あなたの……」

「全部ではありません」

ベラ教授は言った。

「でも誰しも、予期せぬ客が家にいることを望まないでしょう、防護策を講じることも、間違ってはいないと思います。理解していただけると嬉しいですが」

ブレーメンは恥ずかしそうに頭をかいた。昨夜は本当に衝撃的な襲撃に遭ったが、もし自分とアグアが、ベラ教授の家に勝手に入らなければこんなことは起こらなかったし、現在の状況に陥ることはなかった。

「あのテレビや人形も防護策なんですか？」

とブレーメンは尋ねた。

「そうですよ、あの暗転するランプも含めてね」

ベラ教授がにやりと笑って言った。

「それにカエルちゃんが見た階段や絵も、実はこの家の自動警報装置なんです」

「ああ、そうだったんですか……。でも、肖像画から出てきたモグラは本物に見えましたが？　記憶では、ジャックが肖像画は彼の祖先だと言っていたけど。肖像画の中のモグラが消えて、あとで二階に現れて、ナイフを持っていたんですよ」

「肖像画には確かにジャックの祖先が描かれていましたが、彼らは肖像画から出てきたわけではありません。ここには小さなトリックがあります」

と言って、ベラ教授は手をたたいた。

「入ってきて」

ベラ教授の合図で、モグラが四匹、一列になって部屋に入ってきた。昨夜と較べると、彼らは髭を剃《そ》り落《お》とし、今はジャックと瓜《うり》ふたつの姿になっていた。そして、みんなすっかり同じ顔をしていた。

「私たちはジャックの一族です」

と四匹のモグラが言った。

ブレーメンとアグアは、四匹のジャックを見て、目をこすりながら、これはいったいどうなっているのだと思った。

「ジャックは四つ子なんです」

とベラ教授が言った。

「リヴィングの絵は外敵侵入用の用心で、警報装置が作動すると、肖像画が無人の画面に変わります。そしてジャックの四兄弟が状況を確認するために現れ、同時に侵入者を脅かす役割も果たします。昨夜あなたが見た四匹のモグラは、彼らが変装したものです」

「おまえ、また何か盗みに来たのか？」

四匹のモグラのうちの一匹が口を開いた。彼は軽蔑の目でブレーメンを見た。ブレーメンは、彼が執事のジャックだと解った。

「違うんだ、ただ……」

ブレーメンは説明しようとしたが、目的を言うわけにもいかず、言葉に窮した。苦笑いを浮かべるしかない。

「ジャック、ブレーメンさんは非常に有名な探偵さんよ、彼はものを盗むために来たわけじゃないの。おまえたちはもういいわ。私たち、少しお話があるの」

ベラ教授は四つ子に言った。

「はいご主人さま」

ジャック一族はベラ教授に深々とお辞儀をして、一列縦隊で整然と部屋を出ていった。

「気にしないでください、ジャックはいつもああなんです。私以外の者には警戒心を持っているんです。それが彼らのお仕事ですから」

ベラが、ジャックの無礼な態度を釈明した。

「あの、ベラ教授、ちょっと質問があるのですが、よろしいでしょうか……」

ブレーメンは少し迷いながら、おずおずと言った。

「どうぞ。でも言わなくても解りますよ。塔にいた人間についてでしょう?」

ブレーメンはうなずいた。それからアグアをちらと見て、

「具体的なことは、あとで詳しく話すよ」

と言った。

「何故私の家に人間がいるのか、実はそれほどたいしたことではありません。本当にお知りになりたいのなら、きちんと教えてさしあげることもできます」

とベラ教授は言った。そして部屋のドアを見て、ジャックたちが立ち去る際、きちんとドアを閉めたかを確認した。

「人間を拘束、監禁するということは、あなたは戦争派なんですか?」

とブレーメンは尋ねた。

「人間とは、何か因縁があるのですか?」

「実は……」

とベラ教授は、少し困ったように言った。

「私は人間に、何の怨みも持っていません、あれは単純に……、趣味なんです」

「趣味!? 趣味って……、どんな趣味ですか?」

とブレーメンは理解できずに尋ねた。

「ただの趣味ですよ、あなたにも何か趣味があるでしょう?」

「それは……、はいあります」

「どんな?」

「私は本を読むことが好きで、謎解《なぞと》きも好きです」

ブレーメンは言った。

「それに、ゲームも好きです」

「私は美食が好きです」

ベラ教授が言った。

「美食? って、つまり……、人間たちをここに閉じ込めているのは……」

ブレーメンは驚いたが、次の瞬間、ベラが言う趣味がどんなものか理解した。

「食べる……?」

人間は、彼女の食べ物なのだ。人間が動物を食べるように、一部の動物も、人間を食べることがある。

動物たちが知恵を得て進化したあと、ほとんどの肉食動物は有機合成肉や、進化していない動物を食べるようになったが、人間を食べることだけはしなかった。何故なら、人間は抵抗力が強く、危険であるうえに、美味しくないからだ。誰が自分の命を危険にさらしてまで、彼らを捕らえ一定期間飼い、殺して食べるなんてことを望むだろうか？

ブレーメンは疑問に思い、

「何故人間を食べるのですか？　彼らは美味しくありませんよ！」

と尋ねた。

「美味しい？」

ベラ教授は笑ったが、すぐに彼女の顔が暗くなった。

「何年にもわたり、人間はある動物が『美味しい』からといって、それだけを理由に食べることはしませんでした。魚のひれである魚翅《ぎょし》は、ワックスを嚙んでいるようで美味しくありませんが、それでも大量の人間がこの口当たりも栄養もない『貴重な料理材料』のために、サメを捕獲し続けていますす。そうではありませんか？

センザンコウには多くのウイルスや寄生虫がいて、そして大量の鱗に体が覆われていて、美味しさの点で言っても称賛に値しません。それでも絶滅の危機に瀕しています。人間は殺戮と食肉の狂気に取り憑《とつ》かれていると言えませんか？

クマの手のひらは山の珍味と称されて、非常に貴重な食材ですが、正直なところただ臭い脂肪の塊《かたまり》で、食に適してはいません。扱いにくいうえに美味しくない。クマの手のひらを食べるなんてこと、ただの病的な好奇心と虚栄心以外に、理由なんてありません。肉を食べるなら、鶏《にわとり》や鴨《かも》、魚の肉こそが一番美味しいはずでしょう？　人間はそれをよく知っているはずなのに。知っていても、何故そうするんでしょう？」

ベラ教授の言葉は、彼女の歪んだ趣味を的確に説明していたため、一瞬ブレーメンは反論するすべを失った。

「もしかしたら、おっしゃることは正しいのかも知れませんが……、しかし草食動物は草を食べ、カエルは虫を食べることが生きるうえで必要です。しかし、肉食動物が人間を食べることには、まったく生存上の必要はありませんね！」

するとベラ教授はからからと笑った。けれどブレーメンは、負けずに言う。

「それに、動物が人間を食べることはこの国では重罪です。刑法で定められています。わが国には死刑がありませんから、死刑にはなりませんが、終身刑に処せられます。ご存じでしょう？」

「嘘ですよ探偵さん、食べたりなどしません。ただ彼らをあんなふうに裸にして、身動きできなくして、食卓に載せて、胡椒《こしょう》やケチャップやソースをかけて、ナイフで少しだけ傷つけてやって、食べるふりをするんです」

「ええっ⁉」

ブレーメンは口をあんぐりと開けた。

「だから、これは私の趣味なんです。すると彼らはおびえて、叫んだり、泣き出したり、失神したりします」

「はい……」

ブレーメンは、ぞっとして言った。

「すると、気持ちがよいんです」

「気持ちがよい……」

「だから趣味なんです。実際には食べません」

「あなたの趣味は、ちょっと……、ぼくには理解ができません……」

ブレーメンは邪悪という言葉を使おうとしたが、昨夜、解放してやったあと、彼らが自分にひどい仕打ちをしてきたことを思い出した。

「それに」

　とベラ教授は得意げに言った。

「私が脅した人たちは、よい人ではなく、悪事を働く悪人ばかりです！」

「悪い人たち？」

　ブレーメンはかなり驚いた。

「そう、動物を狩る悪党たちです。昨夜、あなたは彼らを目撃したはずよ。それに、彼らがあなたに対してしたこと、もう忘れた？」

　ブレーメンははっきりと憶えている。だから彼は首を横に振った。

「ブレーメン、何をされたの？」

　とアグアは心配そうに尋ねた。

「彼らに、檻の中に閉じ込められたんだ」

　とブレーメンは言った。

「床下の檻から二人の人間を救い出してあげたんだけど、そしたら連中に閉じ込められちゃったんだよ、お礼の代わりにさ」

「そんな憎ったらしい人間ども、食べられるべきだよ！」

　とアグアは憤慨して言った。

「そうでしょう？　カエルちゃん」

　教授は言った。

「彼らを裸にし、辱めれば、私は少しは心がすっとします。彼らが私たち動物にしてきたひどいことを思えば、このくらいの仕打ちは当然のことと思います」

「あの人間たち、どこから手に入れたのですか？」

ブレーメンは尋ねた。

「簡単よ」

ベラ教授は言った。

ブレーメンはうなずいた。

「動物霊園を知っていますか？」

行ってきたばかりだ。非常に印象的な場所だった。

「動物霊園を知っているのなら、説明は簡単です。霊園では、あなたが欲しいものは何でも手に入ります。たかが人間数人なんて、なんの問題もありません」

大勢の動物たちから尊敬されるベラ教授が、なんと動物霊園で人間を買ってきて、趣味で虐待しているなんて、自分の耳で聞かなければ、決して信じられなかっただろう。

「今、あの二人はどうなっているのでしょうか？」

ブレーメンは思い出して尋ねた。

「あなたを檻の中に閉じ込めてから、なんとか脱出したようです。裸でね」

とベラ教授は平然と言い、またからからと笑った。

「もういいわ。これ以上あの二人のことは話さない、あれはただの餌《えさ》、議論する価値もない」

とベラ教授は言った。

「じゃあ、私の家に勝手に入ってきた目的は何なのか、教えていただける？」

ブレーメンは、ちょっとアグアを見てから言った。

「あなたが開発した超兵器のために来ました」

「国防大臣の鉄頭に提供した超兵器のことですか？」

「はい」

「もし超兵器の状況を知りたいのであれば、昼間に来ていただければ充分です。何故夜、こっそり、忍び込む必要があったのでしょうか？」

「正直に言うと」

ブレーメン自身、自分の行動が適切ではなかったと感じていた。

「前回訪問した時のことが忘れられなくて。未解決の謎がたくさん残るように感じていましたから、こっそり調査したら、より多く、価値のある手掛かりを得られるのではないかと思ったんです」

ベラ教授は肩をすくめた。

「隠遁《いんとん》生活を送っている私のような歳を経た狼が、あなたをそんなに魅了するとは思いませんでした。私には、まだ魅力があるようですね」

ブレーメンはとっさに、「確かに」と言おうかと思ったが、言葉を呑み込んだ。

「で、あなたの秘密の調査は、何か成果がありましたか？」

ベラ教授は尋ねた。

実際のところブレーメンの心には、以前以上に多くの謎が浮かんでいた。塔上の牢獄に閉じ込めた人間を、教授は食べていないと主張するが、ブレーメンは完全には信じていなかった。あの上の部屋にある奇妙なものの群れはいったい何なのか？　また前回ブレーメンが来た日、何故ベラ教授は姿を現さず、今回は堂々と現れたのだろうか。

しかし今は、心にある疑問を問いただすつもりはない。今最も重要なものは超兵器だ。

「いろいろと驚かされましたけれど、何の収穫もありませんでした」

ブレーメンは言った。

「鉄頭さんから得た手掛かりからは、超兵器を破壊した者の影は見つかりませんでした。王国の重要動物たちには破壊への動機がなく、人間大使も同様にありません。そうなら、犯人は外部の動物としか考えられません。私のこの推測は正しいでしょうか？」

「そうおっしゃるってことは、私を疑っているのですか？」

「めっそうもありません、しかし、私の推理はそこまででした」

「では言っておきますが、私はこの世で一番、そんな必要がない動物です。もし私がそうする必要があるなら、ホテルに行く必要もないんです。ここで無線電波を使って、兵器を破壊することができますから」

「遠隔操作ということですか？」

「そうです。兵器は私が作ったものですから、簡単に自己破壊させられますよ」

「鉄頭さんが言うには、その兵器は彼が部屋を出ていたわずか二十分の間に、自己破壊が完了していると。その二十分の間、ほかの動物が彼の部屋に入って兵器を破壊するチャンスはありませんでした。しかし、これで解りました」

ブレーメンは興奮して言った。

「それはつまりベラ教授、あなたしか、遠隔操作で兵器を自壊させることはできないということですよね？」

「でも、何故そんなことをする必要があるのでしょうか？　本当に馬鹿げています」

彼女は言った。

「そうすることで、あなたが芝華士ホテルに行く口実ができるからです！」

「ふん、何故私が芝華士ホテルに行かなければならないの？」

「大使を殺すためです」

ブレーメンは言った。

「言わせてもらいますが、あなたの想像力は本当に豊かね。推理もまあそんな水準だけど、それはあなたの推測であって、なんの証拠にもならないのよ!」

ベラ教授は挑発的な口調で言った。

ブレーメンは一瞬、ベラ教授が自分の非を認めたと思った。

「面白いわね」

とベラ教授は笑って言った。

「私が遠隔操作で武器を自壊させ、それを見た鉄頭大臣が驚いて私をホテルに呼び出し、そうやって私が、大使を殺すチャンスを得たと思っているの?」

「その通り、合理的な推理です」

「ほほほ、じゃあ言ってごらんなさい、私が大使を殺す動機は何?」

これにはブレーメンもまいった。ベラ教授が大使を殺す動機が思いつけないのだ。

「言ってみなさいよ、どうして?」

「解りません……、おそらく何らかの理由があるのでしょうが、これについては、更なる調査が必要です……」

「探偵さん、こうしましょうよ」

ベラ教授は突然ブレーメンの顔に近づいてきて、彼女の鼻先が目に当たりそうになった。

「大きな秘密を教えてあげるわ」

「ど、どんな秘密ですか?」

「この秘密、ほかの誰にも話さないと保証できます?」

「もしもあなたが大使を殺したのであれば、ぼくはそのことを大勢に話さざるを得ませんが……」

「はっきり言っておきますが、大使の死と私は、いっさい関係ありません。事実そうだったら、あなたは秘密を守ると約束してくれますか?」

ブレーメンはいっとき考え込んだのち、うなずいた。

「そういうことなら、あなたのために秘密を守ります」

「それじゃあ約束よ、探偵さん」

ベラ教授は素早くうしろにさがり、ブレーメンと距離を取った。

「あちらの小さなカエルちゃんも、約束してちょうだいね！」

ブレーメンはアグアを見た。

「約束します。ほかの動物には言いません」

とアグアは、力を込めて言った。

「秘密を守ってね」

とベラ教授は、アグアにウインクした。

「大使を殺した動物を、私も見つけて欲しいと願っています。でもその前提として、私のささいで不道徳な行為を許して欲しいの。そのことで、私を困らせないで欲しい……」

ベラ教授は、アグアとブレーメンとの固い約束のもと、事件当日に彼らに対してとった行動を告白した。

「超兵器の自壊については、私はいっさい関与していません。それは誓って申します。私は鉄頭大臣からの電話を五時前に受けてから、ことの重大さに急いで芝華士ホテルに向かいました。ホテルに到着すると、大臣は自壊した兵器を私に見せました。

それは、パスワードを複数回間違えたのちに引き起こされる兵器のいわば自爆で、誰かが兵器を無思慮に起動しようとした結果だと、私は確信しました。だから私は大臣に、この兵器の修繕はもう無理ですが、新しい兵器を作り直して、彼と大使のお役に立てるでしょうと伝えました。彼も、それが現時点で最善の方法だと同意しました。そしてその後、私は鉄頭大臣の部屋を出て、大使の部屋に行きました……」

「大使の部屋にいらしたのですか⁉」

とブレーメンは驚いて言った。

「何故そんなに驚くのですか？　それはあなたが望んでいた答えではないのですか？」

「何をしに、あなたは大使の部屋に行ったのですか……？」

「落ち着いてください、きちんと説明しますから。私は、大使が兵器を破壊したのではないかと疑いました。そこで鉄頭大臣の部屋を出たあと、大使に会って確かめることにしました。大使の部屋に行って、丁寧に数回ドアをノックしましたが、反応はありませんでした。ドアノブを回してみると、開いていて、部屋に入ることができました。その時は、大使の身の安全については何も考えていませんでしたが、見廻しても、大使の姿はありません。でも彼女がどこかにいるような雰囲気がしたので、浴室にも行ってみました。ご存じでしたか？　大使の死体は浴槽にあったんです。すでに亡くなっていました」

「なんだって！」

ブレーメンとアグアは、同時に驚きの声をあげた。

「そんな重要なことを、何故警察に言わなかったんですか⁉」

ブレーメンは多少の憤りを感じて言った。

「それは、彼らに言えない理由があるからです」

「ああそうですか……。大使の死体はお風呂にあったんですか？　鉄頭大臣は、ベッドで死体を見つけたと言っていました。ということは、死体をベッドに移動させたのはあなたなんですか？」

ブレーメンは尋ねた。

「そう、私が死体を移動させました」

とベラ教授は言って、うなずいた。

「それだけでなく、私が死体を切断したことも、認めなければなりませんね」

ブレーメンとアグアは仰天して、その目はまるでアニメのキャラクターのように飛び出しそうになった。

「そ、そんな！　こ、これは……、本当に……、と、とても……、と、とんでもないことです……」

ブレーメンは首を左右に振りながら、ようやく言った。

「彼女の死体をふたつに切ったのですか？」

「そうです。まず床に置いて、おなかのところで切断しました。ふとポケットを見たら、チョークが入っていたので、彼女の上半身の周囲に、ぐるりと白線を書きました」

「どうしてそんなことを……」

「ふとしたいたずら心です。人間の犯罪ドラマによく出てくるし、上半身だけになったことを示してあげようかと思って」

「誰のためです？」

「警察。それから、ベッドに移しました」

「ふたつに切ったのなら、彼女の下半身はどこに行ったのですか？」

ベラ教授の答えは、ブレーメンを激しく失望させた。彼女は自分の口を指差した。

「あの時私は、ようやく長年の欲望を果たしたのです」

と、言ったのだった。

「長い長い間の、決して実現が許されない私の欲望」

教授は話す間、ずっと自分の口を指差し続けていた。ブレーメンはその仕草の意味を、懸命に考えていたのだ。

「ま、ま、まさか、た、食べ……、ましたか？」

ブレーメンとアグアは腰を抜かし、またしても口をあんぐりと開けた。

「そうです。食べ残した部分は、一旦ホテルのゴミ箱に隠しました」

そしてベラ教授は、さっと口を拭う仕草をした。ブレーメンはそれを見て、彼女が冗談を言っているのか本気なのか、長いこと判断ができなかった。

「し、しかし、それは禁止された重罪です。犯罪です……、人間を食べるなんて……」

ところが、どうしたことか、教授は首を左右に振った。

「私は、罪を犯してはいません」

ブレーメンは絶句する。

「どうしてですか？　食べたのでしょう？」

「はい。でも私は、犯罪は行っていないのです」

ベラ教授は、謎のような言葉を吐いた。

第十章　芝華士ホテルの幽霊

2333年10月18日、10:30

ベラ教授の家を出る時、アグアは呆然としていた。ブレーメンは眉をひそめ、人生最深の思索に沈んでいた。

ベラ教授が彼らに語ったのは、到底信じられない話だった。みなが事件の最大のポイントだと考えていた大使の死体切断は、ただ人間を食べるのが好きな狼のベラ教授の、食欲の産物にすぎなかった――？

「何故あんなことを言うんだ」

頭を抱えながら、ブレーメンは言った。

「大使の下半身を食べたこと？」

「それもだけど、そうじゃない、食べたって言いながら、自分は罪を犯していないって言ったことだよ。霊長類の、それも人間の下半身を食べるなんて、とんでもない重罪だよ。まして大使なんだよ。この国の法律では厳禁とされている。死刑はないけど、終身刑だ。それなのに、どうして自分は罪を犯していないなんて言うんだ？　教授は。頭が狂ったのかな」

「そうだね」

アグアも言った。

「でも彼女の顔、嘘をついている顔じゃなかったんだ。真剣な目をしていた。あれは、嘘を言っている動物の目じゃないよ」

ブレーメンは言って、考え込んでしまった。ベラ教授と鉄頭大臣のコンビは、この大事件に、またしても難問を増やしてくれた。大使を食べたと教授は言い、しかし自分は罪を犯していないと言い張るのだ。彼女の頭は、いっときの錯乱を呈《てい》しているのか。

「ブレーメン、彼女の言葉を信じる？」

アグアは尋ねた。

「ベラ教授の主張の一部は信じるけど、すべて信じているわけじゃないよ。彼女は、まだ何かを隠している。彼女は絶対に嘘をついているはずだ」

と答えた。

「大使の下半身を食べたってとんでもない罪を告白してるのに、まだ何かを隠しているの？」

アグアは尋ねた。

「もしかして彼女が大使を殺して、それが自分の仕業ではないって嘘をついているとか？」

ブレーメンは首を横に振った。

「ぼくは、とっても重要なものを見逃してしまっていたようだよ。今はパールが床中に散らばっているような状況で、全然一本のネックレスとしてつながらないんだ」

「ああそうだ、パールと言えば」

とアグアは、ブレーメンに思い起こさせた。

「ホテルに行って、純子さんがパールのネックレスを返したかどうか確認しようよ」

これは大使の事件に力を入れなくては、とブレーメンは思った。ホテルは大混乱かも知れないが。

昨夜電動バイクを止めた場所に急いでやってきた。電動バイクは昨夜と同じように、斜めに立てかけられて二匹を待っていた。ブレーメンとアグアはそれに跨り、風のようにホテルに戻った。

芝華士ホテルに戻ると、もうじきに正午の時間帯だった。ホテルのロビーには、心地よい音楽が流れていた。流れる泉のような流麗な演奏スタイルで、リードヴォーカルの歌声は美しく、マッサージのように耳に心地よい。

ブレーメンは、フロントで大使の真珠のネックレスを受け取った。ひづめの上で眺めれば、本当に珍しい。ブレーメンはこれほどに大きな真珠を見たことがない。真珠を空に持ち上げてみると、太陽の光が、真っ白な真珠を通して五色に輝く光を放っている。

「トイレで見つけたんだよ」

と尖った声が背後から聞こえた。ブレーメンが振り向くと、草原沙蜥《ガマトカゲ》が舌を出して向かってきた。

「あなたは？」

「私の名前はメイメイ。ここで清掃員をしてる」

メイメイは言いながら、手で床のゴミをまとめている。

「ありがとうメイメイ。あなたは本当に優れた清掃員ですね」

ブレーメンは感謝の言葉を述べた。

「うんそうだね、仕事は自分に合ってるけど、ここを続ける気はあまりないな……」

とメイメイは、少し落ち込んで言った。

「何故？　ここは悪くないよね？　動物城で最も主要なホテルだよね？」

「ここはいいんだけど、最近……」

メイメイはブレーメンに近づき、自分が芝華士ホテルの悪口を言っているのを他人に聞かれないよう、声音を落として話した。

「最近、ここに幽霊が出るんだよ!」

「何? 幽霊?」

ブレーメンがまだ何も言わないうちにアグアが反応した。

アグアは一瞬身震いした。昨夜ベラ教授の城で受けたさまざまな驚きの後遺症が、まだ残っていた。陰気で恐ろしい城ならまだしも、この明るく広々としたホテルに、どうして幽霊騒ぎなのだろうか？

「あ！」

メイメイが叫んで、二匹の動物を驚かせた。

「私の言っていることを信じないのかい？　知ってる？　この数日間、本当に怖かったの。掃除してる時に足音が聞こえるんだけど、振り返ると誰もいないの！」

「またセラジョンみたいな、隠れ身の術かな？」

とブレーメンは、半分冗談交じりに言った。

「私を馬鹿にしているのかい？　もしセラジョンさんみたいな、あんな大きな生きものがそこにいたら、見えないわけがないでしょう！　それに、ある日、私は掃除を終えて休憩しようとした瞬間、足もとがふらついて転んでしまったんだよ。あれ、本当に不思議だった。最初は掃除が不充分でゴミを踏んだのかと思ったけど、見たら、ゴミはちゃんと全部ゴミ箱に入っていたんだよ」

とメイメイは震えながら言った。

「本当に怖かった」

「聞いているだけですごく不気味だね」

アグアは言った。

「ぼくは幽霊が一番怖いよ」

「それじゃあその幽霊騒ぎは、いつから始まったんですか？」

とブレーメンが尋ねた。

「さっき言ったでしょう？　ここ数日の間。より具体的に言えば、大使の訪問から始まったんだよ」

とメイメイが答えた。

ブレーメンは、苦笑いしながら言った。

「大使はまさに幽霊を引き寄せる体質みたいだね……」

「そうそう、さっき言ったこと、絶対に私の上司には言わないでね。私が何でもないことに大騒ぎして、都市伝説を広めているって思われるから」

メイメイは言った。ブレーメンとアグアは、絶対に漏らさないと約束した。

「ありがとうメイメイ。質問に答えてくれて。お仕事の邪魔をしてしまったね」

「どういたしまして。みなさんがあなたたちのように礼儀正しければいいのに」

とメイメイは、去りながら二匹をほめた。

「たくさんの有名人が泊まっているけれど、私をまともに見もせず、お礼を言ってくれた人は数えるほどしかいない。それに、いつも規則を守らない動物がいるのよ。トイレでタバコを吸って、警報が鳴り響くこともあれば、ゴミを投げ捨てたり、バナナの皮を配達のバケツに捨てる者もいるし、廊下でジャンプするから、センサーライトがついたり消えたりを繰り返すこともあるわ。壊れるのは時間の問題よ！」

メイメイは不満の声とともに、去っていった。

「幽霊ホテル、どう思う？」

清掃スタッフが遠くへ去ったあと、アグアが小声で尋ねた。

「少しも奇妙じゃないさ。いろんな兆候があるよね、ここには確かに目に見えない幽霊が存在してるって感じがあるよ」

　とブレーメンが言った。

「ブレーメン、怖がらせないでよ」

　とアグアが震えた。

　その時、アケンが息を切らして駆けてきた。

「ご報告いたします。やっとお二方を見つけました。非常に重要なことをお伝えしたいです」

「何ごとなの？　アケン。まずは水を飲んで、息を整えて」

　とブレーメンが言った。

「ご報告いたします。まず最初に、ブレーメン探偵が私に調査を依頼した、ジボに関してです」

「うん、どうだった？」

「ジボは軍で重大なミスを犯し、軍法会議で有罪となるところでした。そのことが直接的な原因になって、彼は退役を余儀なくされました」

「そうだったのか！　彼は何のミスを犯したの？」

「任務中に、彼と三匹の戦友は海上で遭難し、二十日以上漂流したのちに救助されました。救助時、ジボを含む三匹は瀕死《ひんし》の状態で、もう一匹の戦友はすでに死亡していました。彼の死因は、極めて過酷な環境下で、食料を節約するために行われた安楽死と考えられています……」

「つまり、安楽死はジボが行ったということ？　彼は軍医だから」

「その通りです。そのためジボは、軍法会議にかけられました。しかしほかの戦友たちが証言して、その戦友はすでに死にかけていたこと、安楽死は、彼を少しでも楽に逝かせるために行われたものだったことがあきらかになりました。そのため、ジボに有罪判決は下されず、ただ彼は軍からの除隊が命じられました」

「それは不運だったね」

「しかも、セラジョンさんもその船にいました」

「なるほど、だから彼はそのことを話したがらなかったのか……」

「ジボは、退役後の生活状況があまりよくありませんでした。両親は亡くなり、重病の妹を、彼が単身で養っています」

「うん、その状況は知ってる」

「これはジボに関する情報ですが、もうひとつ重大なことがあります……」

「何？」

「さっき、人間たちから電報が届きました。その電報には……、言っても信じてもらえないでしょうけど！」

「何故信じられないの？　電報に何が書かれていたの？」

ブレーメンは興味津々でアケンに尋ねた。

「電報によると、人類の大使はここに向かう途中、私たちの国の南西海域で強い熱帯性低気圧に遭遇し、遭難、つまり船が沈没して、船上の全員が亡くなったようです！」

「え？　それはどういうことだ⁉」

アグアは驚いて叫んだ。

「全員て、大使は……」

「全員であります」

「じゃあ、ホテルで亡くなった大使は？　あれは、ニセ者だった？」

本当に驚くべきニュースだった。アケンは続けて説明した。

「人間の大使団は、全滅してしまった模様です。わが方の上層部は、これはよい出来事と考えております。少なくとも、芝華士ホテルで亡くなった大使は本物ではなかったので、彼女の死は戦争を引き起こすことはないであろうと。しかしまた一部の動物は、これが人間の策略だと考えております。人間たちは大使の死をすでに知っていて、動物たちが嘘をつくか否かを、今テストしようとしているのだと」

ブレーメンは放心してしまい、言葉が告げられなかった。こんなことは誰も予想していなかったし、なんとも衝撃的の極致だ。

しばし考え込んでのち、ブレーメンはアケンに言った。

「ちょっと気象庁に電話してもらえないかい？　南西海域の実際の天気の状況を知りたい」

アケンはすぐに気象庁に連絡し、電話をブレーメンに手渡してきた。

ブレーメンはいくつか質問をして、確信を得たようだ。

「事実だね」

とブレーメンは、電話を切ったあとに言った。

「気象庁ははっきりと、大型で強力な熱帯性低気圧が、数日前に私たちの国の南西海域を離れたと言ってる。それまで海域は熱帯性低気圧が最強だったから、海域は航行不可能だったと」

「つまりホテルに来た人間大使は、人間の世界から交渉のために派遣された本物の大使ではないということ？」

アグアは驚いて叫んだ。

「しっ！」

ブレーメンは口をつぐむジェスチャーをした。

「静かに。おまえ本当に大きな声だな」

「じゃあ彼女はいったいどういう人で、どうして大使を装っていたんだろう？　目的は何？」

ブレーメンは肩をすくめた。謎はますます深まるばかりだった。

「ともかく、もう一度大使の部屋を調査しよう」

「ブレーメン、もう何度もやったでしょ？　もう何も見つからないよ」

ブレーメンはアグアに、しばらく黙るように合図した。アケンはすでに、ブレーメンのために道を空けていた。

見馴《みな》れた部屋に戻ってきたが、ブレーメンは、今までに感じたことがないほどの違和感を抱いた。

「アグア、人間大使がニセ者だってことは、この国の動物が知ることは不可能だった。だから彼女を殺した犯人は、彼女を本物の大使だと信じてやったんだ。そう思わないか？」

「うん、きっとそうだ。でも、なんで人間の大使になりすます必要があったんだろう？　何の目的があるのかな？　外交問題を引き起こしたいの？」

とアグアは言った。

「アケン、大使が海難事故に遭ったことについて、人間側はどう思ってるの？」

とブレーメンが尋ねた。

「ご報告いたします。人間側はあまりよく思っていないようです。彼らはこれが天の意志であり、神さまが人間と動物が静かに和平交渉を行うことを望んでいないからだ、と考えています」

「天の意志には逆らえないだろうね」

ブレーメンは言いながら、キャビネットを開けて、大使の衣類を調べはじめた。

そしてブレーメンは、アリス大使が、ほとんど着替えを持っていないことに気づいた。

これは非常に奇妙なことだ。通常女性は、外泊時に複数の着替えを持参するが、大使は正装のロングドレス二着しか持ってきていなかったようだ。

持ち物も少なく、スーツケースの容量はおそらく二十リットル程度。今では焦げ焦げになっているが、彼女が非常な軽装備であったことは解る。

ブレーメンは前に調べたネイルポリッシュを取り出し、鼻の前で嗅いでから、左手の手首に少し塗った。ネイルポリッシュは透明なので、手首に塗っても全然解らない。

「ブレーメン、君まだこのネイルポリッシュに興味があるんだね！」

とアグアは言った。

「おまえさ、ボディガードのジボが言ったこと憶えてる？　事件の前日の夜、大使の部屋の赤外線探知の警報器が鳴ったって」

「憶えているよ。ジボは赤外線警報器が壊れてるとは思わなかったけど。その時部屋に侵入者はいなかったし、アリスが彼に、警報器を切るように頼んだって言ってたよね」

「警報器が切られていたからこそ、事件が起きた日、たくさんの動物が自由に大使の部屋に出入りできたんだよ」

「確かにすごい偶然だね。早くもなく、遅くもなく、ちょうどその日に警報器が壊れていた」

「いや、偶然じゃなくて、実際には警報器は、壊れていなかったと思う」

「壊れていないのに、なんで勝手に警報が鳴ったのかだよね？」

「いや、警報が、本当に何かを発見した可能性があるってことだよ」

「ブレーメン、少し混乱してないかい。ニセ大使のことで混乱しちゃったのかな」

ブレーメンは黙ってうなずき、トイレに向かって歩いていき、ドアを閉めた。トイレから水の音が聞こえ、その後は静かになった。しかしブレーメンは出てこない。アグアは不思議に思った。トイレになんでこんなに時間がかかるんだろう？

アグアが考え込んでいると、ブレーメンがトイレから飛び出してきてバルコニーに駆け寄った。そしてカーテンを引きながら、アグアに言った。

「早く部屋の照明を消して！」

アグアは戸惑ったが、アケンが素早くドアに向かっていき、通路の照明、鏡の前の照明、壁の照明、ベッドサイドの照明など、たくさんのスウィッチをすべて切った。

ブレーメンもカーテンをすべて閉めたから、部屋は一気に暗くなった。真っ暗ではないが、映画が上映される映画館のような状態だった。ブレーメンは部屋の戸口に立ち、カーペットをじっと見つめながら、何かをつぶやいていた。

アグアとアケンも不思議そうにして、ブレーメンの前にやってきて、彼が見つめているカーペットを見た。すると、カーペットの毛がめくれ上がっている部分があり、まるで絵筆を振って、塗料のしぶきを床にまいたように、かすかに光る小さな点が集まっていた。

「えっ？　この光る小さな点々は何？」

アグアが尋ねた。

「ネイルポリッシュだよ」

とブレーメンが言った。

「前に床に落ちているのを見つけたネイルポリッシュだよ。このボトルのネイルポリッシュは夜光だ。純子さんが言った通りさ。うっかり忘れていた、ぼくは本当に馬鹿だったよ！」

ブレーメンは自分の手首をアグアに見せた。手首には光があった。それは彼がさっき自分で手首に塗った、ネイルポリッシュだった。

こういうスタイルのネイルポリッシュは今、動物街の女の子たちの間で人気だ。彼女たちはバー、クラブ、コンサートなどで、このネイルポリッシュを爪に塗り、暗闇で光らせて、自分を神秘的に見せていた。

アグアが何か言いかけた時、ブレーメンは勢いよくドアを開けて廊下に出ていった。

廊下が明るく照らされ、ブレーメンは大使の部屋のドアを閉めた。

「アケン、廊下の明かりを消してくれる?」

ブレーメンが言った。

「ご報告いたします。廊下の明かりは重力センサーで制御されており、スウィッチはありません。今から変電室に行って、この階の電源を切ります」

アケンは言って、去っていった。

ブレーメンは大使の部屋のドアの前で、足を揺らしながら心配そうに待っていた。しばらくすると、廊下の明かりが消えた。

アグアとブレーメンは、大使の部屋の入り口を起点にし、光る小さな点がかすかな曲線を描きながら、部屋の右側に向かって延びていくのを見た。その後、光る点は壁を上っていき、一・五メートルの高さで消えた。

「これが鍵だと思う!」

ブレーメンは、無意識に拳を握りしめた。

「もしもこれらの光る点が何なのか解れば、大使の事件はあきらかになる!」

「ブレーメン、なんでこれが鍵なの?」

アグアは、ブレーメンの足にじゃれつきながら言った。

「この光る小さな点は、全部ネイルポリッシュなの?」

「そう、ネイルポリッシュだ。アグア、今は話しかけないで、ちょっと静かにしてて。真剣に考える必要があるんだ。前に疑問だったことのいくつかは答えが出たけど、全体を整理する必要があるんだ……」

ブレーメンはひと言ずつ話していた。

「ライトをつけてくれない？　真っ暗で何も見えないよ」

とアグアが言った。

「アグア、ぼくらがここに来た初日、鉄頭が君は体が小さいから、重力センサーライトが感知できないかもって言ったの、憶えてる？」

「もう憶えてないな、言ったのかも知れないけど、たぶんその時は冗談かなって思ったよ」

「実験してみようか」

ブレーメンは暗闇の中、アケンに導かれて変電室に来て、アケンにスウィッチを押してもらった。するとと廊下は、再び明るくなった。

そして彼らは重力感知ライトがアグアを感知するかどうか、テストした。結果は、鉄頭が懸念した通りで、アグアのような小さな存在では感知しなかった。

「アグア、もうひとつ実験を手伝って」

「いいよブレーメン、どんな実験？」

「大使の部屋に戻ってドアを閉めるから、君は廊下に立ってて」

それでアグアはぼんやりと廊下に立ち、ブレーメンは大使の部屋に戻ってドアを閉めた。

廊下の明かりがすべて消えた。

「どうだい？」

ブレーメンがドアの向こうから言った。

「廊下の明かりは全部消えているかい？」

「うん、消えてる」

「なるほど……」

ブレーメンは部屋から出て、顎を撫でながら言った。

「この事件の背後にいる動物が誰か、多分解ったよ」

「誰？　知ってるの？　それなら早く言ってよ！」

アグアはブレーメンの上に飛び乗り、彼のベルトを摑んで、ズボンを引き下ろしそうになった。

「そうだとすると、大使の死は彼と関係があるのか？　でも彼にはどんな動機があるんだろう？」

「ねえ、無視しないでよ……」

ホテルの廊下を行ったり来たりしている間、ブレーメンはアグアの声が聞こえていないかのようだった。事件の脈絡が、彼の頭の中でますます明瞭になり、パズルのピースがひとつずつはまっていく。いくつかのピースがまだ埋まっていないだけで、新たな手掛かりが次々と見つかるにつれ、これらも徐々にはまっていく。

「ブレーメン、彼って誰のこと？　犯人？　ネイルポリッシュと何の関係があるの？」

「アグア、まだピースがひとつ足りない。これは表に出て、散歩するべきかも知れないな……」

ブレーメンはエレベーターの前で立ち停まり、振り返ってアグアを手招きした。

「早く来て。一緒に散歩しよう」

アグアはてっきり無視されていると思っていたので、すぐに彼のあとを追った。

二匹はロビーに到着し、メイメイが忙しく窓を拭いているのが見えたので、彼女を邪魔せずに庭に向かった。

芝華士ホテルの庭は、前庭と後庭に分かれている。前庭の芝生は道がふたつに分かれ、真ん中には巨大な噴水池がある。噴水池の中央には、石と金属の彫像がある。それは中国の伝説に登場する、飛び立つ準備をしている龍だ。龍はこの古い国の神話が語る架空の動物で、ヘビの項《うなじ》、ラクダの頭、シカの角、牛の耳、ウサギの目、ヤギのひげ、魚の鱗、タカの爪を持っている。多くの動物の特徴が混ざり合っているため、すべての動物が団結し、平和に共存する象徴として、ここに立っている。

　ブレーメンは、作業車両の通る道路を通って、後庭にやってきた。後庭は庭園で、常緑の高い木がたくさん植えられている。マツ、モミ、ヒノキ、クスノキなどがあり、さらに高低差を出すために、ヤシの木やビンロウの木も植えられている。これらの木の下には石のテーブルと椅子が置かれ、庭を散策する動物が、休憩をとることができる。

　ブレーメンは石の椅子にすわり、ポケットからノートとペンを取り出し、自分の頭の中の問題をひとつずつリストアップしていった。

　推理小説の中の探偵は、いつも多くの問題を列挙しておいて、ひとつのキーポイントさえあれば、ごくシンプルな方法で、問題のすべてを解決してしまう。ブレーメンは毎回感嘆しっぱなしだった。

「これらの問題のほとんどは、別に答えが必要じゃないんだ。ただ事実を整理するのに役立つだけだ」

　とブレーメンは、書きながらつぶやいた。

「何故細かいことまですべて書くのかっていうと、何が重要な問題で、どれがそれほどでないかを見分けるためだ。複数の問題にひとつの答えで間に合う時もあれば、ひとつの問題に複数の異なる回答が必要な場合もある」

　これらの問題点を、洗いざらい書き出すのにかなりの時間がかかった。小さなノートに、びっしりと二ページ書いた。

　そのノートを手渡され、アグアは書かれている内容を見た。

一、アリスはニセの大使なのか？
二、もし彼女がニセ者なら、何故大使を装う必要があったのか？

三、彼女はどうやって人間が派遣した船が難破したことを知ったのか？
四、アリスは何故冷淡で近づきがたかったのか？
五、アリスは何故自分の部屋を指定したのか？
六、アリスのスーツケースには、何故二着のドレスしかなかったのか？
七、アリスはここ数日間、何故ホテルの食べ物を嫌がったのか？
八、アリスは何故、ジボに自分の警護をさせなかったのか？
九、何故ジボは、冷淡に見えるアリスが、実際にはいい人だと感じたのか？
十、十四日夜、大使の部屋の赤外線警報装置は何故鳴ったのか？
十一、何故アリスは、ジボに赤外線警報装置を切らせたのか？
十二、何故アリスは風邪を引いたのか？
十三、アリスのネックレスの真珠は、何故こんなにも大きいのか？
十四、プリン医師は、どのようにしてアリスをウイルスに感染させることに成功したのか？
十五、十五日の午後、大使の部屋で具体的に何が起こったのか？
十六、大使の部屋のベッドの板の裏側にあったアイロンには、どういう意味があるのか？
十七、大使の部屋で、ネイルポリッシュはどうしてこぼれたのか？
十八、カーペットのネイルポリッシュの跡は、どうしてできたのか？
十九、大使の部屋の前の廊下の壁についた跡は、どのようにしてできたのか？
二十、アリスを殺したのは誰か？
二十一、アリスを殺す動機は何か？
二十二、何故アリスの体を切断する必要があったのか？
二十三、アリスの下半身はどこに行ったのか？

二十四、芝華士ホテルでの幽霊騒ぎはどういうことなのか？
二十五、誰が鉄頭の超兵器を作動させて、自己破壊させたのか？
二十六、超兵器を何故作動させようとしたのか？
二十七、何故ベラ教授は人を食べるのか？
二十八、ベラ教授は鉄頭と少し話したあと、何故すぐに去ったのか？
二十九、ベラ教授は何故、突然大使を食べたいと思ったのか？
三十、ベラ教授は、本当に大使の下半身を食べたのか？
三十一、十六日にベラ教授の家に行った時、どうして彼女の様子が変だったのか？
三十二、何故ベラ教授の執事はモグラたちなのか？
三十三、ベラ教授の家の塔には、どんな秘密があるのか？
三十四、プリン医師が見た悪魔とは何だったのか？

　これらの疑問を見て、アグアは目を見開いた。

「何個か変な問題があるね」

　とアグアは言った。

「アリスが食べ物を嫌がったこととと、アリスが価値のある真珠のネックレスを持っていたこと……、これらは問題なの？」

「その通りさ、アグア」

　と言いながらブレーメンはノートを取り返し、閉じた。

「まだ見落としてる問題があると思うよ。でも、もしこれらの問題の答えが見つかれば、この事件の真相は、ほぼ完全に摑めると思う。そしてね……、予想外の大きな収穫もあるのではと思ってるんだ」

ブレーメンは石の椅子から立ち上がり、ヤシの木の下まで歩いていった。このヤシの木の下からは、芝華士ホテルの客室のバルコニーが見えるのだ。

大使の部屋のバルコニーも、ちょうどこちら側にある。階数は三階でそれほど高くなく、よじ登るのが得意の動物なら、外壁を伝って大使の部屋のバルコニーに入るのは簡単だとブレーメンは思った。

ブレーメンが頭を上げて眺めていた時、オレンジ色の小型トラックが通りからホテルの裏口にやってきて停まった。

ホテルの裏口は厚い鉄の扉で、超大型冷蔵庫のようだ。カードキーがないと開けられない。そしてこのドアは、ホテルの作業エリアに通じている。キッチン、スタッフの食堂、倉庫、オフィスなどがそこにはある。

小型トラックからおりてきたのは、野球帽をかぶり、オレンジ色のベストを着た二匹のリスだった。彼らはトラックのうしろのドアを開けて、オレンジ色のバケツを、ひとつひとつ勢いよくおろしていった。

「お手伝いしましょうか？」

とブレーメンはそばに寄って尋ねた。

二匹のリスはブレーメンを上から下まで見て、キッキッと笑った。

「こんにちは。ご心配いただきありがとうございます。私たちはこれでもうほとんど自分たちの仕事を終えましたので、お手間をおかけする必要はありません」

とお腹の大きい、毛色の鮮やかなリスが言った。

「お疲れさまです。妊娠しているのにまだ働かなければならないなんて」

　アグアは彼女に同情して言った。

「そちらさん、私はただお腹が大きいだけで、妊娠していませんし、私はオスです」

　お腹の大きいリスはアグアを白い目で見た。

「あ、す、すみません」

　アグアは恥ずかしくなってブレーメンのうしろに隠れた。

「あなたたちは何のお仕事をしているんですか？」

　とブレーメンは尋ねた。

「そちらの方、しつこいですね……」

　栄養不良でお腹がそんなに大きくない、もう一匹のリスが言った。

「見れば解るでしょう、配達しているんですよ」

　ブレーメンは、彼らが運んでいるバケツの全部に「奇奇《きき》蒂蒂《たいたい》食品会社」と黒い文字が書かれているのを見た。

「危険なものではありませんよ、そちらさん」

　奇奇は言った。彼はお腹の大きい方だ。

「見せてもらえますか？」

　ブレーメンは尋ねながら、ポケットからネロの印を取り出した。

「見たいと言うなら、きっと充分な理由があるんでしょうね。私たちには、そんな高貴なものを見せる必要はありません。私ら、何を見せられているのか解りませんからね」

　蒂蒂は言いながら、バケツの蓋を開けた。

　バケツの中にはカボチャ、トマト、セロリ、ジャガイモ、ナス、空心菜、インゲンなどの野菜が入っていた。

蒂蒂はもうひとつのバケツの蓋も開け、ブレーメンは覗き込んで、袋詰めされた小麦粉、トウモロコシ、大豆などの穀物を見た。

「まだ見ますか?」

蒂蒂は尋ねた。彼はもう一匹よりも忍耐力がある。

ブレーメンはうなずいた。そして、自分で別のバケツを開けた。そのバケツには魚が入っていた。大きな鮭《さけ》が、すでに死んで凍っていた。

これらはトラックからおろされた三つのバケツだが、ほかにもまだおろされていないバケツがある。ブレーメンは、その中にも食べ物が入っているのだろうと推測した。

「お疲れさまでした」

とブレーメンは言った。

「疲れてないよ」

蒂蒂は言いながら、奇奇と一緒にトラックに残っているバケツをおろし、それらをひとつずつホテルの裏口まで運んだ。

バケツがすべて裏口に並ぶと、蒂蒂と奇奇はトラックに乗った。

「バケツを中に運び入れないの?」

ブレーメンは尋ねた。

「いいんですよ。ホテルのスタッフがあとで自分で取りに来るから大丈夫」

と蒂蒂は言った。

二匹のリスはブレーメンとアグアに挨拶をして、トラックで去っていった。

ブレーメンはまだその場に立っていた。ここを去るつもりはなかった。アグアは何も言わず、ただ黙ってそばでブレーメンを見守っている。

しばらくすると鉄の扉が開き、カワウソが顔を出した。

「こんにちは」

とブレーメンが言った。

「こんに……、ちは。食べ物を運びにきました。よ、よろしいですか？」

と、おどおどした口調で言った。

「もちろん大丈夫です。ただ、ちょっと質問があります。毎日この時間に、食べ物が届くんですか？」

「いいえ、そうではありません。毎日の配達時間は決まっていませんが、一般的には午後二時から六時の間です」

と時計を見た。

「今ちょうど二時をすぎたところです。今日は比較的早く届けにきました」

「あなた一匹でこの荷物を運ぶんですか？」

「私が担当の時は、私自身が運びます。私が担当でない時は、ほかの動物が運びますが、それも一匹でやります。マネージャーは、この程度の仕事なら二匹の動物にやらせる必要はないと考えていますから」

「これだけのバケツを、一匹でどうやって運ぶんですか？」

「ひとつずつ運びます。ひとつのバケツをキッチンに運んで、戻ってまたもうひとつを取って……」

「かなり時間がかかるんじゃないですか？」

「ですが、まあ大丈夫です。かかっても二十分です」

「ここにバケツを置いておいても盗まれませんか？」

「このホテルでは、誰もこんな食べ物を盗むことはありませんよ」

「あなたが離れている間に、バケツに隠れてホテルに入ることは可能ですか？」

「無理でしょ、何の必要があるんですか？　バケツに入るくらいなら、ロビーの正面入り口から直接入ればいいじゃないですか」

「正面のセキュリティや、ホテルのフロントに見つかりたくない場合……」

「これだけは言っておきますがおたくさん、私が運ぶ前にはバケツの蓋を開けて中を確認するから、変なものがいれば絶対に気づきますよ」

カワウソは言ってから、こうつけ加えた。

「ほかのシフトの動物たちも同じですよ」

「大使の部屋が火事になった日の状況、憶えていますか？」

「申し訳ありません、その日は私は勤務していませんでした。何を調べたいのでしょうか？　お手伝いできることがありましたら言ってください、やりますよ」

ブレーメンは、カワウソが自ら手掛かりを提供してくれたことが嬉しかった。キッチンに行って最近のシフト表、トラックの配達時刻表、そして、ホテルが毎日準備しているメニュー表を取ってくるように頼んだ。カワウソはしばらくして、ぶ厚い黒いファイルを持って戻ってきた。

「あなたがブレーメン探偵ですか？　さっきリーダーに聞きました。リーダーからあなたの調査に協力しろと言われました。これは今月のホテルのキッチンの、さまざまな記録が書かれています」

ブレーメンはファイルを受け取り、礼を言った。

「ゆっくりご覧ください。これ以上なければ、私は荷物を運びます」

ブレーメンはここの用はもうないと思い、庭のクスノキの下に行って、石のベンチにすわってファイルをめくった。

アグアが近づいてきて、ブレーメンと一緒になってデイリー・メニューを見た。

「日替わりなんだね、さすがに凝ってる、大使をおもてなしするためだね」

とアグアは感心していた。

しかしアリスは、これが気に入らなかったのだ。ブレーメンは黙ってひとつずつ確認している。

「十月十三日、これは大使が来た最初の日だね、メニューは、チーズとワラビのサラダ、赤ピーマンのキノコ炒《いた》め、焼きタラ、オーガニックハム、アボカド、松茸《まつたけ》のスープ、スパークリングワインと赤ワイン、ふうん……」

ブレーメンは言った。

「十月十四日は、オーガニックリブ焼き赤ワインソース、マグロのペンネ・トリュフソース、ロブスターとポテトのタイム風味、ミルフィーユ、半熟卵のアスパラガス添え、ルネ・シャンパン」

「すごいね、美味しそう」

アグアが言った。

「食べたい」

「十月十五日、これは大使の死亡日だ。この日は、アボカドとサーモンの炙《あぶ》り焼《や》き、龍井茶蒸《む》し餃子《ギョーザ》、刺身盛り合わせ、オーガニックチキン、温泉卵、フォンダン・オ・ショコラ、フルーツティー。

配達時刻は、十月十三日、奇奇と蒂蒂が配達したのが午後四時十五分で、十四日と十五日は午後六時だった」

ブレーメンはファイルを閉じ、続いて目も閉じ、口の中でもごもご何かを唱えた。

「アグア、神さまを信じる？」

いきなり突拍子もない言葉を口にした。

「え、ぼく？　時々信じるし、時々は信じない……」

アグアの答えには、あまり意味がない。

「今回の事件は、今までのとはまったく違うんだよ」

ブレーメンの言葉は、アグアに対して答えているようにも思えるし、自分自身に語りかけているようにも思えた。

「もし神さまがいるなら、驚くことなんかじゃない。ぼくたちが知らなかったことは、この世に本当にたくさんあるんだ」

「ブレーメン、また何か解ったのかい？」

アグアが訊き、ブレーメンはひとつうなずいた。

「これで全部解ったと思う」

不思議なことだが、ブレーメンには、真相を解明したことに興奮している様子がなかった。

「真実の大きさに較べれば、ぼくたちの努力なんてすこぶる小さくて、取るに足らないものなのかも知れないな……」

ブレーメンは両手を合わせ、太陽に向かってひとつお辞儀した。そして言う。

「さあアグア、手伝ってくれるね？」

第十一章　解決

1

2333年10月18日、19：30

芝華士ホテル一階にある会議室は、重要人物たちで満席だった。

ネロ将軍、王老鉄将軍、外務大臣セラジョン、国防大臣鉄頭、安全大臣ビル、文化大臣ホワイト、財務大臣ロンロン、司法大臣アオアオ、ニャオニャオ署長、そしてもとボディガードのジボも、壁のそばで耳をそばだてていた。

数日前、動物たちは二階会議室で人間の大使に牙を研いでいた。目的はただひとつ、この異邦人に前代未聞のプレッシャーを感じさせ、自分たちに恐怖を抱かせることだった。

しかし今は違う。もし大使がニセ者だったのなら、彼女の死など気にする必要はないのだ。少なくとも王老鉄将軍はそう考えているだろうし、ほかの動物たちも似たようなものだろう。だから彼らは、この会議室に呼ばれることにうんざりしている。大使でなく、そのニセ者が死んだというだけなのに、どうして呼ばれる必要があるのか。

不満を隠すため、表面的には平静を装う者もいた。が、我慢が限界の者もいた。

「おい、愚かなロバ、何故私らをここに呼び出した？　今から尋問されるのか？　指示を聞くのか？　今からおまえに振り廻されるのか？」

ヒョウのロンロンは、無礼な口をきいた。

「おい、失礼だろ、もう少し丁重にふるまえ。ネロ将軍のためにも顔を立ててやれよ」

とウサギのホワイトが、言った。

「探偵さん、ブレーメンって名前でよかったか？　数日間お疲れさまだったなあ。あちこち走り廻って苦労したんだろう？　功績はないかも知れないが、苦労はあったろう？　苦労がなければ疲労もないだろうにな！」

言い終わると、ホワイトはネロ将軍に意地悪そうな目を向けた。

上座にすわるネロ将軍は相手にせず、手に持っているネロの印を弄んでいた。これはブレーメンがさっき彼に返したものだ。

「みんな忙しいんだからな、死んだのが大使じゃないのに、ここで時間を無駄にする意味が解らないよ！　時間はとても貴重だからね」

司法大臣アオアオが吠《ほ》えた。

「そうだろビル？」

ビルはポチ探偵の推理のせいで勾留されていたが、事件発生時刻のアリバイが証明され、釈放されていた。

安全大臣のバッファロー、ビルは、胸の前で腕組みして息を荒くしていた。彼の鼻からは勢いよく息が噴き出していた。

突然、彼は両手を机にたたきつけた。バンッという大きな音に、動物たちは驚いた。

「何をくだらないことを言っているんだ、迷惑な役立たず！　私が冤罪で勾留されていた時、おまえたちはただ見てるだけだっただろ？　探偵さんが昼夜調査してくれていなかったら、私の身の潔白はどうなっていた？　もし今日、また彼を困らせるやつがいたら、私を軽んじていることになるのを忘れるな！」

ビルが怒り出すと、素直に聞く動物もいれば、聞かずに机をたたく者もいた。

その時部屋の外から、王様がいらした、という声が聞こえてきた。

王様が来たと聞いた途端、ぼんやりすわっている者も、緊張している者も、野次馬も、自分には関係ないと高みの見物をしていた動物たちも、いっせいに立ち上がった。

会議室のドアが押され、狂暴な顔つきの、二匹のタスマニアデビルの護衛に守られて、カピバラがゆっくりと入ってきた。

カピバラを見て、主席にすわっていたネロ将軍は、すぐさま立って自分の席を譲った。気のきくスタッフが、すぐに大きな肘掛《ひじか》け椅子を持ってきて横に置き、ネロ将軍がすわる場所がなくならないように配慮した。

カピバラ二十六世は、動物王国で最も高い地位を持ち、みなに愛される王だ。彼の父はカピバラ二十五世、初代から代々動物王国の最高指導者の地位にある。

カピバラが動物王国の王になったのは非常に興味深いことだ。彼が目を見張るほどの功績を持っていたわけではなく、進化の度合いで、ほかの動物よりも優れていたわけでもない。

威風堂々とした猛獣たちが互いに譲らず、知性のある霊長類やイルカたちも互いに牽制《けんせい》して譲らず、王は単なる「マスコット」であるという共通認識にいたり、結果として、取り立てて何の取り柄もないカピバラが、初代王に押し出されたのだ。

カピバラとほかの動物たちの絆《きずな》ほど素晴らしいものはない。動物たちが知恵を得るずっと前の時代から、小さな動物たちはいつもカピバラのあとをついて歩き、カピバラはというと、そういう彼らに自分の食べ物を惜しみなく分け与えて楽しく共有した。その結果、カピバラは南アメリカ大陸で誰もが知る存在となった。

カピバラは、自分が年に一度だけ出てきてみなを笑わせる幸運のマスコットであることについて、全然気にしなかった。彼は自分の立場の重要性をよく理解していた。政治、軍事、科学、経済などの分野では何の助けにもなれないが、動物王国の安定と平和を保証する重要な駒だ。そのため彼と彼の子孫たちは、「幸運のマスコット」としての職務を忠実に果たした。自分の権力を拡大することなどは、いっさい考えたことがなかった。

ほかの動物たちに非常に尊敬され、カピバラ王と彼の子孫たちは、みなにとても好かれていた。そのため、何ら実権のない王が入ってくると、すべての動物が立ち上がって、彼に場所を譲ろうとするのだった。

カピバラ二十六世がすわると、ほかの動物たちも次々にすわった。

「みんな、くつろいでください。緊張する必要は少しもありません」

言いながらカピバラ二十六世は、ブレーメンに向き直った。

「あなたが伝説の探偵ですか?」

「はい陛下、伝説ではありませんが、私はブレーメンと申します。お目にかかれて光栄です」

カピバラはうなずいた。

「この数日間、お疲れさまでした。ネロ将軍からあなたたちの仕事ぶりについて聞いています。あなたには助手がいるのですね?」

この時、アグアはブレーメンの前にしゃがみ込んでいたが、色がティーカップと似ていたため、国王は彼を見逃してしまっていた。

「へ、へ、陛下、わ、私の名前はア、ア、アグアです……」

王様を前にして、アグアは緊張して言った。

「やあアグア、こんにちは。緊張する必要はありませんよ。君たちの仕事の成果はあきらかです」

さすがはみなに愛される王だ、ひと言でアグアは彼に好意を抱いた。

ブレーメンはアグアの頭をぽんと撫で、緊張しないように彼にうながした。

「ではカピバラ国王もいらっしゃいましたから、始めてもよろしいでしょうか？」

ネロ将軍は言いながら、部屋を埋めた動物たちをぐるりと見渡した。

「みなさん、今日は人間大使の件を終わらせるために、お集まりいただきました。本当の大使であろうと、ニセ者の大使であろうと関係ありません。ブレーメン探偵、あなたから説明してください」

「かしこまりました閣下」

と答えてブレーメンは立ち上がり、みなに一礼した。

「ただもう一匹の動物が到着するまで、私は説明ができないのです」

「ベラ教授ですか？」

とカピバラ二十六世が尋ねた。

「はい陛下、この件をご存じですか？」

「ええ、私も聞きました。最近、ベラ教授が超兵器の改良を急ピッチで進めていましたが、私にはこれと、大使の死との関係がよく解りません」

国王は言った。

「すぐにお解りいただけます」

会議室にいる動物たちもささやいていた。アップグレードされた超兵器が会議室にやってくることは、彼らの耳にも入っていた。大使の事件の重要な証拠としてベラ教授が持参することは、みなに知らされていた。

　しかし、誰もブレーメンの考えていることを知らなかった。

　しかしそう言っているうちに、ベラ教授が武器を持って現れた。

「やあ来てくれました。素晴らしい」

　ブレーメンは言った。

「武器は改造されましたか？」

　国王は教授に尋ねた。

「はいやりました。こんにちは王様」

　とベラ教授は、カピバラ国王に敬意を表した。

「遅くなってすみません、時間が迫っていたので、やっとブレーメン探偵の要求期限内に、武器の改造を完了しました。三段階のセキュリティ装置を取り除き、自己破壊装置も除きました。正しい四桁のパスワードを入力すると、この武器は起動します」

「素晴らしい、やはりあなたは天才です。もしよければ、武器を先に二〇二号室に置いてください。ニャオニャオ署長が案内します。ただし、武器を置いたのちは、ロビーでお待ちいただきます。私がお呼びしますまで」

　ブレーメンは言いながら、ベラ教授を連れていくように、ニャオニャオ署長に合図した。

　ベラ教授が会議室から去った直後、せっかちな大臣たち何人かは我慢ができず、ブレーメンに質問を投げかけた。もし国王がここにいなかったら、彼らはおそらく机の上に飛び乗って、大声でわめき合っていただろう。

「これはいったいどういうことなんだ？　君はいったい何のゲームをしているんだ？」

「超兵器と大使の死には、関係があるのかね？　もしもそうなら、説明してもらえますかな？」

　と王老鉄も尋ねた。

「探偵さん、私にもよく解りません。説明していただけませんか」

　とカピバラ二十六世も言った。

「解りました。みなさん、武器と大使の死との関係は、非常に密接です。みなさんもご承知の通り、超兵器は常に国防大臣、鉄頭氏の管理下にありましたが、大使が亡くなった日、自壊しました……」

「何？　自壊した？」

　と王老鉄は驚いて言い、鉄頭を見た。

「鉄頭、また飲みすぎたのか。超兵器の自壊まで起こさせるなんて、いったいどういうことだ？」

　とネロ将軍は叱責した。

「す、すみません……、私の不注意でした。私の過失です……、正直に申します。まことに不注意千万でした……。責任を取り、私は即刻辞職いたします……」

　大臣たちの溜め息が聞こえた。

「鉄頭大臣は、確かに注意の不充分によって超兵器を自壊させたのですが、問題は、誰がそれをやったかです。何度も解錠を試み、誤ったパスワードを入力し続け、その回数が多すぎた。では、誰がいったいそれをしたのでしょう？」

「誰だ？」

「大使です」

　ブレーメンは言った。

「おそらく」

「大使？」

　鉄頭は、その言葉に疑問の表情を浮かべて言った。

「大使は不可能だと思います、その時部屋には……」

鉄頭が口を滑らせそうになるのを見て、ブレーメンはひづめで口を押さえるジェスチャーをした。

鉄頭は、賢明にも口を閉じた。

「みなさんご存じの通り、亡くなった大使はニセ者で、本物の人間大使は動物王国に向かう途中、まれなる大嵐《おおあらし》に遭遇して、船と共に沈んでしまいました」

会議室はしんとした。

「そしてこのニセの大使は、人間のスパイとしてわが国に交渉に来たわけではありません。彼女の目的は、ここ動物城を混乱させることでした」

ブレーメンが言うと、王老鉄将軍が吐き出すように言う。

「くそっ、人間どもの悪辣《あくらつ》さといったら筆舌に尽くしがたい。おそらく交渉もただの口実で、最初から破壊を企んでいたんだ！」

将軍は拳を握りしめ、言葉に怒りを込めた。

ブレーメンは将軍の興奮には影響されず、説明を続ける。

「ニセ大使は、鉄頭大臣が酔っ払っている間に彼の部屋に忍び込み、超兵器を起動させようとしました。もし彼女が成功すれば、彼女は自分の命を犠牲にして核兵器を爆発させ、動物城は消滅していた。みなさんも、一瞬にして灰になっていたことでしょう！」

ここまで聞いた大物たちが、みな震えているのにブレーメンは気づいた。

「運がよかったな」

とホワイトは、胸をたたきながらつぶやいた。

「そうです、命拾いしました。動物たちの命は絶たれるべきではない。ニセ大使の策略は、成功しませんでした。鉄頭大臣は超兵器の自壊を見つけて、ベラ教授を呼びました。そして二匹で考え、大使がやったことだと推理したんです」

込んだ。

「私は……」

と鉄頭は言おうとしたが、ブレーメンが必死に彼に合図を送っているのを見て、あとの言葉を呑み込んだ。

鉄頭は困惑した。ブレーメンが何をやろうとしているのか、理解ができなかったのだ。

「彼らは本当に素晴らしい。大使がやったと思いついたのですから。そして、鉄頭大臣とベラ教授は怒りを抑えきれず、大使のところに行って論争しました。その話し合いの中で、彼らは怒りのあまり、誤って大使を殺してしまったんです！」

ここまで来ると、鉄頭は泣き出しそうになった。

「おまえだったのか、鉄頭！」

とビルは驚いて叫ぶ。

「思ってもみなかったよ、和平派のおまえがやったとは！」

「火をつけたのもおまえか？」

困惑してセラジョンが言う。

「火は確かに私がやったものですが……」

鉄頭は悲しそうな顔で言った。

「しかし、殺人は……」

言って彼は、ブレーメンをちらと見た。ブレーメンは彼に、鬼の顔を向けた。

「解りません、解りません！」

「鉄頭、悲しまないで、君はよくやったんだ！」

アオアオは興奮した。

「私は君が臆病者だと思っていた。今回君が、こんなに男らしい行動をとるとは思わなかった。本当に驚いたよ！」

大臣たちは口々に、鉄頭がこんな行動をするとは思わなかったと感嘆し、彼を慰める者もいた。彼が人間のニセ大使を殺したのは大功績で、犯罪ではないと大勢の者が考えていた。

しかしそう言われて、一番混乱しているのは鉄頭本人だった。何故ブレーメンがそんなことを言うのか、彼はまったく理解ができておらず、当時の自分が酔っていたのかどうかすら解らないでいる。そんな記憶がないのだ。半夢半醒《はんせい》の状態で、記憶にない行動を、自分はしてしまったのだろうか。

大騒ぎを始めた大臣たちを見ながら、ブレーメンはアグアの耳もとで何ごとかささやき、アグアはうなずきながらポケットからトランシーバーを取り出した。そして、

「行動開始」

とトランシーバーに向かって言った。

数秒後、トランシーバーから「了解」というひと言が戻り、その後は沈黙になった。

ブレーメンとアグアは、不安そうに待っていた。てんでに激しい議論をしている大臣たちには興味を示さず、無言で立ち続けた。彼らは待っていたのだ。

アグアのトランシーバーから、ササッという異音が聞こえた。続いて、冷たくて魅力的な声がこう言った。

「捕まえた、成功したわ！」

ブレーメンとアグアは興奮して飛び上がり、手を打ち、喜びの大声をあげた。

その声に、動物たちは驚いて振り返り、会議室はしんと静まり返った。そしてこの二匹組を、不思議そうな顔で見た。

「よし」

ブレーメンはアグアの手を離し、そして言った。

「さっき言ったことは全部でたらめでした。ごめんなさい鉄頭大臣……」

鉄頭は口をあんぐりと開け、その顎は地面に根をおろして芽を吹きそうだった。ほかの動物も似たようなものだったろう。

「これはいったいどういうことなのかね？」

と将軍ネロが尋ねた。

「そうだよ、こう言ったと思ったらああ言って、本当に信じられないぞ。おまえたち二匹、私たちを軽んじすぎているんじゃないか⁉」

ロンロンは怒鳴った。

「ひと言ふた言では説明がつかないのです、どうかお怒りにならないでください。私は真実をあきらかにするために、ここにこうしているんです。国王に誓います、みなさまを愚弄《ぐろう》するつもりなど、微《み》塵《じん》もありません」

「それなら早く説明してくれ！」

とネロ将軍はうながした。

「もちろんです。解りました。ここでみなさんに質問がありますが、芝華士ホテルに幽霊が出る話は、ご存じですか？」

大臣たちは互いにささやき合いながら、聞いたことがないと、てんでに首を振った。しかしホワイトだけは、従業員がこっそり幽霊について話しているのを聞いたことがあった。それに、ある日彼がエレベーターに乗っていると、三階で突然ドアが開いたことがあった。彼は四階に宿泊していたので三階のボタンを押してはいなかったし、外にも待っている動物の姿はなかった。その時はあまり深く考えず、誰かが間違えて押したのかも知れないと思ってすましたが、今思い返すと、多少奇妙な出来事だと感じる。

「調査中、ロビーにいたメイメイというホテルの清掃スタッフが、何度か奇妙な出来事に遭遇したと話してくれました。時々、奇妙な足音が聞こえるけれども、動物は見えない。時には意味もなく足を滑らせてしまうこともあったそうです。これらの出来事は、大使が到着したあとに起こったそうです」

「大使が幽霊だとでも？」
ホワイトが訊いた。

「大使は違いますが、この幽霊は実在し、鉄頭大臣が管理する超兵器を起動しようとして失敗し、自己破壊させたのもこの幽霊です」

「何故幽霊が武器を起動しようとしたのですか？」
鉄頭は尋ねた。

「この幽霊は、普通の幽霊ではありませんよ！　みなさん、プリン医師をご存じですね？　プリン医師はニャオニャオ署長に逮捕されました。彼女は霊長類を誘拐し、虐待する罪を犯しました……」
プリン医師は動物城で特別な地位にあるため、彼女がサルたちを誘拐した真相は公開されていない。しかし、この会議室にいる関係者たちはみんな知っているので、ブレーメンがプリン医師の話をした時、みなうなずいていた。

「プリン医師には幼少期の悲惨な経験があって、それが彼女の犯罪の根っ子にあります。彼女は罪を告白する際、かつて人間によって軍事施設に監禁されていた時、人間に動物の情報を提供して、動物を虐待する助けをする悪魔のような動物を目撃したと、私に語ってくれました。そして不思議なことに、彼女は人間が空気に向かって話しているのを見たが、その悪魔のような動物の姿は見えなかったということです」

「見えない動物？　君は目に見えない動物がこの世にいると言っているのかね？」

と将軍ネロは尋ねた。

「ある意味ではそうです。私は芝華士ホテルで起こった奇妙な事件と、プリン医師が言った悪魔のような動物が、同じ答えかも知れないと考えています。鉄頭大臣はフィットネスクラブに行くために部屋に鍵をかけたはずが、何故か二十分後に戻ってくると、部屋の武器が自壊していて、ドアにも破壊された痕跡はなく、だから自分がドアを閉め忘れたと考えるしかなかったんです。しかし実際には、鉄頭大臣も思いもしなかったことですが、彼が前に部屋に入った時、目に見えない動物がついて入ってきていたということです」

「何故超兵器を自壊させたのですか？」

とカピバラ国王は尋ねた。

「平和を愛する動物だから、致命的な破壊力を持つ武器は、自壊させたのでしょうか？」

「そうに違いない」

鉄頭も、王のこの推測に即座に同意した。

「申し訳ありません陛下、正反対なんです。犯人は平和を愛する動物ではなく、むしろ狂気に取り憑かれた極悪人である可能性が高いと、私は考えています」

「何故そう思うのですか？」

「誰なのかは大体解って……」

と言ってから、ブレーメンの顔色が悪くなった。

「誰ですか？　早く教えてくれませんか？」

とカピバラ二十六世が焦って言った。

「彼は今二〇二号室にいて、私とアグアが仕掛けた罠《わな》にかかっています。陛下、そしてみなさまも、私と一緒についてきて、どうかご自身の目でご覧ください」

ここまで聞いて、動物たちが騒ぎ出した。

突然現れた目に見えない動物とは？　彼は誰で、いったいどこから来たのか？　本当に驚きだ！

動物たちは立ち上がり、ブレーメンにしたがってぞろぞろと部屋を出て、エレベーターで一階から二階に移動した。ブレーメン、アグア、そしてネロ将軍と一緒に、カピバラ二十六世もエレベーターに乗った。

カピバラ二十六世は、前例がないほどに事件に興味を示しており、ブレーメンの表情から何か手掛かりを見つけ出したい、どの臣下よりも先に事件を理解し、把握したいと考えていた。しかし、彼は何にも気づけず、見つけられなかった。

大勢の動物たちが、二〇二号室のドアの前にやってきた。ブレーメンはドアをノックしながら、私ですと言った。すると中からガサガサという音が聞こえて、すぐにドアが開いた。みなは部屋の中央に、ゴールデンパイソンがとぐろを巻いているのを見た。

アグアはゴールデンパイソンのそばに駆け寄り、そのヘビの懐《ふところ》に飛び込んだ。

「金美、大丈夫？　問題なかった？」

このゴールデンパイソンはＡＳＤ（動物安全管理部門）のエージェントで、アグアの彼女の金美だ。

「心配しないで、もちろん大丈夫よ」

と金美はクールに言った。

「それよりも、ここ数日会わないうちに痩せたわね、大変だったの？」

「はいはい、そういうのはあとでやってくれよ」

ブレーメンは少し嫉妬《しっと》して言った。

「陛下とみなさんにご紹介します。こちらの金美さんは、私が特別に招いた優れた能力を持つ方で、危険な動物の捕獲を専門としています。ニャオニャオ署長やネロ将軍に援助を求めなかったのは、行動を極秘にするためです」

「金美さんこんにちは。握手はけっこうですよ、今はお忙しいでしょうから」

カピバラ二十六世は言った。

「国王さんこんにちは。お会いできて光栄です」

金美は、国王に会っても動じることはない。大勢の前で経験を積んでいるからだ。

「よしブレーメン、金美をここに呼んだのは何のためかね？　それに、見えない動物とやらはどこにいるんだい？」

とネロ将軍は尋ねた。

「ここにいますよ」

とブレーメンは、金美の丸まっている体を指した。

「金美さんが今、彼を捕まえているんです」

「どこにいる？　何も見えない」

「お忘れのようですが、彼は見えない動物です。しかし、今はもう隠れる必要はないと思います」

とブレーメンは金美に近づいた。

「言っておくけど、もう逃げられないよ。姿を現してもいいんじゃないか、契訶夫《けいかお》」

金美の体の中央から、緑色で小さくて、鱗を持つ動物が徐々に現れてきた。一匹のカメレオンだった。

「みなさんに、芝華士ホテルの幽霊、見えない悪魔の生物、契訶夫をご紹介させてください！」

とブレーメンは、芝居がかって言った。

「彼だったのか！　冷血の陰謀家と称される、十年前にすでに壊滅させられた反乱組織『神龍教』の

に同化して見えにくくできる。

安全大臣ビルは、カメレオンの素性をずばりと言い当てた。

カメレオンは、環境に応じて自身の体の色や模様を変えることができ、透明にはなれないが、周囲
に同化して見えにくくできる。

「契訶夫は死んでいなかったのか？」

「あの時は、別の死体を使って偽装したんだな！」

「契訶夫は、最も危険な犯罪者だ！」

部屋の中で議論の声が飛び交《とか》い、契訶夫の登場は、あきらかにすべての動物を興奮させていた。

契訶夫の氷のような目が百八十度回転し、部屋の中のすべての動物を冷たく見た。

「思ってもみなかったぜ。おまえ、探偵としてなかなかの頭脳を持っているようだな。俺を捕まえるためにヘビを使うとはな。ヘビは赤外線で物体を判断するから、俺の変身は、彼女には効果がない」

「すでにあなたたちは契訶夫をご存じのようですから、彼を特に紹介する必要はありませんね」

とブレーメンは言った。

「私はアグアに言って、金美さんに契訶夫を捕まえてもらうように頼みました。そして、彼は私が仕掛けた罠にかかりました。動物王国で最も危険な犯罪者を捕まえることで、私の努力も報われました。あなたたちはきっと不思議に思っていることでしょう。何故契訶夫がここにいて、何をしているのか。今、ひとつずつ説明しましょう。それとも契訶夫、君自身から彼らに話しますか？」

しかしカメレオンの契訶夫は黙ったので、ブレーメンは続けた。

「十年前、契訶夫が所属していた組織、神龍教は、爬虫類や両生類が動物王国で差別されているという理由で反乱を起こしました。その後、神龍教のほとんどのメンバーは死んだり、捕まったりしましたが、契訶夫は死んだふりをして逃げました。

彼は本物の悪魔です。神龍教のメンバーを調査していた当時、彼らの主要な幹部の、心理プロファイルが作成されました。契訶夫のプロファイルは、強烈な反社会的思想を持つ、生まれついての犯罪傾向者、非常に危険な動物、というものでした。

逃げたあと、彼は偽装して身を隠し、世間に紛《まぎ》れ込《こ》んでいました。そして時おり、動物を迫害するような行為を行っていました。たとえば、人間に動物たちの貴重な情報を売り、それによって動物たちが狩られたり、捕獲されたりすることが起こっていました。プリン医師が人間の軍事キャンプに、人間と取引をしている悪魔の動物がいたと言っていたのは、契訶夫だったのです」

「本当に狂気の沙汰だ！」

と一匹の動物が言った。

「契訶夫」

とネロ将軍が、怒りを抑えながら言った。

「私たちは同じ爬虫類なのに、恥を知らないのか？」

契訶夫はネロ将軍を上から下まで眺め廻し、軽蔑の意味を込めて言った。

「おまえのような力の強い存在が、俺たちの苦しみを理解できるわけがない。古い言葉を贈ろうじゃないか。何故肉を食わぬ？」

ネロ将軍はしばらく反応できず、一方で金美は理解した。彼女は契訶夫をさらに締め上げ、彼は気を失った。

「契訶夫はいつもほかの動物たちを傷つける運動に参加し、それは彼にとっては哺乳類や動物の王国、そして世界全体への復讐であると考えていました」

気を失った契訶夫を一瞥してから、ブレーメンは続けた。

「彼にとってこれらの復讐行為はまだ小さなもので、更なる機会を待ち続けました。世界を大混乱させる大きな機会を狙っていたのです。そして彼は、ついにその機会を見つけたのです。それは今回の、人間大使の来訪でした。

彼は自分の体を隠す能力を使って会場の芝華士ホテルに潜入し、情報を探りました。そして大きな混乱を引き起こす方法、つまり鉄頭大臣の超兵器を発見し、これを利用しようとしたのです。彼が超兵器をどのように利用するつもりだったのかは、まだよく解りません、動物城やあなたたちを灰にするため、ホテルで爆発させるのか、それとも超兵器を人間の世界に撃ち込んで、人間と動物の大戦争を引き起こすのか、私はおそらく後者だったと思っています。

何故なら、前者だったら彼自身の命も奪うことになるからです。彼は狂人ですが、自殺志願者ではありません。鉄頭大臣の部屋に侵入するのは造作もないことでしたが、どちらの目的であったにしても、パスワードが関門でした。三度間違ったパスワードを入力したため、超兵器は自己破壊しました」

「なるほど！」

と鉄頭はうなずいた。

「ずっと疑問に思っていたんだ。武器を使用するにしても、破壊するにしても、どちらも適当な者が見当たらなかった。確かに、彼なら納得できる！」

「もちろん、超兵器の自壊によって、契訶夫の陰謀は水泡に帰しました。そして私は、彼の存在に気づいたあと、彼をおびき寄せる罠を仕掛けました。ベラ教授に、セキュリティ装置も、自壊装置も取り除いたかたちで兵器を修理させるという情報を広め、芝華士ホテルの無人の二〇二号室に持ってきてもらいました。これが彼をおびき寄せるための罠です。

改造された武器は、自己破壊の機能がなく、しかもパスワードが四桁しかないため、忍耐強く試す気なら、一万通りの組み合わせをすべて試しても、自壊はしません。彼にとって、このような機会は二度とないものです。そうなら彼が核兵器を爆発させる機会を逃すことは考えられません。

そこで私は金美さんを部屋にひそませ、彼が入ってきたら捕まえてもらった。彼は非常に見つけづらく、捕まえにくい存在ですが、金美さんならその問題はありません！」

話し終えるとブレーメンは金美を見て、よくやったと彼女にジェスチャーを送った。アグアは得意満面であたりを飛び跳ねていた。

大臣たちは、ひと言も聞き漏らすまいと真剣にブレーメンの話を聞いていたが、誰かがくそったれと言うと、ほかの動物たちもみな同意した。

「そうか解った！」

とアグアが、突然興奮して叫んだ。

「大使が亡くなる前の晩、部屋の赤外線警報器が突然鳴り出して、ボディガードのジボが中に入っても何も見つからなかった。ぼくたちは大使が密かに誰かと会っているか、赤外線警報器が壊れていると思っていたけど、実際には契訶夫が部屋にいたんだ！」

「そうだよ」

ブレーメンが言った。

「これで大使の部屋の警報器が鳴った問題は説明がつくね」

アグアは言った。

「そして契訶夫が大使の部屋に入ったことの証明もできる。そうだ、彼は……、きっとこうだ、大使を殺して動物王国に責任をなすりつけることで人間と動物との間に戦争を引き起こし、世界を大混乱させる目的が達せられる、と考えていたんだ」

「本当に狂ったやつだな、大使を殺すだけでは足りず、核兵器まで起動しようと考えていたとは……」

ネロ将軍はつぶやいた。

「いいえ、違います。私は彼が危険な犯罪者で、芝華士ホテルの幽霊であり、超兵器を起動しようとする悪魔であったと言っただけで、大使を殺したとは言っていません」

ブレーメンの言葉に、その場にいるすべての動物が凍りついた。

「大使を殺したのは契訶夫ではなく、別の動物です」

ブレーメンは言った。

2

2333年10月18日、20：30

ブレーメンの言葉は、まるで部屋で核爆弾が破裂したかのような衝撃だった。こんなに長い説明を聞いても、まだ犯人に行き着かないのか、みなそう考えた。一生懸命にやっても、結局進展はさしてないということ？　みなそんな徒労感に襲われた。

「君の言ってる意味は、大使の死と、この悪党は関係ないということなのかね？」

と将軍ネロは尋ねた。

「いえ、そうは申しません、大使の死と関係はあるはずです。ただし、大使を殺したのは彼ではありません」

「混乱してきた。ではともかく、大使を殺した犯人を、君は知っているのだね？」

「百パーセントの確信はありませんが……、みなさまも是非私と一緒に、大使の部屋を、現場を見てみましょう」

話し終わったのち、ブレーメンはドアに向かって、お願いしますというポーズを取った。

そこにはカピバラ二十六世が立っていた。動物たちはみなカピバラ二十六世を見つめ、彼がどんな決断をするのか待っていた。

「では私たちは、ブレーメンと一緒に大使の部屋を見にいきましょう」

とカピバラ二十六世は言い、くるりと回れ右をして、歩き出した。

国王の発言を聞いて、ブレーメンはほっとした。それで動物たちはみな、国王のうしろについて移動を開始した。ブレーメンは急いで列の先頭に出た。金美もまた、気を失っている契訶夫を尾で巻き上げ、最後尾について隊列に加わった。

彼らは何組かに分かれてエレベーターで三階に行き、長い廊下を歩いて、大使の死体が発見された部屋に入った。

大使の広い部屋は黒焦げの状態で残っており、入り口のドア付近以外はすべて真っ黒で、火事場の臭気が部屋にこもっている。事件が解決していないので、すべてまだそのままにしてあるのだ。

広々として豪華だったスイートルームだが、たくさんの動物たちでたちまちぎゅうぎゅう詰めになった。

「さて今、私たちは大使の部屋にいます。大使が亡くなった日、つまり十月十五日に、ここでいったい何があったのでしょうか？」

ブレーメンは、部屋を埋めた動物たちを、ゆっくりと見廻した。

「調査の結果、その日は犯人だけでなく、ほかの多くの動物たちもここを訪れていました。みんな、さまざまな理由や目的を持って、大使のところに来たのです。最後に来たのは、鉄頭国防大臣でした」

自分の名前を聞いて、鉄頭は恐怖に充ちた表情で周囲を見廻した。ほかの動物たちも、彼に視線を向けた。

「鉄頭大臣が持ってきた超兵器が、契訶夫によって自己破壊されたことは解りました。そして超兵器が自壊していることに気づいた鉄頭大臣は、まずベラ教授に後処理を頼みましたが、ベラ教授は即座には、問題を解決することができませんでした。

鉄頭大臣は途方に暮れて多くの酒を飲み、ふと思いついて大使を訪ねることにしました。それは六時以降のことです。すると、なんと大使はすでに死亡していました。しかも、上半身だけの無残な死体になっていたのです。

上半身だけの大使を見て、鉄頭大臣の酔いは、一瞬にして醒めました。彼は、大使の悲劇が、世界大戦を引き起こす可能性があることを憂慮し、巧妙に火災を起こし、大使の死を事故によるものに偽装しようとしました。それが、七時に起きた電子レンジの爆発による火災です」

「しかし、火災発生の前、鉄頭と私は一緒にいたんだが」

とセラジョンは言った。

「そうです。鉄頭大臣は時間差爆発の装置を使って、自分のアリバイを作りました」

「装置？　どんな装置？」

「それはプラズマです」

ブレーメンは言った。

「鉄頭大臣は葡萄を電子レンジに入れ、それから七時にタイマーをセットしました。電子レンジで葡萄を加熱することでプラズマが爆発する、それが彼の手法です」

「あとでおまえを問い詰めるぞ」

とネロ将軍は言い、鉄頭を睨みつけた。

「しかし、鉄頭大臣は犯人ではありません。大臣がここに入った時には、大使はすでに死んでおり、しかも腹部で切断されていました」

「鉄頭が大使の部屋に入る前に、誰が入っていたのですか？」

「鉄頭大臣がここに入る時、入れ替わりにバルコニーに飛び出して、部屋を去った動物がいます。この動物が大使を切断したのですが、私はこの動物の身もとを明かさないと約束したので、今は名前を言うことができません」

「何⁉　いつまでそんな約束を守るつもりだ？　犯人を教えてくれるつもりはないのか⁉」

王老鉄将軍は怒鳴った。

「焦らないでください。まだその動物の名は明かしませんが、大使殺しの真犯人を見つけることには影響しません。実際その動物は、ただ死体を切断しただけで、大使を殺してはいません。切断の理由は、一時的な衝動で、大使を食べたかったからです」

王老鉄将軍は一瞬口をぽかんと開け、続いて激しく首を横に振った。そして言う。

「なんと！　馬鹿げている、あまりにも馬鹿げている！」

「確かに少々馬鹿げていますが、そのことは私たちが犯人を見つけるのに影響はしません。犯人は前からこの大使の部屋に入ってきていました。時刻は午後四時三十分までさかのぼります。午後四時三十分には別の動物もここに入りましたが、それと大使の死には何の関係もありません。部屋に入った目的は明白で、ものを盗むためでした」

「ブレーメン探偵、あなたの説明に疑問を感じます。この数日、芝華士ホテルに滞在している動物たちは、富裕な者や、貴重な財産を持っている者たちばかりです。どうして泥棒がいるのでしょうか？」

カピバラ二十六世は、自分の信頼できる部下たちを眺めながら言った。

「陛下、泥棒の窃盗の理由は、貧困だけではありません。一部の泥棒にとって盗みは病《やまい》で、抑制できない中毒です。私はこの泥棒の正体を公にするつもりはありません。何故なら、盗んだものをすでに返したからです」

ブレーメンはポケットから、以前大使が首につけていた大粒の真珠を取り出しながら言った。

「この真珠は、泥棒が捕まる危険を冒して盗んだ宝物です。私は言ったんです。盗んだものを、こちらに戻せばなかったことにすると。すると私の提案を受け入れ、この動物は、盗んだものを返したのです」

「そうだとしても、泥棒をかばうのはどうかと思うが」

セラジョンが言って、首を横に振った。

ブレーメンは溜め息を吐いた。この配慮は、主としてセラジョンのためだった。犯人のためではない。セラジョンは、今まで自分の妻が犯してきた罪を知らない。自分の妻が真珠を盗んだことを知れば、彼はどんな思いがするだろう。

「泥棒をかばうことについては、あとで話し合いましょう。しかし泥棒は、非常に重要な手掛かりを提供してくれました。犯人が部屋に侵入して盗みを働いた時、大使は部屋にいませんでした。そして、浴室から部屋のドアまでの間に、ネイルポリッシュがこぼれていたんです」

「ネイルポリッシュ？　そんなものがどうしたっていうんだ？」

「そんなもの？　とても重要なんです！　そのネイルポリッシュのボトルは、非常に重要なヒントを私にくれました。あなたたちもそのネイルポリッシュが示す状況を見れば、私と同じように、閃《ひらめ》くはずです」

ブレーメンは言いながらバルコニーに向かって歩き、カーテンをしっかりと閉めた。と同時に、彼はアグアに合図をした。アグアは跳ねながら壁ぎわに寄ってきて、部屋の明かりをひとつずつ消した。

「何だ？　どうしたんだ？」

「何故明かりを消す？」

「何をしているんだ？」

　動物たちはいっせいに騒ぎ出した。

「みなさま、ご覧ください。ドアへと続くカーペットにほら……、点々と光る痕跡がありますね？」

「この痕跡は何ですか？」

　とカピバラ二十六世が尋ねた。

「陛下、これらの痕跡は、ネイルポリッシュです。大使のネイルポリッシュは夜光性です。明るい場所では透明ですが、暗闇の中では、目に見える光る点として現れます」

「しかし、何故床にこれらネイルポリッシュの痕があるのでしょうか？」

　カピバラ二十六世は尋ねた。

「陛下、おっしゃる通り、ここに問題が生じています。何故ネイルポリッシュがカーペットにこぼれるのか。ネイルポリッシュは、午後四時半までに床にこぼされたものであり、午前中にプリン医師が大使の診察をした際には、このネイルポリッシュの痕跡は存在していませんでした」

　カピバラ二十六世はうなずいている。

「何故でしょうか。午前中の時点では、ネイルポリッシュをこぼすという事態は発生していなかったからです。もし大使がうっかりネイルポリッシュをこぼしてしまったとしても、床中にネイルポリッシュが飛び散るほどのことは起こりません。これまでの調査の結果、ネイルポリッシュをこぼしたことに関連する動物は見つかっていません。したがって、このカーペットに散らばるネイルポリッシュは、ただひとつの可能性をのみ示します。それは、この光が、大使の死と関係があるということです」

「ネイルポリッシュと大使の死に、何の関係があるのでしょう？」

カピバラ二十六世は尋ねた。

「さっき言った通り、契訶夫は大使を殺した犯人ではありません。が、それは契訶夫と大使の死が無関係であることは意味しません。契訶夫は、前日の夜に大使の部屋に入っていました。赤外線警報器は彼を検知しましたが、彼は身を隠すことができたために気づかれず、大使とボディガードは警報器が故障していると思い込んでしまいました。

何故契訶夫が大使の部屋に入ったのか、私にはまだ明確な考えはありませんが、彼のような悪魔なら、人間と動物との関係を破壊するために大使の部屋に入りたいと思うことは必然です。ただその日の午後、彼はもう一度大使の部屋に入って発見されてしまいました。発見されたあと、契訶夫はあわてて逃げ出し、今度は身を隠す時間がなく、部屋中を逃げ廻りました。その時、うっかりネイルポリッシュをひっくり返して、足にかけてしまったのです。今私たちが見ている光る点の痕跡が、カメレオンの足跡であることは間違いありません」

ブレーメンが話し終えると、みなは頭を下げ、光点を再び、注意深く見た。

どうやらその通りだった。ブレーメンの言う通り、これらの痕跡は、あちこち逃《に》げ廻《まわ》り、床一面に印《しる》されたカメレオンの足跡だった。

「それから？　この痕跡を見る限り、契訶夫は逃げたのでしょうか？」

国王は、ブレーメンの段階を追った説明の方法にすっかり引き込まれ、次々と質問を投げかけた。

「確かに。確かに契訶夫は逃げました。それ以外にも、鉄頭大臣の超兵器が破壊された事実も見逃せません。超兵器の自壊は午後四時から四時二十分の間のことであり、つまり契訶夫が大使の部屋を出たあとのことです。しかし奇妙なことに、契訶夫の逃亡は、たまたま、真犯人が誰であるかを示しているのです」

「早く言ってください！」

「みなさん、私について廊下に出てください」

ブレーメンは歩いていって、ドアを開けた。

ドアを開けると、廊下のセンサーライトが点灯した。ブレーメンの案内で、動物たちは部屋から出たが、ブレーメンは彼らを遠くには連れていかず、大使の部屋のドアを、半円形に囲ませた。

ブレーメンはアグアに、この階の電気ブレーカーをおろすように命じた。

アグアが変電室に向かって去ったのち、みな黙り込み、真実が天から降臨してくるのを待っていた。まもなく、廊下のセンサーライトがさっと消えた。

すると、廊下に無数の光る点が現れた。意外なことに、それは壁の上だった。壁に、部屋から延びてきた光の点が浮かんだ。これらの光の点は、壁を上昇し、一・五メートルほどの高さで消えていた。

「これは、契訶夫が、部屋から逃げ出したのちに遺した足跡ですか？」

カピバラ二十六世が尋ねた。

「そうです陛下、契訶夫は部屋から逃げ出したあと、壁に登り、その後は動かず、じっと壁に隠れていました。足のネイルポリッシュが乾くまで、壁にいたのです」

ブレーメンは言った。

「ドアの前の壁にいたのに、何故彼は誰にも気づかれなかったのでしょうか？」

「それは彼が、持ち前の能力を発揮していたからです。彼は自分自身と周囲の壁を一体化させ、見えにくくしていました」

「なるほど」

カピバラ二十六世は深くうなずいて言った。

「その説明は合理的で、よく解ります。が、それが犯人とどのような関係があるのでしょう？」

国王は疑問を呈した。

「もしかして、その時契訶夫を部屋で追いかけていたのが大使だったんですか？」

「いいえ大使ではありません。もし大使だったら、彼女がその時まだ生きていたのなら、その後会ったほかの動物に、契訶夫が部屋に侵入してきたことを話していたでしょう。また、何故すぐにボディガードを呼んで、契訶夫のことを訴えなかったのか？

これはほかの動物の場合も同様です。ボディガードも呼ばず、ほかの動物に話すこともしないとすれば、それは犯人だけです」

国王はまたうなずいた。

「ゆえに大使やほかの動物は除外され、契訶夫を捕まえようとしていたのは、大使殺しの犯人だということになります」

ブレーメンは言って、動物たちを見廻した。

「もしもたった今、あなたたちの誰かが、事件当日の午後、大使の部屋で契訶夫に出くわし、彼を捕まえようとしたが捕まえられなかったと証言したとしても、もう遅すぎます。この事実を隠そうとした事実は消せません。大使を殺した犯人以外に、そんなことをする動物はいないでしょうから……」

「さあ言ってください。誰が犯人なのですか？　これらの光の点で犯人を特定できるのですか？」

カピバラ二十六世は、真実を知りたくてたまらない様子だった。

「かしこまりました陛下。今、犯人が誰であり、また何故犯人なのかをお伝えします。芝華士ホテルの廊下の照明は、重力センサーで作動します。動物が廊下を歩くと、照明が点灯します。私が最初にホテルに来た際、ニャオニャオ署長がそのことを教えてくれました。そして、ここでの数日間の調査で、重力センサーのルールをいくつか発見しました。どんな動物でもセンサーを作動させるわけではありません。

　まず第一に、重力センサーは重さに反応するため、体重が軽い動物がセンサーを作動させることはありません。具体的な重量の範囲は今は解りませんが、アグアはセンサーを作動させることができないため、アグアと体重が近い契訶夫も、センサーを作動させることはできないでしょう。これが彼が廊下を自在に徘徊《はいかい》し、照明を点灯させずにいた理由です。

　第二に、部屋のドアが開くと照明が点灯します。エレベーターのドアでも、ホテル各客室のドアでも、開けば照明が点灯します。客人を迎える感覚を与えるためです。しかしドアが閉まれば、廊下に動物がいない場合、照明は消え、廊下は真っ暗になります。

　第三に、これらの重力センサーは非常に敏感で、瞬時に点灯と消灯を切り替えることができます。清掃員のメイメイが教えてくれましたが、廊下でジャンプすると照明が消え、着地すればともります。

　さて、以上の三つのポイントを総合する時、みなさまも矛盾点に気がつかれたのではありませんか？」

　ブレーメンは、みなが考えあぐねている様子を見て、彼らがまだ矛盾点に気づいていないとみなし、説明を続けた。

「契訶夫の足跡は、部屋から逃げ出して廊下の上を表に向かう足跡ではなく、このように壁に沿って延び、停止しています。これは何を意味するでしょうか？　あきらかに犯人に追いかけられたことを意味します。この方法しかなかったのです。もし犯人に追いかけられなければ、堂々と廊下を歩いて立ち去ることができました。

　さて、矛盾点はここにあります。犯人に追いかけられ、契訶夫はただ壁に逃げただけなのに、犯人は何故彼を捕まえられなかったのでしょうか？　犯人は部屋のドアを閉め、そしてジャンプという動作をするだけで、センサーライトを消すことができます。センサーライトは敏感です。ジャンプすると、その瞬間四肢が床から離れて重量がなくなるため、ライトは必ず消えます。そうしたら犯人は、契訶夫が印した光る足跡を見つけ、彼を捕まえることができます。しかし、犯人はそうしなかったのです。何故でしょうか？」

「もう充分です。解りました、私が大使を殺しました」

その瞬間、そんなふうに言う低く重い声が廊下のすみから聞こえ、すべての動物の視線がそちらに向けられたが、廊下はまだ暗闇の中だったため、何も見えない。しかし、声の主は彼らにはすぐに解った。それは、ゾウのジボだった。

「ゾウはジャンプができません」

ブレーメンは静かに言った。

暗闇の中、ブレーメンはジボのそばまで行き、長い鼻を触った。彼はジボの体が震えているのを感じた。

「ジボ、何故大使を殺したんだ？」

セラジョンが、驚いて叫んだ。

「おまえは優れたボディガードで、過激な思想もないし、好戦派でもない。何故彼女を殺したんだ？」

「そうだよ、大使を殺す理由が何かあるのか？」

「狂ったのか？」

「おまえ、賄賂《わいろ》でも受け取って、殺し屋になったのか？」

「私、私は彼女を殺すつもりはなかったんです。私、私はとてもとても悪い動物なんです……」

ジボの声からは、真実の悲しみが感じられた。

ブレーメンはジボの鼻をぽんとたたいた。

「待って、私が話すよ。ジボが大使を殺したことよりも、大使に関する物語を聞いてもらいたいんです」

「大使？　彼女はニセの大使ではないのか？　ニセ者にいったいどんな物語があるんだ？」

とネロ将軍は、驚きながら尋ねた。

「そうです、彼女はニセの大使なのですが、実はそれが、彼女の素晴らしいところなのです」

と答えた。

「ニセであることが？　私は本当に、あなたの言っていることが理解できません、素晴らしさはどこにあるんですか？」

「彼女は、あんなことをする必要は少しもなかったからです。すべては、彼女の誠意から出た行為です」

明かりがついて、廊下が明るくなった。アグアが変電室のブレーカーをあげたのだ。

「みなさま、会議室に戻りましょう。そこで大使に関する真実を、みなさまにすべてお伝えします」

そしてブレーメンは、変電室から戻ってくるアグアにこう言った。

「ベラ教授に、会議室に来るように伝えてくれる？」

「おい君、今このゾウのボディガードを逮捕しないのか？」

とバッファローのビルが叫んだ。

「安心してください、ジボは逃げたり、ほかの動物に危害を与えることはありません。彼はもう心の負担から解放されたのですから」

ブレーメンは言った。

「はい、探偵の言う通りにしましょう。彼に最後の説明をしてもらおうじゃないですか」

王様は言った。すべての動物たちは、王のその提案を素直に受け入れた。

全員が会議室に入ると、ベラ教授とニャオニャオ署長がそこにすわり、待っていた。そして意外なことにはポチ探偵も、会議室のすみにひっそりとすわっていた。

「さあ探偵さん、あなたの時間です」

とネロ将軍は言った。

ブレーメンは咳払いして、ジボのそばまで歩いていった。

ジボは手錠をかけられていたが、不要なものだった。彼は手錠をかけなくても、抵抗することはなかった。

「ジボはセラジョン外務大臣の推薦により、大使のボディガードとして任命されました。これはコネではなく、ジボの能力の高さへの信頼のゆえです。彼らはかつて戦友で、命をかけて動物王国の平和のために戦功を立てた仲間です。

しかし戦後、ジボが昇進を待たずに退役を選んだことは非常に奇妙でした。あとになって、ジボが任務中に重大なミスを犯したことが解りました。軍法会議で有罪になることはありませんでしたが、軍隊から追放されたのです。セラジョン外務大臣も、このことはご存じでした……」

聞いてほかの動物たちはいっせいにセラジョンに目を向けたので、彼の顔は真っ赤になった。

「その後、ジボはボディガードとして働きながら、妹と二匹で生活していました。ジボの妹、ジリは奇妙な病気にかかりました。治療薬はなく、薬物治験に参加する必要がありました。治験の結果、ジリの病気は治りましたが、後遺症として慢性腎不全になってしまったのです。ここ数年、ジボはジリの治療のため、一生懸命おカネを稼ぎ、貯《た》めてきました。腎臓移植ができればよいのですが、ここにも障壁があり、ジリがRhマイナスの血液型で、これは非常に珍しい血液型であるため、これまで適合する腎臓を見つけることができませんでした」

「大使を殺したのは、大使の腎臓を手に入れて、妹への移植手術をするためだったのか?」

「その通り。大使の遺体は腰で切断され、火事によってひどく損傷していたため、彼女の臓器の喪失は見逃されていました」

　とブレーメンは言った。

「最も重要なのは、大使の血液型も、Ｒｈマイナスであることです。それは、プリン医師が事件当日に、大使の診察中に発見したことです」

　その時、動物たちに紛れ込んでいたポチ探偵が、大きな反論の声をあげた。

「しかし動物城の医療基準では、器官移植や輸血、骨髄移植などは、類似した種類の動物間でしか行えない。たとえばセラジョン大臣が、彼の妻である純子さんに輸血をしたのは、彼らの血縁が非常に近いからだ。大使の臓器は、霊長類に限定的に移植できるかも知れないが、ほかの動物には無理だ。Ｒｈマイナスの血液型であっても、役に立たない！」

　ブレーメンは溜め息を吐いた。

「みなさんにここに集合していただき、尊敬する国王陛下までお招きした理由は、私のささやかな推理を聞いていただくためでした。しかし実は、こんなに大げさにする必要などありませんでした。ネロ将軍とニャオニャオ署長に推理の結果を報告するだけで任務は完了です。しかし、熟考の結果、私はここにいるみなさまに伝えるべき重要なテーマがあると考えました。私はみなさまに、いくつかの問題について話し合うことをお願いしたいと思います」

「ブレーメン、もう余計な心配は無用に。私たちがここにいる以上、何でも気軽に話してくれればいい。私たちはどんなことにでも、しっかりと耳を傾けるつもりですから」

　カピバラ二十六世は言い、ほかの動物たちもてんでにうなずいた。

「問題は、異なる種の動物が、永遠の平和共存をなすことはできないのか、ということです」

　この問題は、簡単なようで簡単ではない。永遠の難問だ。動物たちはみな、考え込んでしまった。

　安全大臣のビルが、最初に口を開いた。

「それは当然だ。『種族が違えば心も異なる』という言葉がある。同じ種ではないから、ひとつの心になることはできない。私たちと人間とのように、共存することなど永遠に不可能だ。人間は私たちに高度な知性の獲得を許したことを後悔しており、以前、私たちが彼らに奴隷として使役されていた日々を懐かしんでいる。彼ら人間には、地球上ではひとつの優れた生物だけが支配者になれる、という強固な考え方がある。それが人間というものだ」

ビルの言葉に、多くの動物が深く同意した。

しかしブレーメンは微笑み、鉄頭に顔を向けてこう尋ねた。

「鉄頭大臣、あなたはこの問題をどのようにお考えですか？」

鉄頭は平和を尊ぶサイだが、ビルと根本的に異なる思想、態度はこれまで示してはいない。

「私は、戦争が好きではありません。戦争は紛争を解決する手段ではあるでしょう。しかし最も危険で、残忍で、浅はかな方法です。私は戦争を避けるように日夜、極力努めますが、人間とだけは、平和に共存できるとは思いません。たとえ一時的な平和を手に入れたにしても、それは人間が私たちを油断させるための策略です。人間は片時の休みもなく、私たち動物を殺そうと策謀を巡らしています。残念ながら、これは事実なのです」

鉄頭は、和平派であるにしても、ただ戦争を望まないだけであり、人間の口にする平和願望を信じているわけではない。

ブレーメンはうなずき、こう言った。

「みなさまのお考えは理解していますし、同意もします。戦争派でも和平派でも、根本の考えは同じです。私たちは、動物以外の種に対して本心の信頼は置かないのです。しかし、みなさまは考えたことがありますか？　実際には、動物の種族は人間と私たちの二種ではありません。もっともっと細かく分かれていて、それがどんな影響をもたらすものか、考えたことはおありですか？」

動物たちはブレーメンを見て、それから互いに顔を見合わせた。彼が何を言いたいのか、理解ができなかった。

「神龍教の反乱は、異なる種族の不平等な扱いによって引き起こされたものではなかったでしょうか？」

ブレーメンはアグアを見て、そして金美と、彼女がしっかりと捕獲している契訶夫を見た。そして言った。

「ビル大臣、アグアと彼の仲間たちを、あなたはずっと見下していたのではありませんか？　動物王国では、ごく一部のネロ将軍のように、かつて食物連鎖の頂点に位置していた強者を除いて、ほとんどの両生類や爬虫類は、低い地位に置かれました。これは暗黙のルールになってしまっているのです。

しばし自問してみてください、猛獣類は、非力な小動物群に較べ、よりよい待遇を受けてはいないでしょうか？　政治や仕事、教育などの面で、ほかの動物よりも多くの機会や特権を得ていないでしょうか？　小動物群もどうでしょう。爬虫類、両生類、低体温の動物たちよりもよい生活環境を享《きょう》受《じゅ》してはいないでしょうか。

これら自体が、改善のむずかしい、絶対的な不公平なのです。人間は動物をこう扱ってはいけません、などとわれわれが言えるでしょうか。われわれも同じなのです。私たちはどこに向かっているのでしょうか？　もし最初から爬虫類や両生類への差別が存在しなかったならば、小型動物への見下しが存在しなかったならば、契訶夫のような極端な過激派は生まれなかったかも知れません。今日のような悲劇は、起こらなかったかも知れないのです」

ブレーメンの話には、事実の裏付けがあった。動物王国が建国されて数百年、異なる動物間の不平等は、ますます深刻化している。そしてこの不平等が引き起こす治安の悪化は、確かにすべての動物が深く考えるべき問題だ。神龍教の反乱は、怨憤と怒りが長期間にわたって積み重なった結果といえよう。

「ブレーメン、おっしゃることは解ります。確かにこれはこの国がずっと抱えている問題で、私たちもよりよい方向に改善しようと試みていますが、成功しているとは言えません。しかしこれが大使の死と、どういう関係があるのか解りませんな……」

ネロ将軍は質問した。

「関連性をひとつひとつ説明する必要があります。まず最初に、異なる種の動物に対する差別や偏見を、払拭《ふっしょく》する必要があります。もし私たちがほかの何らかの種族を、必ず抹殺すべき存在とみなすのであれば、いつか私たち自身も、最も嫌悪される存在になる運命につながるでしょう」

カピバラ二十六世は立ち上がり、真剣な表情でブレーメンに言った。

「私は動物王国の名目上のリーダーとして、この隔たりをなくす覚悟があります。どんな種類の動物も、この世界では平等です」

「私たちもそう思います」

ほかの動物たちも王に続いて立ち、言った。

「今この会議室には、私たちと異なる動物がいます。彼女は長い間、自分の真の身分が明るみに出ることを心配していました。もし明るみに出れば、彼女にとっては命の危険をもたらすかも知れません。しかし私は、今なら彼女が心配を捨て、ほかの動物たちを信じる覚悟があると感じています。もしみなさんが、この私の言うことに賛同してくださるのであれば、ご自分の身分を公にしてもらえますか」

ブレーメンは、さりげなく右手でベラ教授を示した。その場にいる動物たちはお互いを見たが、まだブレーメンが言った彼らとは異なる動物の意味を、理解していなかった。

「まあ彼女は、まだ身もとを公開したくないようですね……」

ブレーメンが話し終わる前に、ベラ教授が口を開いた。

「いつ気がついたのですか？」

みなはベラ教授に目を向け、上から下までを見たが、どう見てもベラ教授と自分らとの違いが解らない。

「ベラ、どうして君はぼくらと違うんだ？」

と鉄頭が、恐怖の表情を浮かべて言った。

「もしかして君は、狼の皮をかぶった人間なのか？」

「解った！」

と探偵ポチが興奮して叫んだ。

「ベラは狼ではなく、ハスキーだ！」

自分が信頼していた探偵の能力がこの程度と知り、王老鉄将軍は頭を抱えて悶《もだ》えた。ブレーメンは言った。

「昨日、私とアグアはベラ教授の城に潜入しました。城の中で、私たちは非常に奇妙な出来事に遭遇しました。もちろん、そのほとんどはベラ教授が侵入者を防ぐために設置した防犯のメカニズムですが、塔のいただきで目にしたものが、私に大きな気づきをもたらしました。

ベラ教授の塔の実験室を見ると、そこは博物館でもあり、非常に珍しい標本がたくさんありました。角の生えた馬や、人間に似たホッキョクグマなど、私はこんな珍しい動物の標本を、今までに見たことがありません。そして、カレンダーを見つけました。カレンダーには毎月、赤いペンで囲まれた日がありました。最初はベラ教授の生理周期かもと思いましたが、あとで気づきました。囲まれた日は、ある特定の日付だったのです」

「なるほど、カレンダーで気づいたのね。やはりあなたは、非凡な探偵ですね」

とベラ教授は、称賛を口にした。

「それらの日付に、何か特別なことがあるのですか?」

カピバラ二十六世が尋ねた。

「それはすべて、月の暦《こよみ》で言うと、満月の日なのです」

と答えた。

「つまりあなたの言われる意味は……」

「ベラ教授は、普通の狼ではありません。彼女は人狼《じんろう》で、満月の夜に変身する能力を持っています。そのため自分の変身する日を彼女は、カレンダーに記していました。そして一昨日も、私はベラ教授の城に行ったのですが、彼女は直接私に会おうとせず、カーテン越しに話をしました。それは彼女が、変身の過程にあったからです」

「人狼? 冗談でしょう?」

「本当に人狼という存在がこの世にいるのかね?」

「それは伝説中の生物じゃないのか!?」

ブレーメンが予想していた通り、動物たちは議論で盛り上がりはじめた。

一番興奮しているのはアグアだった。彼はさまざまな怪談に興味を持っていて、格別神秘的な生物について詳しい。しかし彼としても、そんな神奇な生物が実際に存在するとは思ってもみなかった。

「神秘な生物は常に存在しています」

とベラ教授は、軽やかな調子で口を開いた。

「探偵さんがおっしゃる通り、私は人狼です。本物の人狼で間違いありません。私は満月になると変身します。普段は普通の狼と同じですが、寿命が非常に長く、今年で百二十歳を超えました」

場を埋めた動物たちはみな、内心の驚きを隠せなかった。

ブレーメンはベラ教授の真の姿を推理によって知っていたが、直接彼女の口から聞けば、やはり驚きを感じる。

驚きの最たるものは年齢だった。魅力的な目の前のベラ教授が百歳を超えているとは！　到底信じがたかった。そんな年齢なら、自分の曽祖母《そうそぼ》の世代になる。

「私は神奇な生物の秘密が、明るみに出るのを避けたいのです」

とベラ教授は言って、溜め息を吐いた。

「これまでずっと自分の真の姿を隠し、ほかの神奇な生物たちの秘密を守ってきました。彼らが死んでしまった時はその死体を持ち帰り、人間や動物に発見されないように心がけました。探偵さんの見た骨格標本がそれです。私の塔にはユニコーンの頭蓋骨や、雪男の標本があります。もちろん探偵さんが見なかったほかの骨もあります。私のように、人間や動物の世界にひそんでいる神奇な生物は、まだまだたくさん存在しています。私たちはその秘密を守るため、日々努力しています」

「何故秘密を守らなければならないのですか？」

国王が尋ねた。

「探偵さん、私たちがほかの動物に存在を知られたくない理由を知っていますか？」

ベラ教授はブレーメンに問いかけた。

「おそらく、安全のためだと思います」

とブレーメンは言った。

「存在が暴露されれば、人間も動物も、あなたたちを研究したがるでしょう。あなたたちは捕まえられ、手術台に載せられ、実験室に連れていかれ、檻に監禁されることになるでしょう」

「その通りです。疑う余地もありません。私たちの存在が知られれば、どれほど悲惨な状況に陥ることになるか」

　とベラ教授は、やや無念そうに言った。

「でも、今私は信じます。今日からはもう闇に隠れる必要はありません」

「お尋ねしますが、人狼は、狼の変異体ですか？」

　と王老鉄将軍が尋ねた。

「いくつかの種類は、生まれつきのものです。たとえば龍や不死鳥のような神秘的な動物は非常に少なく、せいぜい人間の本に姿が見えるくらいのことです。また進化の過程で、突然変異して現れた神奇動物もあります。九尾のキツネや三つ首の犬、そして私のような存在です。

　私のような者は、狼と同じ遺伝子を持ち、同種の血が流れていますが、いくつか違いもあります。人狼の姿でない時は、普通の狼と何の違いもありませんが、満月になると人狼に変身し、体が大きくなります。そして最も重要なことは、人狼に変身すると、人間を食べたくなるのです」

　とベラ教授は、忍耐強く自分の特性を説明した。

「あの日私と話したあと、すぐにいなくなったのは、変身を見られたくなかったからですか？」

　鉄頭が言った。

「そうです。私も自分がホテルで変身するとは、全然予想していませんでした。満月の日だったので行かないつもりでいましたが、変身が現れるのは通常夜になるので、なんとかなると思い、行ってしまいました。

　でも少し話しただけで体の違和感を覚え、自分が興奮していることに気づいたので、すぐに別れを告げました。その時、体がとても不快で、人を食べなければ死んでしまうと思えるほどでした。偶然大使がホテルにいたので、彼女に肉をもらえないかと思ったんです。小指の一節でもいいからと……」

「じゃあ、私が大使の部屋に入った時、窓から逃げたのはあなただったのか？」

鉄頭は驚いた。

「そうです。私でした。私は裏庭の外壁を登って、大使の部屋のバルコニーに入りました。彼女の部屋に侵入した時、彼女はすでに亡くなっていました」

「何故話さなかったのですか？　もし大使を殺していないのなら、見たことを話せばいいのに！」

とポチ探偵は責めた。ベラ教授は口を開こうとしたが、ブレーメンが彼女の肩をたたいて停めた。

「私に話させてください。探偵として、真実を解き明かす機会をください」

ベラ教授はブレーメンを見つめ、黙ってうなずいた。

ブレーメンは、自分の体の中を流れる探偵の血が、激しく燃えるのを意識した。彼は真実がどれほど残酷であるのかをよく知っているが、その残酷さに魅了されてもいるのだ。

「ベラ教授は言葉に詰まっていました。話せば大使が亡くなったことを言う必要があるし、何故大使の部屋に行ったのかを説明しなければならなくなると言いました。また、彼女はすでに人狼に変身しつつあり、すぐに立ち去らなければ、自分の正体がばれる可能性が高かった。そしてさらに重要なことがあり、それが原因でベラ教授は、当時の状況を誰にも話すことができなかったのです」

「それは何ですか？　さらに重要なこととは」

とカピバラ二十六世、セラジョン大臣、鉄頭大臣たちが、ほぼ同時に口にした。

「ベラ教授の家で彼女は私に、大使が亡くなっているのを見て大使の下半身を食べたと言いました。これには私は非常に疑問を抱きました。短時間では到底食べきれないからです。それに、骨まで残さずに食べてしまった？　それは無理です。だから私は、食べたにしてもわずかだと思いました」

「では大半の下半身は……」

「もしベラ教授が大使の下半身を大半食べていないのであれば、どこに行ったのでしょうか？　みなさま、大使の下半身は食べられてしまったと思いますか？」

「あり得ないかもな」

　と王老鉄将軍は、顎の髭をさすりながら言った。

「大使の下半身は最低でも二十キログラムはあるだろうし、私なら少なくとも二日はかかるだろう」

「私ならもっとかかるな」

　とネロ将軍が言った。

「ですから、ベラ教授が大使の下半身をすっかり食べたという証言は嘘です。何故嘘をついたのか？」

　ブレーメンは上着のポケットから真珠を取り出した。この真珠は前代未聞の大きさで、まさに世にも珍しい宝石というべきだった。

「それは大使の真珠ですね。会談で目にした時、印象的でした」

　とホワイト大臣が言った。

「そうです」

　とブレーメンはうなずいた。

「この真珠は、ある動物によって大使の部屋から盗まれ、今また返されたものです。この真珠が本物であれば、それは大変な宝物ですが、大使がどうしてこのような貴重品を持っていたのか、疑問に思いました。そしてなかば興味本位で調べた結果、この真珠には別の秘密があることを発見しました」

　ブレーメンは真珠をテーブルの上に置き、身につけていた探偵道具箱から大きな針を取り出し、真珠の留め具の穴に針を差し込んだ。少し力を入れると、針がスウィッチに触れたようで、真珠が中央から分かれて、小さなカメラが現れた。

「みなさまはお気づきでしょうか、ニセ大使のアリスには、多くの謎があります。彼女は、無数の謎を身にまとってこのホテルにいたのです。

無関係の彼女は、何故人間大使をいつわる必要があったのか、本物の大使が船で遭難したことと、何か関係があるのか。

彼女は冷たい印象でしたが、ボディガードのジボは彼女を優しい人だと感じていました。それは何故か。

滞在中、彼女は芝華士ホテルの食事が好きではなかった。あんなに凝った、豪華な献立《こんだて》であったのにもかかわらずです。あの献立なら、通常誰もが食べたがります。それなのに嫌った、何故でしょう。

彼女はほとんど移動せず、持ち物は水色のロングドレス二着だけです。ボディガードがそばにいて自分を警護することを禁じ、しかも赤外線警報装置を切らせました。いったい何故——？

疑問が増えるほどに、私は彼女をより深く知りたくなりました。みなさまもそう思いませんか？」

ブレーメンは、部屋を埋めた動物たちが、キツツキのように頭を振っているのを見た。

「では、本当のアリスを知るための旅を始めましょう！」

カメラがアリスの上半身を、白い壁に映し出した。動画を含む光線は、大粒の真珠から発せられていた。大粒の真珠は、小さなホログラム・プロジェクターだったのだ。

すべての動物が息をひそめ、できるだけ音をたてずに、動画に見入った。ホログラムの大使が、彼らに話しかけた。

「動物王国の仲間たちへ。まずはお詫び申し上げます、ごめんなさい、私はあなたたちをあざむいてしまいました。

私は、実は大使ではありません。ただやむを得ず、その役割を演じていただけで、本当の大使は海難事故で亡くなってしまいました。彼女を救おうと思ったのですが、行動の開始が遅すぎました。

私は大使の死が人間と動物の間に誤解を引き起こすことを恐れて、彼女になりすましてここに来ました。私の行為の最大の目的は、人間と動物が、長く、平和に共存できるようにすることです。

ここに来てから、私は自分を偽装するために努力し、足が出ないように気をつけています。私は冷たく近づきがたい態度をとることで、あなたたちとの密な接触を減らしていました。この点も、ここにお詫び申し上げます。

人類と動物との抗争は長く続いており、私も多くの死と、別れを体験しました。私の両親は、爆発事故で亡くなりました。彼らが最期に私に言った言葉を、私は今も忘れません。

『いつの日かこの世界には、戦火と恐怖がなくなる』と。

私は戦争で傷ついた命を救うために努力しています。人間でも動物でも、関係ありません。

しかし、私にできることは非常に少ないのです。もしも戦争がまだまだ続くなら、さらに多くの命が失われることでしょう。

今がチャンスではありませんか？　すべてを終わらせる決断の権限は、あなた方の手中にあります。

憶えていますか？　幼友達《おさなともだち》と、静かな川のそばで遊んだ日々を。

夕陽の下を、大好きな彼女と散歩した若い日々を。

懸命に食べ物を手に入れ、豊かな食事を仲間と楽しんだあの日。

目に入る山、川、海、森林。

谷間の風、平原の雨、山頂の雪。

もう忘れてしまいましたか？

戦争が起こったら、彼らをどうするのですか？

確かに、人間は憎むべき存在です。彼らのために無数の動物が殺され、皮膚を剝ぎ取られ、たった一着の贅沢な毛皮のコートのための犠牲になりました。

かつて彼ら人間のため、魚たちはトン単位でプラスチックを食べ、苦しみに堪えられず、ビーチで自殺しました。

かつて彼らのために、生息地を失った動物たちは大量に迷い、苦しみ、移動中に命を落としました。

象牙《ぞうげ》、クマの胆《い》、シカの角、キツネの毛皮、サイの角、サメのひれ！　人間の底知れぬ欲望のために、あなたたちの親しい者たちは深く傷つけられました。そして故郷は破壊され、永遠に失われました。

しかし、戦争はそんなすべての問題を解決することはできません。続ければ、あなたたちが失うものは際限なく増えていき、最後には、愛するものすべてが消えていきます。

私たちもかつての人間たちと同じように、利己的で、残虐になることがあります。自己中心になることは、生きる者の性《さが》なのです。食べるものも、安住の地も、すべての生きものの満足するだけの数は、この世界には用意されません。生きものは、心ならずも競争し、争わなくてはならない定めなのです。

しかし現在、人間は自身の問題点に気づき、和解を提案しています。彼らにチャンスを与えることは、私たち自身にもチャンスを与えることです。

すべてを新たに始めましょう、この苦しみを止めましょう。一緒によりよい世界を創《つく》りましょう。あなたと私のために。地球上のすべての生命のために。

私の可愛い仲間たちへ、もしも私とあなたたちの間で和平条約が締結できたなら、私はここを離れ、人類に吉報を届けます。そしてその書面をもって、彼らを説得します。懸命に説得を続け、満足の答えを得るまで、人間世界を去りません。そのために、私はニセの大使になり、ここに来たのです。

あなたたちには、この映像を残します。動物も人間も、本来は隔たりなどないし、存在すべきではありません。種族は数多くのかたちを持っていますが、愛は同じです。

私は人間の王国に契約を届け、戦争をやめ、この世界を清浄な土地に戻す方法を考えます。

心ならずも、あなたたちをだまさざるを得なかったアリスより」


真珠の投影が終了し、アリスの映像が消えた。しかし動物たちの思索は、アリスの消失とともには消えなかった。

彼らの内に眠っていた野性が呼び覚まされ、それぞれの動物は、原始的で純真な本性を取り戻した。アリスはすべての動物たちをあざむいたが、彼女はこの世界を救いたいと思っていたのだ。

ネロ将軍の目に涙が光った。それはいつわりのないワニの涙だった。何百年もの間、動物たちは感情を持ち、喜怒哀楽を経験し、悲しみや喜び、別れや再会を体験してきた。しかし、彼らもまた人間と同じように傲慢になり、ほかのすべてを見下すようになってしまっていた。彼らは、この清い世界とのつき合い方を忘れかけていたのだ。しかし、さいわいにもアリスがいた。

「私たちはみなアリスに感謝の言葉を述べるべきですが、彼女はいったいどんな人なのでしょうか？」

カピバラ二十六世は言った。

「アリスは人ではありません」

ブレーメンは言った。

「彼女は人魚なのです」

「ええっ！」

言って、ポチ探偵は頭を振り続けていた。

「人魚は想像上の……」

「それが、ベラ教授が大使の下半身を食べたと告白しながら、自分は霊長類を食べる重罪は犯していないと言った理由です。大使の下半身は魚なので、魚を食べることは罪ではないからです」

ブレーメンは言う。

「さらに、ここからいろいろなことが解ります。大使のアリスは海にいたから、人間大使の遭難をいち早く知ることができたのです。そして大使を救おうとしたが、時すでに遅くて、無理だった」

「なるほど、それで……」

カピバラ二十六世が腕を組んで言う。

「部外者の彼女が立派だったのは、そこからの行動です。人魚の彼女は、足さえ隠せば、自分は人間として通せると考え、人間の大使になりすまして、単身この国にやってきたことです。そして私たちと和平条約を締結し、その書面を持って今度は人間の国に行き、人間にもそれに署名させようとしたのです」

ブレーメンは言った。

「なるほど、なんと英雄的な行為だろう」

カピバラ二十六世は、心を動かされて言った。

「それで、不可能と言われた動物と人間との和平条約は、見事成立です」

「嵐の海で、彼女が本物の大使を救おうとしたと言ったのも納得だ。もし彼女が人魚なら、海で溺れた人を救うことができる！」

将軍ネロは言った。

「でも、彼女はどうやって人間になりすましたんだろう？　下半身を隠していたんだろうけど、歩けないだろう？」

「だから彼女は、車椅子を使ったり、床を引きずるような長いドレスを着ていたんです。足が見えないように。彼女は、少しなら歩けるんです。魚型の尾びれでなんとか体を支え、歩くこともできるんです。長距離は無理だけれども。苦しいし、遅いだけです。何百年も昔の映画で、私はたくさんの人魚を観ました。みんな、そうやって歩いていましたよ」

　とブレーメンは言った。

「私もその映画を観たことがある」

　とホワイト大臣は補足した。

「その映画は『人魚姫』というタイトルだった」

「そう、まさにその映画です、私が観たのも」

　とブレーメンは言った。

「だからアリスは、近寄りがたい印象の女性を演じていたんです。ほかの動物と接触するのを、できるだけ避けるためです。ばれるのを防ぐためです。そして彼女の服、長い正装のドレスを二着しか持っていないのは、ほかの服を持つ必要がないからです。短いスカートやパンツなど、もともと穿くことはできないから」

「ホテルの食事を嫌ったのは？」

　鉄頭が訊いた。

「毎日のメニューに、必ず魚が含まれていたからです。彼女は魚が友達だと感じていたので、とても不快に思ったのです。だから彼女は、ほとんど食事をとらなかったんです」

「そうか……」

鉄頭は納得し、うなずいた。

「ジボに身辺を警護させない理由も、人魚であることを、ジボに悟られたくなかったからなんだね？」

とセラジョンが言った。

「ジボ、君は何故、大使を殺したんだ？」

「私……、私は、妹を救うためにやったんです。しかし、彼女を殺すつもりなど毛頭ありませんでした。彼女はとてもよい人で……」

ジボは言い、ここで彼は泣きはじめた。

この会議室には、ジボよりも体の大きい動物はいなかったが、子供のように泣いている大きな姿を見ると、彼が本当に悲しんでいることを誰もが理解した。ジボがこらえきれずに泣いているのを見て、ブレーメンはみなに説明した。

「先ほども言いましたが、ジボの目的は、大使の臓器を妹に移植することでした。今私たちは、アリスが人魚であったことを知りました。そして人魚は、実際にはジュゴンという動物です。ジュゴンは海牛目に属し、ゾウと親戚《しんせき》です。だからアリスの腎臓は、ゾウであるジボの妹に移植できるのです」

「なるほど！」

ポチ探偵が言った。彼は自分がブレーメンより先に真相を見抜けなかったことを悔やんだ。

ジボの泣き声がだんだんと小さくなり、やがて停まった。そして彼は、小声で事件の推移を語りはじめた。

「前の晩、大使の部屋の警報器が鳴ったので、彼女を守るために駆けつけました。そこで、たまたま浴室から出てきた彼女の姿を見てしまったのです。私は驚きました。下半身が魚になっていたのです！　彼女はその時、ほかの誰にもこのことを話さないようにと、私を固く口止めしました。むろん私は、彼女と固く約束しました。

事件が起きた当日の午前中、プリン医師が大使の診察に来ました。そこで私は、思いがけず知ったのです。アリス大使の血液型がRhマイナスであることを。そしてその日の午後、病院から電話があり、ジリの容態が急変して、急性腎不全に陥ったと告げられました。もしも私が、一日以内に適合する腎臓を見つけられなければ、彼女は死んでしまうとのことでした。

しかし、それは到底無理なことでした。ジリのために私は、もう何年も何年も移植可能な腎臓を探してきました。でも、彼女の血液型は非常に珍しいため、すべての条件が合致した、適切な臓器を見つけることなんて、とてもできませんでした。

私はアリス大使が人魚で、人魚とはジュゴンで、私たちゾウと近しい親戚であることを思い出しました。そうなら彼女の臓器は、私の妹に移植できるはずだと考えつきました。以来、私はこの考えに取り憑かれてしまいました。大使からひとつだけ腎臓を取って妹に移植すれば、大使も死なないし、妹も助かると思ったのです。

私はかつて、腕のいい軍医として働いていましたから、自分の臓器移植の技術には自信がありました。私は大使の部屋に行きました。彼女はちょうどロングドレスをアイロンがけしている最中で、私にアイロンがけを手伝って欲しいと頼んできました。

手伝いながら私は、アイロンで彼女を気絶させようかと思いました。が、そんなひどいことはとてもできず、自分が無力だと感じて、アイロンを投げ出しました。するとアリスは私の顔色が悪いことに気づき、何が起きたのかと尋ねました。それで私は、妹のことを詳しく話しました。すると彼女は深く考え込んでしまい、随分して顔を上げると、なんと、

『いいわ』

と言ったのです。私は意味が解りませんでしたが、彼女は、

『私の腎臓をひとつあげる』

と言ったのです」

会議室の動物たちはどよめいた。

「私は信じられなくて、唖然《あぜん》としました。こんなことをしてくれる生きものがこの世にいるなんて、考えたこともありませんでした。こんなものすごい博愛の生物がこの世にいるなんてと。

『浴室で手術をしてもいい？』

と彼女は、次に私に尋ねてきたのです。私は驚き、病院に行くことを提案しました。浴室でもできないことではないけれど、もっと完璧に殺菌された環境が必要だからです。

でもアリスは、ほかの動物に自分の正体を知られたくなかったので、私に浴室で手術をと、強く主張しました。それで、やむなく、私たちは浴室で手術を行いました。

手術は順調に進みました。ところが、私が彼女の腎臓を氷のバケツに入れた瞬間、一匹のカメレオンが突如目の前に現れ、私を驚かせたもので、手が震えて、メスが彼女の膵臓《すいぞう》を切ってしまったのです。私はすぐに止血を試みましたが、間に合わなかった。わずか十数秒で、アリスはこと切れてしまいました。

その憎いカメレオンを捕まえるため、私は狂ったようになって部屋中を追いかけましたが、彼はあちこちに逃げ廻って、捕まえることができませんでした。逃げる途中、彼はネイルポリッシュの瓶を倒し、そのまま廊下に飛び出していったんです。あとは探偵さんが言った通りです。私は彼を捕まえたかったけれど、できなかった。私は跳び上がることができなかったからです。そうでなければ、絶対に彼を捕まえたはずです。あんないい人の命を、私は奪ってしまった、そうさせた彼を、絶対に許すことはできなかった」

ジボは言って、また涙を流した。聞いてほとんどの動物たちが、金美がしっかりと捕らえている契訶夫に視線を向けた。

　この狂気の、悪いカメレオンこそが、すべての始まりであり、元凶だ。しかし彼もまた、多くの動物たちから、長い間不当な扱いを受けてきたのかも知れない。

「私が大使の部屋に戻った時、アリスはすでにもう冷たい死体でした。その時私の頭の中は、腎臓を早く病院に届け、妹の命を救うことでいっぱいでした。そこで私は芝華士ホテルを出て、好得快病院に全速力で向かいました。退勤する前の医師にアリスの腎臓を手渡すと、すぐに妹の手術を手配してくれました。ホテルに戻って自首しようと思っていたけれども、戻った時、ちょうど火災が発生していました。大使の部屋に入ると、なんということか、遺体はひどく損壊されて、ベッドへ移動していました。私は何か隠された事実があると感じ、大使の死の真相を、いっとき胸にしまったのです」

　ジボは話し終えると頭を下げ、祈りを捧げていた。

「妹は親切なアリスによって、移植手術を受け、命を与えられました」

　そうジボは言って、沈んでしまった。

「その件についてはすべて理解した」

　と将軍ネロは言った。

「あと残っている問題はひとつだけだ、大使の下半身はどこに行ったのだ？」

「ベラ教授が隠しています」

　とブレーメンは言った。

「ベラ教授が？　何故だ？」

「彼女は大使が人魚だと気づき、神秘的な生物の存在が明るみに出ることを恐れて、大使の下半身を切り取り、少し食べてから、自宅の城の塔に持ち帰って標本にしようとしたと思われます」

「そうなんですか、ベラ教授？」

と将軍ネロが尋ねた。

「最初はそう考えていましたが、大使の下半身を庭に持ち出してから、人魚の尾を街中でひらひらさせるとばれてしまうと感じ、一時的に隠すことにしました。安全な時が来たら、取りにいくつもりで」

「どこに隠したのです？」

「横を見るとオレンジ色のゴミ箱が何箱かあったので、その中に入れました」

「探しにいきますか？」

「おそらくもう見つけることはできないでしょうね、残念なことです」

ブレーメンが、実際に残念そうに言った。

「真実は非常に残酷なものですが、聞きたいですか？」

ブレーメンは続けて問う。

「話してください。今日はもうすでに、さんざん残酷なことを聞いてしまった」

「ベラ教授が捨てたのはゴミ箱ではなく、奇奇蒂蒂食品会社が、ホテルに食材を運ぶために使っていたバケツだったんです」

「食材？　つまり……」

ネロ将軍は、悪い予感を覚えて言った。

「アリスの下半身は食材と勘違いされ、キッチンに運ばれて生の刺身として、晩ご飯に供されてしまったんです！」

ブレーメンが話し終わると、ニャオニャオ署長はわぁと叫び、トイレに駆け込んで嘔吐《おうと》を始めた。

その日、一番多く刺身を食べたのは彼だったからだ。

「今回の事件についての説明は以上で終わりましたので、あとのことはみなさまにお任せします」

とブレーメンは言い、ほっとした表情で椅子にすわった。

「どうすべきかな？」

動物たちは互いに顔を見合わせ、心の中に同じ質問を抱えていた。

誰もが思いもしなかったことだが、人間の大使、いやニセの人間の大使の行為には、こんなにも心を揺さぶる志が秘められていた。

「彼女、名は何といったかな？」

王老鉄将軍が尋ねた。

「アリスです」

ブレーメンが答えた。

「王老鉄将軍、あなたの意見はどうですか？」

ネロ将軍は、黙り込んだ王老鉄に向かって言った。

「人間との和平交渉を続けるべきかどうか」

王老鉄は溜め息を吐き、ネロ将軍に背を向けた。長いこと無言でいたが、口を開いた。

「私は常に武闘派だ」

彼は言った。

「そうですな」

ネロ将軍はうなずく。

「人間は、われわれの仲間に数えきれぬほどの害を与えてきたからだ。ここにいる多くの仲間の血縁が、人間のせいで無限の涙を流し、むなしく命を落とした。私らの仲間を食べたというだけではない。この世界では、大きな魚が小さな魚を食べ、小さな魚がエビを食べ、私ら自身、肉食動物は誰かの肉を食べる必要がある。それが生態系の残酷なならいなのだ。しかし、人間のものはそうではない。生きるためでなく、おのれの勝手な欲や虚栄のために、私らの命を奪った。プリン医師の家族もその一例だ」

部屋を埋めた多くの動物が、てんでにうなずいている。

「人間は、トラが狂暴で人を食べると言うが、彼らの方が遥かに狂暴だ。だから、私はずっと思ってきた。私ら自身が強くなり、この世界の覇者になって人間を征服する以外に、この悲劇を終わらせる道はないと。そして、それはほとんど達成できていたんだ！　私らは日夜血の滲む努力を重ねて、ついに彼らと対等な立場に立つことができたのだ！

そうではないか？　みんな。現在と百年の昔を比較してみて欲しい。人間は大使を送ってきて、われわれと話し合いをするまでになったのだ。みんな、よく解っているはず、われわれはやったのだ！　それを怠惰心に負け、軽々に平和主義に流れれば、またあの暗い時代に逆戻りする、そう私は、自分の弱い心に言い聞かせてきた」

王老鉄はそこで言葉を切り、溜め息を吐いた。

「しかし、アリスの登場によって、今私は思っている、戦争を終わらせる時が来ているのかも知れないとな……」

いくばくかの哀愁。ネロ将軍は王老鉄将軍に近づき、背を軽くたたいた。それは慰めのようでもあり、励ましのようでもあった。

ネロ将軍は言う。

「あなたのような強い動物がいなければ、私たちはずっと人間に支配され続けていたろう。しかし、戦争についての話題は重すぎる。次の世代はもっと幸せな時代をすごすべきで、戦火の心配などする必要はないのだ。それが、私たちが本心で望んでいることではないか？」

言い終わり、ネロ将軍は王老鉄将軍に敬礼した。王老鉄将軍も重々しく敬礼で返した。

ブレーメンは、これが軍人同士、互いの尊敬を表す方法と知った。どうやらこの二匹の「宿敵」も、今日和解したようだ。

「ご報告いたします！」

と馴染みのある大声が聞こえた。そして球のようなものが、勢いよくみなの前に転がってきた。ぱっとそれがほどけると、アケンだった。

「ご報告いたします！　記者たちが表の道で騒いでいます。ハリネズミ特殊部隊が阻止していますが、記者たちは話がうますぎます。特に『Animal Time』の千尋《ちひろ》さん、あのコンゴウインコは本当に話が巧みで、怖いです！」

「記者たちは、騒ぎを起こすのが好きなんだ」

王老鉄はあきれたように頭を振った。彼は記者たちに、いつも頭を痛めていた。

「国王陛下、どう思われますか？」

とネロ将軍はカピバラ二十六世に敬意を表して尋ねた。

カピバラ二十六世は立ち上がり、服装を整えたのち、すわっている動物たちをひと通り見渡した。王の目は、以前の穏やかな表情とは打って変わり、タカのような鋭い視線に変わっていた。

「彼らをロビーに入れるべきです、会いましょう」

「でも、彼らにどう説明するんですか？」

とホワイトは不安そうに言った。

文化大臣として、彼はペンの力を最もよく知っていた。ペンは時として銃よりも強い。

「正直に話します」

カピバラ二十六世は厳粛に言った。

「アリスは私たちの平和のために、すべてを捧げました。栄誉ある彼女の名は、国民にあまねく知られる価値があります」

王の声は依然として穏やかでありながら、あらがえない威圧感があった。

「さらに」

彼はベラ教授に向かって言った。

「あなたのような不思議な生物も、長く日陰《ひかげ》で生きてきました。今、陽光のもとに立つ時が来たのです」

大臣たちは、自分たちが支持する国王の、輝かしい存在を感じた。彼らは、カピバラを国王に選んだことの喜びを感じていた。

国王はロビーに向かい、大臣たちみなも続いた。ブレーメンの前をすぎる時、王は足を停め、ブレーメンに一礼した。そしてこう言った。

「事件を解決してくれてありがとう。あなたのような優れた探偵がいることは、私たちの誇りです」

そしてすべての動物たちが、国王にならって一匹ずつブレーメンに一礼していく。

ブレーメンとアグアは驚いていた。

「これはあなただけではなく、アリスへの敬意も込めて」

と国王は振り返り、言った。

芝華士ホテルの玄関が開かれ、記者たちがロビーに向かって押し寄せていた。ブレーメンは、これから行われる発表は、あらゆるメディアのトップニュースになるだろうと考えた。

エピローグ

２３３３年11月12日、17：30

衝撃的な大使殺害事件から、すでに一ヵ月が経過した。

動物街から、忙しく動き廻るハリネズミの特殊部隊の姿が消えて、道路には笑い合って騒ぐ子供たちが増えた。変わっていないように見えて何かが違っている。

ひ孫ネズミと老ネズミが、また動物城にやってきた。今回は通学用のリュックを買うためだ。

「おじいちゃん、この人は誰？」

新聞の巨大な写真を指差し、ひ孫ネズミが興味津々で尋ねた。写真には、真珠のネックレスをつけた人間の女性が微笑んでいる。

老ネズミは新聞を置いて溜め息を吐いた。彼は自分の幼いひ孫に、このことをどう説明すればいいのか解らなかった。人魚のアリスが人間の大使として動物王国に平和を求めてやってきた話は、すでに動物王国中に広まっていた。

老ネズミもみなと同じく最初は驚いた。人間と動物以外にも神秘的な生物たちが存在するなんて、思いもよらなかった。そして、次に衝撃と悲しみを感じた。アリスは人間と動物の平和のために自分の命を犠牲にし、一匹のゾウの命を救った。

続いて、強い憤りを感じた。契訶夫というやつが、なんとアリスを殺してしまった。動物たちの中には、契訶夫も虐げられた弱者の一員だったと言う者もいるが、老ネズミは彼を許すことができなかった。あんなに善良なアリスを殺してしまったのだから。

人類と動物は、ついに和平条約に署名し、お互いの核兵器を廃棄した。廃棄は、動物王国で最も著名な科学者であるベラ教授によって証明されたが、誰も、ベラ教授が実は人狼だったとは思いもしなかった！　本当に驚きだった。人間と動物の和平条約に加え、動物王国の王と、人間の大統領は共同で「魔法動物保護法」を制定し、魔法動物たちの身の安全を保障した。

「彼女は、真に偉大な動物だ」

老ネズミは考え込みながら、ひ孫ネズミに重々しく伝えた。

「動物？　彼女は人間じゃないの？」

ひ孫ネズミは不思議そうに目を見開き、おじいちゃんを見た。

「人間も動物じゃないの？　どこでそんなにはっきりと分けられるの？　それに、彼女も人間じゃないし……」

老ネズミは優しくひ孫ネズミの頭を撫でた。

「こんにちは」

ひ孫ネズミが何か言おうとした時、キツネの陣雨が現れた。彼らは以前、ひ孫ネズミがおカネを盗んだと誤解して争ったことがあったが、それ以来、知らず知らずのうちに打ち解けた関係になっていた。

「老ネズミ、ひ孫ネズミ、久しぶりだね！」

陣雨は細い目を笑顔でさらに細め、彼らを見た。

「今日は仕事がないのかい？」

と老ネズミが尋ねた。

「何の仕事だい？　ついにオレは解放されたんだよ」

と陣雨は演技っぽく深呼吸をして見せ、とてもリラックスした様子で答えた。

「ああそうかい、それじゃ、私たちは先に行くよ」

と老ネズミはひ孫ネズミの手を引いて立ち去る準備をした。もう話を続ける気はない様子だった。

「おい、ちょっと待て。まだ行くなよ」

と陣雨は引き留め、秘密っぽく言った。

「なんでオレが解放されたのか、訊かないの？」

「何故なの？」

ひ孫ネズミは無邪気に目を見開き、訊いた。

「まあ訊くなら教えてあげようか」

と陣雨は自分の前髪を振り払い、憂鬱《ゆううつ》な目で彼らに説明を始めた。

「実はずっと自分は特異な存在だと思っていたけどさ、今は自分と同じ存在が世界にいることに気づいて驚いてるんだ」

「まさか、九尾のキツネだと言いたいんじゃあるまいね？」

と老ネズミが尋ねた。

「あらま！　博識だね。その通り！　何を隠そうオレは、伝説の九尾のキツネなのさ！」

と陣雨は言い終えると、興奮してズボンを脱いだ。

老ネズミとひ孫ネズミは近づいて見て、がっかりした。

「どうだ？　悪くないだろ？」

と陣雨は得意そうに尋ねた。

「ちっ！」

「何だよ？」

老ネズミは目の前の丸々としたお尻と、ふくよかな尾を見て、不機嫌そうに言った。

「九尾はどこだい？」

「おいおい、よく見てくれよ！」

陣雨はお尻を指差した。

「ここにあるんだよ」

老ネズミが再び注意深く見てみると、陣雨の尾の横に、肉づきのある毛がさらに生えていることに気づき、目を白黒させて言った。

「これが九尾と言えるのか？　無理に言ってもせいぜい二尾だろう。それに、これは尾が増えたわけじゃなく、お尻に何か汚いものが付いているように見えるぞ」

「おい、本当に目が悪いな！　生えてきてるんだよ！」

「ふたつの尾だって？　そいつははじめて聞いたな」

緑色の小さな姿が近づいてきて、陣雨のお尻を観察しはじめた。

老ネズミと陣雨が顔を上げると、目の前にいるのは、なんとブレーメンとアグアだった。

「おお、偉大な探偵とアグア、こんにちは！」

陣雨が言った。

「このたびは、おかげさまで助かりました」

老ネズミも、続けて言った。

「あなたがいなければ、はたしてどんな事態になっていたか、解りませんからね」

「感謝すべきは彼女にですよ」

しかしブレーメンは、遠くを見つめながら言った。

彼の視線の先には、アリスの像が急ピッチで建造されているのが見えた。

「そうですね、本当に彼女には感謝です。もう戦争をする必要がないのだから……」

陣雨は溜め息を吐き、言う。

「国王が半旗を掲げたって。彼女、天国で幸せになって欲しいね」

「人類も、どうやら各国、彼女のために半旗を掲げたようだよ」

とアグアは言った。

「そういえばさ、おまえたちはこんな大きな事件を解決したんだから、報酬もらったんでしょ？」

眉をひそめて陣雨は言った。

「儲かったんじゃないの？」

「真実を知った以上、おカネを受け取るわけにはいかないだろ？　でも、国王から特別な褒美をもらった。とても美味しいんだよ！」

アグアは満足そうにお腹をたたいた。それは緑色のキウイのような食べ物で、国王の特別な食材と言われていて、とても美味しいので、アグアはひと口もブレーメンにあげず、一匹で全部食べてしまった。

「その特別なご褒美についてなんだけどなアグア、言っていなかったんだけど、実は……」

と言いながら、ブレーメンは困った表情を浮かべた。

「その特別なご褒美って、まさかあれのことじゃないよな？」

と陣雨は何かを思いつき、くすりと笑った。老ネズミにも解って一緒に笑いだした。

「何だよ？」

アグアはまださっぱり解らなかった。

「アグア、国王が何故国王になれたか知ってるかい？」

と老ネズミが尋ねた。

「動物縁がよかったからじゃないの？　さまざまな動物が騒ぎ立てて、最終的には人間との相性が最もよくて、世間と争わないカピバラ属が選ばれ、その中から最も優れた動物縁を持つ者が国王に選ばれたんだ」

とアグアが答えた。

「それなら、何故カピバラ属は動物縁がよいのか知ってるかい？」

と陣雨がアグアを睨んだ。

「穏やかだからじゃないの？」

「あまりにも天真爛漫だね、穏やか以外にもあるんだよ！」

「それは食料が不足していた時代だった、カピバラ属は多くの貢献をした。彼らは自分たちの……」

老ネズミは前半を言ってから、アグアの耳もとに口を寄せて、後半をささやいた。

するとアグアの顔色が変化した。実に表情豊かな動物だ。

「大丈夫、大丈夫、栄養価も高いんだ」

老ネズミはアグアの肩をぽんとたたき、慰めた。


その夜、月明かりが特に美しかった。家に帰る馬車の中で、ひ孫ネズミが老ネズミに尋ねた。

「おじいちゃん、これからはもう戦争はないの？」

「そうだよ。もう大丈夫」

老ネズミは、安心させるようにひ孫ネズミを抱きしめた。

「おまえたちには、私たちよりもずっとよい未来が待っているんだ」

「ふうん、そうか」

ひ孫ネズミは、新聞の中の微笑む女性に向かって言った。そして、夢の中へと入っていった。

ありがとう、アリス——。

おしまい

著者　荷午（かご）
1992年生まれ。グローバルを愛するパンク女子。脚本家、ゲームクリエイターとしても活動。本作品が初の長編小説となる。

著者　王小和（おう・しょうわ）
1980年代生まれ。ミステリ小説愛好家。特に古典ミステリと新本格ミステリへの思い入れが深い。脚本の翻訳や創作も行う。

訳者　島田荘司（しまだ・そうじ）
1948年広島県生まれ。武蔵野美術大学卒業。1981年『占星術殺人事件』でデビュー。『斜め屋敷の犯罪』『異邦の騎士』などに登場する名探偵・御手洗潔シリーズや、『奇想、天を動かす』などの刑事・吉敷竹史シリーズで圧倒的な人気を博す。

動物城《どうぶつじょう》2333

2024年7月18日　第1刷発行

著者　荷午《かご》／王小和《おうしょうわ》
訳者　島田荘司《しまだそうじ》
発行者　森田浩章
発行所　株式会社　講談社
〒112-8001　東京都文京区音羽2-12-21
電話　［出版］03-5395-3506
［販売］03-5395-5817
［業務］03-5395-3615

本文データ制作　講談社デジタル製作
印刷所　株式会社KPSプロダクツ
製本所　株式会社国宝社

この物語はフィクションであり、実在するいかなる場所、団体、個人等とも一切関係ありません。

定価はカバーに表示してあります。
落丁本・乱丁本は購入書店名を明記のうえ、小社業務宛にお送りください。
送料小社負担にてお取り替えいたします。
なお、この本についてのお問い合わせは、文芸第三出版部宛にお願いいたします。
本書のコピー、スキャン、デジタル化等の無断複製は著作権法上での例外を除き禁じられています。
本書を代行業者等の第三者に依頼してスキャンやデジタル化することは、
たとえ個人や家庭内の利用でも著作権法違反です。

©Soji Shimada 2024, Printed in Japan
N.D.C.913 431p 19cm
ISBN 978-4-06-534386-9

Copyright © 2021 New Star Press Co., Ltd
by Cheng Jiake, Xu Jing
Japanese translation rights arranged with New Star Press Co.,Ltd.
through Japan UNI Agency,Inc.

KODANSHA